Fino alla fine del mondo

Fino alla fine del mondo

Sarah Lyons Fleming

Fino alla fine del mondo

Podium

Fino alla fine del mondo

Translated by Emma Lenzi

Original title: *Until the End of the World*

Original language: English

Immagine di copertina: Shutterstock
Copyright © 2013, 2022 Craig Alanson and SAGA Egmont

ISBN:978-1-0394-6035-5

1st edition

www.podiumentertainment.com

*Per Sadie e Silas. Vi amo,
miei piccoli nerd, fino alla fine del mondo e oltre.*

Fino alla fine del mondo

OGGI È UNA di quelle giornate primaverili in cui, in passato, tutto mi sembrava possibile, in cui sentivo che tutto si sarebbe risolto. Amavo queste giornate, ovviamente prima che iniziassi a evitare la primavera.

Non è facile evitare un'intera stagione, soprattutto così bella, ma negli ultimi tre anni ci sono riuscita. Chiudo le veneziane, sto alla larga dal sole e per conto mio, per non rivangare i ricordi di quella terribile prima primavera.

Ma quest'anno è diverso. Non posso fare a meno di godermi la brezza che promette l'arrivo dell'estate. È il tipo di giornata che dà una marcia in più ai tuoi passi e credi che la speranza sia l'ultima a morire.

Stanotte ho sognato Adrian. Ma non era il solito sogno, quello per cui mi sveglio in lacrime con una sensazione di vuoto alla bocca dello stomaco. Eravamo seduti sui gradini del portico della baita dei miei genitori, con le gambe allungate e i piedi appoggiati al suolo. Mi sgranchivo le dita dei piedi. Non c'era nient'altro. Certo, le api ronzavano tra i fiori e gli alberi sussurravano al vento, ma tutto qui. C'era solo silenzio. E pace, quel tipo di pace che Adrian riusciva a generare, ma che non lo accompagnava sempre. Quando mi sono svegliata quella sensazione mi è rimasta addosso e ho iniziato a pensare che forse poteva di nuovo essere mio.

La coda di cavallo scura della mia amica Penny ondeggia mentre passiamo davanti alle case marroni e ai condomini del nostro quartiere, Brooklyn, per andare al lavoro. Non le ho parlato di questa sensazione, anche se le racconto quasi sempre tutto. Sono come uno scoiattolo con una ghianda, che vuole nasconderla per tenerla al sicuro e la gira e la rigira per studiarla.

Penny mi guarda i piedi. «Ti sei messa le scarpe nuove.»

Annuisco. Anche se è ancora troppo freddo, ho indossato comunque i sandali delicati di paglia. Pensavo che mi potessero far sentire femminile e forte. Che forse potessero aiutarmi ad accogliere e a riabbracciare la primavera. È piuttosto stupido affidarsi a delle scarpe per questo, ma ho bisogno di tutto l'aiuto possibile.

Penny solleva il volto verso il sole e sospira di piacere. Si è trasferita qui da Porto Rico quando aveva dieci anni, dopo la morte di suo padre, ma anche dopo tutti questi anni per lei l'inverno è ancora un affronto personale.

«Stanotte hanno chiamato mia madre per una cosa legata al virus LX», dice Penny e spinge in su gli occhiali vintage al loro posto. «Dice che adesso ci sono tanti casi a New York.»

Negli ultimi giorni il Bornavirus LX si è diffuso in tutto il mondo. Per ora è stato trovato solo sulla costa occidentale e nel Midwest. Non ci ho dato molta attenzione, perché non lo faccio mai a primavera.

«Ha detto quanti?»

«No, ma è piuttosto sicura che, se Saint Louis è in quarantena, significa che sta peggiorando.»

«Saint Louis è in quarantena?» Sono sconvolta di sapere che siamo arrivati a tanto.

«Sì, da ieri sera tardi. Anche Chicago. E hanno sospeso il traffico aereo proveniente dall'Ovest.» Ci fermiamo di fronte all'ingresso del Sunset Park Community Center, dove lavoriamo entrambe. «Come mai non ne sai niente? Di solito sei tu a dirmi queste cose.»

«Mi sono distratta. Stamattina non ho sentito il notiziario.»

Volevo dirle altro, ma non sono sicura di cosa ci sia da dire. È solo un modo di pensare diverso, o qualcosa del genere, e se non portasse a niente non voglio sbandierare il mio fallimento. Penny si guarda intorno e arriccia le labbra.

«Ieri sera James mi ha baciata», dice andando al sodo.

«James cosa?» grido. Mi zittisce e abbasso la voce. «E me lo dici solo adesso quando abbiamo fatto tutta la strada per venire al lavoro? Che…» Guardo l'ora sul telefono. «Merda. Devo andare, ho una riunione.»

Penny sorride. Lo ha fatto apposta, così non l'avrei importunata durante tutto il tragitto.

«Lo sapevo!» dico e la fulmino con lo sguardo, anche se sto sorridendo. «Abbiamo ventotto anni e ancora non mi dici quando ti piace qualcuno! Nelly e io non aspettavamo altro. Lo sai che dopo mi devi raccontare tutto.»

«Certo», canticchia mentre mi dirigo al piano di sopra.

CAPITOLO 2

SONO ALLA MIA scrivania e sto prendendo in considerazione l'idea di colpire con la spillatrice il computer, che non vuole collaborare, quando sento una voce.

«Pss, Cassie.» La testa di Nelly appare sopra la parete del nostro box condiviso. «Più tardi andiamo a bere qualcosa.»

Apro la bocca per rifiutare, ma lui scuote la testa e mi abbaglia con il suo sorriso bianchissimo. «Non dire di no», dice strascicando le parole prima di sparire.

Sospiro e mi infilo i sandali per andare a dire la mia. Sono certa che stavolta Nelly sarà felice che gli dia buca. Mi siedo dall'altra parte della sua scrivania e dondolo il piede.

«Scarpe nuove?» chiede.

Le proprietà magiche di cui le ho impregnate questa mattina non si sono materializzate. Finora l'unica cosa che hanno fatto è stata darmi un prurito pre vescica in vari punti. Le dita dei piedi sono congelate e noto che lo smalto è sbeccato, come sempre.

«Ti piacciono?»

«Sì, sì, sono belle. Mi è mai importato un fico secco delle tue scarpe?» Si passa una mano tra i capelli biondi spettinati e cerca di sembrare abbattuto, senza successo. «No, sei venuta a dirmi che non verrai a bere con me.»

Nelly è alto, robusto ed estremamente in salute. È palese che sia cresciuto in un posto dove mangiavano manzo, bevevano latte intero, e stavano all'aria aperta e al sole. Senza l'onnipresente sorriso, il suo volto potrebbe sembrare di pietra. Lo ha perfezionato quando giocava a football alle superiori in Texas, dove una buona espressione da competizione è essenziale, soprattutto se sei gay.

Sospiro. «Credimi, preferirei uscire, ma stasera proverò a rompere con Peter.»

Grida in perfetto stile texano. Adesso che l'ho detto a Nelly non posso tirarmi indietro all'ultimo minuto senza soffrire tantissimo. Me ne sto già pentendo.

«Non è che ci *proverai*, pappamolla!» Batte con forza una penna sulla scrivania e me la punta contro. «Stavolta dovrai farlo, ma prima berremo qualcosa per farti coraggio.»

Rido. Ovviamente, va fatto a modo suo.

I suoi occhi azzurri sono seri. «Sarà meglio che tu rompa definitivamente o lo farò io per te. Giuro che stavolta lo faccio.»

Mi arrendo. Dovrò davvero bere qualcosa. In realtà, potrei averne bisogno adesso. «Okay.»

Sembra scettico.

«Lo farò, lo prometto.» Appoggio la testa sulla sua scrivania e gemo. «Odio tutto questo. Perché devo farlo?»

Mi dà una pacca sulla testa. «Tesoro, perché frequenti le persone sbagliate.»

Gli faccio la linguaccia proprio mentre la testa di James, il tecnico informatico part-time, sbuca nel box. Le sue guance spigolose sono arrossate per l'eccitazione.

«Ragazzi, venite a vedere», dice. «Il virus è arrivato a New York.»

Lo seguiamo lungo il corridoio fino alla sala conferenze. Mi trattengo dal chiedergli di Penny, perché lei mi ucciderebbe, anche se muoio dalla voglia.

I colleghi sono appollaiati sulle sedie e sul lungo tavolo, mentre fissano il notiziario.

«Da ieri il Bornavirus LX è stato riscontrato nei cinque distretti. Il virus è apparso per la prima volta la scorsa settimana a Long Xuyen, Vietnam, e da allora si è diffuso in tutto il mondo. A partire da stanotte, le città nella parte occidentale e centrale degli Stati Uniti, comprese Denver, Chicago e Saint Louis, sono in quarantena e i governatori statali hanno istituito un coprifuoco obbligatorio. Questo virus, che si diffonde velocemente, causa danni al cervello, scatenando attacchi aggressivi negli infetti e la diffusione della malattia attraverso i loro fluidi corporei.

«Le autorità affermano che il virus è sotto controllo. Le persone affette da febbre alta e dolori muscolari devono farsi visitare subito da un medico o al pronto soccorso. Per favore, non cercate di curare i vostri familiari malati da soli. Finora i Center for Disease Control and Prevention e il Dipartimento della Salute non hanno rilasciato delle stime del numero degli infetti. Vi daremo maggiori informazioni non appena sarà possibile.»

James alza un sopracciglio nella mia direzione, *si schiarisce* la gola con disapprovazione e torna alla sua postazione. Le sue mani volano sulla tastiera del computer. Non gli chiedo cos'ha in mente, perché so che quando avrà finito me lo dirà.

Nelly e io ripercorriamo lentamente il corridoio. Di solito setaccerei Internet in cerca di notizie sul virus, ma una volta alla scrivania mi è entrato da un orecchio ed è quasi è uscito dall'altro. Riesco solo a pensare alla tattica che userò per rompere con Peter: penso a frasi come "restiamo amici", "non sei tu, ma io" e, soprattutto, al fatto che sono un'idiota perché lo frequento e la sto tirando troppo per le lunghe.

«Ehi», dico a Nelly, «che ne dici di: "Peter, sono un'idiota e non posso più stare con te per questa ragione"?»

«Fa schifo.» Mi mette un braccio intorno alle spalle per farmi smettere di tremare. Non riesco a reggere molto bene questo tipo di attesa. «Ti istruirò davanti a un drink, così quando sarai di fronte a Peter dovrai solo ripetere le tue battute.»

Annuisco triste. «Nelly, perché non posso sposarti?»

«Tesoro, sappiamo tutti e due chi dovresti sposare e probabilmente quella porta è ancora aperta.»

Sta parlando di Adrian. Eravamo fidanzati finché non ho rovinato tutto.

«Quella nave è salpata, Nelly.» Non riesco a dire il nome di Adrian ad alta voce perché inizierei a piangere, lo so. «Ormai sono due anni.»

«È nel nord-est, Cass. Posso scoprire dove, se vuoi.»

Ho il volto in fiamme. Non ho fatto molte cose di cui mi vergogno, in cui ho fatto del male, ma la peggiore è quella che ho fatto ad Adrian.

Il fatto che Nelly ne parli proprio oggi dev'essere un segno. E se dicessi: «Certo, vai e trovalo.»? Non credo proprio che Adrian sarebbe felice di avere mie notizie, ma ho ancora addosso quella sensazione del sogno e vorrei che si realizzasse. Lo desidero così tanto, che forse finalmente coglierò l'occasione e lo scoprirò. E proprio nel momento in cui apro la bocca cercando di trovare le parole, squilla il telefono. Nelly alza le sopracciglia come se aspettasse una risposta e se ne va. Rispondo al telefono.

«Ciao Cassandra», grida Peter con un rombo in sottofondo.

«Dove diamine sei? Sembra che tu sia su una pista o qualcosa del genere.»

«Esatto. Siamo qui all'aeroporto privato di Washington D.C. ad aspettare il jet per New York. È in ritardo e dicono che abbiamo una *priorità bassa*. Ci sono dieci senatori con le loro famiglie davanti a noi.»

«Magari Philip Morris sta regalando vacanze a chi vota "sì" a una legge a favore del fumo tra i giovani», scherzo.

«Già.» Non ride neanche. A volte gli manca il senso dell'umorismo. «Comunque, non so per stasera. Arriverò tardi, ma forse potrei venire da te, così domani mattina sarai la prima cosa che vedrò. Mi manchi.»

«Certo. Bene. Vieni pure quando vuoi», squittisco consapevole con rammarico che a me non manca. «Ci vediamo domani mattina.»

«A domani.» Riattacca.

Riesco a immaginarmelo all'aeroporto. Farà scivolare il telefono nella tasca del cappotto di non-ho-mai-sentito-il-nome-di-questo-stilista e si passerà una mano tra i capelli scuri. Poi, con la sua falcata, andrà a cercare la persona più importante dell'aeroporto e la convincerà che il suo volo ha la priorità sull'Air Force One.

Adesso che devo rimandare la rottura il mio stomaco smette di contorcersi. Quando stasera tornerò a casa farò finta di essere completamente stanca, ubriaca o qualcosa del genere. So di non avere fegato ma non mi piace ferire i sentimenti delle persone, anche se non mi piacciono molto o, nel caso di Peter, quando fingono di non averne. Ma, in genere, sono una fifona.

Ho passato l'ultimo anno a convincermi che Peter non è così superficiale come sembra ma adesso non ne sono più tanto sicura. Onestamente, all'inizio mi piaceva quanto fosse semplice uscire con lui. Non mi spingeva mai a parlare dei miei sentimenti. Non poteva paragonarmi alla persona che ero stata due anni prima. Quando l'ho conosciuto stavo uscendo da una nebbia di due anni, ma a mano a mano che la nebbia si è diradata ed ero di nuovo la vecchia me, non mi ha mai dato più di un assaggio di qualcosa di reale.

Ho aspettato che lui rompesse in un modo davvero passivo-aggressivo. Mi sono allontanata sempre di più ed ero anche palesemente infastidita da lui. Ma, ovviamente, questo approccio non ha funzionato. Devo immaginare il dopo, non la parte in cui lo faccio. Devo solo farlo in fretta.

La voce di Nelly giunge da sopra la parete. «Devi sbarazzarti di lui, come se fosse un cerotto.»

«Come fai a leggermi nel pensiero, Nelly? È inquietante, cazzo!»

«Sembra che tu abbia ottenuto una tregua. Più tempo per bere; cioè per *fare pratica*.»

James entra tenendo una sigaretta spenta e l'iPad. Mi ricorda una mantide religiosa: è altissimo, con braccia e gambe magrissime. Passa tutto il tempo chinato su un computer o un tablet, fumando come una ciminiera. Me lo immagino fare la prima mossa con Penny e sorrido.

«Ehi», dico.

Si mette a sedere e mi porge l'iPad, che è aperto alla pagina di un blog. «Guarda qui, Cass. È sul Bornavirus. È più grave di quello che dicono.»

A tavola la mia famiglia discuteva sempre con entusiasmo dell'incidente di Roswell, della Peak Oil e della teoria del complotto del Nuovo Ordine Mondiale. Avevo visto in James uno spirito analogo; adorava questo genere di cose.

Leggo ad alta voce: «L'LX virus sembra essere mutato con la sua diffusione. Dagli ultimi resoconti ricevuti sembra che il passaggio dall'infezione allo stadio finale potrebbe essere questione di ore.»

«Nello stadio finale le persone impazziscono», dice James. Ripiega i capelli castano chiaro, lunghi fino al mento, dietro l'orecchio. «Poi attaccano ed è così che molte persone vengono infettate. È nella saliva e nel sangue. Su un sito ho letto che stanno trasmettendo le stesse riprese di Chicago da ventiquattro ore, perché la città è deserta. Conosco un paio di blogger laggiù e i loro siti sono irraggiungibili da un giorno.»

Un grafico stima che entro mezzogiorno cinquantamila persone saranno infettate nella città di New York.

«È pazzesco», dico. «Cinquantamila? Non possono nascondere tutti quei malati, e continuano a dirci che non è grave?»

James giocherella con la sigaretta. «Lo so, non metterebbero in quarantena le grandi città se non fosse così. Gli ospedali si stanno riempiendo troppo in fretta e non sanno gestire la situazione.»

Penso alla madre di Penny, Maria, che è un'infermiera. Dovrebbe sapere cosa sta succedendo.

«Sì, beh, non mi stupirei se il governo non ci dicesse niente prima di essere nella merda.»

«Devo finire questa newsletter; il mio computer sta cominciando a rompere.»

Se c'è un problema con un computer, James si scalda. Si fa strada e curiosa sul mio computer.

Scuote la testa. «Bella, guarda il desktop. Sei sicura di non volerci un altro collegamento?»

Non gli dico che di recente l'ho ripulito e che credevo fosse ordinato.

Gli sollevo una ciocca di capelli per sbirciare il suo volto, decidendo di ignorare la diffamazione sul mio carattere. «Esci stasera?»

«Ah sì, stasera.» Un sorriso gli illumina il volto. «La sera della grande rottura.»

«Nelly, hai la bocca larga.» So che sta ascoltando. «No, me ne sono liberata; stasera solo sano divertimento alla vecchia maniera.»

La voce di Nelly giunge dall'altra parte della parete. «E dobbiamo escogitare la strategia di rottura di Cass, James. Forse potresti darci una mano. Come tutti sappiamo, Cass si è messa con il ragazzo sbagliato.»

«Funzionerà: "Non ti stacchi mai da quel computer e non lo sopporto"? Questa è quella che so meglio», chiede James con un sorriso.

15

«Che ne dici di: "Sei più interessato agli Snickers che a me"?»
grida Nelly.

James ride mentre finisce di fare una misteriosa magia al mio
computer. «Le ragazze portano solo guai. Ma vorrei uno Snickers,
non lo mangio da anni.»

«Stasera viene anche Penny», dico con tono innocente. Lui si
china sotto i capelli. «E tu, Nelson», indico la parete del box, «non
puoi proprio parlare di ragazzi sbagliati. Quanti fidanzati hai avuto
da quando ti conosco?»

Non risponde e sorrido trionfante. James è già immerso nel
suo iPad.

«Wow, devo vederlo», mormora ed esce.

Capitolo 3

Poco dopo bisbiglio oltre la parete che io e Nelly condividiamo. «So un pettegolezzo che tu non sai. Ah ah!»

«Porta subito qui il culo», ordina.

«No, ho da fare.»

«Non è vero, lavori a malapena. Prepari solo le newsletter e organizzi quelle stronzate artistiche per la comunità.»

Sorrido. «Beh, e tutto quello che fai tu è usare il tuo fascino per convincere la gente a darci i soldi. E...»

«Ed è così che ti pagano. Quindi porta subito qui il culo o quest'anno porterò a casa meno soldi di proposito e perderai il lavoro.»

Rido e vado nel suo box, dove lo trovo seduto con un sorriso compiaciuto. «Allora, ieri sera James e Penny si sono baciati.»

Si sfrega le mani felice e io sorrido. «Quando la scorsa settimana alcuni di noi sono usciti, loro due hanno parlato tutta la sera», dice Nelly. «Ho creduto di vedere una scintilla, ma mi è passato di mente perché avevamo rinunciato all'idea che si mettessero insieme.»

«Beh, avremo il nostro bel da fare. James dice che non vuole una ragazza, ma...»

«Ma cosa?» chiede James mentre si appoggia all'entrata del box e ridacchia.

«Ma non credo che baceresti certe persone se non fossi interessato a loro, per esempio per una relazione», dico e gli tiro una manica della maglietta. James non si veste per niente elegante per venire al lavoro.

«Ma non ha senso», dice cercando di sviare l'accusa, mentre il suo volto è paonazzo.

Saltello su e giù come una bambina di tre anni, ma non voglio spaventarlo, e così cambio argomento. «Ci sono novità sul Bornavirus?»

Nelly scuote la testa con enfasi. «Tu e le tue teorie complottistiche! Cos'è, è una cospirazione del governo per rovesciare la società come la conosciamo e stabilire un Nuovo Ordine Mondiale?»

James alza gli occhi al cielo. «No, amico, potrebbe essere qualche malattia o arma sfuggita di mano. Ma qualunque cosa sia, è in tutto il mondo. Dicono di andare all'ospedale se ci si ammala, ma non dicono se possono davvero curarlo e non riescono a trovare qualcuno che *era* malato ed è guarito. In alcune città in Cina vige già la legge marziale, sparano a vista alle persone.»

«Davvero?» domando.

«Amici miei, hanno sempre sparato alle persone a vista in Cina», interviene Nelly. «C'è una dittatura, ve lo ricordate?»

Nelly smonta sempre la nostra convinzione che qualcuno, da qualche parte, stia tramando qualcosa di nascosto. James e io avremmo già fatto i bagagli per l'apocalisse dieci volte, se Nelly non ci avesse riportato alla realtà.

«Vero», ammette James. «Ma ecco le riprese di una città in Germania di qualche ora fa.»

Ci passa il tablet: dei soldati trattengono dei curiosi mentre sparano su un gruppo di personaggi in avvicinamento. Cadono a terra mentre le persone urlano, ma è confuso e difficile da vedere, quindi Nelly non è impressionato.

«Vediamo cosa dicono al notiziario», suggerisce sospirando. Ci guida nella sala conferenze. «Oggi potrò lavorare solo se riuscirò a fermarvi prima che Cassie ci porti a vivere nel suo bunker finché la situazione non si sarà calmata.»

«Ehi, non prendere in giro il mio bunker!» dico.

«Hai un bunker?» chiede James. «Perché non lo sapevo?»

«È solo la casa dei miei genitori a nord. È ancora piena di cibo e roba per un anno.»

James fischia: sa che i miei genitori avevano una baita dove andavano il fine settimana e che avevano un sacco di cibo, ma credo di non aver mai accennato a quanta roba ci sia ancora.

Dopo il sogno di stanotte mi manca la mia baita di tronchi d'albero. È isolata; i miei genitori hanno sempre scherzato sul fatto che sarebbe stato il posto perfetto per sopravvivere all'apocalisse. Era il posto dove leggevo per ore sull'amaca sotto gli alberi, preparavo un'insalata con le cose dell'orto cinque minuti prima di cena e passavo tutta l'estate a giocare con il mio fratellino, Eric, e i nostri vicini più prossimi.

È anche il posto dove un venerdì sera di aprile di tre anni fa io e Adrian ci siamo seduti ad aspettare i miei genitori. Non sono mai arrivati. Non hanno mai saputo che la sera prima Adrian mi aveva fatto la proposta. Ne sarebbero stati entusiasti, amavano Adrian quasi quanto me.

Adrian e io ci eravamo seduti al calore della stufa a legna. Si era appoggiato allo schienale del divano e sfogliava uno dei cataloghi di pannelli solari di mio padre. I miei piedi erano ancora congelati dopo essere caduta in un torrente durante un'escursione e glieli misi sulle ginocchia.

«Ehi, bellissimo», dissi e li mossi per farmeli massaggiare.

Apparve la sua fossetta. Adoravo il modo in cui lo faceva sembrare un ragazzino, anche se la sera aveva di nuovo la barba corta e ispida.

«Non lo so», disse riprendendo il filo del discorso precedente sul matrimonio. «Mi piace la parte sull'obbedienza dei voti.»

Alzai gli occhi al cielo senza neanche abboccare.

«Ti obbedisco già.» Sorrise e mi sollevò il piede per confermare la tesi. «È ora che inizi a farlo anche tu, o almeno tienilo in considerazione quando ti dico di non saltare da una roccia all'altra perché è scivoloso. Sto solo cercando di tenerti all'asciutto.»

Si riferiva a quando avevo rifiutato la sua mano allungata mentre attraversavo il torrente. Un attimo prima di scivolare avevo detto che sarei riuscita benissimo a saltare sulla roccia successiva.

«Sai che Laura Ingalls disse ad Alamnzo Wilder che non avrebbe voluto la parola *obbedire* nei loro voti? Dichiarò che non avrebbe potuto obbedire a nessuno contro il suo buonsenso.» Quando lo lessi da ragazzina rimasi molto colpita.

«La tua eroina, ma hai giudicato *male* quelle rocce. E la tua, ehm, abilità atletica.»

La sua bocca si era curvata all'insù. Era una delle poche persone al mondo che trovava affascinante la mia goffaggine.

«Sono il ritratto della grazia.» Mossi i piedi. «Torna al lavoro!»

Sollevò il mio piede e lo baciò prima di fare un piccolo inchino e obbedire.

Quando finalmente vidi la luce dei fari dalla finestra balzai in piedi. È vero che i miei genitori erano degli hippie che odiavano il cellulare, ma chiamavano sempre. Ero così preoccupata da aver preparato una piccola ramanzina.

Uscii sul portico e fui sorpresa di vedere Sam, lo sceriffo. Le mani gli tremavano mentre si toglieva il cappello. Il fascio di luce attivato dal sensore di movimento gli lasciava il viso in ombra. Non sono mai buone notizie quando lo sceriffo si presenta a casa e si toglie il cappello. Non lo avevo mai sperimentato in prima persona, ma ne ero piuttosto sicura. Indietreggiai nello stipite, come se potessi fuggire a quello che mi stava per dire.

«Cassie? Cassie, tua madre e tuo padre hanno avuto un incidente dall'altra parte della città.»

Sam avanzò verso di me, con le mani aperte in un gesto di supplica. Quando entrò nel rettangolo di luce che la porta aperta gettava a terra vidi che il suo volto era smunto, come se la forza di gravità funzionasse a pieno ritmo sulle sue guance e sugli angoli degli occhi. Afferrai la porta e Adrian mi mise una mano sulla spalla.

«Stanno bene, Sam?» chiese. «Dove sono?»

Lo sceriffo scosse la testa e sbatté le palpebre. «Mi dispiace tanto, Cassie, mi dispiace tanto.» Strinse il cappello tra le mani così forte, che le nocche diventarono bianche. «Sono entrambi morti sul colpo. Sembra che siano slittati su del fango e siano finiti contro un albero.»

«Okay», dissi e rientrai in casa con le gambe che mi tremavano.

Mi sedetti sul divano. Adrian si sedette accanto a me e mi prese la mano. Vidi che stava piangendo mentre tentava di abbracciarmi. Rimasi lì immobile, chiedendomi cosa avrei dovuto dire. Era come se mi fossi dimenticata come essere umana. Non ricordavo cosa si faceva in queste situazioni.

«Okay», ripetei inutilmente. «Sam, cosa devo fare?»

Mi chiesi se lo sceriffo pensasse che fossi fredda perché non piangevo. Lui e i miei genitori erano amici, parlavano degli orti e di caccia mentre si rilassavano sul portico con una birra fatta in casa.

Ma quando sollevai lo sguardo, nei suoi occhi c'era solo pietà. Non era la prima volta che riferiva delle notizie del genere e mi venne in mente che, se fossi stata l'unica destinataria intontita che non piangeva, forse allora non sarebbe stato così empatico. Poi mi chiesi perché facevo questi pensieri ridicoli invece di provare qualcosa.

«Dovrai venire all'ospedale, Cassie. Mi dispiace. Prenditi il tuo tempo.»

Mi alzai subito perché non riuscivo a pensare a nient'altro da fare e uscii dalla porta con il braccio di Adrian intorno a me. Ci tornai un'altra volta, per spargere le ceneri dei miei genitori sulla terra che amavano e che avevano progettato per vivere la loro vita. Non ci sono più andata, da allora.

Il notiziario rimbomba forte in tutta la sala conferenze.

«… non allarmatevi. Dicono che su Internet ci sono molte informazioni false e di visitare il sito del CDC per informazioni sul Bornavirus LX. Il CDC afferma che, al momento, nella città di New York ci sono poche migliaia di casi sospetti.

«Se avete la febbre alta, dolori alle articolazioni o siete entrati in contatto con qualcuno che potrebbe essere infetto, per favore recatevi all'ospedale più vicino per ricevere assistenza. I medici affermano che la cura antivirale dev'essere somministrata subito per avere un effetto ottimale.»

Alzo un sopracciglio in direzione di James.

«È la prima volta che lo sento», dice.

«Rimanete sintonizzati su New York One per aggiornamenti sul Bornavirus LX. Tra un'ora ci sarà un comunicato in diretta del Dipartimento della Salute.»

Nelly si volta verso di noi. «Visto? Poche migliaia di casi, non è così grave. Dobbiamo solo stare alla larga dai pazzi e bere qualcosa.»

«Forse non dovremmo uscire.» Ho un brutto presentimento. «Anche se non è neanche lontanamente così grave come dicono quei siti, sono sicura che è peggio di quello che dicono "le autorità". Forse dovremmo vederci a casa mia.»

«No!» Nelly storce la bocca. «Non ci rovineremo il venerdì sera!»

Gli do un colpetto. «Grazie, non sapevo che casa mia fosse seconda solo all'inferno.»

«Sai cosa intendo. Perché non andiamo da Paddy? Così saremo solo a quattro isolati da casa tua se riteniamo di doverci andare. Cosa che non faremo.»

«Per me va bene», dice James. «Non credo sia così grave da non poter uscire. E la sola cosa che potrebbe impedire a Nel di uscire il venerdì sera sarebbe una bomba atomica.»

Nelly annuisce con enfasi.

«Ok, avete vinto. Forse sono un'idiota», dico.

C'è molta disparità tra quello che sentiamo in modo ufficiale e ufficioso. La differenza tra cinquantamila e poche migliaia è enorme; qualcuno si sbaglia. O mente.

Capitolo 4

Raggiungo Penny nella cucina al piano di sopra durante la sua pausa dall'asilo, dove lavora come maestra principale.

«Quindi, questa volta vuoi proprio rompere con Peter?» chiede, reagendo con inequivocabile gioia a questa notizia.

Gemo; Nelly deve aver mandato un'email, un messaggio o qualcosa del genere.

«Io Nelly lo ammazzo. Te l'avrei comunque detto tra tre secondi. Ho deciso stamani, ma di questo passo, non dovrò nemmeno farlo, lo saprà prima che io lo veda.» *Magari.* «Lo farò, ma non stasera. È bloccato a Washington.»

Penny mi stringe la mano; sa quanto mi terrorizzi rompere. «Chi altro verrà a bere stasera?» chiede a un tratto concentrata sul contenuto del frigorifero.

«Beh, James ci sarà. L'ho appena visto e ha detto che baci bene.»

Un rossore si diffonde sotto la sua pelle color miele. «No, non gli hai detto niente.» Poi si blocca e sgrana gli occhi. «Vero?»

«Certo che no!» Finge di tirarmi la bottiglietta d'acqua e mi abbasso. «Ti punzecchio solo perché non me lo hai detto subito. Scema.» Mi siedo e picchietto sulla sedia accanto a me. «Allora? Racconta.»

Il collo le si arrossa di nuovo. «Va bene, va bene. Non lo so. Ieri sera mi ha chiesto se volevo uscire per bere un caffè, e poi ci siamo baciati. Credo che mi piacesse già da un po'. È strano, perché siamo amici da così tanto tempo.»

«Gli piaci anche tu-uu», canticchio e le sfrego la spalla.

Si china in avanti ansiosa. «Davvero?»

«Assolutamente. È arrossito quando io...»

Penny scuote la testa e io chiudo il becco, mentre James entra e va dritto al frigorifero. Lei abbassa lo sguardo verso i miei piedi e cambia argomento.

«Riesci a camminare con quei tacchi altissimi di tre centimetri?» chiede ridendo, perché sa che non ci riesco.

«È una bella sfida.» Muovo le dita dei piedi. «Credo che mi verranno le vesciche. Forse mettersi i sandali ad aprile è un po' presto, ho i piedi gelati.»

«Bello smalto.» Le do una spinta per vendicarmi.

James guarda Penny da sotto i capelli e sorride. «Ehi.»

«Ciao», risponde lei.

«Vieni stasera?» chiede lui, mentre si china verso il frigo.

«Sì.»

Si rialza e apre una bibita.

«Cosa? Niente Snickers?» chiedo e lui ride. Penny ci guarda con un'espressione confusa.

«Preferisco questa», risponde James e sposta il suo sguardo da me a Penny.

Si sorridono timidi. Io mi tolgo le scarpe e mi alzo in piedi tenendole in mano. Forse vogliono continuare questa stimolante conversazione in privato.

«Aspetterò altre notizie in sala conferenze», dico e, quando raggiungo la porta, mi guardo indietro e sorrido nel vedere che è già seduto al mio posto.

Un cronista biondo è di fronte a un ospedale.

«In molti ospedali ci sono tantissimi casi. La polizia sta trasportando in autobus i malati in altri ospedali in tutta la città. Agli infermieri e ai medici è richiesto di fare turni al pronto soccorso.»

Penny tira fuori il telefono e aggrotta la fronte: sua madre potrebbe essere di nuovo nel bel mezzo dell'azione.

«Sta per cominciare il comunicato del Dipartimento della salute della città di New York.»

Un uomo con qualche capello grigio e una pancia di dimensioni considerevoli è in piedi davanti al microfono. Sembra stanco, si passa una mano sul mento e comincia.

«Mi chiamo Michael D'Angelo, del Dipartimento della salute della città di New York. Come ormai saprete tutti, nella città di New York è in corso un'epidemia di Bornavirus LX. Nonostante si tratti di un virus serio, non vogliamo che vi allarmiate a causa di informazioni errate.

«Il CDC sta trattando le persone che lo hanno contratto. Abbiamo allestito Centri di Trattamento d'emergenza in tutta la città. È molto importante che riceviate il trattamento se sospettate di essere stati esposti al virus. Non provate a curare da soli una persona infetta. Il rischio di trasmissione è alto a causa della natura del virus.»

«Cosa intende per "natura del virus"?» grida un giornalista.

D'Angelo alza una mano. «Il Bornavirus LX provoca aggressione negli stadi finali. Questo comporta una trasmissione del virus attraverso il contatto fisico, poiché i pazienti mordono e graffiano chi li assiste.

«Presso gli ospedali locali abbiamo organizzato i trasporti per portare le persone nei nuovi Centri di Trattamento. Il tempo è vitale. Per ora stimiamo che ci siano ventimila persone infette nella città di New York.»

I giornalisti e tutti noi nella stanza sussultiamo. Lui annuisce.

«Mi rendo conto che sembrano tanti, ma, se la guardiamo in un'altra prospettiva, è lo stesso numero di persone che può contenere il Madison Square Garden. Possiamo mantenerlo stabile se i newyorkesi seguiranno le nostre linee guida. Raccomandiamo alle persone di uscire solo se necessario nei prossimi giorni. Possiamo sfruttare il fine settimana per curare le persone colpite ed eliminare qualsiasi nuovo caso.

«Per informazioni sui Centri di Trattamento vi preghiamo di visitare il sito web locale del CDC. Le emittenti di notizie locali pubblicheranno le ubicazioni. Sappiamo tutti che i newyorkesi fanno del loro meglio sotto pressione e il Bornavirus verrà eliminato entro lunedì. Abbiamo bisogno dell'aiuto di tutti voi, in modo da poter svolgere il nostro lavoro al meglio delle nostre capacità. Grazie.»

Si asciuga la fronte con un fazzoletto e scende, ignorando le domande urlate dai giornalisti.

Tutti parlano contemporaneamente. Julio, il nostro capo, usa la sua voce profonda per attirare la nostra attenzione. «Ascoltate tutti. Oggi finiremo presto. Non voglio che stiate fuori più del necessario. Chiamerò i genitori dell'asilo per vedere se possono venire a prendere i bambini prima. Il doposcuola dovrà continuare come da programma, ma voglio tutti gli altri a casa.»

La gente applaude e Julio sorride sotto i suoi baffi sottili. Alza le mani affinché facciamo silenzio. «Ok. Questo significa a casa, non *fuori*.»

Fissa Nelly, che finge di guardare dietro di lui, mentre tutti ridono. «Sul serio, facciamo tutti attenzione. Ci vediamo lunedì.»

C'è un'atmosfera di vacanza nella stanza, mentre la gente va a prendere le proprie cose. Penny riaggancia il telefono, con le sopracciglia corrugate per la preoccupazione. «Ho lasciato un messaggio a mia madre. Devo tornare di sotto dai bambini. Credo che ci vedremo più tardi.»

«Sono sicura che sta bene. Ti aspetto. Non torni a casa a piedi da sola. Non appena i bambini se ne saranno andati, ce ne andremo anche noi», dico.

«Sì, e poi ci prenderemo quel drink», aggiunge Nelly.

Lo affronto con le mani sui fianchi. «Sul serio? Non hai sentito Julio?»

Lui fa spallucce mentre noi lo fissiamo.

«Amico, fai finta che sia la bomba atomica dei virus. Andiamo da Cassie», dice James.

«D'accordo, d'accordo», ribatte lui con un sospiro. «Ma non ce ne andremo senza di te, Pen. Vieni su quando hai finito.»

CAPITOLO 5

Mentre aspettiamo Penny nel mio box, James legge e Nelly sceglie frammenti di informazione sul virus. Il mio telefono suona e riesco a sentire mio fratello parlare prima di averlo portato all'orecchio.

«Cass? Ci sei?» Sembra preoccupato.

«Ehi, Eric!»

«Stai bene?»

«Sì, perché?»

«Sono riuscito a prendere la linea dopo otto tentativi. Stanno dicendo che New York pullula di persone infette, tipo centomila malati.»

«A noi stanno dicendo che sono ventimila e che li stanno mandando in dei Centri di Trattamento. Dove hai sentito quel numero?»

Penso alla stima di prima: cinquantamila entro mezzogiorno. Sono quasi le quindici.

«Circa cinque minuti fa alla CNN. Hanno fatto le loro stime in base a ciò che vedono dall'elicottero e lo schermo è diventato nero subito dopo che lo hanno detto.»

«Davvero? Sei sicuro che abbiano oscurato la CNN?»

Nelly e James sollevano lo sguardo.

«È quello che è sembrato. Cass, dovreste andare all'appartamento. Ci sono le scorte di papà nel caso non possiate uscire per un po'.»

«Ci andremo dopo il lavoro. Julio ci ha fatto uscire prima ma stiamo aspettando Penny.»

Nel seminterrato dell'appartamento dove siamo cresciuti ci sono l'attrezzatura da campeggio e dei viveri. Dopo la morte dei miei genitori, la proprietaria ha insistito perché mi ci trasferissi.

«E tu, Eric? Com'è la situazione in Pennsylvania?» Eric è sempre così sicuro di sé, che a volte mi dimentico di preoccuparmi per lui.

«Dicono che ci sono alcune persone infette. Ma, lo sai, questa è una zona rurale. Io e Rachel ce ne staremo in casa per tutto il fine settimana. Ho un paio di scatolette in più», scherza.

Rido. È sempre pronto per un'emergenza, proprio come lo era papà.

«Cass, il fratello di Rachel ha chiamato e ha detto che non può uscire di casa a Philadelphia.»

«Che vuoi dire, *non può*?»

«Troppe persone infette per le strade. Non può proprio uscire. Gli infetti attaccano le persone e la polizia non fa un cazzo. Forse dovreste andare alla baita, se la situazione peggiorerà. Anche io farò così. Ci incontreremo lì se non riusciamo a contattarci di nuovo. Promettimelo, Cass.»

Eric sa che non infrango le promesse.

«Eric», dico cauta. «Non posso promettertelo. Staremo bene nell'appartamento, ne sono sicura. E poi, come ci arriveremmo? Con la linea F?» Cerco di sdrammatizzare ricordandogli che non ho un'auto. Nessuno di noi ce l'ha.

«Dico sul serio, cazzo!» esclama.

Sembra spaventato e non lo è mai. È la tensione nella sua voce che mi fa continuare ad ascoltarlo mentre prosegue.

«Sai cosa fare, sei piena di risorse. Non pensarci troppo, Cass. Ho un bruttissimo presentimento.»

Rimango in silenzio. Sto *davvero* pensando troppo. Mio padre diceva sempre che niente uccide più velocemente che ignorare l'istinto. Centomila persone; un numero di persone equivalente a cinque Madison Square Garden che vagano, praticamente rabbiose.

«Te lo prometto, E. Se dovesse peggiorare, ce ne andremo.»

Lascia uscire un respiro che non sapevo stesse trattenendo. «Okay. Ti voglio bene, fino alla fine del mondo.»

«E oltre. Ti voglio bene. Ci sentiamo dopo, va bene?»

Riferisco a Nelly e James cos'ha detto Eric, e ci dirigiamo verso la TV. Ma al posto della CNN, c'è una schermata che segnala delle difficoltà tecniche. James cambia su NY1 News; almeno trasmette ancora. Dicono che la situazione a ovest si sta risolvendo e che entro lunedì il virus dovrebbe sparire in tutto il Paese.

«Stronzate», dice James.

«Cosa?» chiede Penny mentre entra con una borsa.

«Che sarà sparito entro lunedì. Hanno oscurato la CNN», risponde lui.

«Davvero?» Penny aggrotta la fronte e indica la TV. «Ma non hanno oscurato tutto.»

«Solo le emittenti che dicono la verità, forse», dico e Nelly alza un sopracciglio alle mie parole. «Ho parlato con Eric, dice che qui ci sono molti più infetti di quello che dicono. Mi ha fatto promettere che andrò a nord se la situazione dovesse peggiorare.»

Penny si osserva intorno mentre annuisce, poi guarda il telefono e si ricorda qualcosa.

«Ho lasciato un altro messaggio a mia madre dicendole che andiamo a casa tua ma prima devo passare dalla mia. Ana mi ha lasciato un messaggio in segreteria; il telefono non ha neanche squillato. Ha detto che stava tornando a casa dal lavoro ma si è dimenticata le chiavi. Non riesco a contattarla per dirle che, invece, andiamo da te.»

Ana è la sua sorella più piccola. Si dimentica sempre le chiavi, anche se ha venticinque anni. Si aspetta che qualcuno sia lì ad aprirle la porta e che la gente faccia tutto quello che vuole lei. Di solito Penny non si precipita a casa per lei, ma oggi è diverso.

«Allora andremo a casa tua e dopo da me», dico come se non fosse un problema. Ma mi immagino una strada di Philadelphia dove non si può neanche uscire e rabbrividisco.

Capitolo 6

Respiro a fondo l'aria dolce mentre percorriamo i viali. Sono cresciuta in questo quartiere, un mix di famiglie irlandesi e portoricane, e l'ho sempre adorato.

Le signore anziane, con i volti allineati che vanno dal bianco avorio al marrone scuro, sono sedute sulle sedie con le gambe di alluminio e si aggiornano sui pettegolezzi dell'inverno. Dalle finestre si diffonde della musica salsa, i barbecue sono accesi e i bambini corrono e giocano. Quando rincaso dal lavoro sono sempre felice di aver deciso di tornarci a vivere.

Nelly guarda la gente fare festa e mette il broncio. «Vedi? Tutti gli altri si divertono, ma noi no, dobbiamo rinchiuderci in casa.»

«Smettila di piagnucolare», dico.

Ride, ma so cosa vuole dire. Da come le persone nel quartiere si stanno godendo la giornata non sembra che la situazione sia grave. Nessuno appare preoccupato.

«Non so perché nessuno ascolti cosa sta succedendo», dice James e scuote la testa.

«Secondo il notiziario va tutto bene, ecco cosa sta succedendo», ci ricorda Penny. «Non tutti dissezionano ogni cosa che ci dicono e passano ore su Internet. Non fraintendetemi, la prudenza non è mai troppa, ma nessun altro pensa che sia così grave.»

Ogni passo con queste scarpe è diventato una tortura: così imparo a preferire l'estetica alla praticità. Non posso nemmeno indossare le zeppe senza traballare come una bambina di otto anni che gioca a vestirsi da grande. Avrei dovuto limitarmi ai miei stivali. Considero di toglierli, ma il marciapiede è coperto da uno strato di un qualcosa che sembra grasso rappreso.

Aspettiamo che le auto passino all'angolo. Do una leggera gomitata a Nelly e indico le mani intrecciate di James e Penny.

Mi fa l'occhiolino mentre intravedo qualcuno giungere da dietro un cassonetto dell'immondizia; probabilmente sta pisciando e non voglio imbarazzare nessuno, così distolgo lo sguardo.

Un respiro rauco mi fa voltare di nuovo: un uomo anziano con i capelli scuri e arruffati si trascina avanti allungando una mano. A una prima occhiata credo che stia chiedendo delle monete, ma ha la pelle grigia e la bocca spalancata. Non ha quasi più metà del collo, come se un morso glielo avesse strappato via. Dev'essere infetto. La ferita ha i bordi neri ed è piena di sangue coagulato e pezzi appesi che non voglio proprio identificare. Si diffonde un fetore di qualcosa di marcio.

«Andiamo!» grida James e strattona la mano di Penny.

Prendo una storta mentre mi volto e sussulto per la fitta di dolore. Devo sbarazzarmi di queste stupide scarpe. Nelly mi sorregge per il gomito, mentre me le tolgo, e poi corriamo per la strada. Mezzo Collo ci segue. Quando raggiungiamo il palazzo di Penny lui è a metà strada. Penny non riesce a infilare le chiavi nella toppa del portone. Forse dovremmo solo continuare a correre.

«Forza, forza», supplica.

La mano le trema, ma la chiave scivola dentro. Entriamo nel piccolo vestibolo mentre Penny è impegnata con la seconda serratura. Mezzo Collo appare e allarga le mani sulla porta. Scaglie marroni si staccano dalle sue dita sporche sul vetro. Ha gli occhi velati. Annusa l'aria con un gemito gutturale e palpa la porta.

«Forza, prima che rompa il vetro», dice Penny.

Superiamo di corsa la seconda porta e, una volta dentro l'appartamento al secondo piano, con la porta chiusa a chiave dietro di noi, crollo sul divano. James corre alla finestra.

«Oh mio Dio», dice Penny. Ha la mano alla gola, come se cercasse di trattenere un urlo. «Che cazzo era?»

Restiamo tutti in silenzio, con il petto che si solleva e gli occhi sgranati. Non pensavo che una persona infetta avesse quell'aspetto: non sembrava malato, ma il mostro di un film horror. E ci ha inseguiti. Mi si accappona la pelle quando mi rendo conto che, in questo momento, potrebbe inseguire altre persone.

«Chiamo il 911.» La mia voce risuona lontana mentre compongo il numero con mano tremante. «Non possiamo lasciarlo andare in giro.»

Dopo venti squilli riaggancio e provo il telefono fisso. Una voce automatica mi dice che sono troppo occupati per rispondere. «Non rispondono.» Non va per niente bene, siamo a New York, cazzo. «Sono troppo occupati.»

Nelly guarda fuori dalla finestra. «È ancora lì. Penny, quando torna Ana?»

Penny corre verso il telefono e preme ripetutamente il tasto di richiamata.

«Ana!» grida quando riesce a parlarci. «Dove sei? Okay, ascolta: c'è un tizio qui fuori che cerca di aggredire le persone. Vai alla porta di servizio. Io rimango al telefono con te. James e Nelly la apriranno, così potrai entrare di corsa. Non entrare da davanti!» Una voce stridula risuona all'altro capo. «Ana, per favore. Fai solo quello che ti dico!» Si volta verso Nelly e James. «È a cinque minuti da qui. Potete andare ad accertarvi che sia sicuro? Uno di voi torni su di corsa se ci sono pericoli.» Annuiscono e se ne vanno.

«Stanno scendendo», dice lei al telefono. Un paio di minuti passano in un silenzio teso. «La porta è aperta? Vai, ci vediamo qui sopra.»

Penny afferra Ana in un abbraccio non appena entra. La sorella le dà una rapida pacca, poi si allontana e si liscia i lunghi capelli. Sono più chiari di quelli di Penny, con sfumature dorate. Indossa stivali al ginocchio di pelle scamosciata marrone e un lungo maglione con i leggings. Il maglione deve costare quanto il mio budget annuale per l'abbigliamento, compresi i miei sandali rimasti all'angolo della strada. Ana assomiglia molto a Penny, con i suoi occhi scuri e il naso piccolo, ma non ha la morbidezza sinuosa della sorella.

«Allora, che ci fa quel pazzo al piano di sotto?» Ana si avvicina a grandi passi alla finestra. Lui è seduto accasciato contro il vetro della porta. Non si muove, spero che sia morto.

«Ha cercato di attaccarci mentre venivamo qui», le risponde James. «È quello che fanno le persone infette. Il virus si contrae attraverso i fluidi corporei.»

Ana si volta dalla finestra e fa spallucce. «Allora, questa sarebbe l'influenza suina o come si chiama? Non posso credere che la gente stia impazzendo per una cosa così! Il bar in cui dovevamo andare ha chiuso in anticipo. Ora devo passare il venerdì sera qui.»

Adesso che è al sicuro, voglio buttarla di nuovo là fuori. «Ana», dico con la mia migliore voce da "smettila di fare la merdina". «Mi dispiace che il tuo venerdì sera sia rovinato, ma hai sentito James? Quell'uomo ha cercato di attaccarci. Tua madre è bloccata in ospedale con queste persone. Potrebbero esserci centomila infetti a New York. E non è influenza suina.»

Ana sporge il labbro inferiore. «Ok, non importa.»

Prende la borsa e se ne va nella sua stanza. Voglio bene ad Ana come lo si vuole a una sorellina che a volte non ti piace. Lì dentro dev'esserci ancora quella dolce bambina di un tempo. Un'estate alla baita dei miei genitori aveva trovato un coniglio ferito e l'aveva curato. Non si fidava di nessun altro per farlo. Quando lei e mio padre lasciarono andare il coniglio guarito lei pianse e passò il resto della settimana a cercare altri animali da salvare.

«Non importa, infatti. Almeno è salva», dice Penny e alza gli occhi al cielo.

Nelly stappa quattro birre. James mette la TV su un canale locale. La CNN è ancora fuori onda. Io ascolto mentre compongo in continuazione il 911.

«Gli autobus sono pieni di malati. Ai membri della famiglia viene chiesto di appuntare sui vestiti della persona infetta un biglietto con le sue informazioni e lasciare la zona, con la promessa che saranno informati dei progressi del paziente. La polizia dice che serve a evitare che i membri della famiglia vengano infettati. Andiamo in diretta sulla scena del Lutheran Medical Center di Brooklyn.»

Metto giù il telefono e mi avvicino al televisore. Un giornalista è all'esterno dell'ospedale dove lavora Maria. Penny si sporge in avanti come se cercasse di intravedere sua madre. Il numero di persone lì fuori è sconcertante: c'è gente sdraiata, in piedi, seduta. Avanzano verso una fila di autobus in attesa. Quando ogni mezzo si riempie e si allontana viene sostituito da un altro. Autobus urbani, scuolabus, pullman Greyhound; sembra che qualsiasi mezzo con più di quattro posti sia stato messo in servizio.

«Le persone vengono fatte salire sugli autobus da diverse ore ma vengono sostituite da altre. Ci hanno appena informati che verremo spostati in una zona a pochi isolati di distanza per la nostra sicurezza. Continueremo a monitorare la situazione da qui. Linea allo studio.»

Nelly abbassa il volume mentre il conduttore del notiziario elenca di nuovo i centri di cura.

Penny sospira. «Beh, non credo che mia madre tornerà presto a casa. Ci saranno state cinquecento persone in attesa lì fuori. Spero solo che stiano dando alle infermiere i farmaci antivirali.»

Penny afferra il telefono e va verso la finestra, provando di nuovo a chiamare sua madre. La sua birra colpisce il pavimento di legno con uno schianto schiumoso che ci fa sobbalzare. Si copre la bocca con una mano e indica la strada con l'altra.

CE NE SONO quattro davanti a un condominio in fondo all'isolato, chinati sul lato ombreggiato della strada. Uno è Mezzo Collo, sorprendentemente ancora vivo, con la testa inclinata a sinistra; poi ci sono un'anziana signora con una vestaglia a fiori e una crocchia grigia in disordine, un hipster con occhiali da sole da aviatore storti sugli occhi e un uomo ispanico con una camicia mezza infilata nei jeans.

La signora corre barcollando e rivela qualcosa di carnoso, lucido e rosa. Solo le mani e i piedi indicano che una volta era una persona. I quattro sono ricoperti di sangue fresco, spalmato intorno alle loro bocche e che gocciola dalle loro mani; scorre sul cemento fino alla strada. Mi si rivolta lo stomaco e mi appoggio al davanzale della finestra. Vorrei urlare loro di fermarsi, ma questo li metterebbe in allarme e la persona è chiaramente morta. Corro a comporre il 911: occupato. Provo e riprovo, mentre gli altri guardano fuori dalla finestra.

«Nove-uno-uno, qual è l'emergenza?» chiede una voce.

«Vedo quattro infetti per strada. Stanno facendo a pezzi qualcuno! Sono su...»

La voce mi interrompe. «Signora, sa se la persona che stanno attaccando è morta?»

Che razza di domanda è questa? «Sì, penso che la persona sia morta, ma...»

«Signora, adesso non possiamo mandare la polizia. Se mi dà il suo indirizzo, gli agenti prenderanno in custodia l'infetto il prima possibile.»

Le do l'indirizzo. «Sa quando arriveranno? Temo che faranno del male a qualcun altro.»

«No, signora, non lo so.» Ha quella voce formale e seccata tipica di ogni funzionario pubblico di New York. «E la prego di restare a casa. La polizia arriverà presto ed è attrezzata per gestire la situazione.»

«Sì, certo. Grazie.» Riattacco aggiungendo: «Per non fare niente.»

Mi sposto di nuovo verso la finestra. «Non vengono neanche.»

«Beh, almeno questa volta hanno risposto», dice James senza distogliere lo sguardo.

Neanch'io riesco a smettere di guardare. È così orribile che, nel momento in cui smetto di farlo, penso che è impossibile che sia reale, così mi volto di nuovo.

«Non stanno solo attaccando, stanno mangiando», dice Nelly e scuote la testa incredulo.

Si dirige in cucina e si siede al tavolo. Lo seguo per prendere dei tovaglioli di carta per pulire la birra rovesciata. Non l'ho mai visto così pallido, ma la sua bocca è una linea ferma. «So che hai promesso a Eric che te ne saresti andata se le cose fossero peggiorate.» Annuisco. «Pensavo che fosse un po' esagerato, ma ora non lo so. Cosa ne pensi?»

Quello che abbiamo appena visto non era semplicemente della gente un po' malata e violenta. Non voglio sembrare paranoica ma ho paura. E l'ho promesso a Eric. «Voglio andare a nord», dico.

James si avvicina alla porta con un braccio intorno alle spalle di Penny. «Non hanno la situazione sotto controllo», dice. «Voglio dire, ci sono delle persone che mangiano qualcuno qui all'angolo e non è nemmeno una cazzo di priorità. Non ci dicono la verità, la gente pensa ancora di essere al sicuro.»

È vero, si sentono musica e grida felici a isolati di distanza.

«Okay», dice Nelly con le mani strette sul tavolo. La sua espressione è incredula, ma annuisce con fermezza. «Allora dovremmo andarcene. Non posso crederci, è una follia.»

Ho sempre pensato che, solo per una volta, sarebbe stato bello se Nelly avesse completamente creduto alle pazze fantasie mie e di James. Ma scopro che questa volta vorrei proprio, proprio sbagliarmi.

CAPITOLO 8

Un urlo dalla strada rompe il silenzio. Cinque giovani ragazzi impugnano mazze da baseball e pezzi di tondini di ferro e avanzano verso gli infetti, che sono così impegnati con il loro pasto da non accorgersene.

Un pezzo di ferro colpisce la testa di Occhiali da Aviatore, mentre il suo proprietario urla per lo sforzo. Gli spacca la testa con un rumore sordo che rieccheggia lungo l'isolato e attraverso il vetro della finestra. C'è, sorprendentemente, poco sangue, anche se il mio stomaco si agita alla vista. Un altro randella l'uomo più attempato. Mezzo Collo e la signora anziana si girano verso i tre uomini rimasti.

«Ora!» urla il ragazzo più grosso.

Mezzo Collo e la signora non hanno alcuna possibilità: in pochi secondi sono a terra e vengono colpiti ripetutamente, finché le loro teste sono solo un ricordo. Il tipo grosso si raddrizza e si asciuga la fronte con una bandana estratta dalla tasca posteriore. Prima che io possa fermarmi, spalanco la finestra della cucina.

«Ehi, grazie!» grido.

Loro guardano in alto e intorno, finché non mi vedono e si spostano per mettersi sotto di noi. Penny si sporge dalla finestra del soggiorno e saluta.

«Oh, ehi. Sei la figlia di Maria Diaz, giusto?» chiede il capo. Penny annuisce. «Ascolta, dovete restare dentro. Sono dappertutto.» Ci lancia uno sguardo severo da fratello maggiore.

«Sono tutti così? Così violenti?» chiedo. «Hanno detto che stavano attaccando la gente, ma sembrava che stessero mangiando.»

«Oh, è proprio così.» Lui fa una smorfia. «Non fate sciocchezze. E dovete spaccargli la testa o, se non crepano facilmente, tagliategli il collo, tipo. Roba da pazzi. Sembrano zombie.»

Un ragazzo più giovane con un cappello da baseball interviene con un luccichio negli occhi. «È vero, ragazzi, *sono* zombie. È proprio come quel gioco, sai, quello in cui…»

«Cristo, Carlos», dice il capo. «Questo non è un gioco. Vedi quel corpo? Potresti essere tu, tua madre o tua sorella.» Ci guarda mentre Carlos esamina i resti e si zittisce.

«Scusate, dobbiamo andare. Vado a prendere la mia sorellina a casa di un'amica. Restate dentro. State al sicuro. Di' a tua madre che la saluta Guillermo.»

Penny risponde che lo farà. Li guardiamo mentre proseguono per l'isolato e si fermano davanti a ogni porta.

«Zombie, mio Dio», mormora James.

Cade il silenzio, poi finalmente Penny parla: «Sono disposta a considerare l'idea che questo virus sia fuori controllo. Lascerò New York non appena mia madre tornerà a casa. Lei sa di sicuro quanto è grave. Ma gli zombie? Dai.»

Incrocia le braccia, il volto teso. Penny è pratica ed equilibrata come sua madre ma posso scorgere il dubbio nei suoi occhi, anche se insiste che non può essere vero. Stavano mangiando quella persona, per quanto sia difficile da credere.

«Li hai appena visti, Pen.» James fa un gesto verso la finestra, poi le stringe delicatamente la spalla. «Non posso escludere nulla, e tu?»

Penny scuote la testa, le braccia ancora incrociate. Colpisce una sigaretta dopo averla estratta dal pacchetto. Non ho più fumato da quando ho smesso un anno fa, ma credo di poter infrangere la regola questa volta. James sta fumando fuori dalla finestra, dato che nessuno sano di mente lo manderebbe fuori, così trascino una sedia per me. Lui sa cosa sto cercando e mi porge la sua, accendendone un'altra per sé.

«Grazie», dico e faccio un bel tiro. La nicotina mi pizzica fino alla punta delle dita delle mani e dei piedi. «Penso di poter almeno fumare, se è in corso l'apocalisse degli zombie. Comunque, qual è la mia aspettativa di vita? Una settimana, forse due?»

James si strozza con il fumo mentre io gli sorrido. «Stai male.»

«L'umorismo è l'ultimo rifugio dei dannati, così diceva mia madre.» Faccio un altro tiro. «Non so che altro fare.»

James chiude gli occhi. Fisso il punto in cui Mezzo Collo e l'anziana signora sono sdraiati sul cemento. Alle finestre del palazzo di fronte sono affacciate tantissime persone. Una bambina con la coda di cavallo mi saluta con la mano e io ricambio. Non riesco a immaginare cosa le stiano dicendo i suoi genitori su tutto questo.

All'improvviso James apre gli occhi. «Ha davvero importanza?» ci chiede. «Voglio dire, sono sicuro che non sono davvero zombie, ma si stanno comportando come tali. Se la cosa si diffonde velocemente, dobbiamo andarcene da qui prima che tutta New York capisca la stessa cosa. Non possiamo permetterci di stare seduti ad aspettare.»

Ha ragione: il segreto è andarsene prima che lo facciano tutti gli altri.

Ana entra in salotto. «Zombie?»

Spengo la sigaretta e rispondo: «Sì, sembra che il virus crei qualcosa di simile agli zombie.»

«Bleah.» Ana fa una smorfia, non per gli zombie, ma per la sigaretta. Agita la mano per scacciare il fumo, che non è affatto vicino a lei. «Allora cosa dovremmo fare?»

«Lasciare la città», risponde Nelly. Si siede accanto a Penny, che si mangia un'unghia e accarezza il divano dall'altra parte.

«E andare dove?» chiede lei.

«A casa dei miei genitori, a nord», rispondo. «Se riusciamo ad arrivarci.»

Ana socchiude le labbra. «Sul serio?»

«Parleremo prima con mamma, Ana, e porteremo anche lei. Non preoccuparti.» Penny scavalca Nelly e le stringe la mano.

«Provo a chiamarla», dice Ana e afferra il telefono. «Oh, mamma ha mandato un messaggio. Sembra che ore fa abbia scritto a entrambe, ma l'ho ricevuto solo ora.»

Mi chiedo perché nessuno si faccia prendere dal panico quando anche fare una semplice telefonata è un'impresa. Ma immagino che sia stato lo stesso durante l'11 settembre e il blackout. Forse, ormai, ci siamo abituati.

Penny controlla il telefono e scuote la testa. «Non mi è arrivato. Cosa dice?»

«Il virus è molto grave. Ci vediamo da Cassie dopo il lavoro. Portate dei vestiti. Lasciate la città stasera. Vi spiegherò più tardi. Vi voglio bene, mamma.»

Gli occhi di Penny sono enormi dietro gli occhiali. Ana scuote la testa. «Non è possibile. La mamma è cattiva come tutti voi!»

Sono sollevata, non perché la situazione si stia rivelando così grave come pensavamo io e James, ma perché abbiamo ottenuto il permesso di seguire il nostro istinto. Forse, dopotutto, non siamo così pazzi.

Capitolo 9

Penny e Ana fanno i bagagli per loro e la madre, mentre noi aspettiamo. Nelly mi sorride, ma il sorriso non gli arriva agli occhi.

Mi lascio cadere accanto a lui sul divano. «Cosa c'è che non va? È una domanda stupida. Voglio dire, nello specifico, cosa c'è che non va?»

Abbassa lo sguardo sulle mani strette tra le ginocchia. Sono passati anni da quando lavorava in un ranch ma, dal loro aspetto, sembra che ci lavori ancora. Alza gli occhi. «Tutta quella gente davanti all'ospedale. Come faranno a controllarli, se sono tutti come quei quattro?»

«Lo so. È ancora presto. Forse c'è un modo…» Cambio argomento. «Hai parlato di nuovo con i tuoi genitori?»

«Mia madre ha mandato un'email prima uscire dal lavoro. Stanno bene. Lì c'è solo qualche malato. Sono insieme, quindi non sono tanto preoccupato.»

I genitori di Nelly e i suoi cinque fratelli vivono vicini. Hanno del bestiame e molte armi. La prima volta che lo andai a trovare, Nelly li aveva lasciati pavoneggiarsi e mostrare a me, la ragazza di città, come si tiene una pistola. Poi presi una calibro 20 e sparai a una lattina su un ceppo. Rimasero a bocca aperta finché Nelly non scoppiò a ridere e spiegò che mio padre mi aveva insegnato a sparare quando ero piccola.

«Sì, staranno bene», concordo. Appoggio la testa sulla sua spalla e vorrei avere dei genitori da chiamare.

Mio padre era sempre pronto per un'emergenza. Quando ero piccola era stato divertente: tiro al bersaglio, abilità da pioniere, conservazione del cibo e teorie del complotto. Quando sono cresciuta ho pensato che fosse stravagante, ma in un modo adorabile. E mentre la vita andava avanti senza grandi emergenze che durassero più di una tempesta di neve di tre giorni, ho smesso di credere che qualcosa potesse andare terribilmente male. Era inimmaginabile che potesse accadere qualcosa di peggiore della morte di entrambi i miei genitori insieme. Non c'era stato modo di prepararsi a questo.

«Allora», la voce di James irrompe nei miei pensieri, «qui sono stimati più di duecentomila infetti. Credo che il governo sia piuttosto teso, a questo punto. Soprattutto perché il resto del Paese sta combattendo la stessa cosa.»

Mio padre diceva sempre che era meglio essere troppo preparati piuttosto che non esserlo; che non si sarebbe sentito un pazzo se non fosse mai successo nulla e che solo negli ultimi decenni la gente pensava che pianificare un futuro magro fosse una perdita di tempo.

James batte un dito sul suo tablet. «Le città che sono state colpite per prime sono al quaranta per cento d'infezione. Questo significa che, se i tassi d'infezione si mantengono stabili, in pochi giorni potremmo trovarci di fronte a quei numeri. Naturalmente, tutto questo dipende dal fatto che abbiano già messo in quarantena la maggior parte dei malati.»

È quasi la metà della città. Non posso nemmeno immaginare come sarebbe. Forse questi siti web si sbagliano e il Dipartimento della Salute ha ragione.

«Forse possono fermarlo», dico. «Magari hanno visto quello che si sarebbe dovuto fare nel Midwest e hanno iniziato a farlo qui.»

James fa una risata sardonica e io ammetto che, probabilmente, ha ragione.

Mi manca mio padre. Ho sempre avuto l'impressione che nulla di brutto sarebbe potuto accadere se ci fosse stato lui a proteggermi. Ricordo quando ero giù nel seminterrato del loro appartamento, mentre mio padre mi mostrava tutti i bidoni organizzati.

Mi aveva consegnato uno zaino pesante. «Questo è per te.»

«Cosa c'è dentro, un'incudine?»

«Che ridere. È il tuo kit di sopravvivenza. C'è tutto quello che ti serve se devi lasciare la città in fretta.»

Lo abbracciai e risi. «Okay, matto.»

Lui mi abbracciò di nuovo, sorridente ma serio. «Tienilo nell'armadio. Spero che tu non ne abbia mai bisogno. Ma quando ho iniziato a pensare al fatto che non ne avevi uno, ora che sei fuori casa, non riuscivo a dormire.»

Gli accarezzai i capelli folti. Aveva cercato di tenerli a freno, ma erano cresciuti in ciuffi con una vita propria.

«Certo che non potevi. Come si può dormire tranquillamente senza uno zaino pieno di cose per la fuga?»

Sorrise, ma poi scosse la testa per la mia frivolezza. «Tutto questo», indicò i bidoni, le scatole di cibo, «è per te ed Eric. Spero che non ne abbiate mai bisogno. La mia più grande paura è non essere in grado di prendermi cura di voi ragazzi. È un incubo. Un giorno capirai.»

Gli diedi un bacio. «Beh, grazie, papà. Lo apprezzo molto. Davvero. Lo terrò a portata di mano.»

Sapevo che gli dava un briciolo di sensazione di controllo ed era davvero innocuo. Non era una di quelle persone che se ne stavano sedute a sperare che il mondo finisse; si sentiva solo più sicuro quando era preparato a tutto. In questo momento quello zaino è nel seminterrato, ancora pieno di ciò che pensava mi avrebbe tenuta al sicuro. Per prima cosa andrò a controllarlo.

«Allora, ragazzi, è fantastico che stiamo lasciando la città e tutto il resto. Ma con cosa ce ne andiamo?» chiede Nelly.

«Pensavo che potremmo prendere uno dei furgoni del lavoro», rispondo.

Ci sono un paio di furgoni da dieci posti nel parcheggio dietro l'edificio. Sia io sia Nelly li abbiamo guidati in passato.

«Stavo pensando la stessa cosa», dice James con un cenno del capo.

Un rombo rieccheggia nel corridoio. Ana entra trasportando una valigia e con indosso delle ballerine.

«Uh!» esclama Nelly con la sua faccia tosta.

«Credo che qualcuno non abbia afferrato la gravità della situazione», mormora James.

Cerco di mantenere uno tono di voce leggero. «Ana, hai uno zaino?»

«Ne ho ancora uno della scuola. Perché?»

«Forse dovresti usare quello per fare i bagagli.» Abbasso lo sguardo sui miei piedi nudi. «E penso che siano più adatte delle scarpe con cui puoi correre.»

Il suo labbro superiore si arriccia. «Ok. Vuoi aiutarmi a fare le valigie?»

«Perché no?» Faccio l'occhiolino a James e Nelly, che stanno ancora ridacchiando, e la seguo nel corridoio.

Ana deve aver pensato che fossimo diretti ai Caraibi, visto che le ho tolto dalla valigia una canottiera trasparente, una borsa per il trucco e un paio di sandali con il tacco. Ora ha indosso un paio di scarpe decenti, jeans e un maglione. Penny è vestita in modo simile.

«Ho paura, ragazzi», dice.

Le trema il labbro inferiore e io la abbraccio. «No dai! Ci sono solo migliaia di persone che vogliono mangiarci vivi, non vedo quale sia il problema.»

Sul volto che conosco quasi bene come il mio appare un sorriso. Riusciamo sempre a farci ridere a vicenda, non importa quanto sia brutta la situazione. L'abbiamo sempre fatto, da quando quella bambina triste il cui padre era appena morto entrò nella mia classe in quinta elementare.

«Ti voglio bene», sussurra e mi prende la mano.

«Anch'io.» La stringo. «Andrà tutto bene.»

James apre le braccia e lei entra nel suo abbraccio dinoccolato. Annuisco allo sguardo di Ana e lei sorride. Da sempre non vede l'ora che Penny incontri qualcuno, quindi so che le fa piacere, anche se pensa che lui sia un nerd.

Nelly si alza e batte le mani. «Andiamo?»

«Andiamo», rispondo, mentre lo prendo sottobraccio.

Capitolo 10

Nelle strade non ci sono infetti, solo corpi. I piccoli negozi di alimentari sul viale sono aperti e la gente trascina delle borse piene, affrettandosi a tornare a casa. Alcune persone bazzicano in giro, ignorando completamente gli appelli a restare in casa.

Quando raggiungiamo il mio appartamento con il giardino mi fa male il collo a forza di guardarmi costantemente alle spalle. Ci incamminiamo lungo il corridoio fino al soggiorno. C'è qualcuno in cucina e, per un momento, penso che sia Eric, ma sarebbe impossibile. È Peter.

Si sta preparando qualcosa da mangiare, ha le maniche rimboccate e la cravatta slacciata. Questo è il massimo di scompostezza a cui arriva Peter. Sembra sempre tanto fuori posto nel mio appartamento in mezzo al disordine di carte, libri e materiale per dipingere; non che negli ultimi anni lo abbia usato molto, ma non riesco ad ammettere la sconfitta e a metterlo via. Sono sicura di sembrarlo anch'io nel suo appartamento con grandi finestre e linee pulite. Quando arrivo lì sembra che la mia roba esploda dappertutto, anche se provo a essere ordinata.

«Ehi, piccola. Ero preoccupato.» Peter mi abbraccia così forte che mi manca l'aria. Con mia sorpresa, contraccambio. Non pensavo che Peter si preoccupasse. «Ci hanno dato un passaggio su un altro aereo per La Guardia, quindi sono venuto direttamente qui. E quando non hai risposto al telefono…»

Sento una fitta di senso di colpa per lo sguardo preoccupato nei suoi occhi: l'unica cosa che io ho provato è stato sollievo per non doverlo vedere. Sono una persona orribile e, probabilmente, sono tutto quello che ha. Ha perso la sorellina e i genitori in un incidente d'auto quando aveva dodici anni. Abbiamo questo in comune, forse solo questo. Sua nonna, una persona ricca e fredda, lo ha cresciuto fino alla sua morte. È solo; almeno io ho Eric.

Non so cosa dire. «Mi dispiace. Sono felice che tu sia tornato.»

Quando conobbi Peter in un bar della città l'avevo scartato. I ricchi ragazzi tranquilli e affascinanti dell'Upper East Side non sono il mio tipo. Tuttavia, aveva insistito per offrirmi da bere e, così, chiacchierai con lui, mentre contavo quanti minuti sarebbero dovuti passare prima di poter scappare senza sembrare maleducata. Ma quando mi chiese se i miei genitori vivevano ancora a New York e menzionai l'incidente, non fece quella faccia imbarazzata che fanno tutti prima di scusarsi.

Quando i suoi occhi incontrarono i miei erano velati e lucidi. «È come vivere in una casa dove il tetto è stato spazzato via, vero?» disse e capii che aveva aspettato anni prima di trovare qualcuno a cui dirlo; qualcuno che potesse capire.

Annuii scioccata, perché mi sentivo proprio così: quella sensazione che non ci fosse più protezione, che non ci fosse più niente che mi schermasse da qualsiasi casino che il mondo mi avrebbe gettato addosso la prossima volta. E avevo pensato che, forse, avevo giudicato male il libro dalla copertina. Ma quel tipo, quello del bar con gli occhi gentili e l'intuito sorprendente, non aveva più mostrato il suo vero volto per mesi, fino a ora.

Ma dura poco: Peter si stacca brusco e ci osserva tutti con un sopracciglio scuro alzato. Passa dall'essere caloroso all'essere freddo così in fretta da farmi girare la testa.

«Allora, come mai siete tutti qui?» chiede.

«Aspettiamo Maria, la madre di Penny e Ana», rispondo. «Ha detto che dovremmo andarcene dalla città, quindi stiamo andando a casa dei miei genitori a nord.»

Lui ride in modo sprezzante. «Davvero? Credo che tu stia esagerando un po'.»

Ana annuisce e concorda con lui. Traditrice.

Sento crescere il solito fastidio nei suoi confronti. «Beh, se voler lasciare un posto dove le persone ne mangiano altre è una reazione eccessiva, allora ci metto la firma. Sei stato inseguito da un uomo a cui mancava metà del collo? Hai visto quattro infetti mangiare qualcuno?»

«Cassandra, è una piccola epidemia. Hanno la situazione sotto controllo. Ho parlato con degli amici a Manhattan e dicono che la polizia è dappertutto e le strade sono deserte.»

Sembra un ragazzino petulante. Una volta ho visto delle sue foto in un vecchio album sulla sua libreria. Erano di quando i suoi genitori erano vivi. Peter era stato un bambino carino, con le lentiggini che si intonavano ai capelli scuri e con un grande sorriso spontaneo. Non sembrava impertinente come adesso. Quando era uscito dalla doccia e mi aveva visto guardare l'album aveva sorriso ma lo aveva messo via e la volta successiva che ero tornata a casa sua, non c'era più.

Ana scuote i capelli e sorride a Peter. È il sorriso che riserva alle persone che non sono noi. «Vedi? Sembra che a Manhattan stiano gestendo la situazione. Sono sicura che non dovremo andarcene.»

Ana ha una gigantesca cotta per Peter. Pensa che sia uno dei grandi misteri della vita il fatto che io e lui stiamo insieme. La sua costernazione prima mi irrita e poi mi diverte. A volte nomino un posto dove siamo andati e la guardo bruciare di gelosia, solo per divertirmi un po'.

James sorride. «Credo che mi atterrò a quello che dice Maria. Cassie, devo caricare il mio iPad. Posso usare il computer?»

«Certo.» Guardo Nelly. «Vuoi vedere cosa c'è nel seminterrato?»

Capitolo 11

I bidoni di plastica sono impilati contro la parete in fondo al seminterrato. Ci sono passata davanti mille volte mentre andavo a prendere un barattolo di pomodori o altro, e non ci faccio più caso.

«Allora, da dove cominciamo?» chiede Nelly.

«Credo che cominceremo dal kit di sopravvivenza, dove ci sono tutte le cose che servono per una fuga veloce.»

Troviamo quattro grandi zaini in cima alla pila. Il mio deve pesare una quindicina di chili. Il contenuto è ben impacchettato in sacchetti ermetici e sacche porta oggetti.

«Perché non inizi a svuotare gli altri?» gli domando. «Ammassiamo tutto accanto a ogni sacco e vediamo cosa c'è.»

«D'accordo, capo», risponde.

Setaccio lo zaino: ci sono barrette energetiche e cibo disidratato, bottiglie d'acqua, un filtro per l'acqua, roba per il primo soccorso, articoli da bagno e, tra le altre cose, la felpa più sfigata mai vista.

«Ehi, Nels. Che ne pensi?» Gli mostro la felpa con un gattino disegnato sul davanti.

«Bella, dovresti proprio indossarla.»

Rido. «Dev'essere stato mio padre. Mia madre sapeva che non l'avrei messa neanche morta. Deve averla comprata perché avessi dei vestiti caldi con me. Almeno i jeans sembrano normali.»

Sto ancora sorridendo. Mio padre era convinto che mi piacessero i gattini, anche se non era più così da un po', da quando avevo dieci anni. Metteva sempre qualcosa nella mia calza di Natale che mi faceva ridere fino alle lacrime: un calendario con gattini morbidi, un quaderno con gatti che indossavano cappelli vittoriani... questo genere di cose. Ora che ci penso, forse lo sapeva e voleva vedere la mia reazione. A un tratto la felpa mi sembra il miglior regalo che ho ricevuto da molto tempo. Me la infilo dalla testa e mi abbraccio; è come se lo facesse mio padre.

«È di mio padre», dico. Nelly annuisce e sorride; non ha bisogno di spiegazioni. «Alcuni dei vestiti negli altri zaini potrebbero andare bene per te e James.»

L'ultima cosa che esce da ogni borsa è un astuccio da viaggio con una manciata di soldi e documenti. Apro una mappa e vedo diversi percorsi evidenziati, che portano tutti alla baita. Conto i contanti, settecentocinquanta dollari in banconote di piccolo taglio.

«Wow!» esclamo. «Non credo che dovrò andare al bancomat.»

«Anche qui la stessa cifra», dice Nelly. «Fanno tremila dollari, se negli altri due c'è lo stesso importo.» Dà un'occhiata veloce e annuisce. «Sì.»

Negli zaini dobbiamo aggiungere solo del cibo non scaduto. Mio padre ha pensato molto al contenuto; non credo che manchi nulla. Tranne le armi.

«Le armi sono ancora qui?» chiede Nelly. Sta parlando del piccolo deposito di armi che mio padre teneva in città.

«Credo di sì. Eric le ha messe in un bidone con scritto "roba per cucire".»

Il bidone è sotto altri e su uno di questi c'è il mio nome, scarabocchiato da Eric. La mia curiosità ha la meglio e lascio Nelly a dissotterrare le armi, mentre io indago. In cima c'è il mio diploma del college. C'è anche una vecchia scatola di sigari che ricordavo di aver buttato via. C'è un leggero profumo di fiori secchi che mi portò Adrian. Trovo l'anello d'argento con una piccola stella sopra che lui mi regalò perché sapeva che amavo le stelle. Sembra caldo nell'aria fredda del seminterrato. Me lo infilo nei jeans e faccio scorrere un dito intorno al cerchio che forma nella tasca. Ci sono anche vecchi biglietti di concerti. Mi viene in mente una cosa a cui non pensavo da un po' e inizio a ridacchiare.

«Nelly, ricordi quando siamo andati a vedere i New Pornographers e Adrian ha fumato troppa erba?»

Nelly mette giù un bidone e ridacchia. «Quando pensava di essere finito in mezzo a delle ragnatele e che gli fossero andate sul viso e voleva che lo aiutassimo a toglierle?»

Adrian si sfregava la faccia in modo spasmodico. Era sempre così composto, che la cosa era cento volte più divertente, e tutti noi ci eravamo accasciati a terra, morti dalle risate.

Dei passi risuonano giù per le scale e sento Penny ridere prima che appaia in fondo.

«Non è possibile che le barrette che ci ha dato quella ragazza fossero solo di cioccolato», dice e scuote la testa. «Impossibile.»

«Non gliel'ho mai fatta passare liscia», dico. «Mi fa ancora ridere di gusto, ogni volta. Il panico negli occhi…»

Mi fa male la pancia dalle risate, ma quando smetto continua a farmi male in modo diverso. Non parlo mai di Adrian. Fisso il bidone come affascinata dal suo contenuto, ma non puoi ingannare i tuoi migliori amici. Il braccio di Penny si stringe intorno alla mia vita. Cerco di fermare le lacrime; odio piangere di fronte alla gente. Piango per i gatti randagi, per i vecchi che cenano da soli e per i bambini piccoli che sembra non abbiano nessuno. Sono una grande piagnona, ma mi piace piangere da sola.

«Mi manca, ragazzi», sussurro.

«Credi che non lo sappiamo?» dice Nelly, come incredulo del fatto che io pensi che sia un segreto. Mi asciugo le lacrime, ma più ci penso e più velocemente arrivano.

«Sai, avrei potuto scegliere un giorno migliore per decidere di aver commesso un errore madornale. Solo *io* potevo scegliere il giorno dell'apocalisse zombie», dico, il che li fa ridere. Sorrido tra le lacrime e il groppo in gola si attenua. «Non c'è modo di contattarlo, anche solo per assicurarmi che stia bene.»

«Se qualcuno sta bene, quello è Adrian», ribatte Nelly con sicurezza. «È in una fattoria nel nord del Vermont. Non riesco a ricordare il nome. Mi aveva mandato un'email, ma sul vecchio account.»

«Non sapevo che vi parlaste ancora.» Sono gelosa, ma devo ricordare a me stessa che non ne ho il diritto.

«Ogni tanto ci siamo scritti delle email. L'ultima volta è stato circa un anno fa. Gli ho scritto due volte per comunicargli il mio nuovo indirizzo di posta elettronica, ma non mi ha mai risposto.»

Lui fa spallucce, ma io so che ci tiene. Adrian era anche suo amico. Quando ho rotto con lui dev'essere stato difficile essere amico di entrambi.

Tocco il braccio di Nelly. «Mi dispiace di avervi fatto perdere i contatti.» Aggiungo mentalmente un'altra voce alla lista delle cose che Cassie ha incasinato negli ultimi anni. Cresce di minuto in minuto. Muoio dalla voglia di sapere di cosa hanno parlato lui e Adrian. «Ha…? Voglio dire, cosa…»

«Voleva sapere come stavi, diceva che gli mancavi. L'ultima volta che mi ha scritto mi ha chiesto se pensavo che gli avresti parlato. Ho cercato di tirare fuori l'argomento, ma tu eri così contraria a parlare di Adrian che mi hai zittito. Gli ho detto che poteva provarci, ma non sapevo come sarebbe andata.»

Tocco i biglietti del concerto e immagino quanto sarebbe diversa la mia vita se non fossi stata troppo testarda e non mi fossi vergognata di ammettere, anche a me stessa, di aver fatto una cazzata.

«Vorrei che mi avessi costretta ad ascoltare», dico, anche se sono sicura che ci abbia provato.

Nelly alza un sopracciglio. «Hai idea di come sei quando non vuoi parlare di qualcosa? So che lo sai. Sei l'essere umano più testardo del mondo. *Dai*.»

Il suo volto è severo. Potrei essere in grado di mentire a me stessa, ma Nelly non sopporterebbe che io gli dicessi una bugia.

«Lo so, mi dispiace. È colpa mia, non ho ascoltato. Ma tu sei il secondo più testardo.» Gli faccio una faccia buffa.

«Ehi, so ammettere quando ho torto. Solo che non succede mai», dice lui. Penny geme e alza gli occhi al cielo. «Inoltre sono prepotente. C'è una bella differenza.»

Alzo le mani in segno di resa.

«Okay, gente, basta con i ricordi», interviene Penny. «Dobbiamo esaminare una tonnellata di roba prima che arrivi mia madre. James è al computer e Ana guarda Peter con sguardo sognante, quindi ho pensato di venire qui ad aiutarvi.» Legge le etichette dei bidoni. «Sacchi a pelo, materassini, lampade, pentole. Cavolo, ti sei sbarazzata di qualcosa?»

«No. Eric ha organizzato tutto. È lui che ha messo in questo bidone tutta questa roba che avevo buttato.»

Gli sono grata per aver conservato la scatola di legno e mi riprometto di dirglielo quando lo vedrò. Mi chiedo cosa stia facendo Adrian in questo momento e se quella fattoria nel Vermont è sua. La sera in cui l'ho incontrato sapeva già che era esattamente ciò che voleva.

Ero seduta su un divano alla festa di una confraternita del mio college a nord di New York e mi chiedevo cosa ci facessi lì. La mia compagna di stanza da una settimana era dall'altra parte della sala. La guardavo mentre si avvinghiava con impeto a un ragazzo qualsiasi.

«Non è il tuo genere di spettacolo? Neanche il mio.» La voce proveniva da un ragazzo seduto all'altro capo del divano. I suoi capelli color sabbia erano spettinati e le sue labbra formarono un sorriso ironico quando mi vide osservare la sua maglietta con delle lettere greche sopra.

Ho guardato le lettere e poi di nuovo lui. «Sì?»

«Non ho scelta», disse lui, il suo accento più evidente. «Mio padre era un membro. Se non abbraccio la vita da confratello, mi ripudierà.» Tese una grande mano. «Mi chiamo Nel. Sono originario del Texas.»

La strinsi. «Cassie. Piacere di conoscerti.»

«Allora, Cassie, chi sei e cosa ci fai qui? Non sembri una delle solite clienti.»

Alzai le spalle e indicai la mia compagna di stanza. «Mi ha implorato di venire con lei. Ho pensato che avrei potuto fare un tentativo. Sono di Brooklyn. Specializzanda in sociologia.» Scrollai le spalle. «Noioso.»

«Brooklyn? Non è noioso. Mi trasferirò in città dopo la laurea. *Questo* è noioso.» Esaminò la stanza. «Il viavai e i maschi che si battono il petto. Le ragazze ubriache e le loro risse urlanti. Molti dei ragazzi sono a posto, se non li prendi troppo sul serio, ma le feste sono terribili.»

Sapevo che non era il tipico ragazzo da confraternita; i suoi occhi scintillavano mentre si prendeva gioco di tutto quello.

«La mia compagna di stanza sta facendo un'audizione per il ruolo di Ragazza Ubriaca.» Indicai il punto in cui era seduta sulle ginocchia di qualcuno ridacchiando.

«È in momenti come questo che sono contento che non mi piacciano le ragazze.»

Anche se non me ne sarebbe potuto importare di meno, le confraternite non sono conosciute come un covo di pari diritti. «E qui sono tutti tranquilli al riguardo?»

«Sì, soprattutto perché sanno che non sono il mio tipo. Pensano tutti di essere un dono di Dio per le donne e si sono sorpresi di scoprire che ciò non si estende anche agli uomini.» Risi mentre lui sorrideva. «Ho fatto coming out all'ultimo anno di superiori e ho subito di tutto per questo. Mi rifiuto di nascondermi ancora.»

«Certo», concordai. «Ma il Texas? Dev'essere stata dura.»

«Beh, non ha guastato il fatto di poter prendere a calci in culo la maggior parte dei ragazzi che potrebbero avere un problema con me.» Fece una faccia cattiva e poi la sostituì con un sorriso solare. «Ero un giocatore di football e i miei amici più stretti della squadra lo sapevano. Anche loro hanno preso le mie difese.»

Prendo in giro Nelly perché mi ha detto subito di essere gay, così non mi sarei innamorata di lui. Le ragazze si innamorano sempre di Nelly. Ma io non ebbi il tempo di innamorarmi di lui, perché in quel momento vide qualcuno dall'altra parte della stanza e lo salutò.

Il ragazzo si fece strada verso di noi. Era alto e magro, con i capelli scuri e dei begli occhi verdi. Erano davvero belli e, con la pelle olivastra e gli zigomi alti, avrebbe potuto essere anche carino. Ma la mascella forte e il naso, che era solo leggermente imperfetto, erano sufficienti a renderlo interessante. Indossava una maglietta con il nome di qualche gruppo indie e dei jeans. Quando sorrise apparve una fossetta profonda.

«Adrian, questa è Cassie. Cassie, Adrian», disse Nelly, proprio mentre qualcuno gridava il suo nome. «Ah, torno subito. Vogliono sempre il ragazzo gay quando si tratta di cibo. Probabilmente penseranno che io sappia cucinare.»

Adrian si sedette sul divano. In generale, non sono molto brava a fare conversazione e, sicuramente, non con gli uomini di bell'aspetto. Sorrisi nervosa e mi consolai con il pensiero che era l'accompagnatore di Nelly, anche se era il mio tipo. Non c'era motivo di comportarsi come una bambina di seconda elementare timida e impacciata.

Adrian mi guardò con quegli occhi carichi di interesse. «Ciao, Cassie. A che anno sei? Non credo che ci siamo mai incontrati.»

«Matricola. Mi sono appena trasferita quest'anno. E tu?»

«Matricola anch'io. È una scuola decente, la gente è abbastanza simpatica.»

Annuii e cercai di pensare a qualcosa da dire, ma la mia mente era una tabula rasa. Mi venne in mente che dovrebbero vietarmi di partecipare alle interazioni sociali senza dei bigliettini. Adrian mi salvò.

«Allora, cosa vuoi fare da grande?» chiese. Il suo sorriso era disarmante. E, anche se è la seconda domanda che tutti fanno quando si fa conversazione al college, dava l'impressione di volerlo sapere davvero.

«Beh, se intendi in cosa mi sto specializzando, ho iniziato pensando all'arte. Ma non mi permette di trovare un lavoro decente, così sono passata a sociologia con arte come materia secondaria.»

L'angolo della sua bocca si contrasse. Sapevo quello che non stava dicendo e accettai quella considerazione non fatta. «Sì, so che sociologia non è molto meglio.» Sorrisi. «Ma non ho intenzione di lavorare a Wall Street. Devo studiare qualcosa che mi piaccia, altrimenti che senso ha? Sto pensando di lavorare in un'organizzazione non-profit da qualche parte.»

Lui annuì. «Che tipo di arte fai?»

«Per lo più dipingo.» Ero troppo timida per parlarne e cambiai argomento. «Allora, che mi dici di te? Qual è la tua specializzazione?»

«Ingegneria.»

«Questa sì che è una laurea da adulti», scherzai. Era così cordiale, che potevo sentirmi rilassata. «Allora, cosa pensi di farci? Costruire ponti e fare montagne di soldi?»

Sorrise. Quando scosse la testa i capelli gli caddero sugli occhi e lui li spinse via. «Non esattamente, mi sto specializzando in ingegneria ambientale. Voglio creare cose che possano essere usate per la produzione di cibo e per la conservazione del suolo.»

Scossi la testa. «Ah, un benefattore!»

«Ehi, non preoccuparti. Non comincerò a farti la predica su cosa fai per rovinare il nostro pianeta o altro.» Alzò le mani e apparve la fossetta.

«Sto solo scherzando. Quindi vuoi essere *off grid*? Rifiuti zero?» domandai.

«Esattamente.» Mi guardò come se avessi attirato la sua attenzione e il mio viso arrossì sotto il suo sguardo. «Ho passato l'estate a fare volontariato su un progetto e ho imparato abbastanza per installare un sistema solare di acqua calda per mia madre. La prossima volta vorrei alimentare del tutto la sua casa a energia solare.»

Annuii e bevvi un po' di birra, in modo che non notasse quanto fossero rosse le mie guance.

«Mi piacerebbe creare una fattoria che generi cibo ed energia propri, forse biodiesel…» Si interruppe brusco. «Scusa, a volte inizio a parlare di queste cose e non riesco a fermarmi.» Agitò la mano davanti ai miei occhi. «Sono già assenti?»

«No, mi sembra di parlare con mio padre.» Abbassai il bicchiere. Il mio viso si era finalmente raffreddato. «I miei genitori stanno installando un impianto solare nella loro casa al nord. Il loro piano è di essere completamente indipendenti entro la pensione e di coltivare da soli la maggior parte del cibo. Mi piace parlarne con mio padre, finché non diventa troppo tecnico e posso sentire gli ingranaggi del mio cervello che si inceppano.»

Feci un rumore ronzante che non sembrava affatto un ingranaggio, ma lui si mise a ridere. «Magari potessi fargli delle domande, qualche volta. Mi piacerebbe vedere cosa ha fatto.»

«Potresti, sai, se vuoi davvero. Muore dalla voglia di parlarne. Io e mia madre ci limitiamo ad annuire, sorridere e allontanarci quando lui comincia a parlare. Ora che mio fratello è al college, sta lentamente morendo dentro per mancanza di interesse nei suoi progetti.»

Adrian annuì come se fosse qualcosa che avrebbe preso in considerazione. Devo riconoscere che gli amanti degli impianti a energia solare sono sicuramente persone convinte. Riconobbi lo sguardo sognante sul volto di Adrian.

«Allora, come conosci Nel?» domandai. Mi chiesi se facessero sul serio o no.

«Eravamo in classe insieme la scorsa primavera e siamo andati subito d'accordo. È un ragazzo fantastico.»

«Sembra di sì.»

Proprio allora Nelly apparve con un piatto di hamburger. «Allora, cosa mi sono perso? Credo che tu ti sia persa la tua compagna di stanza che vomitava nei cespugli e tornava a casa, Cassie.»

Mi alzai in piedi. «Forse dovrei andare da lei.» Non volevo farlo. Tenerle indietro i capelli nel bagno comune non era in cima alla mia lista di cose da fare.

Nelly agitò una mano. «C'era un'altra ragazza con lei. Bethany? Tiffany? Qualcuno, comunque. Sta bene!» Si sedette sul pavimento e accarezzò il mio posto sul divano. «Siediti, mangia.»

Così feci. I miei occhi vagavano costantemente su Adrian. Un paio di volte lo sorpresi a guardarmi e, ogni volta che i nostri occhi si incontravano, il mio stomaco sussultava. Mi dissi di darmi una calmata; che forse era carino e gentile, ma non era interessato a me. Non gli interessavano nemmeno le ragazze.

Mi sono sempre sentita come la ragazza di cui la gente dimentica il nome. Di solito i ragazzi che finivano per interessarsi a me erano quelli che conoscevo da un po', quelli con cui potevo parlare senza sentirmi a disagio. A quel punto mi andava bene; non mi dispiaceva essere una persona che ispirava amore e lealtà nel tempo. Ma, di solito, significava che venivo trascurata, almeno all'inizio. E con Adrian sapevo che mi sarebbe dispiaciuto.

«Beh, domani mattina devo lavorare, lavoro-studio in biblioteca», dissi, dopo che avevamo parlato per ore. Era il tipo di conversazione in cui si ha così tanto da dire che si dispera di riuscire a tirare fuori tutto, anche se si resta svegli fino all'alba. Non volevo rompere l'incantesimo e andare a casa, ma era tardi. A quel punto il resto dei partecipanti alla festa era svenuto o stava pomiciando. «Potrei riuscire a trascinarmi fuori dal letto, se vado a dormire adesso.»

«Non andare a casa da sola, tesoro», disse Nelly. «Lascia che ti accompagni.»

Non volevo costringerlo ad accompagnarmi a casa lungo le strade sicure e alberate. «Grazie, ma non c'è problema. Sono cresciuta a Brooklyn, ricordi?»

«Facciamo la strada insieme», si offrì Adrian. «I nostri dormitori sono proprio vicini.»

«Okay, grazie», dissi. «Nelly…» Mi resi conto di averlo chiamato Nelly, la birra mi aveva sciolto la lingua e arrossii. Avevo già inventato un soprannome per lui, ma non l'avevo usato intenzionalmente.

«Mi piace Nelly!» esclamò lui. «Come Nellie Oleson in *La casa nella prateria*.»

«Facevo finta di essere Laura quando mettevo in pratica le mie capacità da pioniera!» dissi. Adrian mi sorrise. «Comunque, *Nelly*, è stato davvero un piacere conoscerti. Magari ci vediamo in giro?»

Nelly sorrise e mi abbracciò. «Oh, non mi sfuggirai, Mezza Pinta. Pranziamo tutti insieme domani.»

«Mi piacerebbe», dissi e sorrisi.

Mi allontanai per dar loro un momento di privacy e, salutando Nelly un'ultima volta, ci avviammo. Camminammo verso il campus, mentre Adrian mi raccontava di sua madre, che aveva cresciuto lui e sua sorella con molto amore ma quasi senza soldi. Era intelligente, divertente, amava sua madre ed era attento all'ambiente. Sospirai.

Adrian mi punzecchiò il braccio. «Perché quel lungo sospiro?»

«Oh, niente», risposi guardandomi i piedi.

Lui mi prese sottobraccio. «Dai, dimmelo.»

Le mie labbra si assottigliarono e scossi la testa. Poi decisi che, se glielo avessi detto, avrebbe potuto essere divertente e avrebbe anche potuto farmi passare la cotta.

Sospirai in modo drammatico e gli diedi una gomitata. «È solo deprimente. Nessun ragazzo si interessa mai alle mie stesse cose. Piaceresti persino a mio padre.» Adrian si fermò e mi guardò sbalordito.

«Sai», balbettai, «perché sei gay.» Ora mi sentivo davvero un'idiota. Se solo avessi tenuto la bocca chiusa.

«Non sono gay.»

Credetti di aver visto un piccolo sorriso sul suo volto, ma non riuscii a mantenere il contatto visivo abbastanza a lungo per esserne sicura.

«Cosa?» Avevo sentito, ma avevo bisogno di un momento per pensare.

«Sto emettendo una vibrazione o qualcosa del genere? Stavo cercando di farti capire che volevo uscire con te.»

Ascoltai a malapena quello che stava dicendo, perché mi stavo chiedendo se potevo voltarmi e scappare. La possibilità di evitarlo nel campus per i prossimi due anni era comunque scarsa. Inoltre, avrei potuto correre solo un isolato prima di avere una fitta al fianco e lui mi stava tenendo ancora il braccio. Gli avevo detto che mi piaceva e che sarebbe piaciuto a mio *padre*.

La birra e il cibo si stavano ribellando nel mio stomaco. «Ho solo pensato, per via di Nelly, e tu hai detto che voi due andavate d'accordo…»

«Non mi importa, però mi importa dell'appuntamento.»

Lo fissai con aria assente. Sembrava così rilassato, mentre tutto dentro di me era in fermento e in subbuglio.

«Sai, uscire insieme?»

«Oh.» Ero abbastanza sicura che sapesse la risposta a quella domanda, così feci una battuta. «Okay, ma forse potremmo rimandare l'incontro con mio padre per il secondo appuntamento.»

Fece un sorriso enorme e contraccambiai, sollevata dal fatto che forse non mi ero resa del tutto ridicola. Ero ancora mortificata, ma sotto sotto avvertivo un caldo guizzo di eccitazione. Non era stata la mia immaginazione; c'era qualcosa. In qualche modo arrivammo al mio dormitorio senza che io morissi d'imbarazzo.

«Ecco, sono arrivata», dissi mentre lui mi lasciava il braccio. «Grazie per avermi accompagnata.»

Mi morsi il labbro e lo guardai, sperando che dicesse qualcosa sul fatto di rivedermi.

«Il piacere è stato mio. Allora, ci vediamo domani a pranzo e ci mettiamo d'accordo?»

«Va bene.»

Ci sorridemmo timidi, finché non mi resi conto che probabilmente avrei dovuto entrare. Iniziai a salire i gradini verso la porta e inciampai. Speravo che se ne fosse andato, ma quando mi girai era ancora lì. Sembrava che stesse reprimendo un sorriso. Cercai di fare la disinvolta, ma mi chiesi quante gaffe avrei potuto fare in una sera. Sarebbe stato un record.

«Dai, ridi pure. Io inciampo una decina di volte al giorno o faccio cadere qualcosa o colpisco qualcuno per sbaglio», dissi.

Lui scosse la testa, divertito. «Buonanotte, Cassie», disse con voce dolce.

Il modo in cui mi guardava, come se fossi speciale, come se fossi una persona che valeva la pena fissare, mi fece tremare le gambe. Salutai e riuscii a entrare attraverso la porta e non a *sbatterci contro*, e mi diressi verso la mia stanza.

Nelly solleva il coperchio del bidone e inspira profondamente. «Ah, adoro l'odore dell'olio per armi.» Probabilmente lo adora anche lui.

«Allora, cosa c'è lì dentro, vecchio mio?» chiede Penny. «Non che ne capisca qualcosa.»

Nelly posa il lungo bidone sul tavolo da ping-pong. Apre le custodie ed estrae due revolver, una nove millimetri e un fucile da caccia. Sono puliti e lucidi, come se mio padre li avesse imballati ieri. Seguono le scatole di munizioni che Nelly impila in base alle dimensioni.

«Non c'è niente di peggio di una pistola scarica», dice.

Inserisce con destrezza le munizioni giuste nelle rispettive pistole. Io lo aiuto. Il revolver mi sembra pesante e strano nelle mie mani. Non ne tengo uno in mano da più di tre anni.

Penny indietreggia. «Cavolo.» Mio padre le ha insegnato a sparare con il fucile, ma ha paura delle pistole. «Tuo padre non sapeva che è illegale avere armi in città?»

«Certo», rispondo con un sorriso. «Ecco perché la maggior parte sono ancora nella baita.»

Penny scuote la testa e Nelly ride.

CAPITOLO 12

FINIAMO DI SOTTO, per ora. La baita è a sole quattro ore di macchina ma se mio padre fosse qui direbbe di non farci affidamento. Dobbiamo portare con noi abbastanza provviste nel caso in cui ci vogliano giorni, nel caso in cui dovessimo camminare. Non sono una che viaggia leggera e, fosse per me, porterei tutto. James potrebbe essere d'aiuto, ha un modo di pensare schematico. Anche Peter.

Peter. È qui e sembra che venga con noi. Non posso continuare così ancora per molto. Ogni minuto che passo ancora ufficialmente insieme a lui mi sembra una bugia. Mi dirigo al piano di sopra. James è assorto sul mio computer. Una risatina arriva dalla cucina.

«Sì, non ci va più nessuno. E…» Ana smette di parlare e alza lo sguardo.

Io sorrido allegra e Peter ricambia il sorriso. Ana guarda la mia felpa con il gatto con un'espressione simile all'orrore. Ho intenzione di rimetterla nel mio zaino per tenerla al sicuro, ma non volevo ancora toglierla.

«Allora, abbiamo dato un'occhiata nel seminterrato e ci sono zaini per tutti. Peter, tu hai dei vestiti qui.» Lui annuisce. «Dovrai mettere in valigia cose con cui puoi camminare, come i jeans; non si sa mai.» Lancio ad Ana un'occhiata pungente.

Peter mi guarda come se fossi una ragazzina sciocca. È esasperante. «Allora, ce ne andiamo davvero?»

«Beh, Maria ha detto che dovremmo. Ana, è *tua* madre. Non è una che ingigantisce le cose.» Mi fermo prima di dirgli che è il benvenuto a rimanere a New York, se è troppo fastidioso.

È palese che Ana non voglia essere d'accordo, ma lo è. «È vero. Mia madre è la persona più pragmatica che tu abbia mai conosciuto. Penso che dovremmo ascoltarla.»

L'implicazione non detta è che Cassie non lo è. Ha ragione su questo; non ho intenzione di discutere. Peter sorride e mi porge le mani. Ne prendo una, anche se non voglio.

«No, Cassie non è la più pratica, ma è la più carina», dice.

Ana gli sorride, ma alza gli occhi al cielo dopo che lui si è voltato verso di me. La sua pelle, anche nella terribile luce della mia cucina, è splendida. Ma tutta quella perfezione aristocratica è noiosa quando dietro non c'è niente.

«Grazie», rispondo, anche se non è vero. Ana potrebbe battermi in un concorso di bellezza in qualsiasi momento. La personalità è un'altra storia. «È ora di fare i bagagli.»

Lo tiro per la mano. È liscia ma forte. Fa cose come la finta arrampicata in montagna e la corsa, ma solo in ambienti climatizzati. L'unica volta che l'ho convinto a passeggiare con me a Prospect Park, si è lamentato delle zanzare per tutto il tempo.

Ho buttato alcune delle mie cose sulla sua mensola nel mio armadio.

«Psst!» dice Peter, mentre tira fuori i suoi vestiti da sotto i miei e li mette sul letto. Poi chiude la porta e si gira verso di me con un sorriso. Infilo la testa nell'armadio e borbotto qualcosa sugli stivali per tenerlo a bada, ma lui si avvicina dietro di me e mi bacia il collo. Mi irrigidisco solo un po', anche se quello che voglio davvero fare è allontanare le sue mani.

Sbatto la testa sull'asta dell'armadio mentre mi giro. «Peter, abbiamo molto da fare.»

Lui sorride e mi accarezza delicatamente la tempia. «E non c'è tempo per un bacio? Dai, sono giorni che non ti vedo.»

Gli do un bacio che è più di un bacetto, ma sicuramente non un vero bacio. Sorrido e spero che non sia così falso come sembra. «Okay, ora al lavoro.»

Non riesco a decifrare lo sguardo che mi lancia, ma non è felice. «Bene.»

Espiro sollevata e trovo dei vestiti per me.

CAPITOLO 13

PETER CI AIUTA a organizzare il seminterrato, anche se dal suo volto si capisce che pensa che sia ridicolo. Abbiamo cibo, acqua e filtri per l'acqua, bussole, nastro isolante, coltelli, torce, una radio, una piccola stufa con combustibile, due tende leggere e altre cose da mettere nello zaino. Peter ha fatto una lista e spunta le cose a mano a mano che sono state imballate. Forse penserà che siamo ridicoli ma è diligente. È come un bambino piccolo; bisogna dargli qualcosa da fare, altrimenti mette il broncio e dà fastidio.

«Dobbiamo prendere il furgone presto e caricarlo, deve essere pronto a partire», dico.

«Non lo so», dice Penny, mentre chiude la zip del suo zaino. «Mi sembrerebbe di rubare. Forse dovremmo prendere un taxi fino all'aeroporto e noleggiare un'auto.»

«Julio ha detto che posso usare il furgone, se dovessi andare all'Ikea o roba del genere», le assicuro. «Lo riporteremo quando torneremo al lavoro. Date le circostanze, sarà contento che l'abbiamo usato.»

«A Julio non dispiacerà affatto, Pen», dice Nelly.

James ci chiama con urgenza dal piano di sopra, dove sta tracciando i percorsi sul mio computer. «Mi sa che non sentite là sotto. Venite qui.»

I rumori diventano più forti mentre saliamo le scale. James ha aperto le finestre nella mia camera che danno sulla strada. Scrutiamo oltre il ferro battuto decorativo che copre i vetri, ma la strada è vuota. Viene dall'altro lato dell'isolato.

«Che il saccheggio abbia inizio», dice Penny, sopra il rumore dei vetri infranti. «Saliamo sul tetto e camminiamo fino al viale.»

Ci facciamo strada lungo le case marroni attaccate fino alla fine dell'isolato e ci mettiamo sul cornicione.

I vetri rotti delle vetrine dei negozi brillano alla luce dei lampioni. Decine di persone esultano mentre distribuiscono oggetti ai loro complici. Un tizio balla con la radio mentre riempie con il suo bottino ogni centimetro dell'auto.

Altre figure si dirigono da questa parte. All'inizio penso che siano altri saccheggiatori, ma non mostrano alcun interesse per i negozi. Cominciano ad azzuffarsi con i saccheggiatori qualche isolato più in là; dev'essere un gruppo di infetti.

«Porca puttana», esclama James giungendo alla stessa conclusione.

Si fanno strada verso i saccheggiatori di sotto, che non sentono le urla che riusciamo a malapena a distinguere nel frastuono. Infine, un ragazzo si accorge degli infetti e cambia espressione quando arrivano. I suoni della rivolta svaniscono sotto le grida di paura. Afferra un amico per il retro della camicia e li indica.

Alcuni riescono a scappare. Quelli che non se ne accorgono, che non sanno come sono gli infetti o che credono di avere il tempo di afferrare qualche altra cosa, si ritrovano circondati. Gli infetti si gettano su di loro con le mani e i denti. Grida rauche si alzano e sono bruscamente interrotte.

«Gesù, staccategli la testa», mormora James accanto a me.

È un massacro. Il sangue schizza sulla strada, mentre i corpi vengono squartati. Alcuni scappano dopo essere stati morsi. Spero che non tornino a casa dalle loro famiglie e le infettino, ma sono sicura che è lì che andranno. È lì che vanno tutti quando sono feriti.

Peter si appoggia pesantemente al cornicione, sembra pallido. Forse ora capisce.

Non ci vuole molto perché i corpi ingombrino la strada. Alcuni degli infetti vagano come se avessero perso la cognizione di quello che stavano facendo, mentre altri mangiano. Alcuni ondeggiano in un vento invisibile. Gli unici suoni sono gli orribili rumori che salgono dal profondo delle loro gole. Sono certa di poter sentire l'odore del sangue fin quassù. Mi porto una mano fredda alla fronte e chiudo gli occhi.

«Sono stati attirati dal rumore», dice James. «Hanno sentito le urla. Guardateli.» Scrutiamo il gruppo sottostante. Non so cosa dovrei vedere oltre a tutti quei corpi e a tutto quel sangue. Lui fa un gesto verso la strada. «Guardate come sono vestiti.»

Più della metà di loro indossa un camice da ospedale, di quelli che ti danno quando si fa il check-in. Ma non ti lasciano uscire indossandoli, almeno non finché sono in grado di fermarti. Penny emette un rantolo.

«Oh, merda», dico. Il mio cuore sprofonda nella disperazione.

CAPITOLO 14

PENNY PERCORRE IL corridoio con il suo telefono. Siamo seduti in soggiorno e gli unici suoni sono il notiziario e il rumore di James sulla tastiera. Quando il telefono di casa squilla mi precipito a rispondere.

«Grazie a Dio, Cassie», dice Maria. «È un'ora che provo a chiamarti.»

«Maria!» esclamo. Penny si precipita in salotto. «Abbiamo ricevuto il tuo messaggio. Sei ancora all'ospedale?» In sottofondo si sentono grida e cose pesanti che vengono trascinate.

«Sì. Cassie, hai il vivavoce su questo telefono?»

Trovo il pulsante e le dico di andare avanti.

«Grazie. Penny? Ana?» La voce di Maria con un leggero accento riecheggia nella stanza.

Penny si china sul telefono. «Mamma! Quando vieni?»

Sentiamo Maria fare un bel respiro. «Penny, dovete lasciare subito la città. C'è un uomo della Federal Emergency Management Agency. Sto usando il suo telefono d'emergenza. Ci ha detto che hanno in programma di distruggere tutti gli accessi a New York entro stanotte o domani. Non possono controllare la diffusione del Bornavirus, quindi metteranno direttamente la quarantena.»

«Cosa intendi per *distruggere*?» chiede James.

Maria fa una breve risata. «La chiamano quarantena, ma stanno lasciando che l'infezione faccia il suo corso. Bart, il tizio della FEMA, dice che progettano di bombardare o bloccare i ponti e le gallerie. Non vogliono che milioni di infetti si riversino fuori da New York. Dovrebbe lasciare la città stasera.»

Non avrei mai pensato che ci avrebbero intrappolato qui in questo modo, almeno non mentre ci sono così tante persone ancora sane. Ci stanno condannando a morte certa.

«Quindi ci lasceranno qui a morire?» domanda Penny incredula.

Maria sospira e, quando parla di nuovo, la sua voce vacilla. «Sì, lo faranno, *mija*. Lo faranno. Si sta diffondendo, non c'è cura. Uccidono i malati. Abbiamo dato loro l'eutanasia con un mix di farmaci nel tronco encefalico. Ma era troppo poco e troppo tardi. L'ospedale è stato invaso e i pazienti si stanno riversando fuori dalle porte. Qui siamo tutti nascosti nel seminterrato.»

«Li abbiamo visti. Ero così preoccupata per te. Mangiano le persone, mamma», dice Penny. Le sfugge un singhiozzo e si copre la bocca. «Sono tutte morte per strada.»

«Oh, *mija*. Potrebbero non essere morte, finché di loro rimane abbastanza. Tutti gli infetti sono morti, o quasi, ma si muovono ancora.»

James incontra il mio sguardo; non c'è sorpresa nei suoi occhi ma una sorta di timore, simile a quello provato dalle persone quando l'uomo ha camminato per la prima volta sulla Luna o ha concepito un bambino in provetta. Solo che quei bambini non volevano mangiare altre persone.

«Il virus lavora in coppia con un parassita. Il cervello è il suo ospite. In qualche modo stimola tutti i processi primari: movimento, impulsi a combattere, fame. Non conosco tutti i dettagli. Il CDC lo sta studiando da un mese.»

Un mese e non sono ancora riusciti a fermarlo. Sentiamo un altro forte rumore all'altro capo del telefono e sobbalziamo. Staranno ammucchiando qualsiasi cosa riescano a trovare per tenerli fuori.

«Eccomi, eccomi. Devo andare. Altre persone hanno bisogno del telefono. Abbiamo l'obitorio e la mensa, e un generatore. Siamo al sicuro qui. Ma tutti voi dovete lasciare la città adesso e andare a nord.» Maria sa tutto della scorta nel mio seminterrato e nella baita.

«Vuoi dire noi», la corregge Penny.

«Penny, è impossibile per me andarmene finché gli infetti non si saranno allontanati, saranno morti o abbiano trovato qualcosa per… Stiamo bene qui. Ho bisogno di sapere che sarete al sicuro.»

«Quindi dovremmo lasciarti qui? No!» esclama Penny strillando, la sua bocca immobile in una O.

«Non potete aspettare. Bart voleva che quelli di noi che hanno famigliari qui li facessero andare via. In quarantotto ore New York sarà infettata oltre ogni immaginazione.»

«Questo non mi fa sentire meglio, mamma!»

«Lo so, ma devi sapere quanto è pericoloso. Un piccolo morso, a volte anche un graffio, può infettarti. So come prendermi cura di me stessa. Appena sarà sicuro andrò a casa di Cassie. Se riuscirò a lasciare New York, andrò a nord. Cassie?»

Penny mi guarda come se fosse caduta in un brutto sogno e io potessi svegliarla, ma questo incubo non è solo il suo.

«Sono qui, Maria», rispondo. «Metterò la chiave sotto lo zerbino e ti lasceremo una mappa per raggiungere la baita.»

Penso a Maria qui da sola, con qualche milione di morti famelici lì fuori. Maria è sempre stata come una madre per me, anche prima della morte dei miei genitori. Dopo la loro morte, quando io ed Eric eravamo chiusi nel nostro dolore, si è occupata dell'organizzazione del funerale. Ha reso sopportabile il nostro primo Natale senza di loro. Ogni volta che ho avuto bisogno di lei c'era. Non posso lasciarla qui quando ha bisogno di noi. «Stiamo andando a prendere un furgone dal lavoro. Veniamo a prenderti…»

«No! No», ripete con voce dolce. «È troppo pericoloso. Mi dispiace, ma devo lasciare il telefono. Vi voglio bene, *mijas*. Vi prego, promettetemi che farete quello che vi chiedo.»

«Okay, te lo promettiamo. Per favore, abbi cura di te, mamma. Ti voglio bene», grida Penny.

«Prometto che lo farò. Ti voglio bene, Penny. Ti voglio bene, Ana. Più di ogni altra cosa al mondo.»

Le guance di Penny sono rigate dalle lacrime mentre risponde sussurrando.

Ana stringe il tavolo, le nocche bianche. «Ti voglio bene, mamma. Sono Ana. Anch'io ti voglio bene.»

«Ti voglio bene, tesoro. Prendetevi cura l'una dell'altra, tutte e tre le mie ragazze, okay? So che lo farete.» La sua voce si rompe per la tensione e poi non c'è più.

CAPITOLO 15

RESTIAMO IN SILENZIO intorno al telefono. Sono davvero persone morte. Hanno perso ogni parvenza di ordine. Faranno saltare i ponti. Maria non viene con noi.

Lo stiamo pensando tutti, ma è James finalmente a dire: «Porca puttana.»

Peter sprofonda su una sedia e fissa il vuoto. Penny e Ana gironzolano intorno al telefono come se potesse ricominciare a parlare.

Io respingo le lacrime e tocco la spalla tremante di Penny. Non so cosa dire. Potrebbe essere stata l'ultima volta che ha parlato con sua madre. Maria non ha detto quanto tempo ci vorrà prima che l'infezione faccia il suo corso. Qui c'è abbastanza cibo per sfamare una persona per un lungo periodo, ma deve riuscire a venire qui. Ho la sensazione che sarà più facile a dirsi che a farsi.

Penny indica se stessa e Ana. «Noi non verremo.» I suoi occhi sono sbarrati e rossi, e sfidano chiunque di noi a obiettare.

Nelly scuote lentamente la testa. «Cosa?»

«È nostra madre, come possiamo lasciarla qui? So che l'ho promesso, ma quando arriverà qui ce ne andremo con lei.»

Mi muovo con cautela. So che nemmeno io vorrei lasciare qui mia madre, ma so anche che Maria morirebbe se le sue ragazze fossero in pericolo a causa sua.

«Pen, ti prometto che torneremo a prenderla appena possibile», dico.

Lei e Ana si scambiano uno sguardo. Penny mi lancia un'occhiata di scusa e scuote la testa.

James si schiarisce la gola. «Bene, allora resterò con voi, ragazze. L'unione fa la forza. Quando arriverà vostra madre troveremo un modo per andarcene.» Fa spallucce, ma il suo viso smentisce le parole.

Dovremmo andarcene. Non c'è niente che desideri di più che essere su un furgone diretto a nord. Ma non posso abbandonare le poche persone rimaste al mondo a cui tengo. Potrebbe non essere la decisione più intelligente, ma mi sembra quella giusta.

«Allora resterò anch'io, se proprio non volete andarvene», dico mentre Nelly annuisce. «Dormiremo qui e domani faremo tutte le provviste extra che possiamo. Dovremmo comunque prendere il furgone, così sarà nei paraggi quando ne avremo bisogno. Portate tutto il cibo che avete a casa. Non ce ne andremo senza di voi.»

Peter scuote la testa e si allontana.

Penny guarda James, poi Nelly e, infine, me. «Non posso permettere che rischiate tutti di rimanere intrappolati qui. Siete proprio pazzi. Per quanto io voglia che rimaniate, devo assicurarmi che siate al sicuro…» Gli ultimi residui di ribellione svaniscono dal suo volto. «Sembro proprio mia madre, vero?»

«Sì», concordo. «Ora moltiplica questo per mille e sai quanto vuole che tu te ne vada. Noi tutti dobbiamo restare perché, quando arriverà e ti vedrà, ti ucciderà lei stessa.»

Fa un accenno di sorriso e fa scorrere una mano lungo l'asticella degli occhiali. «Dobbiamo andarcene, Banana.» Chiama Ana con il suo nomignolo. «Non voglio farlo, ma la mamma ci ucciderà se restiamo. Glielo abbiamo promesso. Quando arriverà qui starà bene e torneremo a prenderla non appena potremo.»

«È ridicolo», sostiene Ana. «Penso che dovremmo aspettare qualche giorno e vedere come va.» Penny cerca di parlare, ma la sorella la interrompe con uno sguardo. «So cosa ha detto la mamma, Penny. Ma quel tizio della FEMO o quel che è potrebbe sbagliarsi, sai. Quante possibilità ci sono che facciano davvero saltare in aria i ponti di New York? Sembra una cosa che direbbe Cassie.»

Mi rincuora vedere come alza gli occhi al cielo quando dice il mio nome, così so che la vera Ana è lì dentro da qualche parte e muore dalla voglia di uscire e denigrare qualcuno.

Le lacrime di Penny si asciugano. «Ana, piantala! Ce ne andremo stanotte, come abbiamo promesso. Prepariamo i bagagli.»

Il suo modo di fare senza fronzoli zittisce Ana. Sembrava proprio sua madre.

CAPITOLO 16

NELLY E JAMES si auto-eleggono per andare a prendere il furgone. Mi offro volontaria, ma rifiutano quello che sospettano essere un mio incauto gesto cortese. Decido di non fare storie anche se, dopo Nelly, sono la migliore tiratrice con una pistola. Ognuno di loro ha una mazza da baseball, presa dalla roba da allenatore di mio padre, e una pistola.

«Ricordate», rammento loro, «non usate queste pistole, a meno che non siate costretti. Sembra che siano attratti dal rumore, gli…» La mia voce si affievolisce; non riesco a dire la parola.

«Zombie?» dice James. Ha quello sguardo trepidante e nervoso che i hanno i ragazzi quando stanno per fare qualcosa di pericoloso e probabilmente di stupido, ma invece di essere spaventati, sono eccitati.

«Ascoltate.» Gli punto un dito contro facendo finta che non stia tremando. «Non fate gli eroi. Prendete il furgone, prendete quello con più benzina. Tornate. Fine.»

Nelly mi fa il saluto militare. «Sì, signora!» Li abbraccio e chiudo il cancello. È difficile ignorare il groppo in gola. Torneranno. Mi tengo occupata portando gli zaini di sopra. Tra questi e l'attrezzatura più grande che metteremo nel furgone e lasceremo per strada se necessario, sembra che si parta per una spedizione sull'Everest. Spero che il furgone ci porti almeno fuori città.

Appoggio la mano sulla tasca dei jeans e faccio scorrere il dito lungo il cerchio dell'anello di Adrian. È diventato il mio talismano; finché lo avrò con me, questa storia finirà bene. Peter entra nel seminterrato.

«Vuoi che ti aiuti a portare il resto della roba?» chiedo.

Ignora la mia domanda. «Cosa pensavi? Sei fuori di testa?»

«Cosa?»

Ha le braccia incrociate e quello sguardo borioso e sprezzante. L'ho già visto prima, ma mai rivolto a me.

Fa una smorfia. «Dicendo che non te ne saresti andata senza Penny. Non riesco a credere che metteresti in pericolo la nostra sicurezza così, per una persona che, molto probabilmente, finirà morta!»

Faccio un paio di respiri profondi e tremanti. Non aiutano per niente. Due ore fa pensava che stessi esagerando e adesso mi accusa di mettere a rischio la *nostra* sicurezza. Gli importa solo di se stesso e forse di me, perché sono il suo biglietto per andarsene da qui. Io ho un posto dove andare. Non so perché mi sconvolga così tanto; forse penso che le persone possano essere egoiste ma che quando sono con le spalle al muro, fanno la cosa giusta, sono umane. Ma non Peter. La rabbia ribolle, ma la soffoco, e ciò che esce è gelido e spietato.

«Beh, Peter, a volte fai qualcosa che potrebbe mettere a rischio la tua sicurezza perché ami qualcuno, lo ami così tanto che vuoi stare con quella persona, anche se significa complicare le cose; anche se significa mettersi in pericolo. Non che mi aspetti che *tu* lo capisca. E per quanto riguarda mettere al rischio noi due, non ti preoccupare; d'ora in poi non c'è più nessun *noi*.»

Spalanca la bocca. Sono crudelmente felice di vedere che il ghigno è stato rimpiazzato dallo shock.

«Non voglio che tu rimanga qui, non è sicuro, e sei il benvenuto se vuoi venire con noi. O puoi andartene per conto tuo, dato che pensi che siamo tutti pazzi. Ma non ti azzardare a farti sentire da Penny o da Ana. Proprio tu dovresti capire che vogliono assicurarsi che la loro madre sia al sicuro.»

È un po' un colpo basso e sembra aver ricevuto una lezione adeguata. «Va bene, va bene, scusa», dice e allunga la mano verso di me.

Il suo viso assume di nuovo la solita espressione. Sta cercando di sedurmi; pensa che la sciocca Cassie non dica sul serio. Incrocio le braccia. In vita mia non ho mai voluto prendere a calci qualcuno così tanto.

Espira rumorosamente. «Cassandra, non essere ridicola. Mi dispiace, non intendevo dire questo.»

Ma io so che lo voleva. Anche se il mio intero corpo trema, provo un senso di sollievo palpabile.

«No, è finita tra noi. Ci è voluto un sacco di tempo. Adesso non è il momento di discuterne. Mi dispiace di averlo fatto così.»

Gli passo accanto e corro di sopra.

CAPITOLO 17

IN PIEDI NELLA mia camera da letto, con le mani strette a pugno, sento il rumore di Penny e Ana che spostano le nostre cose verso la porta d'ingresso. Mi infilo i miei stivali di pelle rodati e butto le pantofole nell'armadio con più forza del necessario. Lo spavento e il sudore non hanno contribuito a domare il crespo dei miei capelli castani, così li lego in due lunghe trecce. Non voglio vedere Peter, ma non posso chiudermi qui dentro. Mi dirigo in salotto e mi metto davanti alla televisione, ignorando gli sguardi di Peter dal divano.

Il virus è sotto controllo, dice il conduttore del notiziario. Ora che so che mentono, capisco perché tutti sono ancora a casa, aspettando che finisca. A meno che non ci si documenti per conto proprio, non ci sono altro che buone notizie.

Stanno mettendo in atto il coprifuoco, apparentemente per fermare i saccheggi. Questo significa che le strade dovrebbero essere libere e, se non veniamo fermati, potremmo farcela. Mostrano l'ubicazione di altri Centri di Trattamento. Immagino fosse comuni. I miei piedi battono sul pavimento. Non sappiamo a che ora faranno saltare in aria i ponti e domani inizia ufficialmente a mezzanotte. La portiera di un'auto sbatte davanti a casa. Sono Nelly e James con il furgone blu.

Corro verso la porta. «Allora? Com'è andata?»

«Non malaccio», risponde Nelly. «Mentre giravamo un angolo, abbiamo sbattuto proprio contro uno di loro. Ci ha spaventato a morte, poco prima che io e James lo stendessimo entrambi con le nostre mazze.» Mima di far oscillare una mazza e sbianca.

«Che schifo!» esclamo, mentre ricordo il rumore metallico sulla testa di Occhiali da Aviatore.

«Sì», ribatte James. Non sembra più entusiasta di vivere un'esperienza alimentata dal testosterone. «È stato piuttosto disgustoso. Ci sembra di averne visto un gruppo enorme mentre tornavamo indietro. Potrebbe essere impossibile attraversare il Queens. Dobbiamo andarcene ora, mentre le strade qui sono libere.»

L'unico piano alternativo è il ponte di Verrazzano fino a Staten Island e poi attraversare il New Jersey. Non hanno visto molte macchine. La gente è ancora in casa e fa quello che le è stato detto. Dev'essere per questo che faranno saltare in aria i ponti stanotte. Il panico comincerà sicuramente domani e, allora, sarà troppo tardi.

Capitolo 18

Guardo l'appartamento un'ultima volta e mi sembra di percepire la presenza di mia madre e mio padre. Spero di fare ciò che devo, ciò che loro avrebbero fatto.

«Fino alla fine del mondo», sussurro nel corridoio vuoto.

«E oltre», Penny bisbiglia dietro di me.

Mi volto e sorrido. Quando ero una ragazzina discutevo con i miei genitori su chi volesse più bene agli altri. «Tanto quanto l'universo», dicevamo. «Per sempre e un giorno; infinito più uno. Fino alla fine del mondo e oltre.» In questo momento calza a pennello.

L'isolato è ancora silenzioso, quindi carichiamo il furgone in fretta. Nelly è al volante mentre ci dirigiamo verso il Queens. Figure ombrose riempiono gli isolati più avanti. Nelly guida fino al viale successivo, ma è lo stesso: un corteo terrificante, diretto verso di noi.

«Sì, e il New Jersey sia», dico.

In ogni isolato ci sono pochi infetti. Alcuni sembrano quasi normali, ma i corpi rigidi e gli occhi sbarrati li tradiscono; altri sembrano morti e in decomposizione. Mi chiedo come ho fatto a non accorgermi che Mezzo Collo fosse morto; con il senno di poi è così ovvio: non puoi essere vivo se ti hanno strappato via la carotide con un morso.

Sono sollevata quando lasciamo le strade ed entriamo in autostrada. Gli infetti non ci sono ancora arrivati e il ponte è a pochi minuti di distanza. Proprio quando inizio a rilassarmi, le luci della polizia illuminano l'interno del furgone. Uno strato di sudore si forma sotto i vestiti e mi tremano le gambe. Siamo a malapena arrivati da qualche parte.

«Merda», dice Nelly e si ferma sul ciglio della strada.

Quattro volanti della polizia arrivano di corsa. Spero che ci lascino andare a casa invece di arrestarci, ma ci sfrecciano accanto senza degnarci di uno sguardo. Appoggio indietro la testa e sento i miei amici espirare, mentre ci rimettiamo sulla strada e attraversiamo il ponte.

Tra tutti i ponti, quello di Verrazzano è sempre stato il mio preferito. È alto e aggraziato, e dipinto di un azzurro argenteo, lo stesso colore del fiume e del cielo al crepuscolo. Sembra che sia cresciuto lì spontaneamente, come acqua trasformata in metallo. Me lo immagino domani, una carcassa contorta con cavi e grossi pezzi di cemento che penzolano verso l'acqua sottostante.

Finora sembra troppo semplice. Mi giro nel sedile, ma la strada è deserta, fatta eccezione per le poche auto molto dietro di noi. Guardo avanti, mentre accostiamo al casello autostradale; all'interno c'è un poliziotto e sembra quel tipo di persona che fa questo lavoro per fottere legalmente gli altri.

«Che ci fate qui fuori?» chiede. Ha una targhetta con il nome "Spinelli" e ci guarda senza alcuna espressione.

«Salve, agente», lo saluta Nelly. «Vorremmo andare nel New Jersey, abbiamo alcuni parenti lì.»

L'agente fissa Nelly senza sbattere le palpebre. «Non avete sentito del coprifuoco?»

«Beh, sì, ma conosce il traffico di New York. Ho pensato che non avrei mai più sfrecciato sull'autostrada in vita mia.»

La maschera dell'agente Spinelli si incrina un po'. Non sorride, ma quella specie di espressione da duro scompare tra le crepe e lui cede.

«Bene. Ascoltate, non voglio sbattervi dentro. Dovrei, ma non appena avrò finito il turno, andrò a casa e non voglio stare alla stazione di polizia a riempire scartoffie, se non sono obbligato. Comunque, adesso sono da solo qui, quindi non so cosa si aspettano che io faccia. Se qualcuno ve lo chiede, avete preso l'autostrada a Staten Island.»

James si allunga verso il finestrino dal sedile del passeggero.

«Grazie, agente. Ha in programma di restare a casa o andrà da qualche parte?»

«Starò a casa, come dovreste fare anche voi. Perché?» chiede.

«Sappiamo da una fonte autorevole che domani isoleranno New York. Faranno esplodere ogni punto di accesso e lasceranno gli infetti morire da soli.»

Sembra che l'agente Spinelli stia riconsiderando il fatto di non sbatterci dentro. È ovvio che crede che siamo fuori di testa. So che James sta cercando di aiutarlo, ma potrebbe peggiorare le cose.

«Arriva direttamente da un pezzo grosso della FEMA e magari vuole andarsene stasera», continua James.

L'espressione del poliziotto non cambia. «Ne terrò conto. Buona fortuna.» Solleva il braccio sulla corsia e ci fa cenno di passare.

«Ero convinto che mi avrebbe ascoltato…», dice James deluso.

Mi volto indietro e vedo che non ha abbassato il braccio: alcune macchine accostano sulla corsia e lui fa loro cenno di passare, poi corre fuori dal casello verso una volante parcheggiata sul ciglio dell'autostrada.

«Lo ha fatto, guarda», dico. Spero che riesca a portare via la sua famiglia in tempo.

Capitolo 19

Nelly aveva ragione: non credo di essere mai andata tanto veloce sull'autostrada di Staten Island. Incrocio le dita, mentre svoltiamo nella strada che porta al ponte di Goethals.

«C'è un posto di blocco», dice Nelly.

Due auto della polizia bloccano la strada, circondate da transenne. Un poliziotto si alza da dietro le auto e zoppica verso di noi, trascinando la gamba destra. Nelly toglie il piede dal freno, ma l'uomo alza il braccio e lo agita. Una gamba dei pantaloni dell'uniforme è a brandelli. Si appoggia alla portiera sul lato di Nelly e ansima.

«Alcuni tipi ci hanno attaccati», sussulta. «Uno mi ha morso, ma gli ho sparato dritto in testa. Ho chiamato i rinforzi via radio, ma non sono ancora arrivati. Il mio collega è morto e non posso guidare con la gamba così.» Indica le auto dietro di sé.

«La Guardia Nazionale era qui, ma è stata chiamata altrove per dei disordini. Non potete passare.» I suoi baffi sobbalzano su e giù mentre parla. «Coprifuoco. Inoltre, ho bisogno di cure mediche e dovete portarmi all'ospedale.»

Devono aver detto ai poliziotti quello che stanno dicendo a tutti; non sa che quel morso è una condanna a morte.

«Non possiamo, dobbiamo andare nel New Jersey. La porteremo lì», dice Nelly.

«Non potete andare lì, ve l'ho appena detto. Aspettate qui, vado a prendere la mia roba», zoppica verso la volante.

James si volta verso Nelly. «Vai, amico.»

Tiro fuori la pistola dallo zaino e l'appoggio in grembo. Forse potrei usarla su qualcuno che non è ancora morto, se so che morirà presto; che morirà e cercherà di mangiarmi.

«Tenetevi forte», dice Nelly.

Il furgone sbatte contro i coni stradali e una transenna a strisce arancioni lo urta con un colpo secco e vola via sull'erba. Il poliziotto agita le braccia e urla. Diventa sempre più piccolo, mentre corriamo attraverso il ponte. Mi dispiace per lui; non ha idea del perché lo abbiamo abbandonato.

James si volta verso di me, seduta sul sedile dietro di lui. «Non sapeva nemmeno che non c'è una cura. Ma che… cazzo?»

Peter è rimasto in silenzio per tutto il viaggio, ma ora parla da dietro di me. «Se ti dicessero che stai combattendo una battaglia persa e che stanno per rinchiudere te e la tua famiglia su un'isola infetta, quanti poliziotti pensi che rimarrebbero al lavoro?»

«Vero.» James si appoggia al sedile. «Pensi che sia tutto qui? Solo quel posto di blocco?»

«Sarebbe piuttosto difficile da credere», risponde Peter. «Ma chi lo sa? Tutti quelli che lo sanno potrebbero essere già partiti. Se *io* lo avessi saputo, non sarei tornato a New York con l'aereo. Sarei saltato su uno di quegli elicotteri con un senatore e ora sarei ad aspettare da qualche parte nel Montana, perfettamente al sicuro.»

Posso avvertire i suoi occhi che mi perforano la nuca. Siamo in due a desiderare che lui sia in Montana. Sta prendendo bene la rottura.

«Beh, visto che non possono lesinare sulla manodopera per fermare gli infetti che mangiano la gente per strada, scommetto che non hanno il tempo di fermare le persone che guidano pensando agli affari propri», dice Nelly. «Quel poliziotto ha detto che la guardia è stata richiamata; dev'essere stata una cosa piuttosto importante per lasciare un posto di blocco principale.»

Rilasso un poco le spalle quando siamo dall'altra parte del Goethals e allento la presa sulla pistola. Mi aspettavo che un'esplosione facesse a pezzi la carreggiata sotto di noi. Ci sono poche auto sull'autostrada, ma la cosa non mi sorprenderebbe a quest'ora di una sera normale. Un convoglio di mezzi dell'esercito ci supera in direzione sud. Forse sono diretti al ponte, forse stanno preparando gli esplosivi.

«Mancano circa trenta chilometri all'autostrada Palisades Parkway», dice James.

Gli unici suoni sono i sospiri di Penny e Ana. Non c'è niente che possa dire per migliorare la situazione. Maria è tutto ciò che gli rimane oltre a loro due, e so esattamente come ci si sente.

Il furgone rallenta quando arriviamo al ponte di George Washington. L'autostrada oltre la nostra uscita è bloccata. Quando scendiamo la rampa, ci fermano all'incrocio.

Quello che sembra un ragazzo in uniforme dell'esercito illumina l'interno del furgone con una torcia. «Signore, il ponte per New York è chiuso. Dove siete diretti?»

«Lo sappiamo, siamo diretti alle Palisades», risponde Nelly.

«Signore, quella strada è chiusa. Tutti i civili devono andare a casa e restarci. Nel New Jersey è in vigore un coprifuoco.»

«Beh, visto che siamo di New York, dobbiamo andare da qualche altra parte. Non abbiamo nessun posto dove andare in zona. Ci stiamo dirigendo a nord, dove abbiamo una casa.»

Il soldato annuisce. «Signore, abbiamo degli alloggi temporanei per chiunque sia in viaggio. Girate a sinistra, risalite quella strada per circa tre chilometri e vedrete delle grandi tende e un edificio di uffici. Tutte le persone senza un'identificazione locale valida devono recarsi lì fino al mattino.»

Grandioso, penso. *Ci stanno pigiando a forza in un recinto del governo.* Ora parlo proprio come mio padre e il suo amico John, il nostro vicino di casa più prossimo.

«Andiamo, abbiamo un posto dove andare. Stiamo cercando di arrivarci al più presto. Sono sicuro che potreste usare quei locali per ospitare qualcuno che non sa dove andare», ribatte Nelly.

«Signore, questi sono i miei ordini.» Fa un cenno a un uomo più anziano che sta parlando alla radio. «Questa gente dice che si sta dirigendo verso nord. Non vogliono andare negli alloggi temporanei.»

L'uomo, che non è molto più grande di un ragazzino, dice: «Dovete andarci finché è in vigore il coprifuoco. Inoltre, in questo momento le strade sono solo per i veicoli ufficiali. Non andrete lontano.» Si passa una mano sul taglio a spazzola e sorride per scusarsi. «Mi dispiace di non potervi aiutare. Ci sono molti malati da queste parti. Non vogliono correre rischi. Girate a sinistra e scendete. Non potete sbagliare.»

Nelly sospira e inserisce la marcia.

CAPITOLO 20

ALCUNE TENDE CIRCONDANO un edificio di uffici a due piani in periferia. La strada che prosegue da lì è bloccata da cartelli che indicano che è chiusa. Un soldato più anziano con la barba ci fa segno di entrare in un parcheggio e poi esige brusco le chiavi del furgone. Lo fissiamo tutti a bocca aperta.

«Le chiavi?» chiede James. «Ma è matto?»

«Vi do una targhetta, ne do una al vostro furgone e mi date le chiavi. Le riavrete quando ve ne andrete», dice, come se in qualche modo non avessimo capito il punto.

«In pratica, ci sta portando via il nostro veicolo», ribatte James. «Non può pretendere ciò che è di nostra proprietà.»

L'omone sospira, come se l'avesse sentito da tutti i proprietari di tutte le auto del parcheggio. «Ascoltate, le chiavi sono appese in quella tenda laggiù.» Indica una tenda all'ingresso del parcheggio. «Ci servono nel caso dovessimo spostare le cose. Pensatela come un servizio di parcheggiatori gestito dall'esercito degli Stati Uniti.»

Nelly consegna le chiavi con riluttanza. Il soldato ringrazia e ci indica la direzione dell'edificio. All'ingresso ci sono quattro soldati e, per fortuna, non chiedono di perquisire gli zaini.

«Sapete quando potremo andarcene?» chiede Peter a uno di loro con il suo tono importante, ma il soldato fa solo spallucce e ci fa cenno di seguirlo all'interno.

L'atrio si restringe a un corridoio con la moquette fiancheggiato da porte. Ci conduce attraverso una di esse in un grande spazio incompiuto. Una dozzina di persone dormono sotto le coperte dell'esercito su brande contro una parete. Le sedie sono raggruppate nella parte anteriore della stanza.

Mi tolgo lo zaino e mi siedo. La gente mangia ai tavoli pieghevoli che riempiono il retro. Una donna tiene in grembo un bambino dai capelli ricci. Accanto a lei una bambina in età da asilo dondola le gambe e chiacchiera, mentre mangia un piatto di biscotti. Per lei, almeno finora, questa è un'avventura in cui può avere biscotti illimitati, ed è tutto ciò che deve sapere. La donna le sorride con affetto. Sopra il tavolo sembra calma, ma i suoi piedi sono irrequieti sul pavimento. Sotto il bagliore delle lampade fluorescenti posso vedere le sue guance vacillare per lo sforzo di mantenere il sorriso e di non cedere al panico.

Contro la parete opposta ci sono altri tavoli imbanditi di cibo. Il mio stomaco brontola abbastanza forte da far girare la testa di Nelly seduto sulla sedia accanto a me.

Il soldato che ci ha portato qui fa un cenno verso i tavoli. «C'è un sacco di cibo. Qualcuno vi aggiornerà presto.»

CAPITOLO 21

«HAI UN'ALTRA SIGARETTA?» chiedo a James. «Mi dispiace elemosinare, ma non è che si può correre al negozio.»

Siamo fuori dall'edificio e abbiamo appena banchettato con bagel e piatti freddi. C'erano cestini di frutta, il che era piuttosto surreale, come se fossimo in pausa pranzo a qualche convegno aziendale.

«Ho preso quello che è rimasto della stecca che avevo in ufficio», risponde e me ne porge una insieme all'accendino. «Ne ho un sacco.»

L'accendo e sospiro. Potrei riabituarmici.

«Ne prendo una anch'io», dice Nelly. Sembra l'uomo Marlboro con la sigaretta penzoloni all'angolo della bocca.

«Quanto tempo è passato?» domanda James.

«Cinque anni», risponde Nelly. Sprofonda all'indietro appoggiandosi all'edificio, mentre espira e chiude gli occhi. «Come possono essere ancora tanto buone dopo così tanto tempo?»

«È crudele, vero?» chiedo, mentre il fumo mi colpisce i polmoni.

«E fantastico», risponde James, chiaramente senza nessuno dei sensi di colpa che abbiamo Nelly e io.

La mia risata viene interrotta da Peter, che esce dalla porta principale dell'edificio e si dirige verso di noi. «Posso parlarti un minuto?» mi domanda guardando con disgusto la sigaretta.

Ringrazio di averla. Se non mi tiene calma mentre parlo con Peter, posso sempre spegnergliela in un occhio.

Ci allontaniamo un po' e, quando si ferma, lo faccio anch'io e aspetto che parli.

Lui scuote la testa. «Non riesco a credere che tu stia fumando.»

«È questo che volevi dirmi? Perché, sì, credo di poter fumare una sigaretta in questo momento senza sentirmi troppo in colpa.»

«Come ti pare, Cassie. Non è quello che volevo dire.» I suoi occhi scuri brillano e le sue labbra si assottigliano. «Credo che ora andrò per la mia strada. Grazie per avermi aiutato a lasciare la città, ma da qui in poi me la caverò da solo.»

So che dev'essere difficile stare qui con i miei amici, ma è proprio da lui prendersela con me per il fumo perché è scocciato. Forse vuole che lo implori di restare. Non succederà.

«Bene, buona fortuna», dico.

Mi guarda freddo e fa spallucce. «Anche a te.»

Gira sui tacchi. Ora mi sento in colpa. Qualcuno tra i due dev'essere quello maturo; ci stiamo comportando entrambi come bambini.

«Peter.» Si gira, ma il volto non rivela nulla. Faccio un respiro profondo e spengo ciò che resta della sigaretta sul lato dell'edificio. «Dai, è una stupidaggine. Non puoi andartene per conto tuo, solo perché noi… beh, possiamo ancora essere amici, no?»

Lui alza le spalle. *Non* ho intenzione di pregarlo.

«Quindi, per ora staremo tutti insieme?» chiedo.

«Vedremo come va, ma non credo. Sono sicuro che qui sarò al sicuro finché non potrò tornare in città.»

Tiene la testa alta e agita una mano verso l'edificio. Me lo dice con la stessa facilità con cui mi direbbe che resterà al Plaza finché l'arredatore non avrà finito la sua suite. Lo guardo allontanarsi, stupita dalla facilità con cui crede che questa nuova realtà sia conforme a tutte le vecchie regole. Nelly e James mi guardano curiosi mentre torno verso di loro e riaccendo con cura la sigaretta che ho spento.

«Cosa voleva?» domanda Nelly.

«Ho rotto con Peter a casa, prima di partire.»

«Davvero?» chiede Nelly. Entrambi cercano di non sorridere. «Ottimo tempismo, come al solito.»

«Oh, taci. Non lo sopportavo più. Ha detto che da qui in poi andrà per la sua strada. E ora mi sento in colpa per questo, così gli ho chiesto di restare con noi, e lui ha detto che avrebbe dovuto controllare l'agenda.»

Un soldato dal viso cordiale col naso schiacciato e all'insù si avvicina. «Tutto bene qui?» Annuiamo. «Sono il sergente Grafton.»

Ci presentiamo.

«Quando pensa che potremo andare a nord?» chiede Nelly.

Grafton riflette sulla domanda. Il viso rotondo e le guance rosa mi ricordano una versione adulta del ragazzino sulle ginocchia di sua madre.

«Probabilmente domani mattina. Non stiamo sentendo altro che cattive notizie, quindi non posso fare promesse. In realtà, c'è un'armeria a Teaneck, dove i due maggiori sono andati a fare un briefing. Abbiamo perso il contatto e abbiamo mandato una squadra a cercarli.» Sembra pensare di aver detto troppo e allunga le mani come per calmarci. «Ok, siamo in grado di resistere all'interno dell'edificio, se necessario, fino a quando arriveranno i soccorsi.»

Non ha detto *se arriveranno* ma so che l'abbiamo pensato tutti.

Guarda in lontananza. «Non sappiamo se sono stati attaccati dai Lexer, ma la mancanza di comunicazioni radio è preoccupante.»

«Lexer?» chiede James.

«Sì, come LX in Bornavirus LX. L'esercito li chiama Lexer in modo ufficioso.»

«Può dirci quanti pensano siano gli infetti?» domando. «Non vengono rilasciati nuovi numeri.»

Il sergente sbuffa e, per un attimo, assume un'espressione arrabbiata. «Da queste parti abbiamo discusso al riguardo. Cercavano di impedirci di contattare la famiglia, così non potevamo spargere la voce. È durato dieci minuti.» Soffia aria dal naso. «Pensano che il dieci-quindici per cento di New York sarà infettato entro l'alba. Le grandi città del Midwest sono al sessanta per cento. Il resto è rintanato in casa.

«Non dovrei dirvelo ma in questo momento si stanno concentrando sui posti più piccoli, quelli che non hanno molti infetti, sperando di poter costruire delle zone sicure e lasciare le città finché non riescono a liberarle dai Lexer. Non vedo il motivo di nascondere le informazioni ai civili.»

Fa spallucce, ma lo sguardo sul viso dice che sa più di quanto ci sta dicendo. Senza dirlo, ci sta avvertendo che la situazione non è sotto controllo e non ha idea che noi lo sappiamo già.

«È il miglior piano che hanno ideato finora. Guardatevi intorno.» Indica l'edificio. «Non c'è molto in termini di difesa, ma le Palisades sono proprio alle nostre spalle, quindi non ci preoccupiamo per la difesa in tutte e quattro le direzioni. Stanno alzando le recinzioni mentre parliamo.»

«Palisades. Vuol dire che l'autostrada è proprio dietro di noi?» domando; è un'informazione utile.

Grafton indica dietro di sé con il pollice gli alberi al di là della tenda. «Sì, tornate indietro, forse trecento metri, due e mezzo di recinzione, e sarete sull'autostrada.»

James annuisce rapidamente e cerca di sembrare disinteressato.

La radio di Grafton gracchia. «Devo andare.»

SIAMO DI NUOVO nella sala d'attesa. Peter è seduto in disparte in un altro gruppo di sedie, ma Ana lo ha seguito e parlano tranquillamente. Sono troppo stanca e tesa per fare altro che non sia stare seduta qui. Nelly fruga tra le provviste nel suo zaino, trova un mazzo di carte in una tasca laterale e me lo porge. Papà credeva che anche la noia potesse uccidere.

«Eh?» chiede.

Dovrei distrarmi un po'.

«Certo», rispondo. «Spit?» Io e Nelly abbiamo una battaglia in corso a quel gioco.

Tira fuori le carte dalla scatola proprio mentre Grafton entra nella stanza e alza la voce. «Abbiamo saputo che potrebbero esserci degli infetti diretti verso di noi. Per favore, rimanete dove siete e tenete le vostre cose nelle vicinanze, nel caso dovessimo evacuare.»

La donna con i bambini sceglie la branda più lontana dalle finestre e dalla porta. Li copre con una coperta e li stringe a sé.

Noi prendiamo i nostri zaini e ce li buttiamo sulle spalle. Nella frenesia nessuno nota quando lasciamo la stanza e ci dirigiamo verso l'atrio. Mezzi militari e jeep sono parcheggiati lungo il perimetro dell'area di sosta di fronte, appena dentro la recinzione appena eretta. Stanno facendo quadrato.

Delle luci brillanti, del tipo che si vedono nei cantieri notturni, sono rivolte all'esterno. Una trentina di soldati prende posizione all'esterno. Un soldato nell'atrio cerca di riportarci nel corridoio. Non ho molta voglia di andare dove non posso vedere cosa succede e nemmeno Nelly ne ha, quindi lo seguiamo mentre si infila nella prima porta del corridoio.

Il soldato si sporge. «Dovete andare sul retro», ordina.

Nelly si gira dopo aver fatto un cenno d'approvazione al fatto che le finestre danno sul parcheggio. «Grafton ha detto che va bene. Vada a chiederglielo.» Scommette che non lo farà.

Il soldato fa marcia indietro. «Okay.»

Cinque soldati entrano in fila e prendono posizione alle finestre. Siamo nella sala d'attesa di una società di mutui. Ci sono sedie imbottite rivestite con quel brutto motivo scelto per la capacità di mascherare qualsiasi macchia. Uno dei soldati spegne le lampade sui tavoli sparsi.

Le luci esterne sono più che sufficienti per vedere. Ci accalchiamo in fondo alla stanza. Mi siedo per terra, lo zaino davanti a me e le mani sotto le cosce.

Nelly si siede accanto a me. «Tira fuori la pistola, non si sa mai.»

Faccio come mi dice; dà alla mia mano qualcosa da fare. Gli altri si siedono sulle sedie dietro di noi. Penny mormora qualcosa a James.

Lui si sporge in avanti. «Penny non crede di riuscire a usare la pistola. La do a Peter?»

Nelly torce la testa all'indietro. «Pete», dice piano. Sono sorpresa che ci abbia seguiti fin qui, ma anche contenta.

Peter distoglie lo sguardo dalle finestre. «Sì?»

«Sai sparare con una pistola?» Nelly mima di sparare con un'arma.

«Ehm, non l'ho mai fatto. Quanto può essere difficile?»

«Beh, sparare è facile, prendere la mira è la parte difficile», risponde Nelly sogghignando.

Gli occhi di Peter si socchiudono, ma Nelly non lo stava prendendo in giro e lui lo sa. «Non mi dispiacerebbe averla. Qualche dritta?»

Nelly si inginocchia e in due minuti gli dà un'infarinatura sulle pistole. Una volta che Peter riesce a mirare e a tenere l'arma come si deve, la lezione è finita. L'unica altra cosa che aiuterebbe sarebbe il tiro al bersaglio e noi speriamo di non doverlo fare.

Grafton fa capolino dalla porta. «Pronti?» chiede ai soldati. «Ci hanno detto che sono a circa mezzo chilometro di distanza, molto probabilmente diretti da questa parte. Spegneremo le luci, nel caso li attirino.»

«Pronto, sergente», risponde un giovane soldato latino. Gli altri annuiscono.

«Ricordate, mirate alla testa», dice Grafton.

Il soldato che ha parlato guarda i suoi compatrioti. «Se mi mordono, amico, fammi fuori. Nessun indugio, anche se sono ancora vivo.»

Un soldato dalla pelle scura gli dà uno scappellotto sulla nuca per scherzo. «Rodriguez, aspettavo l'occasione per spararti. Mi offro volontario.»

Tutti i ragazzi ridono e Rodriguez contraccambia lo scappellotto all'amico, sorridendo. «Anch'io mi assicurerò di ucciderti, Park.»

Sorridono tutti. È l'ultima cosa che vedo prima che le luci esterne si spengano e facciano sprofondare la stanza nell'oscurità. Una piccola luce si accende vicino alla finestra. L'espressione sul volto di Grafton è cupa, mentre si avvicina a noi. Ha la mascella serrata, ma sorride e lancia uno sguardo nell'ombra, dove abbiamo abbassato le nostre pistole. Il fucile di Nelly è parcheggiato sotto la sedia dietro di lui.

«Avete delle armi?» chiede. Nelly annuisce con riluttanza. «Beh, dovremmo confiscarle, ma non lo farò.»

Mi rilasso. Dubito che riavremo il furgone, ma questa pistola non va da nessuna parte.

«Potreste averne bisogno. Abbiamo visto i filmati e i Lexer non sono facili da combattere; non si fermano proprio», dice con tono quasi meravigliato, poi guarda fuori dalla finestra.

«Abbiamo una buona probabilità di trattenerli. Se vedete che non riusciamo a batterli, la cosa migliore da fare è scappare, se riuscite a trovare un'uscita libera; oppure andate di sopra dagli uomini sul tetto. Mi è stato detto che, prima o poi, riescono a strisciare su per le scale ma non possono aprire le porte se non riescono a sfondarle. Qui i telai delle porte sono di metallo. Ci vorrebbe molto per sfondarle. Quel gruppo a Chicago li ha tenuti a bada per una settimana. Noi potremmo farlo, senza problemi.»

La sua voce è un borbottio; penso che ora stia parlando da solo.

«Forse sarebbe stato meglio il Medio Oriente, almeno quel nemico è umano.»

E immagino che sappia la verità sull'infezione o che l'abbia capita.

«Okay, devo tornare fuori con i miei uomini.» Annuisce una volta prima di andarsene.

Capitolo 23

Ho la bocca incollata e l'acqua che sorseggio non serve a niente. Affatico gli occhi e immagino cose che si muovono nel buio: una massa di infetti come quelli che hanno attaccato i saccheggiatori. Solo che in questo momento non sono al sicuro nel mio attico, con scorte di cibo per mesi e di acqua proprio sotto di me. Tutto quello che abbiamo è ciò che portiamo sulle spalle. Ci sono due posti dove andare: le Palisades e il piano superiore di questo edificio. I Lexer potrebbero non farcela a salire, ma senza acqua tutta quella gente morirà in una settimana, se non in pochi giorni, intrappolata lassù.

Dopo quella che sembra un'eternità, una delle radio trasmette una segnalazione: «Ci sono circa cento Lexer che si dirigono verso di noi. Tempo di arrivo previsto: due minuti. State pronti, ragazzi.»

I soldati si mettono sull'attenti. Una figura avanza dall'oscurità e si avvicina alla recinzione. Un'altra la segue e poi un'altra ancora. Le luci esterne si accendono e io rimango senza fiato per ciò che vedo.

La strada principale è piena di infetti, di Lexer. Inciampano sull'erba ed entrano nel parcheggio. Le pistole e i soldati non li impressionano affatto, anzi li attirano più vicino.

Risuonano degli spari. Un uomo senza mascella cade dopo che la parte superiore della sua testa è saltata via. Una donna con un vestito aderente viola acceso cade a terra grazie a un colpo ben piazzato. Un ragazzino, che non può avere più di nove anni, zoppica verso la recinzione. Ha la bocca aperta e il suo berretto da baseball gli è scivolato su un occhio, dandogli un aspetto stravagante. I suoi genitori devono essere molto preoccupati per lui. Mi rendo conto che potrebbero essere stati loro a fargli questo e la mia bocca diventa ancora più secca.

Le gambe mi cedono. Queste persone sono morte; sono morte e non lo sono. Se ci penso troppo potrei impazzire, quindi scaccio il pensiero in fondo alla mente. Guardo il ragazzino barcollare per un colpo alla testa ed è solo quando cade a terra, a faccia in giù, che vedo che la sua camicia non è sempre stata marrone. Prima di tutto quel sangue, era bianca.

Ci sono una donna anziana che sembra un'impiegata, un dottore che indossa ancora il camice bianco e un paio di uomini che indossano giubbotti arancioni da operai stradali. Cadono tutti, ma la marea continua, deviando dalla strada.

Sono così tanti. Arrivano alla recinzione, dove spingono, tirano e strattonano. Posso sentirli attraverso la finestra, anche sopra gli spari. È una cacofonia di grida basse e rauche, e di gemiti prolungati. Sembra che abbiano fame e noi siamo il cibo. Combatto l'impulso di coprirmi le orecchie con le mani e, invece, le uso per stringere la pistola. Il cancello oscilla in modo allarmante, ma non cede.

Un lampo di luce dalla strada principale illumina la stanza. Sobbalziamo all'esplosione. Per qualche minuto li uccidono con la stessa velocità con cui arrivano. Ma poi Rodriguez indica la finestra e grida. Seguo con lo sguardo il suo dito e ciò che vedo mi fa uscire l'aria dai polmoni. Stringo la presa sudata sulla mia pistola.

Una gigantesca folla di infetti segue la prima. Inciampano e si accalcano sulle barricate della strada che hanno buttato a terra. Tutto il rumore deve averli attirati. Rodriguez, Park e gli altri parlano ad alta voce sopra gli spari.

Rodriguez si rivolge a noi mentre scappano. «Dobbiamo andare lì fuori», urla. «Uccideremo quei figli di puttana!»

I Lexer alla recinzione spingono. Le loro dita si allungano attraverso il filo metallico, chiamandoci. La recinzione si piega alle giunture dove i pannelli si incontrano; non è fatta per sopportare la forza di centinaia di corpi. Indietreggio, proprio contro una Penny con gli occhi sgranati.

Sembra il finale dei fuochi d'artificio del 4 luglio. Il mio cuore rimbomba e il mio stomaco batte come una grancassa. *Ti prego, ti prego*, ripeto come una cantilena a tempo con lui. *Ti prego.*

Ma, quando il secondo gruppo incontra il primo alla recinzione, questa si piega dall'alto e la parte inferiore raschia lungo il marciapiede. La giunzione tra due pannelli della recinzione si rompe. Un Lexer a terra ci striscia attraverso. Gli manca un braccio e la sua maglietta si apre per rivelare pelle a brandelli e sangue coagulato.

«No!» sussurra Penny.

Quando lei mi afferra il braccio smetto di tremare: non posso dare di matto adesso. Non è armata e, se l'esercito non può proteggerci, allora dovremo farlo da soli.

Il Lexer sotto la recinzione afferra il piede di un soldato e si trascina verso la sua caviglia con il suo unico braccio buono. Affonda i denti nello stivale. Il soldato gli spacca la testa con il calcio del fucile e spara sugli infetti che lo seguono.

Le luci brillanti rendono la loro pelle di un bianco abbagliante, che contrasta con il sangue scuro che ricopre la maggior parte di loro. Alcuni sembrano come soffiare ma non lo fanno con astio. È solo istinto. I loro occhi sono vuoti, senz'anima.

I soldati si ritirano nell'edificio. Gli stivali sferragliano e sbattono mentre alcuni si dirigono verso il tetto e gli spari riprendono ancora più forti. Il cancello si piega più in basso e cede con un rumore di metallo che si trancia. I Lexer si riversano dentro e s'infilano tra i veicoli. Ora che è successo il peggio, sono più calma di quanto pensassi di poter essere. C'è solo una cosa da fare.

«Dobbiamo andarcene», dice Nelly. «Prendete gli zaini.»

Mi butto le cinghie sulle spalle. Gli altri si mettono gli zaini pesanti e guardano Nelly.

«Usciamo dal retro, verso le Palisades?» chiede a James e a me, e noi annuiamo.

I soldati nell'atrio ammucchiano scrivanie e sedie davanti ai vetri, mentre altri radunano i civili su per le scale. La madre ha il bambino in braccio e un soldato porta la bambina urlante.

Grafton ci intercetta. «Dove state andando?» grida.

«Alle Palisades», risponde James.

Grafton annuisce. «Non so dire quando verranno i rinforzi, ma non posso abbandonarli.»

Fa un gesto verso le persone traumatizzate. Il vetro della porta d'ingresso va in frantumi. Un braccio pallido coperto di peli castani scuri spinge attraverso i mobili. I bordi frastagliati gli tagliano la pelle, ma non si ferma.

«Andate ora!» grida Grafton. «Li terremo a bada il più a lungo possibile. Uscite dalle porte in fondo al corridoio. Dietro di noi è libero.»

La cinghia in vita del mio zaino è slacciata, sbatte contro di me e mi sbilancia in avanti a ogni passo. Una sirena acuta suona, la porta si spalanca. Ci sono tutti tranne Peter, che esita.

«Peter, andiamo!» urlo.

I suoi occhi sono enormi e sussulta a uno schianto proveniente da dietro. «Ho detto che avrei…»

Non riesco a credere che stia pensando di restare. Dobbiamo andare ora; non c'è tempo per discutere.

Ana si avvicina e gli tira la manica. «Peter!»

Lo zaino gli fa perdere l'equilibrio, ma lui si raddrizza e attraversa la porta barcollando. La chiudo prima di seguirli sull'erba.

James alza la pistola e grida sovrastando l'allarme. «Laggiù!»

Tre infetti hanno girato l'angolo dell'edificio. Nelly e io prendiamo la mira, ma prima che possiamo sparare cadono a terra con tre colpi. Alzo lo sguardo confusa.

«Vi abbiamo coperto fino agli alberi. Andate!» grida una forma scura sul tetto. Non posso esserne sicura, ma sembra Rodriguez. Sono contenta che sia ancora vivo.

Capitolo 24

Inciampiamo sulle radici degli alberi nell'oscurità fino a raggiungere la recinzione. La torcia di Penny, tirata fuori in fretta, getta un fascio di luce sulle corsie in direzione sud dell'autostrada. Nessuna macchina, neanche un infetto.

Nelly unisce le mani per darmi una spinta. Mi metto a cavalcioni della recinzione e atterro dall'altro lato con un tonfo. Penny e Ana si lasciano cadere. L'erba secca scricchiola sotto i nostri piedi, mentre ci spostiamo indietro in modo che i ragazzi possano seguirci. James ci zittisce, ma non ci sono rumori di inseguimento. Penso che li avremmo sentiti; i Lexer non sanno essere furtivi.

Corriamo attraverso l'erbosa aiuola spartitraffico fino a dove le corsie in direzione nord risplendono al chiaro di luna. Gli spari continuano a risuonare, ma stanno rallentando. Non so se sia un bene o un male. Gli unici altri suoni sono i nostri respiri e i passi. Ho il respiro corto e i muscoli tesi ma penso che potrei continuare a camminare lungo questa strada asfaltata e non fermarmi mai e poi mai. Non sono sicura di quanto tempo camminiamo prima di vedere delle luci lampeggianti davanti a noi.

James legge la mappa da una luce che Penny nasconde nelle sue mani a coppa. «Sembra una rampa d'ingresso. Qui possiamo scendere fino alla Hudson Drive. Che ne pensate, ragazzi?»

«Forse dovremmo», dico io. «Più ci allontaniamo, meglio è.»

Camminiamo in fila indiana all'ombra degli alberi. Non c'è nessuno dentro o intorno alle auto della polizia. Forse sono stati richiamati, forse sono morti, o forse sono morti, ma vivi, il che sembra ancora impossibile. Penny individua un sentiero nel bosco e lo seguiamo fino a quando, dopo pochi metri, troviamo un pannello con una mappa.

Siamo su un sentiero chiamato The Long Path. Corre lungo la cima delle Palisades fino a Rockland County. Nessuno dice niente, ogni decisione che prendiamo sembra monumentale e io non voglio essere quella che ci fa andare nella direzione sbagliata. Al pensiero della distanza che ci aspetta, di tutte le cose che potrebbero andare male, l'energia si prosciuga, come se i miei piedi avessero due tappi di gomma che sono stati lasciati aperti. Le luci lampeggiano tra gli alberi e colorano i volti di tutti di rosso, blu, bianco, rosso, blu, bianco, facendomi girare la testa.

«Dobbiamo allontanarci dall'entrata. Perché non restiamo sul sentiero?» suggerisce James. E indica la mappa. «Qui, qui e qui ci sono dei percorsi che scendono verso il fiume. Dobbiamo solo camminare.»

È difficile credere che siamo circondati dalla città, mentre arranchiamo nel bosco. Un altro chilometro e voglio solo raggomitolarmi e dormire. Ana inciampa ogni tre passi e l'unica cosa che la tiene in piedi è Peter, che la sorregge per il gomito.

Il sentiero si apre su un belvedere con vista sul ponte di George Washington e su Manhattan. È più buio del solito. Riesco a distinguere le forme delle guglie dell'Empire State e del Chrysler Buildings, ma anche quegli edifici sono bui.

«Sembra che ci siano dei blackout, forse», dice Nelly.

«O le centrali elettriche si sono spente», aggiunge James.

Penny rabbrividisce. «Sono così contenta che non siamo lì.» Poi rabbrividisce di nuovo. Forse sta pensando a Maria, o magari è perché la brezza del fiume è fredda, specialmente ora che l'adrenalina è sparita da un po'.

«Fermiamoci qui», supplica Ana. I suoi capelli sono usciti dalla coda di cavallo e le si appiccicano al viso.

Lascio cadere lo zaino a terra e mi massaggio le contratture della spalla. Questo piccolo parco non è un brutto posto per fermarsi. I lampioni ci permetteranno di vedere se arriva qualcosa e possiamo rimanere nascosti, se dormiamo poco più all'interno tra gli alberi. Tutti posano i loro zaini in segno di stanchezza e di assenso. Ci sono solo quattro sacchi a pelo; Peter e io dovevamo condividerne uno. Prima che la situazione diventi imbarazzante, slaccio il mio e glielo passo.

«Ecco, io lo divido con Nelly.»

Peter mi ringrazia, ma in agguato, sotto la sua voce, c'è un'emozione che sicuramente non è piacere.

Nelly mi punta un dito contro. «Non dimenarti, donna. E niente scherzi.»

Il mondo potrebbe finire, e potrebbe succedere davvero, e Nelly non si lascerebbe mai sfuggire l'opportunità di fare una battuta. Forse è il motivo numero uno per cui gli voglio bene.

«Non so se riuscirò a trattenermi», dico, grata che abbia salvato la situazione. «Ma dovrò provarci, visto che abbiamo il primo turno di guardia.» Lui geme e sbadiglia. «Solo quarantacinque minuti. Abbiamo tutti bisogno di dormire un po'.»

Penny e James accettano di fare il turno di guardia seguente. Nelly e io ci appoggiamo a un albero con una coperta di emergenza sotto di noi e il sacco a pelo aperto sopra. Mi accoccolo contro di lui. Nelly profuma sempre di aria aperta, di vestiti asciugati al sole. Forse si è impregnato in lui quando era bambino. Fissiamo il buio abbastanza a lungo perché il mio cuore riprenda il suo ritmo regolare.

«Ti ricordi che abbiamo parlato di cosa avremmo fatto se il mondo fosse finito?» chiede.

«Certo.»

È divertente discuterne davanti a una birra in un bar caldo, immaginare che sarebbe un'avventura. E ora eccoci qui. Sono esausta e spaventata a morte. Mi sento già lercia e disperata.

«Sono contento che siamo rimasti tutti insieme. Sapevo che lavorare con te avrebbe dato i suoi frutti un giorno, anche se non mi hai mai fatto concludere nulla.» Mi pizzica e riesco a distinguere il suo sorriso nel chiarore che precede l'alba, prima che il suo viso si incupisca. «Sai, mi sento come se fossimo stati catapultati nel bel mezzo di un film dell'orrore. Ma non ce la siamo cavata così male.»

«Beh, di certo non è così divertente come dicono. Ma almeno siamo fuori di lì.»

Guardo lo skyline scuro di Manhattan e penso a tutte quelle persone che aspettano aiuto. Persone che non meritano quello che stanno per ricevere. Persone, come Maria, che amiamo.

Il tempo passa in fretta. James e Penny balzano praticamente fuori dal loro sacco a pelo per lo spavento quando li tocco. Ci infiliamo nel loro caldo nido e mi addormento avvolta dalle braccia di Nelly.

Capitolo 25

MI SVEGLIO AL suono di un tuono in lontananza, ma il mio viso è caldo per la luce del sole. Socchiudo un occhio. È stanco e sgranato e mi implora di lasciarlo riposare, ma lo apro a forza e vedo il cielo blu sopra di me. Mi alzo in fretta, dimenticando di essere in un sacco a pelo con un altro essere umano, e vengo buttata di nuovo giù. Nelly grugnisce, ma non si sveglia, mentre sgattaiolo fuori. Ana e Peter dormono appoggiati all'albero. Non che possa biasimarli, è stata una nottataccia.

Pennacchi di fumo si alzano nell'aria sopra Manhattan. Mi sposto timorosa verso il bordo del belvedere. Sembra una zona di guerra. Un rombo più forte, di quello che ora so non essere un tuono, rimbomba. Un altro pennacchio si unisce agli altri per indugiare come smog sulla città. Tutti esclamano, mentre si svegliano e mi raggiungono. Ana e Peter hanno lo stesso sguardo colpevole per essersi letteralmente addormentati durante il turno di guardia.

James si appoggia alla parete di roccia che delimita la scogliera e scruta in lontananza. «I ponti. Lo stanno facendo sul serio, vero?»

Come in risposta alla sua domanda, un elicottero sfreccia dal lato del New Jersey fino al centro del ponte di George Washington, poi si allontana in picchiata e si libra a distanza. Il centro del ponte diventa una macchia a causa dell'esplosione. Mi rimbomba nel petto e raggiunge i piedi.

Tutti gridiamo. Nove milioni di persone stanno per scoprire di essere state lasciate in pasto ai lupi. Il terrore si impadronisce delle mie viscere, insieme a un sollievo senza respiro. Siamo al sicuro, almeno più di loro. Quando il fumo si dirada i cavi di sospensione del ponte sono ancora lì. Hanno fatto saltare solo la carreggiata. L'elicottero si ritira nel New Jersey.

«Forse stanno pensando che, prima o poi, avranno bisogno di riparare il ponte», dice Nelly gelido. «Magari qualche povero bastardo riuscirà ad attraversare quello che ne resta.»

So cosa sta provando. Potremmo esserci noi lì dentro, ci *siamo* noi lì dentro, persone proprio come noi. Peter rimane a bocca aperta: non crede che cose del genere possano accadere. Gli tocco la mano. Sono così abituata a toccarlo, che non mi sembra strano finché non la ritrae. Voglio dirgli che andrà tutto bene, ma non credo che sarà così. Credo che sia questo che lo sconvolge più di tutto.

James cerca l'iPad nello zaino. Non è riuscito a collegarsi a Internet per tutta la notte e i telefoni sono inutilizzabili. Provo a mandare un messaggio con la mente a Eric. *Stiamo bene. Mi sto dirigendo alla baita.* Sicuramente sta dando di matto.

«Trovato!» urla James. Si siede su una delle panchine, mentre noi ci stringiamo intorno a lui. Il titolo su un sito di notizie recita:

Le principali città degli Stati Uniti sono state abbandonate
Il presidente, da una posizione non rivelata, invita i residenti a prepararsi a un lungo assedio
Gli esperti in medicina riferiscono che gli infetti potrebbero essere già morti

James legge ad alta voce: «Oggi il presidente ha annunciato che "non è stato possibile liberare dall'infezione" la maggior parte delle grandi città degli Stati Uniti. Ogni grande città del Paese riporta numeri esorbitanti di malati incurabili. Gli ospedali sono vuoti e adesso i malati vagano per le strade diffondendo il Bornavirus LX.

«Il virus, diffuso attraverso i fluidi corporei, ha dilaniato il mondo. Da ieri non abbiamo più nessun contatto con la Cina e gran parte dell'Europa: entrambi sono stati colpiti dal Bornavirus LX solo pochi giorni prima degli Stati Uniti.

«I dipartimenti di polizia e le unità della Guardia Nazionale sono a corto di uomini. Molti hanno abbandonato i loro posti per prendersi cura delle proprie famiglie, e così nessuno risponde alle richieste di aiuto.

«Le proiezioni hanno mostrato che le città della costa orientale, dove l'infezione era meno diffusa, avrebbero raggiunto il quindici per cento di infetti entro questa mattina, anche con il coprifuoco in vigore. È stata presa la decisione di abbandonare le città e di concentrare gli sforzi su aree meno popolate.

«"Non è stata una decisione facile", ha detto il presidente questa mattina. "Non vi abbiamo dimenticato. Sono sicuro che tutti voi capiate la necessità di tenere sotto controllo questa infezione. Vi chiediamo di lasciare le vostre case solo se assolutamente necessario. Sarà solo questione di giorni prima che possiamo radunare le nostre forze per combattere il virus. Dio vi benedica tutti".

«"Le principali arterie fuori dalle città sono state barricate o distrutte." E gli oppositori del presidente domandano come faranno esattamente i militari a rientrare dopo che le loro forze saranno state "radunate".

«"Non torneranno", ha detto una fonte governativa di alto livello. "Quelle città sono state escluse finché l'infezione non si estinguerà da sola." Quando gli è stato chiesto quanto a lungo vivono gli infettati una volta contratto il Bornavirus, ha risposto: "Questo è il punto: semplicemente non lo sappiamo. Non sono nemmeno vivi".

«"Da ieri circola la voce che le persone infette potrebbero non essere vive, anche se sembrano esserlo. Questa affermazione allarmante è stata negata dal CDC, ma sostenuta dai medici che hanno curato pazienti con il virus. Ieri sera il CDC ha rilasciato una dichiarazione che recita, in parte:

Non esiste una cura conosciuta per il Bornavirus LX. Se si è esposti al virus, il tasso di trasmissione è del cento per cento, come anche il tasso di mortalità. Chiediamo a tutti i cittadini di tutelarsi rimanendo in casa e non tentando di curare i propri cari infetti.

«"Abbiamo contattato il CDC per chiedere per quanto tempo sopravvivono gli infetti. 'Non ne abbiamo idea', ha detto Marcia Dreyer, una ricercatrice e l'unica persona che poteva rilasciare un commento. 'I test hanno dimostrato che non si decompongono a un ritmo normale. Finora solo una ferita al cervello o il fuoco hanno ucciso le nostre cavie.' Alla signora Dreyer è stato poi ordinato di consegnare il telefono a un superiore, che non ha rilasciato commenti.

«"In ogni caso, è chiaro che il Bornavirus LX è dilagante e non curabile. Adesso l'unica cosa da fare è trovare un posto sicuro e aspettare che il virus sparisca."»

James beve acqua a gran sorsi dalla bottiglia e clicca su un collegamento audio dal vivo. Riconosco la voce del conduttore mattutino del notiziario NY1. Ha un sorriso che lo fa sembrare un bambino. Altre volte, come quando sta leggendo un titolo di giornale particolarmente ridicolo, ha un sorriso divertito che dice: *Riuscite a credere a queste stronzate? Che cosa combina questa gente?*

La sua voce di solito allegra adesso risuona esausta. Immagino le borse che deve avere sotto gli occhi e come finalmente dimostri la sua età, il terrore che sta cercando di tenere a bada. Lo immagino, forse con una pistola puntata contro, costretto a pronunciare queste battute per mantenere calma la gente.

«… e tutti i punti di accesso a New York City sono stati bloccati per renderli impraticabili alle persone infette. Ci viene chiesto di rimanere in casa fino a quando l'infezione non avrà fatto il suo corso. La FEMA ha in programma di consegnare del cibo a coloro che hanno bisogno di rifornimenti. Trasmetteremo i luoghi di consegna non appena saranno disponibili. Nei prossimi giorni tutti i servizi pubblici rimarranno attivi. Il presidente ci ha assicurato che gli aiuti stanno arrivando. Vi preghiamo di stare al sicuro seguendo queste istruzioni.»

Sento il tono scettico della sua voce e posso immaginare il suo sorriso, rassegnato e amaro, che chiede: *Riuscite a credere a queste stronzate? A queste bugie?* E no, no, non ci riesco.

Capitolo 26

Ci allacciamo gli zaini e camminiamo. Io indosso la fondina da spalla di mia madre. Non credo che in questo momento mi metterò nei guai per aver portato una pistola in città. Quando è infilata nella cintura sono ossessionata dall'idea di potermi sparare nel sedere, per quanto improbabile possa essere. Mastico una vecchia barretta energetica, finché mi sembra che la mascella stia per cedere e non funzionare più. È difficile da inghiottire per il groppo in gola e la mando giù con dei sorsi d'acqua.

Ogni tanto il bosco si apre e ci offre una splendida vista del fiume Hudson che scorre sotto le imponenti scogliere rocciose. È come se avesse dovuto invertire la direzione o smettere del tutto di scorrere in una giornata come questa. Sono sorpresa che il sole possa risplendere in un cielo così bello e azzurro su tutta questa follia.

Adesso la città sfoggia innumerevoli colonne contorte di fumo nero. Sembra che tutta New York sia in fiamme.

Mi si stringe il cuore mentre penso alle parti migliori della città: i burberi ragazzi di Brooklyn dal cuore d'oro che non esitano ad aiutare qualcuno; il modo in cui i newyorkesi collaborano quando ne hanno bisogno; i musei in cui sono cresciuta, dove fissavo per ore le mummie, i fossili o le teste rinsecchite; Prospect Park; la biblioteca; i vagoni del treno e i quartieri pieni non solo di ogni sfumatura di pelle immaginabile, ma anche di ogni nazionalità, lingua, abito e cibo.

Poi ci sono le parti peggiori: i cassieri che ignorano completamente la tua mano tesa e gettano il resto sul bancone; le persone che pensano che le code siano solo un suggerimento; gli hipster; la sporcizia; il treno F; la motorizzazione.

La mia città, la città che amo e che a volte odio, che mi ha emozionata ed esaurita da quando sono nata, sta andando in fumo. Mi fermo a guardare un'ultima volta, perché era la mia casa, un posto dove tornare se volevo o ne avevo bisogno. Ma sono abbastanza sicura che ora non ci sia più, il bene e il male spazzati via in un colpo solo. Piango per ogni suo frammento.

Capitolo 27

Troviamo una mappa su un altro pannello. Il vento scuote i rami spogli degli alberi. Il fumo dalla città soffia da questa parte, ma è abbastanza in alto da non toccarci e solo l'odore di bruciato si fa strada fino a noi. Rimbombi, sirene e rumori forti giungono da lontano. Alcuni li riconosco: un'autopompa, colpi di pistola; mentre altri sono ipotesi: una granata? È esplosa una conduttura del gas? Godzilla?

Diversi chilometri più avanti c'è la sede del parco con una stazione di polizia. Camminiamo lentamente, appesantiti dagli zaini e dalla fatica. Il viso di Penny è pallido, con ombre scure sotto gli occhi. Allineo i miei passi ai suoi. Lei si guarda i piedi mentre camminiamo, poi mi fissa con gli occhi iniettati di sangue.

«Mia madre», dice. Si pulisce il naso con il dorso della mano.

«Ha le migliori possibilità di chiunque altro laggiù», dico cercando qualcosa che la faccia sentire meglio.

«Lo so.» Ma entrambe sappiamo che anche queste migliori possibilità sono scarse.

È pomeriggio quando raggiungiamo la sede del parco, un edificio in pietra con finestre con i vetri a piombo e camini imponenti. Ci giriamo intorno finché non troviamo l'ingresso ben illuminato della stazione di polizia. Dentro c'è un alto bancone, ma è vuoto.

Nelly apre la porta e grida: «Salve? C'è nessuno?»

Silenzio. James posa lo zaino e s'insinua dietro la scrivania per controllare il corridoio. Torna indietro scuotendo la testa. Sul bancone c'è il monitor di un computer e io faccio il giro per controllarlo. Davanti al monitor ci sono una tazza di caffè e mezzo panino. Tocco un lato della tazza.

«È fredda», dico. «Chiunque sia stato qui se n'è andato da un po'.»

«Che altro, Sherlock?» chiede Nelly.

«Beh, dalle varie chiavi appese qui sotto posso dedurre che potremmo anche farci un giro, sapientone; cioè, se vogliamo rubare un'auto della polizia.» Sventolo un mazzo di chiavi davanti a lui.

«Cosa che faremo, ovviamente», dice Penny. Immagino che abbia superato l'intera storia del non-voler-rubare-un'auto.

Annuisco. «Certo.»

Scegliamo un SUV con la scritta "Parkway Police" sulla fiancata. Se qualcuno si siede in fondo, dietro la gabbia, potrebbe stare quasi comodo.

Compriamo del cibo dalle macchinette automatiche. Immagino che potremmo rubare anche quello, ma inseriamo i soldi nella macchinetta.

«Possiamo usarlo in nostra difesa se ci arrestano per aver rubato l'auto», scherza James. «Potremmo aver bisogno di più cibo, se ci fossero altri contrattempi.»

«Non che questo si possa davvero chiamare cibo», ribatto. Il borsone da viaggio che abbiamo trovato si increspa per le patatine, i biscotti e gli snack alla frutta.

Lui sorride attraverso lo sporco sbavato e le pieghe stanche sotto gli occhi. «Ehi, parla per te. Io vivo di questa roba.»

Partiamo per le Palisades con Nelly alla guida e io dietro. Non mi sorprende che nessuno mi abbia conteso l'onore.

Tracce di case di provincia appaiono tra gli alberi e qualche auto ci raggiunge sulla strada. Rimaniamo sulle autostrade principali, perché le strade minori attraversano le vie principali delle città lungo il tragitto e potrebbero essere impraticabili.

L'autostrada diventa quella dello Stato di New York e, in pochi minuti, è un mare di luci di freni. Più avanti c'è un casello per i veicoli commerciali, ma niente che blocchi il passaggio delle auto. Deve essere tutto bloccato per chilometri.

«Beh, ragazzi, immagino che tornerà tutto come prima, una volta raggiunta la prossima uscita», dice Nelly.

«Non credo che la situazione migliorerà», concorda James. «La gente sta scappando, proprio come noi.»

Indica una berlina blu davanti a noi, con scatole e borse malconce attaccate al tetto con uno spago a doppio nodo, proprio mentre urta il SUV che la precede. È a malapena un colpetto, ma la portiera del SUV si apre e un uomo con un taglio a spazzola brizzolato salta fuori. I pantaloni cachi di cotone e la maglietta gli si appiccicano addosso per il sudore. Si china dentro la macchina ed esce con una torcia di metallo in mano.

«Ma che cazzo!» urla.

Gli esce uno sputo dalla bocca mentre assalta la berlina, dalla quale balza fuori un uomo basso dalla pelle scura. Alza le mani e fa un gesto verso la macchina di Pantaloni Cachi. Nelly abbassa il finestrino per farci sentire.

«Scusa. Ehi, mi dispiace», dice il tizio con voce calma e fa un passo indietro.

Pantaloni Cachi avanza, il volto sta per diventare viola. Le nocche della mano sono bianche, mentre solleva minacciosamente la torcia.

«Guarda, amico, non è successo niente alla tua macchina. Dai un'occhiata!» continua l'uomo più basso e indica il SUV.

«Dovresti guardare, guardare quella cazzo di strada!» urla Pantaloni Cachi. «Dovresti fare attenzione, porca troia!»

Solleva la torcia più in alto. Ha una macchia scura nella parte inferiore del braccio: una ferita viola con striature rosse, rotonda come il segno di un morso.

«L'avete visto?» chiedo. Tutti annuiscono e fissano la scena.

Il tipo più basso chiude la portiera e fa il giro della macchina, mentre parla con Pantaloni Cachi con voce tranquilla, che si userebbe per calmare un animale selvatico. Non si rende conto che questo tipo non ha nulla da perdere. Si ferma e Pantaloni Cachi si muove in fretta, la torcia in aria.

«Oh, cazzo», dice Nelly.

Prende il fucile che ha messo nella fondina del furgone della polizia ed esce. Lo solleva e lo punta verso Pantaloni Cachi, che si blocca al suono.

«Agente», dice. Sorride come se stesse aspettando il suo arrivo, invece di pianificare di picchiare a morte l'altra persona. «Abbiamo solo avuto un piccolo incidente, niente di cui preoccuparsi.»

James scende dalla macchina e si mette dietro la portiera aperta. A un tratto sembra davvero una cattiva idea che qualcuno sia intrappolato qui dietro. Nelly si avvicina a Pantaloni Cachi.

«Abbassi la torcia», ordina. Pantaloni cachi lo fa e alza le mani in aria. «Dove si è procurato quella ferita?»

Pantaloni Cachi guarda da una parte all'altra e si inumidisce le labbra con la lingua. Abbassa un po' le braccia nel tentativo di nascondere la ferita.

«Facendo dei lavori in garage, mi è scivolato il cacciavite.» Fa una risata acuta. «Non è un buon momento per andare all'ospedale, come sa, così ho pensato che sarebbe andato tutto bene. Ci sto mettendo un sacco di pomata. Niente di cui preoccuparsi.» Si inumidisce di nuovo le labbra e fa un passo indietro.

«Signore.» Nelly ha un tono molto ufficiale e calmo. «Deve farsi vedere da qualcuno. Andiamo al casello, proprio lì, e le cercheremo aiuto.»

«Ha ragione.» Pantaloni Cachi annuisce selvaggiamente, gli occhi guizzanti. «Ha proprio ragione. Qualcuno dovrebbe darci un'occhiata. Io…» Salta l'aiuola spartitraffico e galoppa attraverso la corsia opposta. Nelly abbassa il fucile e guarda l'uomo snello.

«Stai bene?» chiede. L'uomo annuisce muto e guarda Pantaloni Cachi scomparire tra gli alberi.

Finalmente parla. «Era infetto?» Nelly annuisce e l'altro sgrana gli occhi. «Grazie per essere intervenuto.»

Stringe forte la mano di Nelly e lo guarda dall'alto in basso. «È un agente?»

Nelly sorride. «No, non proprio. Dobbiamo togliere di mezzo l'auto di questo tizio, magari verso quel casello lì. Possiamo usare la sirena.»

«La guido io. Mia moglie ci seguirà.»

James accende la sirena. Le auto si allontanano e si scansano, finché non raggiungiamo il ciglio della strada. Ci dirigiamo a destra dei caselli, in un parcheggio per autocarri.

L'uomo si avvicina al nostro finestrino dopo aver parcheggiato l'auto di Pantaloni Cachi. Sembra essere sulla quarantina, i capelli quasi rasati e le mani e il viso di un uomo abituato a lavorare a lungo e duramente. Ma la stanchezza scompare quando sorride e ringrazia di nuovo Nelly.

Gli tende la mano e lui e Nelly se la stringono. «Mi chiamo Henry, Henry Washington.»

«Nel Everett. Nessun problema, amico. Dove andate?»

«A nord. Ci accampiamo per un po' in un posto che conosciamo.» Henry indica con il pollice in una direzione generica.

«Stiamo tornando verso le Palisades. Nord-est. Se volete seguirci, potete essere scortati dalla polizia», propone Nelly con un mezzo sorriso.

«Lo apprezzerei molto. Sto solo cercando di portare i miei figli in un posto sicuro. Sentito niente alla radio della polizia?»

«Non abbiamo nemmeno avuto l'occasione di accenderla», risponde James e gira la manopola.

Una voce di donna ripete che ha bisogno di agenti nelle vicinanze di qualche posto. Altre voci chiedono aiuto. «Colpi d'arma da fuoco.» «Agente a terra.» Un uomo urla qualcosa che non riesco a capire, ma percepisco la crudezza della sua voce. Sembra qualcuno che pensa di stare per morire e questo mi fa stringere lo stomaco. James la spegne, ma le urla si riverberano anche dopo che sono svanite.

Penny indica. «Oh, Dio. Sono qui.»

Alcune decine di Lexer escono dagli alberi e si disperdono tra le macchine lungo la strada. Hanno ferite diverse, vestiti diversi, facce diverse, eppure sembrano tutti uguali, affamati con la bocca aperta e l'andatura strascicata. Due di loro battono sui finestrini di un'utilitaria dorata e le bocche della coppia all'interno si aprono in urla che posso vedere, ma non sentire.

Lo strombazzamento di qualche clacson si intensifica e si aggiunge a un coro di urla, ma non c'è un altro posto dove andare. Un uomo si sporge dal suo camion e grida alle auto di spostarsi. Alza il finestrino quando l'unica risposta sono gli infetti che si spostano nella sua direzione. Una donna robusta apre la portiera dell'auto e salta oltre l'aiuola spartitraffico per andare dall'altra parte dell'autostrada. E, in quell'istante, un'intera corsia diventa inutilizzabile. Un'auto urta il ciglio della strada e viene dritta verso di noi. Il camion dietro la segue. Tra un minuto questo parcheggio sarà intasato come la strada.

«Conosco una strada secondaria per Bear Mountain», dice Henry. «Mi seguite?»

Nelly annuisce e Henry salta in macchina. Sale sul marciapiede per superare i paletti che impediscono alle auto di entrare dalla strada. Lo seguiamo in una strada di case provinciali.

Un Lexer, con l'addome insanguinato scavato come una ciotola, è in piedi su uno dei prati ben curati e ci guarda passare. Le case sembrano tutte uguali; non so come Henry sappia destreggiarsi in questo labirinto, ma lo sa di sicuro, perché raggiungiamo una strada principale e giriamo a sinistra.

Alcuni Lexer si muovono in un isolato e un gruppetto di uomini armati di tubi e mazze si precipita loro incontro. Osservo dal vetro posteriore, ma una svolta mi fa perdere l'equilibrio e poi non li vedo più. Mi riprendo e mi aggrappo al portellone posteriore. Spero che questo tizio sappia dove sta andando.

CAPITOLO 28

SEGUIAMO HENRY FINO a due piazzole adiacenti sul retro di un campeggio vuoto. Ci sono un tavolo da picnic e un braciere di metallo in ogni area. Penny mi libera dall'area di carico e io cammino sulla terra battuta per farmi passare i crampi alle gambe. Una donna e due bambini saltano fuori dalla berlina e seguono Henry fino a dove ci troviamo.

«Questa è mia moglie, Dorothy. Dottie.»

Dottie è minuta e i suoi occhi sono di un sorprendente marrone chiaro in contrasto con la pelle scura. Ha un sorriso caldo. Quando parla sento nella sua voce la morbida cadenza dei Caraibi.

«Non potrò mai ringraziarvi abbastanza per averci aiutato. Ero sicura…» Si interrompe e guarda i bambini.

«Questa è Corinne, ha dodici anni», continua Henry. Mette la mano sulla spalla di una ragazzina snella e carina che assomiglia a sua madre, occhi compresi. Lei ci fa un piccolo sorriso. «E questo è Henry Junior, noi lo chiamiamo Hank. Ha nove anni.»

Non ho mai incontrato un bambino che assomigli meno a un Hank. È piccolo, come il resto della sua famiglia, ma gli manca la forza compatta di suo padre e la vitalità di sua madre e di sua sorella. Ha i capelli corti, il che fa sembrare ancora più grandi gli occhiali e gli occhi. A prima vista sembra fragile, ma quando mi saluta, mi guarda negli occhi. Ho la sensazione che non gli sfugga niente.

«Grazie per averci portato qui», dico. «Non ce l'avremmo fatta senza di te.»

«Nessun problema», dice Henry. «Un paio di volte ho pensato di essermi perso, ma ho aiutato a riparare l'impianto elettrico in quelle case, quindi ho fatto un tentativo.»

È così sollevato che mi sorride, e io non posso fare a meno di ricambiare il sorriso. Mi fa quasi male dopo aver serrato la mascella per le ultime dodici ore. Decidiamo di fermarci per la notte e capire il percorso la mattina seguente. Montiamo in fretta le nostre due piccole tende. Non so come faremo a starci tutti e sei. Mi dirigo verso il rubinetto dell'acqua a poche piazzole di distanza, ma è ancora bassa stagione perché l'acqua sia accesa.

«Asciutto?» chiede Henry da dietro di me. Annuisco. «C'è un ruscello dall'altra parte del campeggio. Meglio andarci prima che sia troppo buio per vedere.»

«Ho un filtro da escursionismo», dico.

Prendiamo tutte le bottiglie e i suoi due contenitori pieghevoli. È un piccolo ruscello, ma lui si dirige a destra verso un punto in cui si allarga in una buca dove si può nuotare. Mi siedo su una roccia accanto e faccio penzolare il filtro nell'acqua.

«Immagino che tu sia già stato qui», suppongo.

«Ci accampiamo qui ogni estate. Nuotiamo proprio in questo torrente. È strano esserci in questo periodo dell'anno.»

È ancora un paesaggio invernale, senza la neve. Fa anche freddo; l'acqua del torrente è gelata.

«Perché avete deciso di andarvene oggi?» gli domando.

Si accovaccia accanto a me e si passa una mano sulla fronte. «Sono andato a lavorare. Non sapevo quanto fosse peggiorata la situazione. Ho pensato che in quell'edificio sarei stato al sicuro come a casa. Il coprifuoco era in vigore solo fino all'alba e me ne sono andato poco prima che sorgesse il sole. Non ho ricevuto il giornale. Dottie mi ha chiamato al lavoro (è un lavoro grosso e gli elettricisti vengono pagati il doppio nei fine settimana) e mi ha detto che dovevamo andarcene. Mi ha detto dei ponti e che alcuni vicini erano infetti, che c'erano persone che sembravano fuori di testa.

«Se Dot dice che è grave, allora lo è. Così me ne sono andato subito. Viviamo in un complesso di appartamenti, di quelli con prato e parcheggio.»

Annuisco. La mia mano pompa il filtro più velocemente e mi rendo conto che sto diventando nervosa per lui.

«Ho parcheggiato nel nostro posto quando, dal nulla, delle persone hanno cominciato a correre verso di me. Ho capito che erano irrecuperabili, tutte insanguinate, così ho fatto marcia indietro.

Ne ho colpita una dietro di me. Quel *tonfo*, oh, cavolo.» Chiude gli occhi per un attimo.

«Ma non potevo uscire dall'auto, sapevo che sarei stato morso se l'avessi fatto. Sono tornato indietro, sperando che stesse bene. Il suo piede era completamente schiacciato, ma si è alzata trascinandosi dietro la gamba. Non l'ha fermata affatto, non sembrava nemmeno che le facesse male.

«Ho chiamato Dot e le ho detto di tenersi pronta alle finestre posteriori e ho guidato l'auto sull'erba. Non volevo correre rischi facendo uscire i bambini. Aveva già impacchettato tutto; mi aveva chiamato e poi si era preparata.

«Stavano girando intorno all'edificio e facevano questi rumori terribili. Li hai sentiti? Non so come descriverli.»

Quando alza lo sguardo i suoi occhi sono rossi e spaventati. So esattamente cosa intende. È ultraterreno, affamato; ci sono molte parole per descrivere quel suono, ma nessuna gli rende giustizia. Un bambino che piange risveglia l'istinto di confortarlo; il suo pianto è stato accuratamente calibrato dalla natura per spingere i genitori a nutrirlo. Questi suoni fanno il contrario: una parte primordiale si risveglia, graffiando per uscire e prendere il sopravvento, come un coniglietto che corre per salvarsi da un falco. Rabbrividisco mentre annuisco.

«Grazie a Dio le strade erano per la maggior parte libere. Non avevamo un piano, finché non siamo passati davanti al nostro deposito privato. Abbiamo usato il codice per entrare e per qualche minuto ho pensato di restare lì. C'è una recinzione e le unità hanno porte di metallo, ma poi ho capito che avremmo potuto finire circondati. Così abbiamo tirato fuori l'attrezzatura da campeggio per andare a nord.»

Per un secondo sono incredibilmente felice che la mia vita sia andata com'è andata in questi ultimi anni. Io e Adrian avremmo potuto avere un bambino da proteggere da tutto questo. Quel bambino all'edificio degli uffici aveva l'età di Hank. Mi mordo l'interno della guancia prima che le lacrime mi riempiano gli occhi.

«Sai dove andare?» chiedo.

«Ho passato molte estati ai campi YMCA. Stiamo andando in uno che è abbastanza fuori mano. Voi?»

Gli parlo della casa dei miei genitori.

«Sembra il posto giusto.» Mi sostituisce nel pompaggio del filtro e parla di nuovo. «Hank ha delle idee piuttosto interessanti su quello che sta succedendo. Non ci crederesti se te le dicessi.»

«Scommetto di sì.»

Mi lancia uno sguardo che dice che è impossibile. «Dice che sono morti, come gli zombie. Non come quelli di Caribbean Zombie, ma da film horror. Cioè, lo sembrano, ma è impossibile.»

«Ha ragione.»

Henry alza lo sguardo in modo brusco. «Ma com'è possibile?»

«Non lo so. La madre di Penny e Ana è un'infermiera. Ci ha fatto lasciare New York ieri sera, sapeva dei ponti.»

Gli racconto tutto quello che ci ha detto e che il CDC continua a negare. Il suo volto è cupo quando ho finito.

Alla piazzola il nostro tavolo è ingombro di noodle ramen, cibo liofilizzato da escursione e schifezze del distributore automatico. Hank e Corrine osservano queste ultime e balzano su per ispezionare le confezioni quando Penny li invita a venire da lei. Ha acceso il fornello portatile e messo su una pentola d'acqua.

Dorothy cucina la cena su un fornello da campo a due fuochi. Decliniamo la sua offerta di cibo fresco. Ne abbiamo in abbondanza, anche se è per lo più privo di vitamine. Guarda i bambini prendere un dolcetto a testa e fa un cenno di approvazione quando ci ringraziano. Dottie è tranquilla e ha un sorriso dolce, ma sotto c'è una donna che non permetterà che accada qualcosa alla sua famiglia. Mi piace.

La radio solare ci ricorda di stare calmi e di rimanere a casa. Ripete gli indirizzi dei Centri di Trattamento in un loop infinito, ma non dice nulla sulla morte degli infetti o su quanto durerà. James impreca e gira la manopola per sintonizzarsi su qualche notizia vera. Cogliamo la fine di un comunicato che annuncia che tutti gli uffici governativi saranno chiusi fino a martedì, prima che ci siano delle interferenze.

«Pollo o i ramen noodle?» chiedo.

Vincono i ramen noodle. Nelly tira fuori i piccoli piatti di latta che porta nello zaino. Distribuisco cucchiate di noodle nei piatti e l'unico rumore siamo noi che trangugiamo il cibo. È caldo e sazia. Anche Peter, che è uno snob in fatto di cibo, sembra godersi il suo.

«Pulisco io», si offre, quando tutti hanno finito.

«Ti aiuto», dico.

Lo seguo verso uno dei contenitori d'acqua di Henry. Lui raschia e sciacqua i piatti, e fa finta che io non ci sia.

«Ascolta, Peter», sbotto. «Mi piacerebbe essere amici.»

So che è patetico, ma non c'è un altro modo per dirlo. Il raggio della torcia lascia il suo viso nell'oscurità, ma posso sentire il cipiglio nella sua voce.

«Non voglio proprio essere *amici*, Cassandra.» Sobbalzo. «È davvero così difficile da capire?»

A questo punto non vedo molte opzioni, a meno che il suo piano non sia quello di odiarmi.

«Beh, preferisco essere amici piuttosto che litigare. Mi dispiace per quello che è successo prima a casa.»

Non riesco a pensare a nient'altro da dire. Di solito quando si rompe con qualcuno si va via e ci si lecca le ferite, non si vive con lui in una piccola tenda. Lui non risponde e restiamo in silenzio.

Henry insiste per fare il primo turno di guardia, visto che abbiamo dormito a malapena. Nelly, Peter e io ci stringiamo nella nostra tenda. Quando sfioro accidentalmente Peter, si ritrae come se lo avessi punto. Mi rimpicciolisco il più possibile e mi accoccolo a Nelly. Cosa non darei per quella terza tenda nel furgone.

CAPITOLO 29

NON DESIDERO ALTRO che accoccolarmi a Nelly quando lui striscia dentro dopo il suo turno e mi sveglia per il mio. Ci saranno quattro gradi o poco più qui fuori. Vorrei poter accendere un fuoco grande e caldo, ma potrebbe attirare l'attenzione. Rientro nella tenda per prendere altri calzini e il pile di Nelly. Quando esco Penny sta chiudendo la tenda e sbadiglia. Indossa un cappello e la vecchia giacca di Eric sopra la sua. Metto su l'acqua per il tè, mentre ci affacciamo nell'oscurità e rabbrividiamo. Non riusciamo a vedere nulla, quindi chiamarlo un turno di guardia sembra stupido; più che altro è un ascolto e, per fortuna, il bosco è silenzioso, così silenzioso che trasalisco quando Penny parla.

«Sono così stanca, che potrei dormire per sempre.»

«Perché non torni a letto?» dico. «Posso stare qui fuori da sola.»

Lei scuote la testa. «No, no.» Sono sollevata. Lo avrei fatto, ma avrei avuto paura. «Non ti lascio qui fuori da sola. Inoltre, sarà bello. Avevamo bisogno di un po' di tempo post-apocalittico tra ragazze.»

Rido e mi appoggio a lei. «Stai bene?»

«No. Sì. Che scelta ho? E Ana, è troppo per lei, abbiamo anche lasciato lì nostra madre.»

Ana è esonerata dai turni di guardia, perché si comporta come se non fosse in grado di gestire la responsabilità. Penso che potrebbe farli, se volesse, ma tengo questo pensiero per me. Penny dà a tutti il beneficio del dubbio, me compresa.

Batte silenziosamente i piedi per terra per riscaldarsi. Io uso la torcia per versare a entrambe una tazza di tè. Il latte in polvere e lo zucchero non lo rendono esattamente delizioso, ma è caldo, ed è quello che conta. La coperta di emergenza scricchiola, ci zittiamo a vicenda e ridiamo mentre ce la stendiamo addosso.

L'atmosfera si è alleggerita, così faccio la domanda che morivo dalla voglia di fare: «Allora, tu e James?»

«Sì, io e James. Cass, mi piace davvero tanto.»

«Beh, io e Nelly lo sapevamo già. Abbiamo pensato che sareste stati perfetti l'uno per l'altra, visto che siete entrambi nerd.» Mi dà una gomitata. «Okay, siete entrambi intelligenti, divertenti e ben educati.»

Lei sbuffa. È vero, però. Lei è buona di natura, non può farci niente. Ci compensiamo a vicenda.

«Allora, a che base siete arrivati?» chiedo. Ora la sto solo prendendo in giro.

«*Base*? Cosa sei, in terza media?» Ma lei è abituata a questa domanda, gliela faccio da, beh, dalla terza media.

Cerco di non ridere. «Lo sai che lo sono. E allora?»

«E a quale base pensi che siamo? Vediamo, c'è stata la notte in cui ci siamo baciati e poi la notte in cui siamo scappati da orde di morti. E poi stasera, in una tenda con mia sorella. Finora è stato piuttosto romantico. Perché ti rispondo?» Lei ride.

«Va bene, va bene! Ma, sul serio, a quale base?» sussurro e sorrido, mentre lei mi ignora.

Cade il silenzio e guardiamo il cielo diventare più chiaro. Accendo la radio a un volume molto basso. È una vera e propria trasmissione.

«... è scoppiata a New York. I corpi di coloro che hanno cercato di mettersi in salvo a nuoto si stanno riversando sulla riva. Ci sono rivolte di massa e saccheggi nelle principali città dalla Florida al Massachusetts, e il traffico è bloccato in tutte le grandi aree metropolitane. Le auto abbandonate impediscono alla polizia di liberare le strade. Il presidente ha dichiarato che la Guardia Nazionale ha l'autorità di fermare le attività illegali in qualsiasi modo ritenga opportuno.

«Il presidente ha chiesto agli americani di rimanere calmi, mentre il Bornavirus viene estirpato. Sostiene che ci vorrà solo una settimana, ma la messa in quarantena delle principali città ha causato la fuga di persone verso zone meno popolate. Si parla di strade bloccate da persone infette. Le autorità sostengono che rimanere nella sicurezza della propria casa sia ancora il modo migliore per restare sani. Per favore, rimanete sintonizzati per ulteriori aggiornamenti.»

Abbasso di nuovo il volume.

Nelly esce dalla nostra tenda. «Beh, è stato deprimente.»

«Scusa, stavamo cercando di non svegliare nessuno», dico.

«Nah, ero sveglio.»

Rifiuta quando gli offro di nuovo la sua giacca. Ha addosso una delle camicie di flanella di mio padre e non riesco a credere che stia abbastanza caldo, ma me la tengo addosso con gratitudine.

Si siede e mette il braccio attorno a Penny. «Allora, come stai?»

Penny fa spallucce e la linea tra le sopracciglia le si accentua. «Spero solo che mia madre stia bene.»

L'espressione preoccupata la fa sembrare così giovane, come se avessimo sedici anni e fosse la mattina dopo un pigiama party, e per un momento vorrei che fosse così, anche se di solito preferirei ficcarmi una penna in un occhio che tornare alle superiori. Almeno il mondo era relativamente sicuro.

«Lo spero anch'io, tesoro.» Lui la stringe a sé e mi ringrazia per il caffè istantaneo davvero schifoso che gli porgo. «E che mi dici del tuo nuovo damerino?»

Lei spinge gli occhiali in alto, agitata. «Va bene.»

«Mi stavo chiedendo… James è già passato in seconda base?» chiede e cerca di non sorridere. Lei sbuffa e ci guarda male, mentre scoppiamo a ridere.

I Washington ci salutano e si dirigono verso il bagno. Mi chiedo se hanno un piano e decido di chiedere dopo colazione. Dobbiamo capire il nostro prossimo passo.

Capitolo 30

Hank e Corrine osservano gelosi il nostro banchetto per la colazione composto da dolcetti e biscotti danesi, mentre mangiano controvoglia uova e toast. A nove e dodici anni non si apprezza il vero cibo.

«E adesso cosa facciamo?» chiedo dopo che tutti hanno finito.

James apre la mappa e traccia con il dito la distanza dal parco alla casa. Peter guarda la mappa come se l'avesse interrotto bruscamente dal fissare la foresta e poi torna a farlo. Ana non si è ancora svegliata.

«Dista circa centosessanta chilometri, di più se prendiamo molte strade secondarie», spiega James.

«Beh, anche voi pensate di mettervi in viaggio, prima o poi?» domando.

«Dot e io pensavamo di aspettare qualche giorno», risponde Henry. «È un rischio. Ci saranno più infetti, ma spero che le persone abbiano raggiunto le loro destinazioni. E spero anche che la situazione sia migliorata.»

Si passa una mano sulle sopracciglia e, quando la abbassa, ha uno sguardo dubbioso.

Nelly annuisce. «Non voglio restare bloccato di nuovo in un altro di quei Centri di Trattamento o in un posto di blocco. Siamo stati fortunati a uscirne.»

«Ho la sensazione che le cose peggioreranno», dice James. «Ma, in ogni caso, aspettare qualche giorno potrebbe essere una buona idea. Henry, conosci un posto dove potremmo comprare delle attrezzature da campeggio?»

Il volto dell'uomo si contrae mentre pensa. «Ci sono alcuni negozi, a conduzione familiare. Ne abbiamo bisogno anche noi.»

«Che ne dite di un lavoro di squadra?» domanda Nelly.

«Speravo lo chiedessi.» Le rughe sulla fronte di Henry si spianano un pochino. «E saremmo felici di avere compagnia per un paio di giorni.»

Forse avremo un paio di giorni prima che la gente arrivi. Questo posto è abbastanza isolato e sicuramente attirerà anche altre persone, una volta che si libereranno dal traffico. Abbiamo in programma di andare tra qualche ora in un negozio che Henry ritiene essere la soluzione migliore.

Fa più caldo. Mi tolgo la giacca di Nelly e desidero una doccia calda. I jeans sono sporchi e, dopo averli strofinati un po', mi arrendo. Mi rifaccio le trecce. Almeno mi sono lavata i denti e abbiamo il deodorante. Mi sento un pochino più pulita, mi siedo al tavolo e ascolto la radio che ripete le solite cose.

«Odio la radio!» si lamenta Corrine.

Si infila gli auricolari nelle orecchie e si siede con un tonfo al tavolo. Hank sospira e se la dà a gambe, in modo da non esserle molto vicino, e continua a leggere. Nelly, James e Henry sono andati a prendere altra acqua e Penny è nella tenda con Ana. La foresta circostante continua a esercitare il suo fascino su Peter. Penso a provare a parlargli, ma non voglio essere rifiutata di nuovo.

«Hank, cosa leggi?» chiedo.

Solleva lo sguardo. «Oh, solo un fumetto.»

«Di che parla?»

«Beh», si guarda intorno e si avvicina, «parla degli zombie. So che tutti pensano che non esistano, ma l'ho portato perché non si sa mai.»

Annuisco. «Tuo padre mi ha raccontato cosa hai detto sugli infetti.»

I suoi occhi sono cauti dietro gli occhiali. «Ieri sera mi ha detto che avevo ragione.»

«È vero.»

Sorride, ma poi tenta di essere di nuovo serio, perché non c'è proprio niente per cui sorridere.

«Non credo che possa essere possibile.» Per un attimo gongola, ma poi assume un'espressione solenne. «Ma significa che siamo in un bel guaio. È una cosa seria, Cassie.»

Il modo in cui dice il mio nome è talmente da adulto, che è difficile non trattarlo come tale.

«Sì, Hank, è vero.»

Capitolo 31

Dottie interrompe il racconto e la dimostrazione dettagliata ed esuberante di Hank su tutto ciò che abbia mai letto sugli zombie per portare lui e Corrine a lavarsi. Non so quanto di tutto questo sia attendibile, ma immagino che faccia male saperlo. Inoltre, mi piace Hank.

Riordino l'accampamento e sto per tirare fuori un libro quando tutti tornano dal ruscello. Chiamo piano Penny e le dico che ce ne andiamo.

«Dov'è Peter?» chiede Nelly.

«Nella tenda a riposare.» Non che abbia dovuto fare il turno di guardia stanotte. Nelly mi lancia uno sguardo interrogativo e io sollevo le mani in aria.

Henry ha tenuto stretta la pistola che gli abbiamo dato da usare durante il turno di guardia e ora la controlla. Ci assicuriamo che le altre armi siano cariche e pronte a sparare. Passo a Penny una delle pistole e lei la prende con riluttanza.

Hank mi fa sorridere quando mima una randellata in testa con un bastone. Cerco di nasconderlo, ma è così buffo con il suo volto da bambino determinato, che non ci riesco. Probabilmente non dovrei incoraggiarlo, ma credo che abbia la situazione sotto controllo. Non sta per partire per uno dei mondi di fantasia in cui Ana e Peter si trovano al momento.

«Aspettate», dice James mentre ci allontaniamo. Sembra combattuto. «Io resto. Penny e Dottie sono qui con i bambini e mi sentirei meglio se non restassero da sole.»

«Pensavo che il tuo amico Peter fosse qui», dice Henry.

«Già, anch'io», ribatte James, prima di saltare fuori.

Penso di restare anch'io, ma voglio andare. Odio essere lasciata indietro ad aspettare le cattive notizie che temo sempre che arrivino.

La strada del parco curva e svolta, e alla fine ci ritroviamo su una strada a due corsie delimitata da campi e qualche casa sparsa. Dopo qualche chilometro le case diventano più frequenti, anche se non c'è nessuno fuori.

«A circa quattrocento metri, sulla sinistra», dice Henry.

L'insegna dice "Articoli Militari da Sam" e sembra che Sam viva nel retro della scrostata casa blu. I nostri piedi scricchiolano sui gradini di legno del portico e sbirciamo dalla finestra scura. C'è un bancone di vetro polveroso pieno di coltelli e altri oggetti; borse e vestiti sono appesi a ganci al soffitto e alle pareti.

Nelly bussa alla porta. «C'è nessuno? C'è qualcuno qui?»

Una figura si fa strada nell'oscurità. Nelly e Henry si allontanano dalla porta d'ingresso quando questa si apre. Un uomo tozzo, sulla quarantina, con jeans e una maglietta dell'azienda d'armi Smith and Wesson, ci guarda con sospetto. I suoi capelli castani sono striati di grigio e quella che sembra la barba di una settimana gli ricopre la metà inferiore del viso e il collo.

«Sì? Non siete poliziotti.» Lo dice, più che chiederlo, mentre fissa il furgone con la scritta della polizia di Parkway.

«No, non lo siamo», ribatte Nelly. «Speravamo di comprare delle provviste. Siamo accampati lungo la strada.»

«Non è stagione di campeggio.»

«Sì, beh, abbiamo lasciato la città e stiamo cercando di andare più a nord, ma abbiamo bisogno di alcune cose.»

«Dove?» Lo guardiamo tutti con aria assente. Lui ci riprova, con un sospiro, come se avesse sempre a che fare con gente stupida come noi. «Che città avete lasciato?»

«Ah. New York, Brooklyn», risponde Nelly.

L'uomo ci scruta e apre la porta. «Entrate. Solo contanti.»

L'interno puzza di polvere e vecchi vestiti. Le scatole sono impilate sugli scaffali. Avremo bisogno del suo aiuto per trovare qualcosa qui dentro.

«Cosa vi serve?»

Ovviamente, meno si dice, meglio è con questo tizio, quindi leggo i primi articoli della nostra lista. «Un sacco a pelo, carburante per stufa, sifoni, una lanterna.»

Va dietro il bancone e tira fuori delle bottiglie di carburante e una lanterna. Dopo un paio di domande burbere, sceglie un sacco a pelo per noi e degli zaini per Henry. Passa un altro minuto prima che Nelly affronti l'argomento delle armi.

«Avete dei machete?» chiede.

L'uomo lo ignora e si china di nuovo sotto il bancone. Nelly mi guarda e fa spallucce. La porta sul retro della casa è socchiusa e mi sembra di sentire qualcosa di familiare alla radio in cucina. Mi avvicino a dove sta rovistando sotto il bancone; spero di non sbagliarmi.

«È la radio dei prepper?» chiedo.

Lui si alza e ci guarda tutti uno per uno, ma alla fine decide che devo essere stata io a parlare. «Sì. Conosci Radio Survivalismo?» domanda dubbioso.

«Certo, mio padre era un prepper.» Alza un sopracciglio. «È lì che siamo diretti, a casa sua.»

«Come ve ne siete andati da New York?»

«Beh, ci avevano informato delle esplosioni e sapevamo che era il momento di fare fagotto.»

Lui annuisce. Sono sicura che gli piace che abbia usato l'espressione "fare fagotto". «Com'è la casa?»

La faccio breve. «È una baita di legno su venti ettari di terreno, con un ettaro di giardino recintato. Un anno di cibo per quattro adulti. Edifici annessi, acqua alimentata per gravità, qualche pannello solare. Su una strada sterrata. È l'unica casa.»

«Com'è conservato il cibo?» Mi sta mettendo alla prova, ma conosco la risposta.

«Assorbitori di ossigeno e coperchi gamma, oltre a del cibo inscatolato in casa», rispondo, come se non ci fosse un altro modo.

Sembra impressionato. «Bella sistemazione.» Non è del tutto amichevole, ma non ci guarda più come se fossimo degli alieni.

«Davvero.»

Quasi svengo al forte desiderio di essere lì, di essere al sicuro, di sentire l'odore familiare della casa e di toccare tutti gli oggetti familiari.

«Sembra che tuo padre sappia cosa fare.»

«Lo sapeva. È morto qualche anno fa.» Odio ancora dirlo.

«Mi dispiace», ribatte lui. Annuisco. Sembra davvero dispiaciuto che un altro prepper abbia lasciato questo mondo. Allarga le mani sul bancone e si sporge in avanti con fare cospiratorio. «Allora, di cos'altro avete bisogno?»

E il gioco è fatto.

Dieci minuti dopo ci sono dei machete sul bancone e l'uomo, che ora sappiamo chiamarsi Greg e non Sam, ci parla della zona.

«Stanno allestendo una specie di blocco stradale, credo. C'è una riunione stasera.» Agita in aria un volantino fotocopiato. «Dice qualcosa sulla ripartizione delle risorse, che è un modo ambiguo per dire che si prenderanno tutto quello che c'è nel mio negozio. Stasera me la svignerò mentre ci sarà la riunione. Ho un posto sulle colline pieno di scorte. Non è bello come il vostro, ma andrà bene.»

Alza le spalle spioventi. «Non posso portare molta di questa roba, quindi sono contento di venderla a voi. Sono anni che questa gente mi prende in giro perché sono un prepper. C'è perfino un tizio che sarà così stupido da accettare contanti in cambio di alcune cose mentre me ne vado. Non avete dell'oro, vero?»

Scuoto la testa. «Tutto l'oro è in casa.»

Non c'è oro. Mio padre era più interessato alle cose che producevano energia e cibo che al denaro. Ho la sensazione che presto l'oro varrà quanto le pietre. Non esiste lo stufato d'oro.

«Beh, come ho detto, c'è un tizio che pensa ancora che i contanti siano utili.»

«Quello che ci serve davvero è altro cibo», dice Nelly. «Non sappiamo quanto tempo ci vorrà prima di arrivare. Hai idea di dove possiamo trovarne un po'?»

Greg guarda il soffitto e poi me. «Spostate la macchina sul retro. Non voglio che la gente veda che siete qui.»

Nelly obbedisce e torna poco dopo. Greg chiude la porta d'ingresso e si dirige verso il soggiorno.

«Bene, andiamo», dice. Ho la sensazione che Greg non abbia molte interazioni sociali. Chiude la porta dietro di noi e apre una porta in cucina. «Scantinato.»

Le scale sono polverose, ma il seminterrato è incredibilmente ordinato. Scatole e secchi da venti litri sono impilati contro le pareti. Su una scrivania in un angolo c'è una radio amatoriale.

«Dunque, cibo. Penso di averne un po' qui sotto. I pasti pronti liofilizzati possono andarvi bene? Ne ho un po'.»

Prende una scatola dalle pile e la lascia cadere sul pavimento. Mi rendo conto che tutte quelle scatole sono piene di pasti pronti liofilizzati e rido. Devono essercene centinaia.

«Pasti pronti liofilizzati?» chiede Henry.

«Sì», rispondo. «Li danno ai soldati delle forze armate. Nelle confezioni ci sono anche dei sacchetti che generano calore.»

«Tuo padre ti ha istruita bene», dice Greg. Si gratta pigro la parte della pancia che sbuca tra i jeans e la camicia, e mi guarda. Gli sorrido. «Allora, ho uova, hamburger, manzo alla Stroganoff, tortellini e pollo. Posso darvi sei casse in tutto. Dovrebbe bastarvi per dove siete diretti. Penso che riuscirò a portare via il resto. Non lascerò una briciola a quegli avvoltoi in città.»

Il suo volto si incupisce. So che forse Greg non è solo un po' matto, ma lo compatisco. In questo momento probabilmente le persone che per anni hanno pensato che fosse fuori di testa, lo vedono come il loro negozio personale. Ma, d'altra parte, bisogna collaborare. Mettiamo i pasti scelti nelle scatole che lui ha messo da parte. Ogni volta che dico qualcosa su due piedi, lui annuisce come se avessi appena svelato il senso della vita. Ci butta dentro anche un altro po' di cibo liofilizzato.

«Offre la casa», dice. «Andiamo di sopra.»

Nelly e Henry prendono due scatole ciascuno, e io vado per fare lo stesso. Greg scuote la testa e me le prende. «Le signore non dovrebbero portare scatoloni quando c'è qualcuno che può farlo per loro.»

Greg sale le scale con un grugnito. Nelly lo segue, ma solo dopo essersi girato e avermi lanciato uno sguardo per chiedermi se sono interessata, al che gliene lancio uno che lo fulmina. In cucina Greg fa un prezzo giusto e noi gli diamo i soldi. Carichiamo il furgone finché non rimane spazio sufficiente perché io possa infilarmi nel sedile posteriore.

«Grazie mille, Greg», dico. «Lo apprezziamo davvero. Ci hai salvato la vita.»

Lui arrossisce. «Beh, vi sarà utile. Vi ho scritto una strada alternativa per uscire dal bosco senza passare qui per la città.»

L'ha scritta sul retro del volantino della riunione cittadina. Nelly e Henry gli danno la mano e lo ringraziano. Nelly mi aspetta dal lato del conducente. Greg mi consegna il volantino insieme a un altro foglio di carta.

«Ho scritto dove sarò, nel caso non dovesse funzionare con loro.» Sposta lo sguardo verso il furgone.

«Oh, grazie.» Cerco di sorridere. Attiro sempre quelli strani.

«Non ho abbastanza spazio per ospitare qualcun altro, ma potrei organizzarlo per due. Se avrai bisogno di me, saprai dove trovarmi.» Sorride. Quel sorriso sembra fuori posto sul suo viso e capisco quanto debba sentirsi solo. È stato molto gentile con noi, quindi cerco di non ferire i suoi sentimenti.

«Grazie, Greg. Lo apprezzo molto. Lo terrò proprio qui.» Infilo il foglio nella tasca con l'anello e lo accarezzo. «Sarà lì se ne avrò bisogno.» Tendo la mano per stringerla e lui la stringe con entrambe le sue.

«È stato davvero un piacere conoscerti, Cassie.» Non la lascia andare.

Io libero la mano e mi sforzo di non dare l'impressione di scappare. «Anche per me, Greg.»

«Ti ha dato il suo numero?» Quando siamo di nuovo sulla strada Nelly mi prende in giro.

«Mi ha dato il suo indirizzo», rispondo. «Credo che mi abbia chiesto di andare a vivere con lui.» Nelly scoppia a ridere.

Henry scuote la testa. «Quel tipo era uno svitato.»

«Un po'», concordo. «Però, in questo momento, chi è preparato per tutto questo e chi no?»

«Sì, ma era comunque fuori di testa», dice Nelly.

«Ho pensato che si sentisse solo», ribatto.

Non sono sicura del perché sto difendendo Greg, dato che sono sollevata di allontanarmi velocemente da lui. Forse perché ci ha fatto un favore aiutandoci e ripagarlo con battute mi sembra meschino. Era innocuo, anche con tutte le sue spacconate.

«Cassie Forrest, amica dei solitari e dei pazzi di tutto il mondo», dice Nelly. «È stato molto generoso, però. Ottima scelta, Henry.»

«Grazie, ci ha dato una mano. Tutto in un negozio», dice Henry. Tamburella con le dita sulla portiera e mi guarda. «E non avremmo ottenuto tutto questo senza di te, Cassie. Come facevi a sapere tutte quelle cose?»

«I miei genitori erano prepper. Sai, persone che conservano cibo e altre cose per le emergenze? Non il tipo militare folle, ma da fattoria. Anche se mio padre era anche lui un po' pazzoide. L'ho imparato nel corso degli anni.»

«Sì», dice Nelly. «Hai proprio imparato a essere pazzoide.»

Gli tiro i capelli dal sedile posteriore.

«Beh, sembra che tuo padre fosse anche piuttosto intelligente», dice Henry.

«Vero.»

Guardo la foresta scorrere e vorrei con tutto il cuore che fosse qui.

I TAVOLI DEI nostri due accampamenti sono stati uniti. Credo che questo significhi che siamo un gruppo e mi piace. Penny e James aiutano a scaricare; Ana e Peter no.

«Wow!» esclama Penny. «Bel bottino.»

«Com'è andata?» chiede James.

«Beh, hanno chiesto la mano di Cassie e abbiamo preso un sacco di cibo», dice Nelly. «Quindi tutto sommato è andata abbastanza bene.»

Penny e James mi guardano, ma io faccio solo spallucce e scarico, mentre ascolto Nelly che racconta com'è andata. Sta ingigantendo la cosa; presto dirà che Greg si è inginocchiato. È pomeriggio e il campo è tranquillo dopo aver diviso le nostre cose. Rufolo nello zaino, stanca di ascoltare la radio, e tiro fuori un libro.

«Ovviamente hai portato un libro», dice Nelly.

Sollevo la mia vecchia copia di *Una passeggiata nei boschi*. «In realtà, ne ho portati due. Questo mi sembrava adatto. E mi farebbe bene una risata.»

Lancio a Nelly l'altro libro e lui legge il titolo ad alta voce: «*Tom Brown's Field Guide to Wilderness Survival.*»

«Anche questo mi sembrava adatto», dico.

Henry e i bambini prendono la legna per il fuoco che accenderemo stasera. Finora non c'è nessuno all'accampamento e i Washington hanno i marshmallow. I bambini corrono nel bosco e lasciano cadere il loro carico sul braciere. Henry li segue e sorride a Dottie.

«Che baccano, bambini miei!» esclama lei. «Dobbiamo abituarci a muoverci con calma.» La sua voce è seria, ma la addolcisce con un sorriso. Annuiscono.

Corrine si infila l'iPod nelle orecchie e poi geme. «È morto! Papà ha detto che non posso usare l'auto per caricarlo. Ora cosa farò?»

«Leggi un libro?» propone Hank. Corrine lo guarda come se le avesse detto di mangiare un insetto. «Ah, è vero», sorride lui, «sei troppo stupida per farlo.»

Lei alza gli occhi al cielo. «Sei tu lo stupido, Hank. Pensi che i morti camminino.»

«È vero! Avevo *ragione*. Me l'ha detto papà. Non vogliono che tu lo sappia perché ti comporteresti come una bambina e reagiresti così: "Oh mio Dio, ho tanta paura, gne, gne, gne".» Lui sorride mentre lei si volta verso suo padre spaventata.

Henry lancia a Hank uno sguardo assassino e si inginocchia davanti alla figlia. «Corrie, piccola, pensiamo che possa essere vero, ma non capiamo perché. È un virus, è come un parassita.» Gli occhi della ragazzina si riempiono di lacrime e scuote la testa.

La voce di Henry è ferma, mentre le tiene le braccia e la guarda negli occhi. «Non è diverso da com'era prima. So che sembra più spaventoso, ma è sempre la stessa situazione. E andrà tutto bene, puoi stare sicura che sarà così.»

Abbraccia il padre e singhiozza. Poi si rende conto che non si sta comportando come l'adolescente che vuole essere e si stacca. Cerca di sembrare calma, ma le tremano le mani.

«Credo che possiamo usare un po' di batteria per caricare l'iPod», dice Dottie. Conduce Corrine alla macchina mettendole un braccio intorno alle spalle e sussurrandole dolcemente.

Capitolo 33

Penny apre una delle confezioni marroni di pasti pronti liofilizzati e tira fuori un assortimento di buste più piccole e contenitori di cartone sul tavolo.

Li solleva uno per uno e legge ad alta voce: «Hamburger, pane di frumento.» Gira il piccolo sacchetto di plastica quadrato. «Com'è possibile che ci sia il pane qui dentro? Brownie al caramello. Oh, guarda!»

Apre una piccola confezione che contiene utensili, un tovagliolo, fiammiferi e gomme, e tira fuori una minuscola bottiglia di Tabasco. «Quant'è carina!» È delle dimensioni di una casa delle bambole e l'ammiriamo tutti. È davvero carina.

«Oh, posso mangiarne uno, mamma?» chiede Corrine.

Dot scuote la testa. «Dobbiamo mangiare prima le cose che si rovinano. Sono sicura che ti stuferai di quelli in men che non si dica.»

Corrine mette il broncio, ma Penny le porge la bottiglietta facendole l'occhiolino. Corrine la ringrazia e si siede sorridendo a quella cosa minuscola nel palmo della mano.

«Non sono molto buoni. Ne ho mangiati un paio molto tempo fa», dico a Corrine. Una volta mio padre ne aveva presi un po' e alla fine lasciò che io ed Eric li provassimo, dopo aver insistito per giorni. «Giuro.»

I miei tortellini al formaggio sanno proprio di pasta in scatola, ma hanno un odore migliore della carne. Mi ricorda il cibo per cani, anche se James afferma che non ha lo stesso sapore. Non voglio sapere come fa a saperlo con certezza, ma è bello avere del cibo che permette di non sprecare combustibile per i fornelli: basta aggiungere acqua e mettere la confezione in un sacchetto, e la reazione chimica lo riscalda.

«È disgustoso.» Ana fa un verso e spinge via il suo pasto. «Non lo mangio.»

«Alcune delle cose che ci sono dentro non sono male», dice Penny. Rovista nella confezione di Ana e tira fuori una barretta energetica al cioccolato e della salsa di mele.

Ana gliele strappa di mano e queste cadono sul tavolo con un tonfo. «Ho detto che non le mangerò!»

Si incammina verso i bagni di servizio con Penny che borbotta dietro di lei. La guardiamo tutti andare via, tranne Peter, che mangia qualche altro boccone e anche lui poi spinge via il suo cibo. «Non posso certo biasimarla», dice. Poi si alza e lascia il suo pasto lì, a farlo pulire a qualcun altro.

Ho portato i bambini nel bosco che confina con i nostri accampamenti a cercare dei bastoncini perfetti per arrostire i marshmallow.

«Devono essere verdi, così non bruciano. E sottili. Quando torneremo farò loro la punta con il coltello», dico mentre perlustriamo il terreno e gli alberi.

Sembra che abbiano fatto pace. Ricordo quanto io ed Eric riuscivamo a essere brutali l'uno con l'altra e poi, mezz'ora dopo, giocavamo insieme come se non fosse successo niente. Pensare a Eric mi rende silenziosa.

«Stai bene, Cassie?» chiede Corrine.

«Sì.» Quei suoi begli occhi sono attenti come quelli di suo fratello. «Stavo pensando al mio fratellino. Spero che stia bene. Mi raggiungerà dove stiamo andando.»

Indica in lontananza. «È là fuori?»

«Sì.» Sembra preoccupata. «Sono sicura che sta bene. Eric è bravissimo a fare tutto. Mi troverà.»

Lei annuisce come se non fosse preoccupata, ma mentre torniamo all'accampamento prende la mano di Hank per un minuto e lui la lascia fare. Il fuoco brucia allegramente, mentre io intaglio i bastoncini e i bambini infilzano i marshmallow per farli tostare alla perfezione. Ci godiamo il calore mentre il sole tramonta, leccando i marshmallow appiccicosi sulle dita. Vorrei poter tenere il fuoco acceso per tutta la notte.

Io e Nelly facciamo il primo turno di guardia. «Forse *loro* dovrebbero dividere la tenda», dico riferendomi a Peter e Ana. «Peter deve iniziare a comportarsi da umano. Non so cosa fare.»

«Dico sul serio, voglio prenderlo da parte per un discorsetto da uomo a uomo», dice Nelly.

«Vuoi dire un discorso da uomo a moccioso.»

La mia simpatia per Peter diminuisce a un ritmo allarmante. So che avrei potuto trovare un modo migliore per rompere, ma ci sto provando. Per ogni sorriso che gli faccio ottengo uno sguardo freddo, ogni parola che dico la ignora o alza gli occhi al cielo. Ora mi sto arrabbiando, ha trent'anni, non tre.

«Sì», concorda Nelly. «Dovrebbe fare la sua parte, se non altro per salvare la pelle.»

Mi sento un po' meglio quando svegliamo James e Penny e ci infiliamo nel sacco a pelo. Oggi ne abbiamo uno in più, ma l'ho lasciato fuori per chiunque sia di guardia. Comunque, mi piace dormire con Nelly. Non voglio avere freddo e stare da sola nel mio sacco a pelo. Ho il vago sospetto che Nelly provi lo stesso, anche se non lo ammetterebbe mai.

«Cosa c'è di così divertente?» chiede Nelly.

«Eh?» dico, al caldo e comoda nel nostro sacco a pelo. Le pareti della tenda brillano di blu per la luce del mattino. Finalmente mi sento riposata, nonostante il sasso conficcato nelle costole per tutta la notte. Stavo facendo lo stesso sogno su Adrian.

«Ridevi nel sonno.»

Sorrido, ancora mezza addormentata. «Un sogno su Adrian, lo stesso che ho fatto la settimana scorsa. Eravamo nella casa.»

Qualcosa mi punge sulle costole e mi allontano dal sasso. «Mi manca. Se solo sapessi che sta bene, io… ahi!»

Questa volta Nelly mi dà un pizzicotto per farmi uscire dal torpore in tempo per sentire Peter aprire la tenda e uscire come una furia.

«Merda», esclamo. «Merda, merda, merda!» Mi rintano nell'ascella di Nelly nel sacco a pelo. «Mi ha sentito?» Ne sono sicura, ma spero che per miracolo non sia così.

«Ogni parola.»

Nelly non manca mai di dire la pura verità; a volte vorrei che mentisse e basta. Mi rintano più a fondo, ma l'odore mi respinge fuori.

«Nelly, ti puzza l'ascella.»

«Anche tu non profumi proprio di rosa.»

Mi annuso e grugnisco: è vero. Appoggio la testa sulla mano e sospiro. Lui scuote la testa, come se l'avessi fatto di nuovo.

«Cosa dovrei fare? Dovrei dire qualcosa?» chiedo. Nelly è bravo in queste cose.

Lui alza le spalle. «Non lo so, Cass. Questa è una di quelle volte in cui forse è meglio non dire niente. Cosa diresti? Scusa se ho fatto un sogno sul mio ex fidanzato? Potrebbe solo peggiorare le cose.»

«Non sei d'aiuto, Nels.»

Infilo di nuovo la testa nel sacco a pelo, puzza o non puzza. Lo stomaco mi si agita sempre più. Vorrei aver tenuto la bocca chiusa. Se fossi stata al posto di Peter, so che i miei sentimenti sarebbero stati feriti. E, come se non bastasse, mi sento un'idiota per il fatto che mi abbia sentita. Gli ho servito su un piatto d'argento tutti i sentimenti che ho tenuto dentro di me per due anni. Rabbrividisco al pensiero. Vorrei nascondermi qui dentro per tutto il giorno, ma devo davvero fare pipì, quindi potrei anche farmi forza.

Nelly mi fa una smorfia solidale mentre esco dalla tenda. Quando torno raggiungo Peter, che si sta lavando i denti ai contenitori dell'acqua. Prendo lo spazzolino e mi scervello per trovare qualcosa da dire. Alla fine decido di essere semplice, ma sincera.

«Mi dispiace molto, Peter», dico. «Io…»

So che mi sente, perché mi guarda dritta negli occhi. Sputa il dentifricio con rabbia e si pulisce la bocca prima di allontanarsi. Mi sento come se non avessi fatto altro che chiedergli scusa. Mi sento una merda e mi chiedo se sono una persona orribile, visto che sembra che io mandi tutto a puttane ogni singola volta.

CAPITOLO 35

«NON SEI UNA persona orribile e non mandi sempre tutto a puttane», dice Penny mentre riempiamo i contenitori d'acqua al ruscello.

«Devi dirlo per forza, sei mia amica.»

«Non è vero.» Schizza leggermente dell'acqua con i piedi nudi. «Come tua amica ho il dovere di dirti quando ti comporti da stronza, e tu non lo sei. Non puoi evitare di sentirti così. Voglio dire, sì, non era proprio necessario che sentisse il tuo sogno. Però, prima si è comportato da stronzo. Volevi comunque rompere con lui. Non ti si può chiedere di rimanere con lui se non vuoi a causa di tutto questo.»

Mi sfilo i calzini e immergo i piedi nell'acqua. Dopo essermi annusata per bene, mi sento molto sporca. «Immagino. È solo che odio la tensione, soprattutto se sono io a causarla. Vorrei poter migliorare le cose, o fregarmene. Dio mio, quest'acqua è gelida! Ho portato il sapone per lavarmi ma non credo di riuscire a farlo.»

«Forse devi solo lasciarlo riflettere, Cass. Sii molto gentile per un po'. Voglio dire, è possibile che all'improvviso Peter possa diventare normale, giusto?»

«Ah, improbabile, ma sarò gentile.» Unisco le mani in preghiera. «Sarò come Madre Teresa.»

Penny ride e afferra il sapone. «Lo farò, laverò questo corpo puzzolente. Vieni con me, ho bisogno di supporto morale.»

È fuori di testa. L'aria è abbastanza calda, ma l'acqua è neve sciolta e io mi comporto come una bambina quando si tratta di acqua fredda.

«Puoi usare l'asciugamano per prima, sarà bello asciutto e caldo. Dai!» Fa le moine. «Sarò la tua migliore amica, fino alla fine del mondo.»

Si assicura che non ci sia nessuno e si toglie la camicia.

«Hai qualcuno per cui profumare, ecco perché non ti importa che ci siano meno dieci gradi!»

«Che scema!» Alza le spalle e sorride. «Dai!»

Di solito riesce a farmi fare le cose implorando, e lei lo sa. Cedo perché è solo acqua fredda e sono grata che mi abbia fatto sentire meglio.

«Va bene, lo farò, ma solo perché ti voglio bene.»

Mi tolgo i vestiti. Le mie gambe si intorpidiscono, mentre scavalco con cautela le rocce della piccola pozza.

Penny si immerge e risale ululando. «Vieni dentro, l'acqua è fantastica!»

Scuoto la testa. «Non ti voglio così tanto bene.»

Mi getto addosso piccole quantità d'acqua per sciacquare il sapone e corro verso l'asciugamano. Sarà pure caldo ma dato che la mia pelle ha perso sensibilità non posso dirlo con certezza. Mi asciugo a casaccio. Penny s'insapona e si lava anche i capelli. Dev'essere innamorata. Appoggio l'asciugamano su una roccia al sole e lotto per far entrare la pelle umida nei vestiti sporchi.

Penny arriva dietro di me avvolta nell'asciugamano e ansimando. «Wow, che bella sensazione!»

«Sei pazza.»

Ma devo ammettere che ora che mi sto scaldando è bello essermi pulita un po'. Riempio i contenitori d'acqua mentre Penny si veste e canticchia tra sé e sé. Dio, l'adoro, è come l'antitesi di Ana, l'anti-Ana.

CAPITOLO 36

MI CAMBIO LA camicia e piazzo l'ascella pulita davanti al viso di Nelly. Lui risponde con una specie di commento su quanto sia matura, ma dato che specchio di gomma, la parola ti ritorna, non mi tocca. Faccio a Peter un sorriso esitante, che lui ignora. Non c'è problema, ho intenzione di sorridergli fino a quando le mie guance non si romperanno.

«… niente adesso», mormora Henry.

«Che cos'è?» chiede James appoggiato a un albero con l'iPad e la testa avvolta dal fumo della sigaretta. L'abbiamo caricato in auto mentre andavamo al negozio di Greg, ma ovviamente non c'è campo qui, o forse, a questo punto, da nessuna parte. Penny si siede al tavolo accanto ad Ana e si spazzola i capelli bagnati.

Henry tiene la piccola radio in alto e ripete quello che ha detto, mentre lo guardiamo girare la manopola. «Non ci sono notiziari oggi, solo quelle registrazioni, solo che adesso parlano di Zone Sicure invece che di Centri di Trattamento.»

«Ehi, il sergente Grafton nel New Jersey aveva detto qualcosa sul fatto che era stata trasformata da Centro di Trattamento a Zona Sicura», dico.

James solleva le sopracciglia. «Sì, ha funzionato bene.»

«Non c'è niente in AM o FM», ribatte Henry. «Forse potrei trovare qualcosa se avessimo una radio a onde corte, ma è accesa da stamattina presto e non ho sentito un solo aggiornamento.»

Henry porge la radio e guarda James che gira la manopola e scuote la testa. Provano con la radio della polizia nel furgone, ma è muta.

«Forse è saltata la corrente, non si può trasmettere senza», dice Penny.

Henry si strofina il mento. «Se non c'è corrente, allora le cose sono peggio di quanto pensassi.»

«Beh, non mi sorprenderebbe», dice Penny. «O tutti sono in preda al panico e se ne vanno, o sono in preda al panico e restano a casa. Quante persone credete che vadano al lavoro?»

«Una volta ho letto che una centrale elettrica media fornirebbe energia solo per dodici o ventiquattr'ore senza personale, dopo di che si spegnerebbe da sola», dice James, sempre pronto a fornire informazioni.

«Niente energia significa niente acqua e cibo che va a male», dice Henry. «Il che significa persone affamate. Quanto tempo ci vorrà prima che i negozi siano completamente vuoti? Amico, la gente farebbe qualsiasi cosa quando ha fame, ucciderebbe per il cibo in un secondo, prenderebbe…»

«I bambini hanno le orecchie lunghe», dice Dottie interrompendo Henry.

Ci voltiamo verso il punto in cui i bambini sono seduti a terra. Stavano sfogliando il mio libro di sopravvivenza nella natura, ma ora ci guardano, il libro dimenticato sul grembo di Hank. Corrine lotta per ricacciare indietro le lacrime.

«Papà?» dice come una bambina. «Mi piace qui, non possiamo restarci? È sicuro.»

Henry si siede sulla panchina e fa loro cenno di avvicinarsi. Le rughe sul suo viso sembrano più profonde; senza dubbio vorrebbe potersi rimangiare le sue ultime parole. Corinne e Hank sembrano dei bambini piccoli dalle espressioni sui loro volti, con tanto di tracce di lacrime tra la polvere sulle guance di Corinne.

«Anch'io mi sento al sicuro qui, piccola, ma dobbiamo andarcene presto. Credo che verranno altre persone in cerca di un posto sicuro e a volte la gente vuole quello che hanno gli altri.»

«Ma abbiamo conosciuto Penny e Cassie, e gli altri. Sono tutti gentili», ribatte Corrine.

Henry sorride. «Siamo stati fortunati, vero? E scommetto che anche molte altre persone sono gentili, ma non possiamo correre rischi, non quando devo proteggere te, tua madre e Hank. Dobbiamo andare in un posto più sicuro di questo.»

«Ho paura, papà.»

Henry le mette un braccio intorno e chiude gli occhi. «Ne abbiamo tutti, piccola. Essere coraggiosi non significa non avere paura, significa solo fare quello che si deve fare.»

Hank si appoggia a suo padre e annuisce. «Anch'io ho paura, Corr. Ma posso insegnarti tutto sugli zombie e su come combatterli. Devi staccar loro la testa, perché il cervello…»

Non credo che una descrizione dettagliata dei non-morti possa essere d'aiuto, quindi intervengo. «Ehi, ragazzi, vi ho visto guardare il mio libro. Avete visto la sezione su come camminare silenziosamente nei boschi e seguire le tracce degli animali?» Annuiscono. «Perché non vi esercitate? È bene saperlo fare e mi sono appena ricordata di una cosa che ho nel mio zaino e che voglio mostrarvi, un vero strumento di sopravvivenza.»

Al cenno di Henry recuperano il libro e se lo leggono a vicenda, mentre si muovono con attenzione nella boscaglia, ruotando i piedi a ogni passo. Quando esco dalla tenda vedo Henry davanti a me.

«Grazie», dice. «Non volevo sgridare Hank, dato che sta cercando di aiutare. Ma l'ultima cosa di cui Corrie ha bisogno è un resoconto dettagliato su come ucciderli. Dobbiamo parlare del fatto di andarcene, però. Magari dopo che hai finito con i bambini?» Indica con un gesto la lunga sacca che ho in mano. «A proposito, che cos'è?»

«Vieni a vedere, è davvero figo.»

Avevo dimenticato di averlo buttato in fondo allo zaino. Sapevo che era sciocco farlo, visto che occupava spazio prezioso, ma non potevo lasciarlo indietro. Mi inginocchio sul bordo dell'accampamento e pulisco un pezzo di terra con la mano. Poi prendo dalla sacca un perno a punta, un pezzo di legno quadrato, una pietra e quello che sembra un piccolo arco. Corrine e Hank si inginocchiano di fronte a me.

«Sembra un piccolo arco. A che serve?» chiede lei.

«Hai ragione, è un piccolo arco. Si chiama trapano ad arco e si usa per accendere il fuoco quando non si hanno fiammiferi. Solo i survivalisti davvero, davvero tosti possono accendere il fuoco senza accendini», dico e faccio del mio meglio per sembrare molto seria.

Hank sgrana gli occhi dietro gli occhiali. «Sai farlo?»

«Certo!» esclamo fingendo di essere inorridita. «Questo è il mio trapano ad arco, regalatomi da mio padre, che era il survivalista più tosto che abbia mai conosciuto. Un'estate abbiamo anche vissuto per un mese in una capanna che costruì nei boschi, solo per divertimento.»

Entrambi sussultano e osservano per vedere se sto scherzando, e quando vedono che non è così, sembrano impressionati. Abbiamo davvero vissuto in una capanna, ma non sono certo una prepper tosta come fingo di essere. Nemmeno papà lo era, ma conosceva qualche trucco.

Mostro loro i pezzi. «Il bastoncino è il trapano. Si avvolge la corda dell'arco intorno al trapano una volta sola, poi si posiziona l'estremità appuntita nel pezzo di legno quadrato.»

Tengo l'arco nella mano destra, mentre il trapano è appoggiato nel quadrato di legno per terra. Giro il sasso per mostrare loro la depressione rotonda sottostante.

«Quindi, si tiene l'arco in questo modo e con l'altra mano si incastra il sasso sopra il bastoncino del trapano. Non si deve premere troppo forte o il bastoncino non girerà quando si muove l'arco.»

Comincio a muovere l'arco da una parte all'altra. La corda avvolta intorno al trapano si stringe e lo fa girare, prima in un verso e poi nell'altro. Lo faccio per un paio di minuti finché non appaiono sbuffi di fumo dove il trapano e il legno si incontrano.

«È l'attrito!» esclama Hank.

«Grazie, Capitan Ovvio», dice Corrine di buon umore ora. Lui le dà una gomitata, ma entrambi ridono, eccitati per il nuovo giocattolo.

«Okay. Per accendere davvero un fuoco, però, abbiamo bisogno di un'esca. Possono essere pezzettini di corteccia sminuzzata, foglie o qualsiasi cosa che sia molto secca. Ne ho un po' qui.»

Mostro loro una pallina di lanugine e la metto alla base del bastoncino del trapano. Riprendo il ritmo. Quando appaiono gli sbuffi di fumo i bambini indicano, io annuisco e continuo finché non sono abbastanza sicura di avere un tizzone. Sollevo il trapano e sono abbastanza sicura che ci sia un piccolo pezzo di legno incandescente.

«Questo è il tizzone», dico e lo guido nell'esca. «Bisogna essere delicati o si spegne e si deve ricominciare tutto da capo. Prendo l'esca e soffio dolcemente finché non fuma.

«Si devono avere pronti un'esca e della legna sempre più grande, se si vuole davvero accendere un fuoco. Ma è così che si fa.» Sento applaudire e vedo che ho guadagnato un pubblico. Faccio un piccolo inchino mentre sono inginocchiata.

«Cos'altro c'è in quello zaino?» chiede Nelly. «Libri, trapani ad arco, qualche altra stranezza?»

«Ho messo tutta la roba pesante nel tuo zaino per avere spazio.» Lui sorride.

«Beh, sono impressionato. Voglio imparare anch'io», dice James.

«Sì, perché non ci sono accendini o fiammiferi al mondo», dice Ana schernendo. Peter ridacchia.

Io le faccio un gran sorriso, come avrebbe fatto Madre Teresa. «La sopravvivenza non è per tutti», ribatto con voce dolcissima, come avrebbe fatto lei, poi mi rivolgo ai bambini. «Morite dalla voglia di usarlo, vero?»

Annuiscono con trepidazione e prendono gli attrezzi. Li istruisco finché non hanno imparato a tenere tutti i componenti al loro posto. Ottenere un tizzone è più difficile; da bambina mi esercitavo per ore.

Mi siedo in un angolino di sole al tavolo da picnic. Nelly si appollaia sul tavolo, mentre Henry passeggia all'altra estremità. Ana prende posto accanto a Penny e appoggia il mento tra le mani.

Accarezzo il braccio di Ana dall'altra parte del tavolo. So che è spaventata, lo sono anch'io, ma credo di essere più brava a nasconderlo o a ignorarlo. Probabilmente dovrei essere più comprensiva su come si sente. È difficile, perché il suo atteggiamento in generale non suscita molta compassione. Mi guarda come se fosse arrabbiata, ma non riesco a capire perché.

«Banana», sussurro, «posso fare qualcosa per te?»

Lei socchiude gli occhi. «Puoi smettere di fare la stronza.»

Mi ritraggo come se fossi stata schiaffeggiata. Mi siedo a bocca aperta e cerco di pensare a quello che le ho fatto. Certo, i suoi commenti mi hanno irritata, ma è ordinaria amministrazione. Ana irrita tutti e questo non sembra turbarla affatto.

Sto per rispondere quando Henry parla: «Io e Dot stiamo pensando che dovremmo partire domani. Ho paura di poter rimanere bloccati qui se aspettiamo ancora. Sarebbe meglio mettersi in viaggio prima che ci siano troppi infetti o disperati in cerca di cibo.»

Sono ancora scioccata per il commento di Ana e mi ci vuole un minuto per elaborare quello che ha detto. Sono passate solo un paio di notti, ma il pensiero di prendere strade diverse mi intristisce.

«Stavo pensando, e non ne ho parlato con nessun altro», guardo intorno al tavolo, «che forse dovremmo restare uniti. C'è spazio in casa e un sacco di cibo. Vi state dirigendo verso un territorio sconosciuto. Procurarsi abbastanza cibo per qualche mese o anche per l'inverno, se durerà così tanto, potrebbe essere impossibile. Siete i benvenuti a venire con noi.»

Tutti annuiscono, tranne Ana, che mi sta ancora fissando. Peter fa un sospiro udibile. Non mi interessa molto quello che pensa, quindi può andare a quel paese.

«Non possiamo», risponde Dorothy con uno sguardo malinconico. «È davvero gentile da parte tua e vorrei che fosse possibile, sul serio. Sembra terribile dirlo.» Guarda Henry, che spiega.

«Quando eravamo al magazzino Dottie ha mandato un paio di messaggi dopo aver deciso dove saremmo andati. Sembrava che fossero stati ricevuti, il che significa che potremmo incontrare la nostra famiglia lì. La possibilità è minima, ma...»

Nelly sembra deluso. «Ma dovete essere lì per incontrarli. Certo.»

Voglio ricordare a Dot e Henry che è improbabile che le loro famiglie abbiano ricevuto i messaggi, tanto meno che riescano ad arrivare lì. Ma non dirò loro nulla che non sappiano già. Se si trattasse di Eric, anch'io sarei lì ad aspettare.

James rompe il silenzio dispiegando la mappa. «Okay, allora partiamo tutti domani?» chiede e parla di nuovo quando vede i nostri goffi cenni di assenso. «Concordo con Henry: dovremmo partire. Non si ricevono più notizie. Se il virus si diffonde così velocemente come sembra, dovremmo metterci in salvo prima che ci siano più infetti di quanti ne possiamo affrontare.»

Si passa le dita tra i capelli e fa un rumore infastidito quando questi gli ricadono in avanti. «Ho tracciato il percorso che credo dovremmo fare. Il furgone ha un terzo di serbatoio di benzina, quindi presto ce ne servirà altra. Possiamo prenderla dalle auto abbandonate con i sifoni del negozio. Io...»

Smette di parlare quando sentiamo l'inconfondibile suono delle ruote di un'auto su una strada sterrata.

Capitolo 37

PRENDO LA PISTOLA dallo zaino. Nelly appoggia con disinvoltura il fucile sulla spalla, ma so che può sparare in una frazione di secondo. Un'auto rossa scura sfreccia tra gli alberi e rallenta quando ci vede e accosta più avanti. Ci raduniamo in gruppo, pronti a combattere. Anche Peter stringe un machete in mano.

Un giovane sportivo con un berretto da baseball si sporge dal finestrino. I suoi occhi guizzano da una parte all'altra per valutare la nostra cordialità. Il passeggero, una ragazza con i capelli corti e un piumino bianco orlato di pelliccia, ci fa un sorriso esitante.

«Ehi», dice a Nelly e al suo fucile. «Non stiamo cercando di invadere il vostro spazio o altro. Abbiamo solo bisogno di un posto dove stare un giorno o due. Siamo appena arrivati da nord di Paramus, diretti a… beh, in realtà non sappiamo dove siamo diretti.»

Nelly annuisce. «Non è il nostro accampamento.» Il tono è abbastanza amichevole, ma mantiene un'espressione dura. «Siete i benvenuti ovunque vogliate. Potete dirci cosa sta succedendo lì fuori? Ci piacerebbe saperlo. Siamo qui da qualche giorno e da ieri non sentiamo nulla alla radio. Mi chiamo Nel.»

«Brian e Jordan. Sentite, devo scendere da questa macchina. Vado a parcheggiare e, se per voi va bene, veniamo qui a parlare.»

Accosta in un posto un paio di metri più giù e si avvicinano. Nelly fa le presentazioni, mentre Brian e Jordan stanno in piedi e sembrano a disagio.

«Scusate», dice Penny. Fa un cenno verso i tavoli. «Volete sedervi? So che non siamo sembrati molto accoglienti, ma non abbiamo più visto nessuno e non sapevamo cosa aspettarci.»

Jordan si siede sulla panca. Brian si alza e scruta l'accampamento. «Nessuno è stato qui?» chiede.

Penny scuote la testa. «Pensavamo che ci sarebbe stata più gente, ma finora no.»

«Già, le autostrade sono intasate di auto abbandonate. All'inizio avevamo una moto. Abbiamo incrociato persone a piedi, ma ci metteranno un po' per arrivare così lontano. Quando siamo arrivati in campagna non c'erano molti infetti, ma tutti si sono rintanati comunque; non rispondono nemmeno alla porta. Oppure sono andati nelle Zone Sicure.»

«Continuano a elencarle nelle trasmissioni di emergenza», dice James.

Brian annuisce. «Ieri si è sparsa la voce che i Centri di Trattamento sono diventati Zone Sicure. Sotto protezione, così c'era scritto in TV. Siamo andati alla scuola superiore della nostra zona.» Ride con amarezza e guarda Jordan, che non ha ancora pronunciato una parola. Lei lo fissa preoccupata, i capelli schiariti e sottili sotto il cappello, gli occhi circondati dal mascara. Oltre al piumino, indossa dei jeans attillati guarniti di lustrini infilati in stivali di pelle di pecora. È vestita come una modella in un sevizio fotografico a tema campeggio. In circostanze normali potrebbe essere divertente, ma sto solo male per lei. Nessuno di noi vuole essere qui. Si stringe le braccia intorno alla vita come se stesse proteggendo gli organi vitali.

«Abbiamo pensato che sarebbe stata una buona idea. Non avevamo molto cibo in casa, come dicevano di fare. Le nostre famiglie hanno detto che ci avrebbero raggiunto lì.»

Aspettiamo che continui, cosa che fa dopo un minuto.

«Quando finalmente siamo arrivati lì abbiamo scoperto che la maggior parte delle persone che c'erano state, soldati o altro, erano state mandate da qualche altra parte. Mio fratello, sua moglie e i figli erano lì: erano arrivati prima che le strade si intasassero. Perché, insomma, tutti avevano capito che era peggio di quello che dicevano. Voglio dire, come puoi dire alla gente che non ci sono problemi quando possono guardare fuori dalla finestra e vedere il fottuto problema che si aggira fuori? Hanno fatto saltare i ponti di New York, lo sapete?»

I suoi occhi sono sgranati e cerchiati di rosso. Ci scava dentro il pollice e le dita.

«Eravamo a Brooklyn. Ce ne siamo andati la notte prima che li facessero saltare in aria», dice Nelly.

Brian lascia cadere la mano. «Davvero? Beh, siete stati fortunati. Se aveste visto i filmati che mostravano della città…»

«Che cosa sta succedendo lì?» lo interrompe Penny con il viso tirato.

«Sei di Brooklyn?»

Penny annuisce e fa un cenno verso Ana. «Nostra madre…»

Brian annuisce come se sapesse cosa sta cercando di dire. Dato che solo loro due sono arrivati fin qui, ho il sospetto che capisca perfettamente.

«Manhattan è in fiamme. La gente correva fuori dagli edifici proprio tra le braccia di quei fottuti gruppi di Mangiatori. Cioè, cosa puoi fare? In un incendio muori e forse fuori vivi. Se puoi arrampicarti o correre veloce, beh, devi farlo.»

Lui guarda Jordan per avere conferma, ma lei si fissa i piedi, le braccia che si stringono sui fianchi. «Brooklyn non era messa così male. Alcune parti bruciavano, ma niente a che vedere con Manhattan. L'infezione è altrettanto grave, ma per ora la gente, o almeno chi non vuole morire, si nasconde.»

Mi immagino le file di case del nostro quartiere in fiamme, la gente che si riversa fuori dai palazzi direttamente tra le braccia degli infetti, correndo sui tetti per evitare le fiamme e cercando nelle strade sottostanti un posto sicuro dove fuggire.

«Okay», dice Penny, la preoccupazione nei suoi occhi non si placa.

Ana si siede pesantemente sulla panca accanto a Jordan. Guardo Peter, ma lui sta guardando per terra, tracciando una O con la punta della scarpa nel terreno morbido. Lo fa più e più volte, come se stesse risolvendo un problema di matematica complesso.

«Cos'è successo alla scuola superiore?» chiedo a Brian.

Il suo volto si incupisce e sono sicura che mi dirà di farmi i cazzi miei. Poi il suo conflitto interiore si placa e sospira, rimpicciolendosi di uno o due centimetri in tutte le direzioni.

«Beh, eravamo lì», risponde con voce piatta. «Mio fratello Chris, sua moglie Jess e i miei nipoti. Abbiamo occupato un angolo vicino alle gradinate. Una signora mi ha detto che c'erano interruzioni di corrente nelle città, nessun servizio telefonico e stavo pensando che tre giorni fa, tre cazzo di giorni fa, tutto andava bene. Capite?»

I suoi occhi ci scrutano in cerca di rassicurazione.

Quando incontrano i miei, annuisco. «È vero.» Mentre lo dico, mi rendo conto che non è vero, non poteva esserlo. «Sembrava tutto a posto qui, sulla costa orientale, lo pensavano tutti.»

Nei suoi occhi non c'è più il panico per poter essere impazzito, oltre a tutto il resto. «Dopo un po' abbiamo capito che i nostri genitori non ce l'avrebbero fatta ad andarsene dalla periferia. Abbiamo deciso di aspettare la notte e andare da loro la mattina seguente. Era sempre più affollato e fuori si sentiva un grandissimo baccano. Gente bloccata in tutto quel traffico che suonava il clacson. Poi il ragazzino, mio nipote, Ty...»

Soffoca un singhiozzo e si toglie il berretto da baseball, poi se lo rimette e lo muove da un lato all'altro finché non si sistema. Poi se lo toglie di nuovo e piega la tesa a metà, come si fa per fare quella piega perfetta nel mezzo.

«Tyler, beh, doveva fare pipì, così Jess ha portato i ragazzi in bagno. I clacson si sono trasformati in urla e spari, e la gente è corsa verso le porte per vedere cosa stesse succedendo.

«Così Chris ci dice di rimanere lì, che vuole assicurarsi che Jess e i ragazzi stiano bene. Le urla diventano più forti e cercano di chiudere le porte. Ma è troppo tardi e una marea di *loro*, di Mangiatori, sono dentro. Non riuscivamo a vedere, così saliamo sulle gradinate proprio mentre Chris e Jess e i ragazzi entrano in palestra.»

Brian fissa gli alberi, ma non li vede. Riesco a vedere quello che vede lui: le luci che gettano un bagliore giallo abbagliante, come in tutte le palestre delle scuole, le gradinate che fiancheggiano le pareti piastrellate, le finestre coperte da grate per proteggerle dalle palle vaganti. Tutti che corrono in cerchio, con le loro urla amplificate e che riecheggiano.

«Ho urlato loro di tornare indietro. Avrebbero potuto nascondersi negli armadietti. Erano circondati, quindi sono scappati verso di noi. Volevo aiutarli, ma Jordan mi ha trattenuto per la camicia.»

Lui la guarda con sguardo accusatorio. «Ha detto che sarei stato morso. Hanno… hanno preso Jess per prima, hanno preso lei e Thomas. Jess si è messa sopra Thomas e ha cercato di respingerli, ma non è riuscita a trattenerli a lungo.»

So come andrà a finire e vorrei non averlo chiesto, ma non voglio farlo smettere. Ha guardato il suo personale film dell'orrore in un loop infinito e ora lo sta vomitando di nuovo, cercando di cacciarlo fuori per sempre.

«Chris stava tenendo Tyler. È più grosso di me e stava gettando i Mangiatori di lato. Le braccia di Tyler erano intorno al suo collo. Pensavo che ce l'avrebbe fatta. Così mi allontano dalle gradinate e mi preparo ad afferrare Ty.

«Poi inciampa. Senza nemmeno provarci, uno di quegli stronzi fa lo sgambetto a mio fratello e lui va giù, ma rimette Ty in piedi. Gli urla di correre da me. Tyler ci prova, si spinge con le gambe. Urla: "Zio Bri, Zio Bri!". Stavo per saltare giù, volevo solo raggiungerlo, ma *loro* erano sotto di me. Hanno sicuramente continuato a entrare dalla porta per tutto il tempo. E i suoi occhi, cazzo: sono enormi e lui sta correndo, e poi Tyler corre proprio tra le braccia di uno di loro e…»

La tesa del cappello da baseball è piegata in modo irreparabile. Gli occhi di Brian sono gonfi e un rigolo di muco gli esce dal naso. Sembra così smarrito, come se fosse lui stesso il nipotino, che gli metto una mano sulla spalla.

«Non potevi aiutarlo», dico. Era una situazione senza speranza. «Non saresti riuscito a tornare in tempo. Ci hai provato.»

Lui annuisce, ma i suoi occhi dicono che non ci crede. Tutto ciò che vede è il suo nipotino che corre chiedendogli un aiuto che lui non gli ha dato. Alza le braccia e penso che stia per spingermi, ma mi afferra in un abbraccio che mi toglie il respiro. Lo sorreggo in tutti i suoi novanta chili, anche se le mie gambe tremano per lo sforzo. I suoi singhiozzi sono rauchi e tremolanti; mi ricordano i miei dopo la morte dei miei genitori, quando piangevo da sola.

Jordan si alza, gli occhi lucidi dietro il trucco sbavato. Gli massaggia la schiena con una mano che porta un anello di fidanzamento con diamante.

«Bri», dice con voce gentile. Allunga la testa intorno alla mia spalla. «Brian? Ha ragione. Non potevi salvarlo, tesoro. So che tu…. non volevo…»

Prende fiato e il suo corpo si irrigidisce. Mi lascia andare in modo brusco e io inciampo, finché James non mi prende e mi rimette in piedi.

«Se fossi andato prima, se tu non avessi voluto discutere, forse ce l'avrei fatta. Ma tu mi hai trattenuto. È colpa *tua* se è morto. È colpa *tua* se hanno preso Tyler.» Fa una smorfia come se avesse appena mangiato qualcosa di disgustoso.

Gli occhi di Jordan si riempiono di lacrime e lei scuote la testa. È diventata pallida sotto l'abbronzatura spray. «Brian, no, sarebbe toccato anche a te. Pensi che io non volessi che Ty fosse al sicuro? Gli volevo davvero tanto bene. Sai…»

Brian stringe i denti. «Chiudi il becco, Jordan. Chiudi quella cazzo di bocca.»

Jordan corre verso l'auto singhiozzando e sbatte la portiera. Ci giriamo tutti verso Brian, che la segue con un volto privo di emozioni. Penso che Brian stia crollando un po', proprio come sembra temere.

«Scusate, devo andare a parlarle», dice.

Si allontana con gli occhi bassi.

Capitolo 38

Abbiamo la bozza di un piano: partiremo alle prime luci dell'alba. Dovremo separarci subito, visto che andiamo in direzioni diverse. Credo che i Washington abbiano buone possibilità, dato che possono proseguire su stradine isolate. Noi attraverseremo l'Hudson alla base del parco e percorreremo anche una rete di strade secondarie.

Dopo un quarto d'ora di deliberazione virile Nelly, Henry e James hanno deciso il miglior punto dove accendere il fuoco e adesso è acceso. Dottie insiste per condividere con noi ciò che resta degli hamburger ormai scongelati. Quando protestiamo ci ricorda, con una voce da madre che non accetta repliche, che la carne si guasterà. Rido sotto i baffi quando Nelly mormora: «Sì, signora», anche se lei non è molto più grande di noi.

Dal loro posto vicino al fuoco Hank e Corrine guardano il trambusto dei preparativi con volti tristi. Sembra che abbiano appena visto il mondo per la prima volta e che si stia rivelando un posto molto più merdoso di quanto pensassero. E hanno ragione. Il mondo è appena passato da un livello di semi-merdosità a un livello di merdosità mai visto prima. Metto l'ultimo oggetto nello zaino e chiudo la zip, poi tiro fuori un paio di cose, prima di andare a sedermi accanto a loro.

«Avete fatto i bagagli e siete pronti?» chiedo.

Corrine alza le spalle e guarda il fuoco, mordendosi il labbro per fermarne il tremore. Hank alza lo sguardo dal suo lavoro di intaglio di un nuovo bastoncino per marshmallow e mi fa un sorriso serio.

«Io sono pronto. Tu?»

Sorrido. «Pronta come non lo sarò mai. Ma ho pensato che voi ragazzi potreste aver bisogno di qualcosa che vi aiuti nel bosco, quindi voglio darvi questi.»

Porgo loro il libro sulla sopravvivenza nella natura e il trapano ad arco.

Gli occhi di Hank brillano e prende la sacca con riverenza. «Davvero? Possiamo prenderlo?»

«No, Hank», dice Corrine. Glielo toglie di mano e me lo porge. «Non possiamo prenderlo; gliel'ha regalato suo padre, è speciale.»

«È per questo che ve lo do. È speciale, sì, ma lo siete anche voi e voglio che lo abbiate. Ce n'è un altro nella casa, oltre a molti accendini e fiammiferi. Potreste averne bisogno, quindi è vostro. E anche il libro. Mi offenderei molto se non li prendeste.»

Corrine ride al mio broncio e prende il libro, poi si china in avanti ad abbracciarmi. «Vorrei che venissimo con te», sussurra.

La abbraccio forte. «Anch'io, tesoro.»

CAPITOLO 39

GLI HAMBURGER NON assomigliano assolutamente a del cibo per cani, con mia grande gioia. Peter, che ora mi risponde con grugniti e monosillabi invece di sguardi gelidi, si scuote dal torpore abbastanza per ringraziare Dorothy. Jordan e Brian appaiono ai margini della luce del fuoco. Hanno passato le ultime ore in macchina e noi le abbiamo trascorse cercando di non ficcanasare.

Brian sembra pentito. «Ehi, ragazzi, mi dispiace molto per prima. Ho esagerato e mi sono scusato con Jordan, giusto per farvelo sapere. Non voglio che pensiate che io sia un coglione o altro, non lo sono. Beh, quasi mai, comunque.»

Sorride timido e stringe la mano di Jordan.

Jordan ricambia la stretta. «Non lo è. È stata dura. Proprio… orribile.»

Penny indica un posto vuoto sulle coperte. Gli offriamo degli hamburger e loro ne mangiano un po'. Dottie ci racconta alcune storie su com'è cresciuta nei Caraibi e Penny parla di come viveva a Porto Rico. Mi chiedo se le isole se la siano cavata meglio della terraferma. Sto pensando con aria sognante al sole caldo, ai manghi freschi e all'assenza di infezioni quando James si schiarisce la gola.

«So che stiamo cercando di non buttarci giù, ma oggi facevo dei calcoli e la situazione sembra piuttosto brutta. Okay, oggi è lunedì; per quanto ne sappiamo, tutto questo è iniziato venerdì. Sabato hanno distrutto i ponti e, a quel punto, c'era qualcosa come il quindici per cento di infetti. Questo significa che ci è voluto un giorno perché il virus si diffondesse così rapidamente. A quel punto gli stati del Midwest erano già intorno al sessanta per cento e scommetto che ora sono intorno all'ottanta o giù di lì.

«Nel peggiore dei casi, a partire da domani le metropoli e le grandi città raggiungeranno il sessanta per cento. Nelle città più piccole e nelle aree rurali ci vorrà un po' più di tempo. Da quello che ha detto Brian, la maggior parte della gente è bloccata negli ingorghi e questo non significa che si arrenderanno, ma dovranno camminare per raggiungere quei luoghi. E ci arriveranno almeno anche alcuni infetti ancora vivi. E poi si trasformeranno.

«Alla fine l'infezione sarà ovunque. Penso che rimarrà all'ottanta per cento per un po', dato che le persone che hanno trovato dei posti sicuri o hanno provviste resisteranno. Ma, a seconda di quanto tempo vivono gli infetti, a un certo punto la maggior parte delle persone dovrà lasciare la propria casa per cercare cibo o acqua, ed è allora che saranno infettate. La cosa migliore da fare è quella che stiamo facendo: andare in un posto isolato e rintanarci fino a quando la situazione non si sarà calmata.»

I volti di Ana e Peter sono fermi e, quando lui finisce, mormorano qualcosa tra di loro. Non penso che gli credano.

«Quando si calmerà, secondo te?» chiede Jordan con espressione ansiosa.

Il volto di James, che si era animato mentre parlava, si incupisce. «È questo il punto: nessuno lo sa. Forse non moriranno finché non si decomporranno. Forse non marciranno con la stessa velocità della carne normale. Sembra impossibile, ma lo è anche tutto il resto. Quindi lo do per scontato, e sono sicuro che rimarrò piacevolmente sorpreso se mi sarò sbagliato.»

Accade qualcosa tra Brian e Jordan. Lei gli fa un piccolo cenno e appoggia la testa sulla sua spalla, mentre lui le accarezza i capelli.

«Che piani avete?» chiedo loro.

«Anche noi partiremo domani», risponde Brian alla luce del fuoco. «Forse andremo a cercare i nostri genitori. Pensiamo di andarcene prima di voi, quando è ancora buio.»

Jordan si rigira l'anello di fidanzamento sul dito e lui posa una mano gentile sulla sua per fermarla. «Andrà tutto bene. Saremo insieme, giusto?»

Lei sorride in lacrime e annuisce. Mi chiedo come possa essere così calmo, così sicuro. Se lui, che ha visto metà della sua famiglia venire mangiata davanti a sé, pensa che andrà tutto bene, allora forse sarà così.

Il fuoco si spegne. Non ho fretta che arrivi domani, ma quando Henry sbadiglia e dice che è meglio andare a letto, ci alziamo tutti.

«Grazie a tutti», dice Jordan con voce tranquilla. «Grazie per aver condiviso con noi. Mi dà speranza che forse non tutto il bene è completamente scomparso, se ci sono persone come voi.» È il massimo che ha detto in tutta la serata.

«E anche voi», dice Penny. «Non dimenticate che siete arrivati fin qui.»

Jordan sorride, ma la tristezza nei suoi occhi è tornata. «Sì, andrà tutto bene.»

Capitolo 40

È ancora quasi buio quando sento che qualcuno mi scuote la spalla. Penny lascia la lanterna dopo essersi assicurata che io sia sveglia. Arrotolo il sacco a pelo e ascolto il fruscio del nylon e il rumore delle cerniere fuori dalla tenda. Raccolgo tutti gli oggetti in giro e cerco di ignorare la sensazione di vuoto alla bocca dello stomaco. Quando esco dalla tenda è un po' più chiaro. Banchi di nebbia sono sospesi nell'aria e riesco appena a distinguere l'auto di Brian e Jordan parcheggiata nel loro accampamento. Immagino che stiano ancora dormendo.

Sul tavolo c'è il cibo rimanente che deve essere spartito. Dopo essermi lavata i denti, mi dirigo verso il punto in cui Nelly e Henry stanno in piedi e fissano le cinque casse rimaste di pasti pronti liofilizzati.

«Non li vuole nessuno, eh?» scherzo e loro ridono.

Nelly si rivolge a Henry. «Sei sicuro di non voler riconsiderare l'idea di venire con noi?»

Henry sospira. «Non sai quanto lo vorrei, ma abbiamo deciso di dare alla famiglia un mese di tempo e poi verremo da voi. Se vi va ancora bene.»

«Certo che ci va bene», dico io. «Se per qualche motivo non ci fossimo, cercate un sentiero a sinistra della casa. Non troppo lontano da lì c'è un vecchio acero con ciò che resta di una casa sull'albero. È l'Albero dei Messaggi. In un buco nel tronco c'è un barattolo di caffè. Lascerò scritto lì dove siamo andati.»

Henry annuisce. «Capito. Ora…»

Guarda il tavolo. Nelly, che è sempre sulla mia stessa lunghezza d'onda, prende una cassa di pasti pronti e spinge le altre verso Henry. Adesso il cielo è abbastanza luminoso per vedere i suoi occhi sgranarsi per la sorpresa.

«No, amico», protesta. «Non posso prenderle tutte. Cosa farete voi ragazzi?»

«Henry, ci stiamo dirigendo dove sappiamo che avremo cibo in abbondanza», rispondo. «Non abbiamo due bambini da portarci dietro. Questo non vi basterà nemmeno per tanto tempo, quindi, per favore, non discutere.» Gli porgo un revolver. «E non discutere nemmeno su questo. Ti darò anche delle scatole di munizioni.»

«Non so cosa dire», dice sollevato, ma allo stesso tempo riluttante. «Le armi non sono proprio qualcosa da regalare in un momento come questo. Io… ma non posso dire di no. Grazie.»

«Non te lo sto regalando», ribatto. Alzo un sopracciglio e fisso il suo viso gentile con un piccolo sorriso. «È un prestito. Devi restituirlo, questa è la fregatura. Me lo aspetto entro un paio di mesi.»

Le guance di Henry si incrinano in un sorriso per un secondo, poi il suo viso torna alla sua solita espressione seria, mentre mi abbraccia. «Te lo riporterò. So che sono passati solo un paio di giorni, ma…» Si ferma e dà una pacca sulla schiena a Nelly.

«Ehi», dice James, mentre smonta la seconda tenda, «la loro macchina è ancora qui. Pensavo che Brian avesse detto che sarebbero partiti presto.»

All'improvviso, credo di sapere perché Brian e Jordan sembravano così tranquilli ieri sera. Riesco a percepire qualcosa che proviene dall'auto, più che altro l'assenza di qualcosa.

«Henry, tieni lontani i bambini», dico.

Cammino verso la macchina, con il cuore che batte per la trepidazione. All'inizio penso di sbagliarmi, che stiano solo dormendo sul sedile posteriore. Brian ha la schiena contro la portiera e le gambe distese su tutta la lunghezza del sedile. Jordan è accoccolata sul suo grembo e la testa di lui è appoggiata su quella di lei, come se stesse annusando per l'ultima volta il suo shampoo. Le braccia di lui, che probabilmente erano avvolte intorno a lei, ora ricadono mollemente su entrambi i lati.

Mi faccio coraggio e apro la portiera, solo per assicurarmi che non siano ancora vivi. Sento dei passi dietro di me. Gli altri restano lì, immobili, finché Dottie non si sporge e tasta i loro polsi.

Scuote la testa. «Forse pillole. Non lo so.»

«Dovremmo… dovremmo seppellirli?» chiede Penny.

Sono felice di vedere che non sono l'unica che scuote la testa, anche se mi sento un'insensibile nel farlo.

«Dobbiamo andare», dice Henry.

«Forse una preghiera», aggiunge Dottie. «Jordan portava una piccola croce d'oro, l'ho vista ieri sera.»

«Certo», risponde lui. Comincia a recitare il Padre Nostro.

CAPITOLO 41

HENRY CHIUDE IL bagagliaio e si assicura che lo spago che tiene le scatole fissate al tetto sia ben stretto. Fa un respiro profondo.

«Allora, immagino che questo sia un addio», dice.

Hank e Corrine guardano fuori dai finestrini dell'auto con delle espressioni che secondo loro devono essere coraggiose, ma sembrano spaventati, con gli occhi enormi e incavati.

«No, è un arrivederci», ribatto io.

Nei suoi occhi c'è calore mentre annuisce veloce e sale in macchina. Li seguiamo fino all'ingresso del campeggio. Io sto davanti mentre Nelly guida. In questo momento la capacità di sparare con precisione ha la meglio sul fatto di stare un po' schiacciati dietro, quindi Peter e James si siedono con Ana e Penny. Nessuno si siede dietro la gabbia; nessuno vuole essere intrappolato lì dietro. Al bivio della strada ci accostiamo alla loro macchina.

Dottie abbassa il finestrino e ci fa un sorriso luminoso. «Abbiate cura di voi.»

«Anche voi», dice Nelly. «A presto.»

Guidiamo in silenzio. Il casello dei ranger vicino al ponte è vuoto. Nel parcheggio fuori dal centro di accoglienza c'è qualche macchina, ma per il resto è vuoto.

«Dobbiamo fare benzina, giusto?» dice Peter. «Perché non ne travasiamo un po' da queste auto? Non credo che riusciremo a fare benzina in una stazione.»

Nelly si ferma nel parcheggio. Avrei dovuto pensare di far fare il pieno a Henry qui. Spero che non debbano fermarsi in un posto troppo pericoloso. James e Peter si mettono al lavoro per aprire i coperchi dei serbatoi di benzina, mentre Nelly si assicura che non ci sia nulla in agguato intorno all'edificio. Penny e io camminiamo verso la strada e guardiamo il fangoso fiume Hudson scorrere sotto il ponte.

«Cos'è quello laggiù, più davanti?» chiede Penny dopo un po'.

Una figura zoppica sulla carreggiata all'estremità del ponte. Appoggio una mano sulla fondina. Alla velocità a cui sta andando, ci vorranno dieci minuti prima che ci raggiunga, ma il panico sale lo stesso.

La voce di Penny è strozzata. «Ehm, ragazzi? Uno sta venendo verso di noi.»

Altri due Lexer appaiono e seguono il primo.

«Facciamo tre», dico io. Tiro fuori la pistola. Sono troppo lontani per rischiare un colpo, ma voglio essere pronta.

«Siamo a posto, andiamocene da qui», dice.

Nelly gira sul ponte e guida sul lato sinistro della strada, il più lontano possibile dagli infetti. Ci guardano passare e invertono il senso di marcia per seguirci.

Dall'altra parte James indica alcuni Lexer, che inciampano verso il ponte. «Devono venire da Peekskill, circa otto chilometri a sud. Meno male che andiamo a nord.»

CAPITOLO 42

DOBBIAMO TORNARE INDIETRO di circa duecentosessanta chilometri su strade tortuose prima di avvicinarci alla casa. Saremo fortunati se ci arriveremo in cinque ore. Mentre iniziamo a percorrere la prima delle nostre strade sterrate, sospiro. Nelly mi guarda.

«Brian e Jordan», spiego. «Perché lo hanno fatto? Non vuoi essere sicuro che tutto sia perduto prima di suicidarti?»

«Ovviamente, *io* vorrei morire combattendo. Ma non tutti sono forti come noi, Cass», dice.

Penso che Nelly abbia fatto un errore ad accomunarci. Lui non si fa prendere per il culo da nessuno. Io non riesco nemmeno a rompere con qualcuno senza che mi ci vogliano tre mesi per farmi coraggio. Ma non posso parlarne, con Peter qui, anche se potrebbe non ascoltare dato il flusso infinito di Zone Sicure che passa alla radio.

«E dopo la morte dei miei genitori?» mi oppongo. «Ho avuto un collasso nervoso, non ero esattamente un pilastro di forza.»

«Okay, ma come si fa a non andare un po' fuori di testa, tesoro? E poi, tutti hanno diritto a un crollo nella loro vita.»

«Sì? Tu avrai il tuo a breve?»

«L'ho già avuto, l'estate prima dell'ultimo anno, quando ho fatto coming out. O dicevo alla mia famiglia chi ero veramente o morivo. E intendo morire davvero, volevo farlo. Ero pronto a essere emarginato, purché potessi smettere di fingere.

«Una notte ero a letto e non riuscivo a smettere di pensare alle pistole di mio padre al piano di sotto, a quanto sarebbe stato facile rannicchiarsi con una in mano e premere il grilletto.»

Guarda la strada con calma, ma le sue mani si stringono sul volante. Non mi ha mai parlato della pistola.

«Non sapevo che fossi così messo male.» Voglio piangere per quel ragazzo che ha contemplato il suicidio. Mi viene da pensare a quanto sarebbe vuota la mia vita se non avessi Nelly e gli sfioro la mano.

«Lo ero, ma sapevo anche che potevo sopravvivere a tutto, purché non fingessi di essere qualcosa che non ero. Così, non ho preso la pistola e l'ho detto a tutti. Comunque, nonostante il crollo di prima, tu sei forte. Non prenderesti mai la via più facile così, perché non sarebbe la via più facile.»

Mi ci sono voluti due anni per ammettere di aver fatto un errore con Adrian. Il confronto mi terrorizza. Per esempio, non ho chiesto ad Ana il motivo per cui è arrabbiata con me perché ho paura che si apra un vaso di Pandora, e a me piace che i vasi rimangano ben chiusi.

So che non è esattamente quello che lui intende. Una volta ero forte, prima che il mio mondo andasse in fumo. Era una delle cose di me che mi piaceva di più e odio la mia debolezza di adesso. Ho passato gli ultimi anni a sopravvivere e non merito certo una medaglia al merito per questo.

Incrocio le braccia e guardo fuori dalla finestra gli alberi che stanno germogliando. «Beh, non vedo nessun altro in questa macchina che si sta scolando un flacone di pillole, quindi perché questo mi rende così speciale?»

Nelly sospira. «Riusciresti a tirare fuori un gatto dalla sua pelliccia, lo sai?»

Sorrido. «Cos'è, un'altra delle tue espressioni texane?»

«No, l'ho appena inventata. Ti piace?» dice e ride quando alzo gli occhi.

Deve crederci. Beh, su una cosa ha ragione: non mi abbatto facilmente.

CAPITOLO 43

TRE ORE DOPO la radio trasmette ancora la stessa cosa, l'atlante stradale dello Stato di New York ha le orecchie e siamo solo a metà strada.

«Ok, la strada statale 7342 è la prossima a sinistra», dice James, ora sul sedile del passeggero, con voce stanca.

Ogni strada ha un nome tipo strada statale 42 o Albany-Jingletown Post Road. Sono piene di curve e buche, e la nostra velocità massima è di sessanta chilometri orari. Sono felice di non aver avuto problemi finora, ma si sta stretti in quattro sul sedile posteriore, soprattutto perché nessuno, me compresa, ha un buon odore. Ma siamo vivi. So che è ridicolo concentrarsi sul fatto che la mia chiappa destra abbia perso sensibilità quando il mondo sta finendo.

Oscillo tra un misto di preoccupazione e terrore, che mi crea una morsa al petto, e un sentimento di stronzaggine per le piccole cose, ad esempio il fatto che l'auto sia soffocante e che i ragazzi pensano che sedersi con un metro di spazio vuoto tra le ginocchia sia un diritto umano fondamentale, anche quando tre ragazze hanno le ginocchia incollate nella stessa fila.

Ci vuole un po' prima che mi renda conto che non sono solo scontrosa: non mi sento bene. Ogni volta che prendiamo una curva, chiudo gli occhi per allontanare lo sciabordio nello stomaco, ma questo peggiora la situazione. Appoggio la testa sul vetro fresco del finestrino.

Penny si gira verso di me. «Cosa c'è che non va?»

«Non lo so», dico tra un attacco di nausea e l'altro. «Sento che sto per vomitare.»

«Nels, è meglio se ci fermiamo. Cass sta per vomitare», dice lei.

Accosta su un ampio slargo. L'aria fresca mi colpisce e la nausea si placa un po'. Mi appoggio al furgone e chiudo gli occhi, felice che il mondo abbia smesso di sobbalzare, ed è allora che arrivano i dolori alla pancia.

«Zaino», rantolo, piegata in due dal coltello che mi si attorciglia nell'intestino. Mi guardano con aria assente. «Carta igienica.»

Penny si precipita sul retro e afferra il rotolo. Entro nel bosco incespicando. Quando torno, dieci minuti dopo, sono tutti in piedi fuori dal furgone.

A un tratto James spegne la sigaretta. «Anch'io ho un po' di nausea.»

«Hai bisogno della carta igienica?» chiedo debolmente. «È stato molto divertente lì fuori, non vorrei che te lo perdessi.»

Mi fa un sorriso debole e si appollaia sul sedile anteriore, con la testa tra le mani. Mi tremano le gambe e mi butto a terra, respirando a fatica. Ho di nuovo la nausea.

«È tutto il giorno che non mi sento bene», dice Peter aggrottando la fronte. «Abbiamo mangiato qualcosa di strano?»

«Era tutto confezionato», risponde Penny. «Però immagino sia stato qualcosa. Abbiamo filtrato tutta l'acqua, quindi non è quello.»

Ana e Peter si scambiano una rapida occhiata.

«Cosa? Cosa c'è?» insiste Penny.

Ci arriva nello stesso momento in cui mi ricordo che il giorno prima Penny ha detto loro di filtrare l'acqua. Abbiamo anche mostrato loro come usare correttamente il filtro. Ana guarda Penny docilmente.

«Non avete filtrato l'acqua? Non dirmi che non avete usato il filtro, Ana», dice Penny alzando la voce.

«Non pensavamo fosse un grosso problema. L'acqua sembrava pulita. E ci mettevamo così tanto», risponde la sorella. Incrocia le braccia, come se avesse spiegato la cosa con soddisfazione di tutti.

«Ecco perché si chiamano microbi, Ana. Sono *microscopici*. E cos'altro avevi da fare quel giorno? Shopping? Non ci posso credere, ragazzi.»

Lei scuote la testa con disgusto verso di loro, con le braccia aperte. Alzo lo sguardo verso le loro facce e mi gira la testa.

«Mi dispiace», dice Peter, ma sembra più seccato che dispiaciuto. «Se l'avessi saputo, non l'avrei fatto.»

Le loro voci che litigano si allontanano. Il sole è così luminoso. Voglio chiudere gli occhi e sdraiarmi proprio qui. Un'altra ondata di nausea mi colpisce. Cerco di arretrare, ma vomito violentemente sulle scarpe di qualcuno. Mi raggomitolo sulla terra morbida e sui ciottoli duri della strada e gemo.

Capitolo 44

Sento il rumore delle tende che vengono montate. Mi hanno spostata da qualche parte, ma non riuscirei ad aprire gli occhi senza vomitare. Li socchiudo e vedo un lampo d'erba in una radura prima che tutto inizi a ruotare. Questa volta mi vomito sulle mani, mentre striscio verso il bosco. Penny si accovaccia accanto a me con in mano un bicchiere d'acqua e mi sventola dietro al collo. Spero che sia acqua pulita.

«Oh, Dio», gemo. Affondo nel mio stesso vomito, mentre mi vengono i crampi allo stomaco. So che è disgustoso, ma non me ne importa niente. «Devo andare in bagno.»

Il bagno. Divertente. Cosa darei per un bagno in questo momento; anche la toilette del campeggio andrebbe bene.

«Lascia che ti aiuti», dice Penny.

Inciampo su di lei finché non troviamo un posto tra gli alberi, poi mi avvolge in un sacco a pelo e mi mette in una tenda. Vorrei chiedere dove siamo e se è sicuro, ma invece vado alla deriva in un sonno febbrile.

Mi sento male ancora e ancora, fino a quando provo che potrei desiderare di essere morta. Durante la notte avverto dei lamenti e sogno che gli infetti mi inseguono. Non posso scappare, quindi mi nascondo e spero che passino oltre. Nel sogno Penny cerca di farmi bere, ma io le strappo l'acqua di mano, perché so che è così che si sono infettati. Alla fine, contorta e sudata nel mio sacco a pelo, mi sveglio al cinguettio degli uccelli. Penny dorme accanto a me e dall'altra parte c'è un lungo ammasso: James.

Penny si mette a sedere con la fronte aggrottata. «Di cosa hai bisogno? Cos'hai?»

«Niente.» La mia voce è secca e rauca. «Acqua.»

Mi porge una bottiglia. Bevo e aspetto che lo stomaco si contorca, ma sembra tutto a posto. Ho così tanta sete che la vorrei tutta, ma invece bevo a piccoli sorsi.

«Ho dormito tutta la notte?» La testa mi gira ancora un po' e mi sdraio di nuovo.

«Hai dormito tutta la notte, per due volte.» Penny mi guarda attentamente, ma credo pensi che sto bene, perché il suo viso si rilassa.

«Davvero? Ho perso un giorno?»

Lei annuisce. «Non solo tu. Anche James e Peter sono stati male. Nelly ha iniziato a star male ieri, ma non così tanto, e io e Ana stiamo bene. Ci siamo presi cura di tutti voi.»

Mi torna in mente l'ultima conversazione che ho sentito. «È stata l'acqua?»

Non riesco a credere che Ana e Peter non l'abbiano filtrata. Ho detto loro quanto fosse importante, ma credo che abbiano solo riempito i contenitori. Se hanno fatto stare male i Washington e si sono dovuti fermare da qualche parte per riprendersi, ora potrebbero essere morti. Avremmo potuto essere morti anche noi in questo momento, accampati qui fuori, non si sa dove.

«Sembra molto probabile. Alla fine Ana mi ha detto che ne hanno filtrata un po'. Immagino che sia stato prima che si annoiassero troppo.» Fa una smorfia. «Quindi forse sono stata abbastanza fortunata da bere acqua non contaminata. Abbiamo lavato tutti i contenitori come meglio potevamo e li abbiamo riempiti di acqua filtrata. Ora Ana ha imparato a usare quel filtro, ci puoi scommettere.»

Sembra trionfante, come una madre che ha dato una lezione al figlio cattivo.

Io rido. «Grazie per esserti presa cura di me, *chica.*»

Lei sorride. «Figurati, anche se eri una rompiscatole e continuavi a cercare di rovesciare ogni cosa da bere che ti davo. Continuavi anche a dire che ci avrebbe fatto star male. Ero preoccupata per te.»

«Facevo dei sogni assurdi. Mi dispiace di essere stata così fastidiosa. Sembra che sia stato divertente.» Penny fa spallucce e sorride. Faccio un cenno all'ammasso che è James. «Come sta?»

«Più o meno come te. Anche Peter. Sono stati male più tardi, quindi immagino che entro stasera staranno meglio; cioè, se tu stai meglio.»

Annuisco. «In effetti, potrei avere un po' di fame. Non molta, ma un po'.»

«Fammi vedere cosa riesco a trovare che tu possa digerire.» Apre la tenda, poi si ferma e si gira verso di me con un ghigno malefico. «Oh, questo ti piacerà. Ricordi quando hai vomitato la prima volta? Beh, hai vomitato sulle scarpe di Peter. Era così incazzato. È stato fantastico. Finché non è stato male, non ha fatto altro che parlare di quanto puzzassero, anche se le aveva strofinate.»

Le scarpe di Peter sono costate centinaia di dollari. Ora mi sento ancora meglio di un minuto fa. È incredibile come una piccola spinta morale possa farti stare meglio.

Sorrido e chiudo gli occhi. «Bene, spero che puzzino per sempre.»

Capitolo 45

Tre giorni di persone che vomitano non hanno migliorato per niente l'aroma nel furgone. Una saponetta e un po' d'acqua fredda non bastano quando dormi nel tuo stesso vomito. Ci siamo accampati in una radura lungo una strada sterrata. Penny dice che lei e Ana hanno sentito passare delle macchine sulla strada principale. Un paio di volte hanno udito degli spari lontani e quelle che credeva fossero esplosioni.

Siamo in ritardo di giorni sulla tabella di marcia. Sto guidando e sono agitata come un gatto in una stanza piena di sedie a dondolo, o qualunque sia la cosa assurda che dice Nelly. Negli ultimi anni non ho avuto molti motivi per guidare, vivendo in città senza auto. Inoltre, mio padre diceva sempre che guidavo come una vecchietta. Sono a circa sette centimetri di distanza dal parabrezza, spaventata da quello che c'è dietro ogni curva. Nelly, che sta riposando dietro, finalmente apre gli occhi e mi chiede se voglio che guidi lui.

«Guido io», si offre James.

Nelle ultime ore si è ripreso ed è seduto sul sedile del passeggero. Sembra quasi scheletrico ora. Penny gli offre uno spuntino ogni quindici secondi, beccandogli intorno come una mamma chioccia. Sono abbastanza sicura che a lui piaccia.

«Sto bene», dico e cerco di staccare una delle mie mani dal volante.

«Bella, tieni il volante in una presa mortale di kung fu», ribatte James.

Mi lascio scappare una risata, che si tinge di isteria. Mi sono offerta di guidare, dato che Penny e Ana non guidano quasi mai e tutti gli altri stavano ancora peggio di me, ma probabilmente non avrei dovuto; almeno non nello stato in cui sono. Forse è l'essere indebolita per essere stata male, o perché non credo che il viaggio possa filare liscio come è stato nell'ultima ora, o forse sono in lizza per avere due collassi nervosi nella mia vita invece di uno. Sono spaventata come una bambina, ma cerco di convincermi che non ho niente da dimostrare guidando questa stupida auto puzzolente. Non ho passato gli ultimi giorni a piagnucolare e a rifiutarmi di fare quello che dev'essere fatto, come alcune persone di cui potrei fare i nomi.

«Okay, tra poco accosto da qualche parte dove possiamo fare una sosta.»

La strada prosegue attraverso le foreste, oltre le fattorie, i campi, le case diroccate e le roulotte. Quando l'altro giorno abbiamo iniziato questo viaggio c'erano segni di vita: qualche persona sporadica all'esterno o il fumo che usciva dai tubi delle stufe. Oggi la maggior parte delle abitazioni sembra vuota. Non riesco a capire perché gli occupanti abbiano lasciato un posto relativamente sicuro per andare in una Zona Sicura.

Credo che potrei prenderlo in considerazione anch'io, se non fossimo già fuggiti da una e non avessimo sentito della caduta di un'altra. Cerco un posto per fermarmi, quindi non sono preparata quando faccio una curva e c'è qualcuno in piedi in mezzo alla strada.

«Merda!» Schiaccio i freni e slitto fino a fermarmi a mezzo metro di distanza. Sento dei grugniti, mentre tutti quelli che stanno dietro sbattono contro i sedili anteriori. «Scusate! State bene?»

«Bene, stiamo bene», risponde Penny senza distogliere lo sguardo dalla strada.

Un uomo è in piedi e sta dandoci le spalle. Ha i capelli unti e a ciuffi. Sembra normale da dietro, ma nessuno di noi è sorpreso quando si gira e il suo volto è flaccido. Una rete di capillari viola spicca sul grigiore del viso. Sembrano proprio le linee minuscole e tortuose delle strade secondarie che stiamo seguendo sulla mappa. Si avvicina al cofano e si sporge in avanti. I suoi occhi sono torbidi, come vecchie biglie sporche.

«Investilo!» strilla Ana.

La sua voce esce dai finestrini. Lui geme e si getta al centro del cofano, i denti che battono con furia. Non ne ho mai visto uno da vicino in pieno giorno. Ha delle incrostazioni marroni tra ogni dente, come se non se li lavasse da un anno. Sono abbastanza sicura che sia sangue. Riesco a vedere l'osso di un braccio, un lampo di bianco nel groviglio di tessuti.

«Cassie, forse è meglio se parti», dice James con voce calma.

Mi riprendo di colpo: c'è un morto sul cofano dell'auto. Le sue mani raschiano la vernice nera e lucida, mentre tenta di appigliarsi e ho paura che voli in alto e spacchi il parabrezza. Premo leggermente l'acceleratore, anche se vorrei dare gas.

«Gesù, Cassie, parti!» grida Peter e la creatura sul cofano gorgoglia per la frustrazione o qualcosa del genere.

«Non voglio rompere il parabrezza», ribatto mentre accelero. «Reggetevi a qualcosa, tutti quanti.»

Sterzo e il Lexer scivola via dal cofano. Udiamo un tonfo terribile mentre passiamo sopra una parte di lui. Respiro affannata. Adesso stiamo andando veloce e non ho intenzione di fermarmi, assolutamente. Sono così contratta che mi fanno male le mani e il collo. Tutti parlano contemporaneamente, ma io resto in silenzio, aspettando il prossimo ostacolo, letteralmente e figurativamente.

«Scusatemi tutti», dico infine. «Avrei dovuto muovermi più in fretta.» Mi sento stupida, come se non ci si potesse fidare di me per tenere tutti al sicuro. Le mie guance sono calde.

«Stai scherzando?» domanda Penny. «Se fossi stata io, saremmo ancora lì a cercare di farmi schiacciare l'acceleratore.»

«E io avrei accelerato e probabilmente lui avrebbe spaccato il parabrezza», aggiunge Nelly. Peter dà un lieve colpo di tosse. «Anche tu volevi partire in fretta, vero, Pete? È per questo che le hai urlato di farlo?» C'è un avvertimento nella sua voce.

«Non abbastanza veloce da rompere un parabrezza», risponde Peter.

Lo vedo nello specchietto retrovisore, con la mascella serrata. Odia quando la gente lo chiama Pete, cosa che Nelly sa, senza dubbio.

«Grazie», dico a tutti, tranne a Peter. «La prossima volta non sarò così lenta. Pensavo che qui fossimo abbastanza al sicuro, ma se quel tipo è in giro…»

«Non si mette bene», conclude James. «Posso guidare quando vuoi.»

CAPITOLO 46

LE CASE CHE prima sembravano vuote ora sembrano minacciose; i loro occhi morti ci guardano mentre passiamo. Sobbalzo ogni volta che mi sembra di vedere un viso pallido alla finestra, un cadavere dentro che aspetta di essere liberato. Credevo che dopo giorni così il mio cuore avrebbe smesso di andare in sovraccarico, ma il corpo sa quando è minacciato e non mi lascerà fingere il contrario. Maria ha detto che il virus vive nel cervello, dove hanno sede le nostre reazioni più primitive. Mi viene in mente che, se permetto al tronco encefalico di fare il suo lavoro da rettile in risposta, potrei vivere.

La fondina scava nel mio fianco sul sedile posteriore. Non è una sensazione spiacevole. Non mi sono mai piaciute particolarmente le pistole, mi hanno sempre fatto un po' paura, anche se ho sparato più volte di quanto possa ricordare. A mio padre piaceva portare la pistola; era un'estensione del suo corpo, uno strumento, come un martello. Io mi sento come se stessi usando una sega da tavolo senza sistemi di sicurezza, senza occhiali di protezione e con gli occhi chiusi; come se da un momento all'altro potesse andare all'impazzata, nonostante i miei tentativi di controllarla.

Mio padre diceva che avevo un talento naturale per sparare ai bersagli e, in effetti, mi piaceva. Ma non sono come Nelly, che è a suo agio con una pistola in mano, che non corruga mai la fronte al peso che ha in mano come se fosse un serpente velenoso. Non ho mai voluto una pistola per proteggermi, temendo che fosse più pericolosa da portare con me di tutto ciò che avrei potuto incontrare nella vita quotidiana. Ma ora sono contenta di averla. La pesantezza mi pesa, mi radica e mi ricorda che potrei doverla usare in qualsiasi momento. Spero solo di essere ancora una buona tiratrice.

Mancano poco più di cinquanta chilometri. Non sembra molto, ma potrebbe essere impossibile. Da queste parti le persone percorrono queste distanze per prendere tre litri di latte; o lo facevano; entrambi i negozietti che abbiamo passato erano bui.

Mancano circa sedici chilometri a Bellville, la città dove nelle sere d'estate la mia famiglia andava per una pallina di gelato o per i fuochi d'artificio del quattro luglio. Non era il nostro solito percorso, ma ho trascorso abbastanza della mia vita qui da aver già fatto questa strada. La fattoria con la cassetta della posta a forma di ruota di carro significa che mancano solo otto chilometri. Lo dico ad alta voce. Tutti annuiscono, ma la macchina è silenziosa.

Peter è dall'altro lato del sedile posteriore. Il suo profilo è immobile e i suoi occhi si muovono da una parte all'altra mentre osservano il paesaggio che scorre. Questa mattina mi ha borbottato delle scuse e io ho cercato di essere gentile. «Va tutto bene, è stato un errore», ho detto e ho cercato di sorridergli. Il suo sorriso di risposta era amaro ed è tornato a caricare il furgone È proprio arrabbiato con me, forse con tutto. A Peter non è mai mancato niente, tranne le cose che contano davvero. Ha sempre avuto soldi e fascino su cui contare, ma ora tutta l'armatura superficiale che lo proteggeva è sparita.

Forse da qualche parte lì dentro c'è quel ragazzo che ogni tanto intravedevo nella sua generosità o nel modo gentile in cui mi trattava, che era così in contrasto con il modo in cui il resto del mondo lo vedeva. Vorrei poter appianare le cose. Forse non è possibile, ma lui è qui e, anche se per la maggior parte del tempo vorrei prenderlo a calci, in un certo senso ne sono felice. Può anche odiarmi, ma ci tengo ancora abbastanza a lui da volerlo al sicuro.

Capitolo 47

Un cartello di legno dipinto ci dà il benvenuto a Bellville. Una volante della polizia è disposta di traverso sulla strada, circondata da un mucchio di auto, da cui dietro spuntano tre uomini. Uno appoggia un enorme fucile sul tettuccio, mentre gli altri tengono le mani alzate finché non ci fermiamo.

«Okay, tutti fuori dal furgone!» grida un uomo alto e biondo.

«Scendiamo?» chiede James. «Forse dovremmo tornare indietro. C'è un'altra strada?»

«Sono almeno altri sessantacinque chilometri in auto e nessuno ci garantisce che non incontreremo un altro blocco stradale», rispondo. Il lato positivo è che, se hanno barricato la città, devono stare tutti bene.

Usciamo dal furgone, mentre due uomini avanzano e si allontanano da quello con il fucile puntato su di noi. Il secondo uomo è grosso, con i capelli castani che sembrano tagliati con un coltello da burro e occhi piccoli e cattivi.

«Dove siete diretti?» domanda quello alto.

Avanzo di qualche centimetro. «Alla casa dei miei, a circa trentadue chilometri a nord.»

«Qualcuno di voi sta male?»

Scuotiamo la testa. Meno male che non abbiamo cercato di passare di qui mentre stavamo male per l'acqua contaminata. Sembra che abbiano intenzione di sparare prima e fare domande dopo. Non sembriamo ancora così in forma e oggi ci siamo fermati un numero imbarazzante di volte ma, tutto sommato, non sembriamo infetti.

«Beh, non lasceremo entrare nessuno in città. Dovrete trovare un'altra strada per salire.»

«Dobbiamo solo percorrere Bell Street», imploro. «Ci farà risparmiare sessantacinque chilometri e siamo davvero a corto di benzina. Potete scortarci.»

Lui scuote la testa. «Non abbiamo tempo per scortare nessuno da nessuna parte. Più di metà della città è andata nella Zona Sicura fuori Albany. La Guardia Nazionale è passata qualche giorno fa e ha detto alla gente che era la loro unica possibilità, e così l'hanno colta.»

L'uomo grosso socchiude gli occhi già piccoli. «Perché non siete diretti verso una Zona Sicura?»

«Siamo già stati in una nel New Jersey e ne siamo usciti vivi per un pelo, dopo che gli infetti sono entrati. Sono sicuro che anche voi non siete lì per lo stesso motivo. Pensate di poter proteggere le vostre famiglie, voi stessi», risponde Nelly.

«Proprio così. Ma non vi lasceremo passare comunque, ordini dello sceriffo.»

La speranza si diffonde nel mio petto. «Sam? Lo sceriffo Price?» chiedo.

Quello alto alza un sopracciglio. «Conosci lo sceriffo?»

«Sì. Si ricorderà del mio nome. Potete dirgli che Cassie Forrest è qui, per favore?»

Occhi Cattivi serra la bocca, ma l'altro risponde per primo. «Va bene, lo chiamerò via radio. Restate qui.»

Tornano alla macchina e parlano alla radio. Cerco di non fissarli, temendo che all'improvviso si rifiutino di aiutarci se facciamo una mossa falsa. Inoltre, il fucile è ancora puntato su di noi.

«Non è uno scherzo», dice Nelly. Si appoggia al furgone, con le mani in tasca e l'aria disinvolta. Inclina appena la testa in direzione della città. «Non guardare. Ci sono delle persone sui tetti, finora ne ho viste due.»

«Non scherzano, cazzo», concorda James. «Travaseremo altra benzina, se non ci fanno passare. Voglio solo andarmene da qui.»

Annuisco. Non vale la pena affrontare tutto questo. Sto per dirlo quando il tizio alto apre la portiera della volante e sorride. Cammina verso di noi, mentre Occhi Cattivi segue i suoi passi.

«Bene, Cassie Forrest», dice e allunga la mano, «Sam è davvero felice che tu sia qui. A proposito, mi chiamo Will Bishop. Mi dispiace per il benvenuto, ma alcune persone hanno provato a passare con degli infetti.»

Indica con il pollice il suo compagno. «Questo è Neil Curtis.»

Neil ci fa un cenno di assenso e, quando osserva il nostro gruppo, i suoi occhi si soffermano troppo a lungo su me, Penny e Ana. I suoi occhi non hanno profondità, come un cane muto e imprevedibile. Alcuni di questi cani sono cattivi, mentre altri sono così innamorati delle palline da tennis che nel loro cervello non c'è spazio per nient'altro. Ma questo cane qui è cattivo; lo vedo.

James si sposta in avanti per bloccargli la vista. Apprezzo il gesto, ma l'ultima settimana l'ha indebolito tanto che potrebbe volare via con una brezza forte. Ma Neil se ne accorge e distoglie in fretta uno sguardo troppo infervorato. *Cane cattivo.*

«Sposteremo l'auto, così potrete passare», dice Will Bishop. «Sam è giù al municipio. Sai dove devi andare?»

«Sì, grazie.»

Capitolo 48

Sam è fuori dal municipio e alza le sopracciglia quando vede cosa stiamo guidando. Salto fuori non appena il furgone si ferma e gli corro incontro.

Lui mi prende entrambe le mani e mi abbraccia. «Cassie, è passato troppo tempo. Come stai? Stai bene?»

È così bello vedere un volto conosciuto, che non riesco a smettere di sorridere. Gli faccio un breve riassunto del nostro viaggio mentre tutti ci raggiungono.

«Venite dentro», dice Sam. Si toglie il cappello e apre la porta. «L'ufficio della polizia di Stato non è sicuro, ci sono andati tutti quelli che sono stati morsi, seguiti da tutti quelli che si sono spaventati e poi sono stati morsi lì. Per fortuna, finora non sono venuti in molti.»

Sam ci conduce in una stanza con vecchie finestre che lasciano entrare la luce della tarda mattinata. Si siede su una panca di legno e ci fa cenno di fare altrettanto. Ha lo stesso aspetto di tre anni fa, quando venne a casa per raccontarmi dell'incidente. Le rughe profonde e cadenti del suo lungo viso sono ancora lì, o forse sono tornate di recente. Questa è una crisi che mette in ombra un qualsiasi incidente d'auto.

«Abbiamo bloccato l'incrocio principale», continua. «In pratica, tutti si sono trasferiti nella scuola superiore, dove c'è un generatore. Stiamo spostando le attrezzature da qui all'ufficio della scuola.»

«Dev'essere piena di gente», ribatto. «So che metà della città non c'è più, ma saranno comunque più di mille persone.»

«Mille? Come ti è venuta questa idea? La maggior parte degli abitanti della città non c'è più e siamo rimasti in circa duecento, solo questi.»

«Al posto di blocco. Hanno detto che mezza città non c'è più.»

«Oh, lo dicono per dissuadere la gente dal provare a sfidarci. Sono contento che tu abbia pensato di chiedere di me, visto che non facciamo passare nessuno. Un… come li hai chiamati? Lexer? Da queste parti li chiamano Azzannatori. Se uno riesce a passare potrebbe essere la fine. Comunque, stanno facendo del loro meglio vicino ai posti di blocco. Sono tutti spaventati.»

Appoggia i gomiti sulle ginocchia e tamburella con le dita. C'è così tanto a cui pensare e lui sembra distrutto e con gli occhi stanchi per aver cercato di prevedere tutto.

«C'è un tizio laggiù, Neil, credo che si chiami così. Capisco che non sia un comitato di accoglienza, ma lui è…» James si interrompe e alza le spalle.

Sam si strofina il mento e sospira. «Sì, la famiglia di Neil vive da queste parti da generazioni. Sono come i pitbull, si incrociano continuamente e creano un animale ancora più cattivo. Neil se la cava bene giù al posto di blocco, ma può creare problemi. Si è scontrato con la legge un paio di volte. Lo tengo d'occhio, non preoccuparti.»

Si volta di nuovo verso di me. «Siete i benvenuti nella scuola, se volete. Ci farebbe comodo qualche mano in più. Sono rimaste molte famiglie. Un quarto del nostro numero è costituito da bambini.»

Non voglio deluderlo, ma il pensiero di restare qui mi rende nervosa. Non voglio dirgli quello che penso davvero: che sono un bersaglio facile.

«La casa è ancora ben rifornita, Sam. Ed Eric, ti ricordi di mio fratello? Mi raggiungerà. Mi sentirei meglio se fossimo lì. Mi dispiace.»

Annuisce. «Immaginavo che l'avresti detto. Sentite, non avete detto a nessuno dov'è la casa, vero?» Scuotiamo la testa. «Lasciamo le cose come stanno, qualcuno potrebbe essere tentato di venire lì. Vi verrò a controllare tra qualche giorno. L'unità della Guardia Nazionale che è passata ha detto che si aspettano che tutto questo finisca in un mese. Ha detto che gli Azzannatori si sarebbero disintegrati, ha detto proprio così. Riusciamo tutti resistere per questo lasso di tempo, giusto?»

«Certo che ci riusciamo», rispondo. Questa è una notizia molto gradita. Tra un mese tutto questo sarà finito.

La radio alla cintura di Sam gracchia. Non riesco a capire una parola, ma lui risponde. «Devo portare un po' di gente al blocco nord e poi sarò lì.»

La aggancia di nuovo alla cintura, mentre ci alziamo. «Avete abbastanza benzina?»

C'era del carburante nella casa per il generatore, ma non voglio contarci. Guardo James, che risponde: «Abbiamo circa un quarto di serbatoio.»

«Dovrebbe bastarvi per venire in città un paio di volte. Stiamo conservando la benzina per il generatore, ma la prossima volta che venite giù dovremmo essere in grado di conservarvi un po' di quello che travasiamo.»

Il sole splende quando usciamo. Mi giro verso Sam e mi riparo gli occhi dal bagliore con la mano. «Perché non sei andato con la Guardia?»

Sam ha di nuovo il cappello in testa e i suoi occhi sono in ombra, ma la sua bocca si stringe. «Domenica ero ad Albany, era un casino totale, perdona il mio francesismo: gente che ignorava il coprifuoco, infetti che vagavano per le strade. Nell'ultima settimana ho ascoltato la radio della polizia e, onestamente, Cassie, penso, anzi *so*, che ci sono dentro fino al collo. Quando ho sentito che il piano era di spostarci in un posto *più* popolato, ho pensato che dovevano essere fuori di testa. Mi sono offerto di sistemarli qui; un aiuto ci avrebbe fatto comodo. Ma avevano i loro ordini. Ho cercato di convincere più persone a rimanere ma si sentivano più al sicuro con l'esercito.» La decisione gli pesa.

«Siamo stati in una di quelle cosiddette Zone Sicure. Credo che sia il posto meno sicuro che conosco. Hai preso la decisione giusta.»

Anche se non sarà sufficiente, è comunque la scelta migliore. Ma mi ricordo che hanno detto un mese, dovrebbe essere sufficiente.

«Oh, Cassie, lo spero proprio.»

CAPITOLO 49

SEGUIAMO LA STRADA asfaltata fuori dalla città per circa trentadue chilometri prima della svolta. Ho spostato l'anello a stella nel mio paio di jeans puliti, e uso la parola *puliti* con molta leggerezza. Più che altro *senza vomito* sarebbe una descrizione migliore. Traccio il contorno dell'anello nella mia tasca e penso alla prima volta che ho portato Adrian alla baita.

Io e Adrian arrivammo all'ora di pranzo, mentre le ultime note di *Take Me Home, Country Roads* si affievolivano. Questa tradizione era iniziata con la cassetta di John Denver di mia madre quando ero una ragazzina. La mettevo durante l'ultima strada che portava alla casa. Avevo tirato fuori il CD alla svolta e l'avevo inserito. Adrian rideva a quella sdolcinatezza, ma continuava a cantare con me a squarciagola. Dopo tutti quei mesi si era abituato alle mie manie.

Sedemmo in macchina e ascoltammo il borbottio del motore dell'auto mescolarsi ai suoni della casa: il morbido chiocciare delle galline, il vento tra gli alberi, il rumore di un piatto in cucina.

«Pronto?» chiesi.

Sapevo che era nervoso. Aveva incontrato i miei genitori un paio di volte, ma questo era un lungo weekend a casa loro. Tutta un'altra storia.

«È proprio come me l'ero immaginata», disse.

Cercai di vederla attraverso i suoi occhi: i tronchi della baita rovinati dalle intemperie, le vetrate installate dai miei genitori, il portico che correva lungo tutta la facciata, con il tavolo e le sedie, il dondolo in fondo. I fiori che mia madre curava circondavano la baita in un tripudio di colori vivaci. Ma io ci vedevo soltanto la mia casa. Speravo che Adrian l'avrebbe amata tanto quanto me.

I miei genitori uscirono dalla porta finestra, mentre recuperavamo le borse. Mio padre mi afferrò in un abbraccio da orso e mi solleticò

181

il collo con la sua barba. Mia madre abbracciò Adrian. I suoi lunghi capelli erano intrecciati e le rughe dovute al suo sorriso erano più profonde, mentre lo accoglieva con il caratteristico calore che attirava le persone verso di lei.

«Si capisce sempre quando Cassie sta arrivando», disse canticchiando alcune note. Aveva un debole per quella canzone, dato che era cresciuta in West Virginia. Se si ascoltava attentamente, nella sua voce si potevano ancora sentire le montagne. «Il pranzo è pronto. Ho preparato varie cose perché non sapevo cosa ti piacesse, Adrian.»

Tradussi per lui: «Significa che c'è abbastanza cibo per quindici persone.»

«No, no, mi sono contenuta. Ce n'è abbastanza solo per dieci.» Lei si mise a ridere e poi colpì mio padre quando lui scosse la testa e disse muovendo solo le labbra: «Quindici.»

Le pareti e il pavimento di legno erano di un caldo color miele alla luce del sole che entrava dal solaio. Quando ero bambina passavo ore a dipingere lassù, assumendo un tono molto serio mentre lavoravo in quello che consideravo il mio studio d'arte. C'erano ancora dei materiali lassù.

Il grande tavolo si trovava accanto alla cucina, che era aperta sul resto della casa. Eric e io prendevamo in giro mia madre e dicevamo che era per questo che esagerava sempre con il cibo: dava da mangiare alle dieci sedie invece che alle persone. Era pieno di affettati e hummus, insalata di patate fatta in casa, tre tipi di pane che probabilmente aveva preparato lei stessa, yogurt, qualche tipo di pasta, due torte e molta frutta.

«Ci sono patatine e un po' di...» disse mia madre, mentre Adrian iniziava a parlare.

«Sembra ottimo, s...»

Interruppe Adrian e sollevò una mano davanti a sé. «Non mi chiamerai signora Forrest, vero? Perché mi rifiuto di rispondere, ricordi? Mi basta sentirlo a scuola per tutto l'anno. Per favore, per favore, chiamami Abby.»

Lei posò un piatto davanti a lui, mentre questi sorrideva e prometteva di non farlo mai più.

«Bene, puoi chiamarmi Pat o Patrick o come preferisci. Basta che non mi chiami tardi per la cena», disse mio padre. Io e mia madre brontolammo; lui amava fare il buffone.

Vidi che Adrian si stava rilassando. I miei genitori avevano questo effetto sulle persone. Mio padre si riempì un piatto come se non mangiasse da giorni, cosa impossibile con mia madre nei paraggi. Volevo un po' di tutto e cercai di capire da dove iniziare.

Mia madre mi mise davanti una forchetta e un barattolo delle sue pesche sciroppate fatte in casa. Beh, non c'era gara: niente al mondo è paragonabile a una pesca sciroppata fatta in casa; è come l'estate chiusa in un barattolo. Infilzai le pesche e me le misi in bocca, con la loro fresca dolcezza che esplodeva sulla mia lingua.

«Selvaggia!» esclamò lei, ma le piaceva che tutti adorassimo il suo cibo. «Queste sono quasi le ultime pesche della scorsa estate. Ne ho fatto parecchie ieri, ma ho pensato che potremmo farne altre domani. Se volete, ecco. Puoi portarne un po' a scuola con te.»

«Certo.»

Passai ad Adrian la forchetta con mezza pesca sopra. La mangiò in un solo boccone mentre tutti lo guardavamo, come se fosse una specie di test.

«Wow, è proprio buona. No, più che buona», disse superando il test, dato che si capiva che diceva sul serio.

«Stasera le mangeremo con il gelato fatto in casa», aggiunse mio padre. Si pulì la barba con un tovagliolo e si strofinò la pancia.

«Non vedo l'ora», rispose Adrian.

Lui sorrise a mia madre e lei ricambiò raggiante. Mio padre parlò di qualche problema che stava avendo con l'impianto solare e, una volta che iniziarono a parlare di invertitori e pannelli, mi distrassi. Sapevo che avrei dovuto prestare più attenzione, ma c'era sempre qualcos'altro che avrei preferito fare, come mangiare le pesche.

«Eric voleva davvero venire, ma non è riuscito a liberarsi», mi disse mia madre. Anche se mi sarebbe piaciuto vederlo, pensai che forse fosse un bene che Adrian non fosse stato subito circondato dall'intera famiglia Forrest.

«Ieri ho parlato con lui», dissi. «Continua a parlare di una certa ragazza. Sembra che sia una tipa tosta. Gli ha fatto il culo scalando una montagna. Penso che potrebbe piacergli davvero.»

«Si chiama Rachel?» Annuii e mia madre batté le mani. «L'abbiamo conosciuta al weekend dei genitori, con un gruppo di suoi amici. Sembra una ragazza simpatica, una di quelle ragazze che mi ricordano i cavalli, sai?»

Vide che non avevo idea di cosa volesse dire. Non è un segreto che abbia ereditato il lato strambo da mia madre.

«Non sembra un cavallo, niente del genere», continuò. «In realtà, è molto carina. È come un purosangue: tutta abbronzata, fianchi muscolosi, denti forti e bianchi, e una lunga e folta criniera di lucidi capelli biondo scuro. Sembra che sia appena rientrata da una qualche avventura, anche se ha fatto solo un giro al negozio sotto casa.»

La cosa divertente era che sapevo esattamente cosa intendesse. Avevo sempre pensato che quelle ragazze fossero una specie diversa da me, con le loro guance rosee e l'entusiasmo sfrenato. Io mi scotto al sole e anche le milioni di lentiggini sulle mie braccia non hanno mai unito le forze per creare un'abbronzatura. I miei capelli non sono una criniera lucida; diventano crespi e gonfi perché sono ondulati ma non ricci. Le mie cosce tendono a traballare e nessuno ha mai detto che sembro una ragazza che sta all'aria aperta, anche se faccio un sacco di cose all'aria aperta. In mezzo alla natura tendo a sembrare davvero poco attraente, non come se fossi uscita da una pubblicità di abbigliamento per l'outdoor. Ma Rachel mi piaceva già; chiunque riuscisse prendere a calci nel sedere Eric era una grande, secondo me. Lui riusciva a essere insopportabile; era così competitivo in tutto, ma era anche impossibile non amarlo proprio per questo.

Mio padre e Adrian ci guardarono in modo furtivo, mentre mio padre cercava di disegnare qualche schema elettrico su un blocco.

Scossi la testa triste quando guardarono di nuovo verso di me. «Non vedete l'ora di uscire tutti e due, vero? Riuscite a malapena a stare qui!»

«Beh, sarebbe più facile mostrarglielo», ribatté mio padre.

Finsi di essere delusa ma in realtà ero contenta che avessero qualcosa in comune. «Andate, sciò!» Battei le mani in modo sprezzante. «Puoi fare il giro della casa più tardi, Adrian. Ora puliamo.»

Le loro sedie stridettero mentre saltavano in piedi e uscirono attraverso le porte di vetro scorrevoli sulla parete sul retro. Mamma li guardò con affetto e cominciò a riporre una quantità pazzesca di cibo nel frigorifero.

Si mise accanto a me mentre lavavo i piatti. «Lo ami», disse.

Mia madre era l'unica persona che riusciva sempre a farmi parlare dei miei sentimenti. Tenni gli occhi sulla spugna e sorrisi. «Sì.»

Mi strinse la spalla. «Sono tanto contenta.»

Dopo feci un giro e infilai la testa in tutte le stanze, salutando tutti i libri e le immagini familiari. Essere di nuovo lì era come una rimpatriata tra vecchi amici. La mia camera da letto odorava dei fiori di campo che mia madre aveva messo sul cassettone; mi sedetti sul letto e giocai con l'unico orecchio di un vecchio cane di peluche malandato che avevo vinto a una fiera molto tempo prima.

Guardai il giardino sul retro. A destra della casa c'era un gruppo di alberi, sotto i quali un'amaca praticamente mi pregava di andare a leggere. Il piccolo fienile era proprio lì dietro, all'ombra degli alberi da frutto. Non c'erano animali; i miei genitori aspettavano la pensione per prendere delle capre e forse un maiale per il bacon. Però il pollaio era pieno. In autunno davano i polli ai nostri vicini, John e Caroline, che erano felici di prenderli.

Davanti al recinto di legno e filo metallico che circondava l'orto c'erano dei cespugli di mirtilli e un enorme tappeto di fragole.

Andai a passeggiare fuori e sollevai il viso verso il sole, ascoltando gli insetti che ti stuzzicano con i loro richiami che si interrompono quando ti avvicini. Quando eravamo bambini non riuscivamo mai a prenderli, per quanto strisciassimo in modo furtivo. Entrai nell'orto. Le zucchine che erano sfuggite all'attenzione erano lunghe più di trenta centimetri e i primi pomodori erano quasi maturi. Toccai le foglie delle piante di pomodoro e respirai l'odore quasi di menta.

Sentii delle risate e mi diressi verso il capanno che ospitava le batterie per il solare. Adrian e mio padre erano chini su una scatola di metallo e annuivano. Bussai sulla parte superiore, come fa un meccanico su un'auto, e feci finta di avere una vaga idea di quello che stava succedendo.

«Allora, ragazzi, avete avuto fortuna?» chiesi.

Si alzarono. Erano così diversi. Mio padre era grosso e roseo, mentre Adrian era magro e scuro. Mio padre non riusciva mai ad abbronzarsi, mentre Adrian era color bronzo per il sole. Mi colpì il fatto che fossero anche molto simili, non solo per l'interesse per l'autosostentamento e per quei noiosissimi impianti elettrici, ma anche perché entrambi avevano riserve infinite di pazienza. Erano affidabili, sempre pronti a ridere e molto gentili. Ma sotto avevano un nucleo d'acciaio. Se provocati, erano una forza con cui bisognava fare i conti. Suppongo che non avrei dovuto essere sorpresa da questa rivelazione, ma lo ero.

Adrian aveva un'aria maliziosa. «Sì, credo che l'abbiamo capito: era il flusso canalizzatore. Ve ne serve uno nuovo.»

Alzai gli occhi al cielo. «Sapete, ho visto *Ritorno al futuro*. Bel tentativo, però.» Risero. «Io e la mamma andiamo in città a prendere delle pesche e c'è una svendita di coperchi per i barattoli da conserva. Vi serve qualcosa?»

«Altri coperchi da conserva? Quella donna ne ha abbastanza per cento anni!» esclamò mio padre, anche se in realtà non gli dispiaceva.

«Ehi, quei coperchi sono quelli che ti forniscono le pesche per tutto l'inverno. Pe-sche», gli ricordai.

I suoi occhi scintillarono. «Hai ragione, Cassafrass. Allora dille di prenderne abbastanza per duecento anni.»

Li baciai entrambi e li lasciai ai loro flussi canalizzatori.

Quella sera i nostri vicini, John e Caroline, vennero a cena. Per arrivare a casa loro bisognava attraversare il bosco in linea retta. Nel corso degli anni avevamo tracciato un sentiero.

Mentre i miei genitori erano degli hippy liberali, John e Caroline erano libertari religiosi, il che rendeva interessanti le conversazioni a cena. La gente pensava che fosse strano che fossero così buoni amici, ma erano come una famiglia.

John era seduto a un'estremità del tavolo e mangiava la torta con il cucchiaio che gli toccava la barba. «Se pensate che la FEMA sarà lì quando le cose si metteranno male, beh, non credo proprio che sarà sempre così. Guardate i buchi nell'acqua che hanno fatto finora.» Rivolse la sua attenzione ad Adrian. «Che ne pensi, Adrian?»

Lui annuì. «Credo di non aver mai pensato a fare scorte di cibo per una ragione particolare. Ma sarebbe una cosa naturale nel tipo di fattoria in cui mi piacerebbe vivere. Avere animali vivi, preservare il raccolto e il cibo fino alla stagione di semina successiva.»

«Esattamente», ribatté John e batté il pugno sul tavolo. «La gente pensa che sia folle conservare il cibo, ma non è un fenomeno recente. Si faceva così fino a cinquant'anni fa: si pianificava in anticipo per i tempi difficili.»

«Quello che è pazzesco è affidarsi a una catena complessa per avere il cibo e credere che ogni anello farà la sua parte in modo infallibile», concordò mio padre. «Finora ha funzionato, perché ogni volta che c'è stato un problema è stato localizzato e altre aree hanno tappato la falla. Ma basterebbe che diverse zone degli Stati Uniti fossero colpite allo stesso tempo, una serie di eventi a cascata.»

«E poi ti ritrovi in coda per il cibo, pregando che ce ne sia abbastanza per poter sfamare i tuoi figli», concluse John.

Era una conversazione piuttosto pesante da fare a cena. Ormai ci ero abituata, naturalmente, ma non ero sicura che Adrian volesse delle lezioni di sopravvivenza durante la sua prima visita, anche se sembrava interessato.

«Sai, credo che sfondiate una porta aperta», dissi sorridendo e cambiai argomento. «Come stanno Tom e Jenny?» Avevamo passato le estati della nostra infanzia a giocare con i loro figli. Caroline mi aggiornò.

«Penso che andremo a sederci un po' fuori sul portico», dissi ai miei genitori, dopo che Caroline e John se ne furono andati.

Mia madre sbadigliò e ci abbracciò entrambi. «Noi andiamo a letto.»

Mio padre era allo stereo. «Volete che lo spenga? Qualche richiesta o posso mettervi un altro paio di canzoni?»

«Scegli tu», risposi e gli detti il bacio della buonanotte. «Ti voglio bene, papà. Fino alla fine del mondo.»

Lui sorrise. «E oltre, Cassie-Lassie. Buonanotte Adrian. Grazie per avermi aiutato oggi; in due ore hai risolto un problema su cui mi stavo scervellando da una settimana.»

«Nessun problema», replicò Adrian. «È stato divertente.»

«Divertente? Siete entrambi senza speranza», disse mia madre e mi fece l'occhiolino.

Ci dirigemmo fuori nella notte estiva. L'aria era ancora calda sulla collina, quindi in città doveva essere stata una giornata torrida. Ci spingemmo sul dondolo nel portico, mentre ascoltavamo la musica che attraversava le zanzariere delle finestre. Iniziò *This Magic Moment* di Jay and the Americans.

Strinsi la mano di Adrian. «È ufficiale, mio padre ti adora.»

«Come fai a dirlo?»

«Questa è la canzone dei miei genitori. Non l'avrebbe condivisa con chiunque. È il codice di papà, sta dicendo che possiamo averla.»

Rise. «Il codice di papà?»

«Sì, riesco a capirlo abbastanza bene.»

«Mi piace.» Sembrava malinconico. «Mi piacciono tutti e due.»

Il padre di Adrian se n'era andato quando era un ragazzino. Da quello che avevo sentito di lui, probabilmente era una buona cosa, ma questo non gli impediva di sentire la mancanza di quello che avrebbe potuto essere.

«Posso condividerlo», mi offrii. «Molte persone usano mio padre quando gliene serve uno.»

Mi strinse la mano. «Cos'è che hai detto a tuo padre quando gli hai dato la buonanotte? Fino alla fine del mondo?»

«Sì, è iniziato quando ero piccola. Sai, come "ti voglio bene più delle stelle nel cielo".» Adrian annuì. «Così. Un giorno ho detto: "Ti voglio bene fino alla fine del mondo. E oltre". È rimasto.»

Ascoltammo la musica che diventava più forte. Adrian guardò le nostre mani e strofinò il suo pollice in cerchio sul mio. «Allora, pensi che non me lo dirai mai?»

Ci eravamo detti ti amo, ma non ero molto brava a esprimere le mie emozioni senza sentirmi nervosa. Non avevo molta esperienza dell'essere innamorata. In realtà, questa era la prima volta che lo ero.

«Dire cosa?» chiesi, anche se sapevo cosa voleva dire.

«Che mi amerai fino alla fine del mondo? E oltre?»

Guardai il suo pollice che accarezzava il mio. Non riuscivo a sollevare lo sguardo. Gli veniva tutto così facile.

Mi sforzai di far uscire le parole. «Lo faccio già, solo che non lo dico ad alta voce.»

La sua bocca si spostò sul mio orecchio. «Cassie Forrest, ti amo, fino alla fine del mondo.»

Rabbrividii; non so se fosse il suo respiro sul mio collo o le sue parole. Mi chiesi cosa avessimo fatto entrambi per meritare questo, per esserci trovati così facilmente.

Quando incontrai i suoi occhi sorrisi e le mie successive parole uscirono con facilità. «E oltre, Adrian Miller.»

Le sue mani erano aggrovigliate nei miei capelli, lo tiravo più vicino a me sul dondolo cigolante. La fine della canzone ci avvolse, un regalo di mio padre, e in quel momento magico divenne nostra.

«Non mi ricordo, è questa la svolta?» chiede Nelly.

Trasalisco, sentendomi come se fossi appena caduta dal dondolo. «Oh, ehm, sì.» Gira sulla strada sterrata, il che significa che siamo quasi arrivati. Schiaccio un acceleratore immaginario con il piede. Ho tanta voglia di essere lì, eppure ho anche paura. Mi chiedo se i fantasmi dei miei genitori indugino lì, se mi perseguiteranno mentre percorro le stanze.

Ecco l'albero con il catarifrangente, dove iniziavo a mettere la canzone. Canto piano tra me e me, pensando che sul sedile del passeggero nessuno sentirà, ma Nelly lo fa e si unisce a me. Mi costringe ad alzare anche la voce.

«Oh, fantastico», dice Ana. «Cantiamo tutti insieme.»

Penny strilla. È pratica di questa canzone, avendo trascorso gran parte delle sue estati qui, in quella che lei chiamava la sua «tenuta di campagna», e io mi sento un'egoista per averle negato l'accesso negli ultimi anni.

La voce di Penny è dolce e chiara e volutamente diretta proprio all'orecchio di sua sorella. James la guarda in un modo che riconosco: Adrian mi guardava così. Poi apre la bocca e canta, e rimango a bocca aperta per la voce che ne esce: è dolce e bassa, e noi lo guardiamo sorpresi.

James arrossisce e fa spallucce. «Ero nel coro della scuola media.»

Ricordo l'ultima volta che ho guidato lungo questa strada, e la voce mi abbandona. Non potevo mettere questa canzone. Mia madre e mio padre erano sul sedile posteriore, insieme dentro a una scatola. Per qualche ragione avevo pensato che le loro ceneri sarebbero state come quelle delle sigarette, ma non lo erano: un po' più corpose, un po' più *lì*, e non si dispersero nel nulla come fanno le ceneri di sigaretta. Si depositarono sul terreno e penetrarono nella terra. Una volta superata la mia sorpresa iniziale, mi sembrò appropriato.

Penny e James cantano la fine in perfetta armonia, mentre giriamo nel vialetto. Posso quasi sentire la musica accompagnarli. Hanno lasciato me e Nelly nella polvere.

«Esibizionisti!» Nelly commenta rivolto sul retro, prima di prendermi per mano e avvicinarci alla casa.

CAPITOLO 50

Sembra abbandonata. I mobili del portico sono stati messi via e il dondolo è fuori posto. Forse Eric non è stato qui per tutto l'inverno. Non me lo dice, perché non ho voluto dettagli, anche se mi piace sapere che viene qui.

«Pronta?» chiede Penny.

«Sì», rispondo.

La ghiaia scricchiola sotto i miei piedi. I fiori di mia madre sono caduti vittima dell'incuria. Sarei dovuta venire qui per ripulire e potare, per tenere tutto in ordine. Ci sono ancora piccole chiazze di ghiaccio nelle parti in ombra del cortile. La primavera arriva un po' più tardi quassù, ma stanno comunque spuntando le piccole dita verdi dei crochi e dei narcisi.

Mi trema la mano. *È solo una casa*. Apro la porta ed entro. Tutto è uguale, stratificato di quiete come se tornassimo dopo una lunga assenza. Ha solo bisogno di persone che riempiano i suoi spazi. E non è solo una casa; per tutto questo tempo ho pensato che qui sarei stata perseguitata dai ricordi. Forse anche dai fantasmi, se me lo avessero chiesto dopo un incubo particolarmente brutto. Ma i ricordi non mi tormentano. Ci sono la stufa a legna dove facevamo i popcorn nelle serate con film, il tavolo dove mangiavamo innumerevoli pasti cucinati in casa, la trapunta sul divano in cui mi avvolgevo nelle giornate fredde e umide, gli scaffali pieni di libri, il cestino per la maglia di mia madre. Sono tutti oggetti, come se questa fosse solo una casa, ma hanno anche un significato.

All'improvviso mi irrito, mentre mi rendo conto di aver sprecato tre anni che avrei potuto passare qui, trovando conforto in questo posto. Sembra essere diventata una mia abitudine rifiutare le cose che mi darebbero conforto.

«È davvero bella», dice James.

Il suo respiro crea una nebbiolina nell'aria: abbiamo bisogno di un fuoco. Mi sembra che non siamo stati veramente al caldo per giorni e giorni.

«Grazie.»

Tutti si muovono in giro, toccando le cose e sbirciando dalle finestre. Per ora questa è anche casa loro e voglio che piaccia a tutti. Ho pensato alle stanze, ma voglio controllare con Penny.

Le faccio cenno di andare in cucina. «Allora, camere da letto», sussurro, «tu e James dormirete nella stessa stanza o per ora devo mettere te e Ana insieme?»

Lei tocca i coltelli che si trovano in un ceppo sul bancone e non mi guarda. «Ehm, credo che staremo nella stessa stanza.»

«Okay.» Le do un calcio al piede e cerco di non sorridere. «Ci sarà un home ru…»

«Cassie, giuro che ti uccido se fai un commento che ha a che fare con le basi del baseball», mi interrompe e finge di prendere un coltello. «Ma, se proprio vuoi saperlo, sì, ho intenzione di colpirne una fuori campo il più presto possibile.» Le nostre voci si dissolvono in risatine.

«Cosa c'è di così divertente?» chiede James da dietro di noi.

«Oh, niente», risponde Penny. Ci sorridiamo a vicenda.

Mi schiarisco la gola. «Okay, ragazzi, pensavo che Penny e James potrebbero stare nella stanza dei miei genitori. Peter», alza lo sguardo dalla libreria, «puoi stare nella stanza di Eric. Quando arriverà penseremo a qualcos'altro. Ana e Nelly, uno di voi può dormire con me nella mia stanza e l'altro può stare nello studio/camera degli ospiti. Oppure, visto che ci sono due letti singoli nella stanza di Eric, uno di voi può dormire lì con Peter.»

Nelly e Ana si guardano. È chiaro che Ana vuole la stanza per sé e Nelly capitola.

«Sembra che dormiremo di nuovo insieme», mi dice. «Hai dimostrato di saper tenere le mani a posto.»

«Ah, ah. Vado nel seminterrato ad accendere gli interruttori.»

Li aziono, ma non succede nulla. Per fortuna l'acqua è alimentata a gravità e lo scaldabagno solare è separato dal resto della corrente, e ciò significa docce calde. Mi annuso la mano: puzza ancora di vomito. Esamino il resto del seminterrato. Qui sotto fa più caldo che al piano di sopra, ci sono più di dieci gradi e la luce filtra dalle finestre al piano terra.

Mio padre era l'elettricista, ma mia madre era il falegname. Scaffali di legno pieni di barattoli di conserve fatte in casa fiancheggiano le pareti. Ci sono pomodori, pesche, fagiolini, marmellate di tutti i colori, salsa di mele e innumerevoli altre cose che sono state prima coltivate, poi raccolte e, infine, conservate da entrambi. L'estate e l'autunno erano periodi di barattoli per le conserve, pentole giganti e fornelli caldi. Era un lavoro duro, ma ne valeva la pena, diceva sempre mia madre. Ed era vero quando arrivava gennaio.

Lattine e grandi secchi di cibo sono allineati su due pareti. Contengono farina, grano, avena, zucchero, riso, popcorn, fagioli e cibi disidratati, tra le altre cose. Mia madre era una specialista in materia e alternava le cose in modo che nulla andasse mai a male. Sapeva cosa significava avere fame; per lei sprecare il cibo era un anatema. Su un'altra scaffalatura ci sono coperchi da conserva, candele, cera, batterie, lanterne, torce, una cassetta di medicine, shampoo, sapone, balsamo, rasoi e tutte le cose che prendevamo in farmacia. Sono abituata a questa abbondanza, ma quando sento sussultare, mi ricordo che non è normale vedere così tanto cibo in un solo posto.

«È come un magazzino», dice James e passa le mani sui secchi. «Devono esserci migliaia di chili di cibo qui sotto. Ho sempre voluto un seminterrato come questo.»

È pazzo come me. Sono grata che non mi faccia sentire stramba perché mi piace tutto questo.

«I genitori di Cass avevano previsto un'emergenza», dice Penny. «Io e lei venivamo qui sotto a cercare prelibatezze interessanti, come in una caccia al tesoro.»

La voce di Peter arriva da dietro. «Non avevo capito che i tuoi genitori fossero degli accumulatori.»

Immagino tutti i modi in cui potrei ucciderlo. Forse non si rende conto che li sta insultando. Forse.

«Loro. Non erano. Degli accumulatori», ribatto. «Erano dei *prepper*. Gli accumulatori accumulano roba che non gli serve davvero e non la condividono. I miei genitori hanno coltivato molto di questo cibo e lo hanno anche regalato. Lo donavano alle banche del cibo e ne tenevano una scorta sufficiente per nutrirci durante un duro inverno, se fosse successo qualcosa di terribile.»

Penso se raccontargli che quando mia madre era piccola era così povera che, a volte, non aveva niente da mangiare; che andava a caccia di scoiattoli dopo la scuola così che ci fosse la cena quando suo padre tornava a casa dal lavoro, sporco ed esausto; che l'ultima cosa che avrebbe mai fatto sarebbe stata lasciare gli altri con la fame quando lei aveva del cibo. Ma non merita una spiegazione, né di sapere queste cose di mia madre. E, comunque, penso che, anche se glielo dicessi, non capirebbe. Peter non è mai stato senza cibo.

Mi giro. Lui mi guarda con un'espressione annoiata, come se mi lasciasse parlare, ma non credesse a una parola. «E immagini che succeda qualcosa di terribile? No, non credo che potrebbe mai succedere. E voi?»

Le mie mani tremano di rabbia mentre lo fulmino con lo sguardo. Lui interrompe il contatto visivo per primo. Quindi andrà proprio così; niente di quello che faccio sarà mai giusto. Almeno so qual è il mio posto.

Capitolo 51

Mettiamo via i nostri scarsi averi e una pila di biancheria puzzolente che si trova in un angolo. La casa si sta riscaldando per bene. Peter si siede a tavola e mangia cracker e burro di arachidi con marmellata fatta in casa. Noto che la marmellata degli *accumulatori* diminuisce con facilità.

«Sarà il caso di andare a trovare John?» chiede Penny.

«La settimana scorsa era a far visita alla figlia», rispondo. «Voleva chiamare al ritorno e venire a trovarmi in città.» È il peggior tempismo del mondo, essere lontano dalle sue scorte proprio adesso, ma almeno è con Jenny.

Mi dirigo verso il capanno solare. Il buco sul fondo della porta non è un buon segno. All'interno le batterie sono sparse ovunque. Una delle finestre è rotta e i cavi sono masticati. Soffici nidi di topo sono nascosti tra i detriti, ma qualcosa di più grande dev'essere entrato e poi aver rosicchiato per uscire dalla porta, forse un procione o un porcospino. Lo stronzetto deve essere impazzito qui dentro. La corrente sarebbe stata utile, ma ci sono un sacco di lanterne e i due serbatoi di propano liquido per la stufa della cucina sono pieni.

Sento qualcosa nel bosco mentre lascio il capanno. La mia fondina è rimasta in casa, e così anche il machete. È stato stupido uscire sola e disarmata. Afferro un pezzo di tubo di metallo e striscio sull'erba secca fino a casa.

Aumento la velocità al suono di rami che si spezzano, finché non sento un abbaio gioioso che mi ferma subito: è il cane di John, Laddie. È grigio intorno al muso e zoppica nelle mattine fredde, ma mi danza intorno con un sorriso da cane.

«Laddie!» Mi inginocchio per abbracciarlo e ricevo una leccata bavosa sulle labbra. «Cosa ci fai qui? Dov'è il tuo papà?»

Si siede e la sua coda spazza via le foglie dietro di lui. Spero che John stia bene; non avrebbe mai lasciato Laddie qui da solo.

«Ehi, c'è qualcuno?!» risuona una voce.

John appare con grandi passi dal sentiero tra le nostre case. Ha un aspetto molto migliore dell'ultima volta che l'ho visto. Caroline è morta un anno fa per un grave infarto nel sonno. È stato un duro colpo per lui e sembrava che stesse cercando di seguirla dall'altra parte. Nonostante sia di costituzione robusta, è ancora magro, ora che Caroline non è qui a nutrirlo, ma gli occhi brillano e i denti risplendono sotto la sua barba sale e pepe.

«John!» Corro verso il suo abbraccio da orso e mi rilasso tra le sue braccia avvolte dalla maglia di lana.

Mi afferra le spalle e mi allontana da lui, i suoi occhi si muovono su e giù. «Stai bene? Ce l'hai fatta ad arrivare fin qui?» chiede, come se potessi essere un'apparizione.

«Sto bene, stiamo tutti bene. Nelly, Penny e sua sorella e, beh, vieni a conoscerli. Perché sei qui? Perché non sei da Jenny?»

«Il giorno che dovevo partire Jenny ha chiamato e ha detto che i bambini avevano un virus, e che avrei dovuto rimandare di una settimana o giù di lì.» Io sussulto e lui scuote la testa. «No, no, avevano una brutta influenza. Febbre, naso che cola, tosse. Grazie a Dio.» Ma per un attimo assume un'espressione preoccupata. «Ho parlato con loro l'ultima volta nel fine settimana. Ho cercato di chiamarla, ma il servizio a New York era fuori uso. Conosci Jenny, è come sua madre, sta già correndo ai ripari. Sono piuttosto campagnoli. Prego che stiano bene.»

«Oh, John, lo spero.» Metto una mano su una delle sue callose. «Ma sono davvero tanto felice di vederti qui. Vieni dentro.»

CAPITOLO 52

LA FRAGOROSA RISATA di John riempie la casa, mentre abbraccia Penny e Ana, stringe la mano di Nelly e viene presentato a tutti gli altri. Le sue domande su dove siamo stati vanno dritte al punto.

«Lo scorso fine settimana un mio amico dell'esercito, che è un pezzo grosso al Pentagono, mi ha chiamato», dice. «Ha detto che girava voce che questa fosse un'arma biologica andata male; che è nostra, una cosa chiamata BornAgain. Non sapeva come fosse arrivata in tutto il mondo. Mi ha chiamato su una linea sicura da qualche parte sottoterra e, se questo non è un indicatore di quanto sia grave la situazione, allora non so cosa lo sia.»

Si passa le mani tra i capelli striati di bianco. «Mi ha detto di resistere e aspettare. Gli ho chiesto: "Aspettare cosa e per quanto tempo?". Ha risposto che non era sicuro di niente. La versione ufficiale era un mese, ma l'avevano scelto come una data arbitraria, abbastanza lontana per mettere insieme qualche tipo di risposta militare e abbastanza vicina perché la gente non si facesse prendere dal panico nel sentirla.»

Resto di sasso. Sono una di quelle persone che l'ha saputo e si è sentita sollevata. Anche Sam ci crede. Scommetto che anche la Guardia Nazionale ci credeva.

John nota la mia espressione e spiego: «Hanno detto la stessa cosa a Sam. Se tutti agiscono con il presupposto che dobbiamo resistere solo per un mese, non saranno così attenti.»

Penny e James annuiscono frenetici e sono certa che entrambi pensino alle loro madri. All'inizio della settimana ho visto Penny che stringeva James tra gli alberi mentre le spalle di lui sussultavano. Quando più tardi gliel'ho chiesto, mi ha detto che aveva cercato di convincere i suoi genitori a prendere sul serio il Bornavirus, ma

loro hanno detto che si stava comportando come un vecchio pazzo.
È sicuro che siano morti o infetti.

A prima vista James non dà l'impressione di essere un ragazzo
duro, ma penso che sia più forte di molti altri. Ha tenuto duro
per tutto il viaggio; non ho mai dovuto chiedermi se stesse bene.
Eravamo tutti spaventati, ma questo non lo ha fermato. È diverso
e intelligente.

Una luce si accende nei suoi occhi. «Leggevo alcuni siti web
sulla teoria del complotto e uno parlava di un'arma biologica.
Allora tutti avevano una teoria, quindi l'ho solo scorso. Vorrei
poter ricordare i dettagli.»

Chiude gli occhi e si mette una mano sulla fronte come un
indovino d'altri tempi. «Diceva che la mutazione di un virus militare
ha causato il Bornavirus LX. Qualcosa che aveva a che fare con
i soldati uccisi sui campi di battaglia che potevano continuare
a combattere. La vita dopo la morte, BornAgain, credo. In quel
momento l'ho liquidato come una totale follia, ma…»

«Potrebbe essere vero», conclude John. «E gli infetti dureranno
molto più di trenta giorni, da quello che ha detto o non ha detto
il mio amico.

«Mi prende sempre in giro per la mia scorta di cibo e, quando
mi ha chiesto come ero messo, ho pensato che stesse scherzando.
Ho riso e gli ho risposto che ne avevo per anni, e molto altro da
coltivare. "Lo so, John. E meno male che ce l'hai", ha detto, e il
modo in cui lo ha fatto, molto calmo, mi ha fatto gelare il sangue.»

«Anni?» domanda James. Si toglie la mano dalla fronte e sgrana
gli occhi. E ora, finalmente, posso dire di averlo visto spaventato.

CAPITOLO 53

PURTROPPO, JOHN NON capisce niente di solare. Aveva pianificato di farsi aiutare da mio padre ad alimentare la casa a energia solare, ma i piani sono morti insieme a lui. Tuttavia ha un sacco di combustibile da parte e un generatore, che fa funzionare per qualche ora di notte per mantenere attivi i congelatori. E la cosa migliore è che ha una lavatrice e insiste persino di voler prendere il nostro bucato, così possiamo sistemarci.

«Eric ha preso il vostro generatore per l'inverno», dice John.

Eric e Rachel hanno preso in affitto una casa che è nota per i blackout invernali, quindi non mi sorprende. John mi ha detto che Eric ha chiamato dopo che i ponti sono stati fatti saltare in aria e ha detto che se ne stavano andando; avevano intenzione di arrivare qui a piedi, se non avessero potuto prendere le strade. Ha detto a John di controllare se fossi arrivata, anche se non era sicuro che ce l'avrei fatta. Faccio del mio meglio per immaginarli mentre fanno trekking attraverso i boschi al sicuro, ma devono percorrere centinaia di chilometri. Anche se pensarci mi fa rivoltare lo stomaco, li immagino ossessivamente mentre camminano lungo un sentiero, riempiono le loro bottiglie d'acqua, si godono il panorama e si accoccolano in un sacco a pelo sotto le stelle, mentre io traccio un probabile percorso sulla mappa nella mia testa. Forse, se lo desidero abbastanza, si avvererà.

«Abbiamo il riscaldamento, una stufa, lampade e acqua», dico e probabilmente in questo momento siamo tra le persone più fortunate del mondo. «Penso che possiamo cavarcela benissimo e, inoltre, possiamo farci fare il bucato. È proprio come in città.»

John scoppia a ridere.

«Ma tu cenerai qui, vero, John?» chiede Penny. «Dobbiamo farti ingrassare un po'.»

«Un po' di cucina casalinga non mi dispiacerebbe, e anche un po' di compagnia. Entrambi i miei congelatori sono pieni zeppi di carne. Ho bisogno di aiuto per mangiarla. Tiro fuori un po' di manzo da scongelare per domani.» Si lancia il sacco della biancheria sulle spalle, come un Babbo Natale boscaiolo. «Comincio con questo e per cena vi porto i vestiti lavati.»

CAPITOLO 54

STRATTONO UNA SPAZZOLA tra i miei capelli aggrovigliati. Anche la breve doccia che ci è stata concessa prima che finisse l'acqua calda è stata meravigliosa. Ho guardato una settimana di sporcizia e sudiciume vorticare giù nello scarico e mi sono permessa di pensare ad Adrian. Un anno fa era da qualche parte nel nord del Vermont e, se è ancora lì, scommetterei quasi al cento per cento che sta bene. Se lo conosco, in questo momento starà costruendo fortificazioni e radunando gente intorno a sé.

Mi rincuora il fatto di essere più vicina a lui, anche se a questo punto la distanza potrebbe anche essere un milione di chilometri invece che centinaia. Voglio solo sapere se sta bene; ci sono persone che dicono che saprebbero se qualcuno che amano fosse morto. Non ne sono così sicura, ma se è vero allora lui è ancora in circolazione. Riesco a sentire il suo richiamo fin quaggiù.

Indosso i jeans e una camicia che sono qui da anni, e mi dirigo verso il corridoio. Ana, Peter e Nelly sono stravaccati sul divano e sulle sedie super imbottite, con indosso un variegato assortimento di vestiti. Presto ne avremo bisogno di altri delle taglie giuste.

Ci sono una pentola d'acqua e pomodori in scatola che sobbollono sul fuoco. James canticchia e mescola la salsa, mentre Penny butta dentro gli spaghetti. Sembra tutto così normale e familiare, eccetto che i jeans alle caviglie di James sono stretti e Penny si è messa una gonna tinta di mia madre. Soffoco una risata e cerco di aiutare, ma mi cacciano via. Il sole sta tramontando, mentre preparo la tavola e aggiungo due lanterne solari a manovella. Posiziono due lampade a olio alle due estremità del divano.

Bussano e John entra con una borsa, che posa. «Ne ho fatto la metà. Porterò il resto più tardi.»

«Oh, grazie a Dio, non vedo l'ora di togliermi questi», dice Ana.

Personalmente, penso che fosse piuttosto carina con quel paio di pantaloni cachi rimboccati di mia madre. Mi ferisce il fatto che non sia grata per i vestiti che ha addosso, anche se probabilmente è ridicolo. Fruga nella borsa e si dirige verso il corridoio. La seguo e busso sulla porta.

«Sì? Avanti.»

«Ehi, Ana.» Socchiudo la porta. «Possiamo parlare un attimo?»

Il suo sguardo è poco amichevole. «Immagino di sì.»

«Sei arrabbiata con me?»

Ana getta la camicia di mia madre in un angolo e si mette la sua, poi sbottona i pantaloni e si ferma. «Peter mi ha raccontato quello che gli hai detto. Cioè, sapevo che non ti piaceva tanto, ma non posso credere che tu abbia fatto una cosa del genere.»

Ci ripenso: ho rotto con Peter e l'ho rimproverato per essersi comportato da egoista, ma non sono sicura di cosa voglia dire.

Incrocio le braccia e mi appoggio alla scrivania del computer. «Non ho idea di cosa tu stia parlando.»

«Peter mi ha raccontato che gli hai detto di non venire con noi, solo perché avevate rotto di comune accordo. Ecco perché non è venuto quando siamo dovuti scappare. Non riesco a credere che tu sia tanto egoista.»

Si toglie i pantaloni di mia madre e li getta sopra la camicia. Il mio cervello ripete tutto quello che ha appena detto e ascolto attentamente perché, o sto vivendo in una realtà parallela, o è Peter che ci sta vivendo. E in questa realtà parallela *Ana* sta dando *a me* dell'egoista. Il calore risale dallo stomaco al viso.

«Non è vero», farfuglio. «Ho rotto *io* con Peter a Brooklyn e lui ha detto che non sarebbe venuto con noi alla Zona Sicura, anche se gli avevo detto di farlo. Ho cercato di essere gentile con lui e ti sta mentendo, e tu credi *a lui*, naturalmente.»

Il suo labbro inferiore sporge, alza le spalle e si chiude la cerniera dei jeans. Non le importa, proprio come non le importa dei vestiti che giacciono in un mucchio. Perché prendersi cura di vestiti che non sono suoi, che sono stati indossati solo per un paio d'ore? Non pensa a John che arranca nei boschi con i nostri abiti, che è così gentile da lavarli e piegarli, da usare la sua benzina conservata per far funzionare il generatore e tutte le altre piccole, ma anche enormi, cose che permettono di fare il bucato qui.

Raccolgo e piego con cura i pantaloni e la camicia di mia madre sul divano letto. Voglio prendere a schiaffi Ana; è impossibile credere che non sia cambiata di una virgola in quest'ultima settimana, ma la vecchia Ana è di fronte a me: egoista e viziata.

«Come ti pare. Dobbiamo solo stare qui per un mese, giusto? Sono sicura che possiamo andare d'accordo finché non potremo tornare alle nostre vite», ribatte lei.

Mi fa un sorriso antipatico a bocca chiusa. Non mi ha ascoltato per niente. Non so bene cosa lei creda che sarà rimasto a New York tra un mese, anche se l'infezione è scomparsa.

«Bene, credi a quello che vuoi credere, Ana.»

Porto i vestiti di mia madre al petto. Mi diceva sempre che è bello chi fa delle cose belle e Ana mi sembra così brutta con quella faccia tesa e quel moralismo fuori luogo. Mi dirigo verso la porta, ma poi mi fermo e mi volto indietro: voglio cancellarle quel sorriso dalla faccia.

«Ma se getti di nuovo qualcosa dei miei genitori sul pavimento, come se fosse spazzatura, giuro che ti rompo il culo, e lo faccio davvero.»

Le mie ginocchia si urtano mentre esco. Mi appoggio al muro del corridoio e prendo fiato. Non posso credere di aver appena minacciato Ana di farle del male e che dicevo sul serio ogni parola. Ma comunque non mi importa, perché ne è valsa la pena per l'espressione sul suo viso mentre me ne andavo.

CAPITOLO 55

«I FAGIOLINI CONSERVATI in casa sono davvero molto buoni», dice Nelly mentre finiamo di cenare. Guarda Penny e James. «Grazie, ragazzi.»

Siamo tutti esausti. Anche se siamo passati dalla città questa mattina, è come se fosse successo qualche giorno fa.

«Dovete andare a letto», dice John. «Stanotte dormirò sul divano e Laddie ci farà sapere se arriva qualcuno. Domani inizieremo a lavorare su un sistema di allarme per la casa. Io ho già fatto il mio.»

«Che cos'è? Dei barattoli con dentro dei sassi infilati su un filo?» scherza Penny.

«Più o meno», risponde John ridendo. «Se volete correre il rischio, ad Albany potete comprare delle cose altamente tecnologiche, quindi per ora usiamo filo spinato e lenza.»

Poco dopo racconto a Nelly di Ana, mentre ci sdraiamo nel mio letto e guardiamo la luna sfiorare gli alberi.

«Non posso credere che Peter menta», dice.

«Lo so, non riesco nemmeno a guardarlo», ribatto.

Gli occhi mi si riempiono di lacrime di rabbia e taccio, in modo che Nelly non le senta nella mia voce.

«Vorrei che mi lasciassi parlare con lui, Cass.»

«Non voglio creare altri problemi. Forse la cosa si sgonfierà e il tempo aiuterà.»

«Peter non mi sembra il tipo di persona che si dimostra all'altezza della situazione, ma non gli dirò ancora nulla, lo prometto. Però non puoi lasciare che ti tratti così.»

Sospiro e mi giro su un fianco. «Lo so, lo so. Ti ho detto che non sono forte, no?»

Lui espira. Penso che si sia addormentato, ma poi parla. «Però mi piace questo tuo nuovo atteggiamento.»

«Che atteggiamento?»

«Quello in cui minacci di prendere a calci in culo la gente, vorrei essere stato una mosca sul muro per poterlo vedere.»

«Zitto», dico, ma sorrido. E anche se pochi minuti fa mi sembrava che non sarei mai stata in grado di rilassarmi, mi addormento.

È mattina presto quando mi sveglio. Ultimamente ho visto molte albe e ho la sensazione che ce ne saranno molte altre nel mio futuro, visto che risparmieremo batterie e olio per lampade. Amo la luce grigio-azzurra subacquea che si vede prima che il sole faccia finalmente la sua comparsa. Quando guardo l'alba mi sento più in sintonia con esso, come se fossimo vecchi amici, invece di esserci catapultata nel mezzo. Per la prima volta dopo anni, le mie dita hanno voglia di impugnare un pennello e di mescolare i colori fino a trovare la perfetta tonalità di blu.

John ha acceso il fuoco in soggiorno e c'è dell'acqua calda che aspetta nel bollitore. Si ricorda che al mattino mi piace il tè, che Dio lo benedica. Mi siedo al tavolo dove lui sta scrivendo qualcosa su un foglio.

«Cosa fai?» chiedo

«Pianifico il perimetro. Metteremo il sistema di allarme, noto anche come spago con lattine», sorride, «a una certa distanza, ma abbastanza vicino da poterlo sentire. Il filo spinato andrà all'interno di quella linea, all'altezza del petto, dovrebbe catturare qualsiasi cosa che supera le lattine e trattenerla fino a quando non saremo arrivati. La collina dietro l'orto è ripida, quindi la terremo per ultima. È il meglio che possiamo fare con quello che abbiamo. A seconda di cosa succede, credo che potremmo anche scavare delle trincee. Vediamo come va.»

Mi ricorda mio padre, seduto al tavolo fermo come una roccia, che lavora a qualche piano. Mi fa stringere il cuore: John è la cosa più vicina a un padre che ho ora. «John, sei fantastico. Grazie mille.»

Avvolgo le mani intorno alla tazza. Le camere da letto sono ancora fredde; stanotte eravamo sotto zero.

«Sono felice di farlo, mi distrae.» I suoi occhi blu brillano alla luce della lampada quando incontrano i miei. «Non pensavo che ce l'avresti fatta, tesoro, non dopo quello che è successo a New York. Quando ho visto il fumo dalla canna fumaria ero sicuro che fosse Eric e non ne ero sorpreso. Era di te che mi preoccupavo. Non so dirti quanto sono stato contento di vederti, quasi come se fosse stata Jenny.»

Gli metto una mano sopra la sua e restiamo seduti in silenzio facendoci compagnia, mentre il sole sorge.

CAPITOLO 56

«SE NON VEDRÒ mai più una lattina in vita mia, sarò felice», dice Penny mentre strofina la pomata antibatterica sui tagli che si è procurata legandole ai fili.

«Avete fatto tutti un bel lavoro», dice John, che ha passato la giornata a fissare il filo spinato agli alberi, ma lancia un'occhiata a Peter e Ana, che hanno trascorso gran parte della giornata a lavorare, ma, mentre le altre squadre di due persone finivano centinaia di metri, loro ne facevano cinquanta. Ho fatto del mio meglio per ignorarli.

Il barbecue è acceso per le bistecche scongelate. Fa freddo fuori sul portico, ma siamo ancora accaldati per il lavoro. James distribuisce le poche birre che abbiamo trovato: probabilmente Eric si è goduto le ultime birre fermentate in casa da mio padre; non ci sono altro che bottiglie vuote.

James solleva la sua bottiglia. «Questo è un giorno molto importante.» Sotto i nostri sguardi curiosi tira fuori l'iPad dalla custodia e noi sussultiamo di fronte alla crepa sullo schermo.

«Sì, l'iPad è morto. Andato. Sono abbastanza sicuro che sarà impossibile contattare l'assistenza della Apple.» Ridiamo. «All'inizio ero terrorizzato da quello che avrei fatto senza, poi ho capito che incordare lattine è infinitamente più utile che giocare online e, forse, anche più divertente.» Fa l'occhiolino a Penny, la sua compagna di lavoro, e lei arrossisce.

«E numero due.» Tira fuori dalla tasca un pacchetto di sigarette. «Questo è il mio ultimo pacchetto. Ho pensato di godermele con una birra. Non voglio essere un pusher o altro, ma chiunque ne voglia una è meglio che si sbrighi.»

«Non vogliamo fumare le tue ultime sigarette, amico», ribatte Nelly, anche se pensiamo esattamente il contrario.

«Io voglio che lo facciate; più le terrò e più diventerò spilorcio. Voglio che finiscano stasera fumandole con gli amici, soprattutto con quelli che si ricorderanno della mia generosità, quando domani mi comporterò come uno stronzo in astinenza da nicotina.»

Passa il pacchetto in modo invitante, come se avessimo bisogno di altri incentivi. Nelly e io ne prendiamo una ciascuno e ci rilassiamo sulle sedie. Anche Penny, la brava ragazza che non fuma dalle superiori, ne prende una. «Ooh!» esclamiamo tutti meravigliati e lei ci mostra il dito medio. Peter scuote la testa e Ana sposta la sua sedia sul bordo del portico con un sospiro.

«Che diamine», esclama John e ne fa scivolare una fuori dal pacchetto. «Sono passati vent'anni, ma che io sia dannato se non hanno ancora un buon odore.»

Sembra che stia per piovere. Mi sento bene, come se avessimo fatto qualcosa di produttivo, qualcos'altro oltre a scappare. Stamattina presto io e John siamo andati alla cassetta della posta sulla strada principale e abbiamo tagliato il palo con un'ascia. Abbiamo nascosto la base di cemento sotto alcuni cespugli. Rimuovere l'ultimo residuo di civiltà è stato come una capitolazione, un addio.

Guardo il fumo della sigaretta che si arriccia tra gli alberi e osservo Nelly. Ha gli occhi chiusi e i piedi divaricati. Le sue scarpe sono umide e infangate, e sia lui che James hanno i piedi grandi e non hanno scarpe in più. Aggiungo le scarpe alla lista mentale delle cose che, in qualche modo, dovremo trovare in città.

Per il momento, però, abbiamo deciso di non muoverci. Sam ha detto che passerà tra qualche giorno e allora faremo il punto della situazione. Finisco la birra con l'ultimo tiro della sigaretta e spero che non sia un altro tipo di addio, anche se sono quasi certa che lo sia.

Capitolo 57

Alzo lo sguardo dal tavolo dove sto organizzando i semi quando sento il rombo di un tuono. Abbiamo passato gli ultimi quattro giorni di pioggia a organizzare le nostre scorte, tagliare la legna, cucinare, pulire e dormire meno a causa dei turni di guardia che abbiamo stabilito.

Ana e Peter sono seduti sul divano. Questi ultimi giorni intrappolati in casa con loro sono stati una tortura. Ho trovato una scusa per andare a casa di John ogni giorno piuttosto che ascoltare i loro sospiri.

L'altra sera a cena, quando abbiamo discusso di iniziare un orto, sembrava che stessero per esplodere. John ha cercato di spiegare che, anche se tutto tornasse alla normalità oggi, almeno metà della popolazione non ci sarebbe più. Il cibo sarebbe ancora scarso e le verdure fresche inesistenti. Non era quello che volevano sentire. Da allora entrambi hanno messo il broncio e sono stati poco collaborativi, come se, rifiutandosi di collaborare, la cosa non si avverasse.

Penny ha provato a parlare con Ana, ma è preda di qualche potente pensiero magico. Ammetto che non è facile metabolizzare tutto questo. Tutti noi abbiamo i nostri momenti di cinismo, ma in questo momento lo scetticismo uccide. Il tuono rimbomba di nuovo, questa volta più forte.

Nelly alza lo sguardo mentre carica i ceppi nella stufa a legna. «Sta per scoppiare un temporale.»

John batte gli stivali mentre entra dalla porta d'ingresso con aria seria. «Quelle sono esplosioni. Sono abbastanza sicuro che vengano da Bellville. Non credo che avremmo sentito Albany o Pittsfield così lontano. C'è un enorme serbatoio di propano liquido alla scuola e l'ultima volta che ho visto Sam portavano lì altro carburante, ma scommetto che avevano anche degli esplosivi pronti.»

Ci raduniamo intorno a lui davanti alla porta aperta, ma non riusciamo a vedere nulla se non alberi e cielo grigio. I serbatoi di gas sono difficili da far saltare in aria per sbaglio, a meno che non ce ne sia l'intenzione, il che significherebbe che sono stati attaccati. Ascoltiamo, ma non c'è altro. Mi sposto verso il tavolo e mi siedo.

«Ci farebbe comodo una buona antenna», dice John.

Ogni giorno accendiamo la radio a onde corte. A parte le solite trasmissioni di emergenza, ne abbiamo sentite alcune da altri Paesi. Ma non erano in inglese o in spagnolo, le uniche due lingue che parliamo fra tutti. Non le capiamo, ma hanno tutte lo stesso ritmo pressante e fervente.

Una trasmissione d'emergenza diceva che era in arrivo un messaggio del presidente, ma non è mai arrivato. Nelle ultime due notti abbiamo captato quelli che sembravano discorsi di americani, ma quassù la ricezione è pessima.

«Presto dovremo andare laggiù», dice Nelly e non ne sembra felice. «Ci servono delle cose, no? E dobbiamo sapere cosa sta succedendo. Non voglio essere colto di sorpresa.»

Prendo un blocco e una penna. «Ci servono delle scarpe per te e James.»

Peter mi lancia un'occhiata. «Anch'io ho bisogno di scarpe, ora ho solo quelle da ginnastica.»

«Okay, anche per Peter», ribatto.

Penny cerca di non sorridere. Le do un calcio sotto il tavolo e lei fa un rumore strozzato. Mi pizzico la gamba per non ridere e tengo gli occhi incollati sul blocco. So che se la guardo, non riuscirò a controllarmi. Succedeva sempre in classe.

«Che ne dite di aspettare un altro paio di giorni e poi andiamo in perlustrazione?» chiede John. «Qualunque cosa stia succedendo laggiù, per allora potrebbe essere già finita.»

CAPITOLO 58

È LUMINOSO E soleggiato quando saliamo sul furgone. Nelly, John e io ci dirigiamo verso la città. Dopo le esplosioni non abbiamo più sentito nulla, anche se poi del fumo nero si è alzato in cielo. Ho la fondina e il machete, che porterò sulla schiena.

«Per favore, fate attenzione», ci ricorda Penny. Il suo viso è contorto dalla preoccupazione. «Tornate subito indietro se non è sicuro. Non sono cose indispensabili.»

«Sì, non potete lasciarci qui con quei due», aggiunge James.

Inclina la testa verso Ana e Peter sul portico. Peter ha le braccia incrociate: è arrabbiato perché voleva venire. Finora è l'unica cosa in cui si è offerto di aiutare, ma John ha insistito che prima imparasse a usare una pistola.

Le case sulla strada sono vuote: la maggior parte della gente ha scelto la sicurezza della città. Il posto di blocco a Bell Street non è presidiato. Gli edifici a due e tre piani di Main Street con attività commerciali al piano terra sono tutti bui e i marciapiedi brillano per i vetri infranti delle finestre rotte.

Ci dirigiamo verso la scuola. L'unico movimento viene dalla spazzatura che vola sull'asfalto. Da lontano vediamo che due pareti della scuola sono ancora in piedi, ma all'interno è una rovina annerita. Non so dire se stia ancora fumando o se la cenere si stia disperdendo nel cielo. Spero solo che tutta quella gente non fosse lì dentro.

John accosta nel parcheggio e assistiamo a una scena di distruzione totale: mattoni, legno frantumato e ciuffi rosa di isolante ovunque. Sopra, sotto e intrecciati ai detriti ci sono corpi che devono essere stati scagliati durante l'esplosione: grandi, piccoli, uno minuscolo che mi fa portare una mano alla bocca. Sono coperti di mosche. All'odore, la mia bocca si riempie di saliva densa.

John è in piedi con una gamba fuori dal furgone. «C'è nessuno?»

Aspettiamo in silenzio qualche minuto, poi ci dirigiamo verso una volante della polizia, i cui fanalini di coda sbucano da dietro un muro. Sam giace a terra, morto, dietro le portiere aperte e crivellate di colpi.

«Attento, John», dico. Le mosche si alzano dal suo corpo in un turbine e poi si posano di nuovo. Ho un conato di vomito. Mi rendo conto che non si vedono mosche sui Lexer, forse perché non si decompongono in modo normale.

«Gli hanno sparato, guardagli il petto», dice John.

La camicia di Sam è incrostata di sangue secco. Era così preoccupato di aver preso la decisione sbagliata volendo rimanere al suo posto, e sembra che sia morto nel tentativo di farlo.

«Gesù, dovevano essere dei vivi», dice Nelly.

«Andiamo, potrebbero essere ancora in giro», ribatte John.

Il parcheggio non è più vuoto quando giriamo. Una ventina di Lexer lo stanno attraversando, ma sono abbastanza lontani da permetterci di arrivare al furgone prima di loro, anche se questo significa correre nella loro direzione. Anche Nelly e John devono pensarlo, perché partono nello stesso momento in cui lo faccio io. Ci fermiamo quando altri quattro sbucano da dietro un furgone. Ho la pistola in mano; non sono sicura di quando sia successo, ma sono contenta che sia lì.

Mi fermo e osservo, proprio come mi ha insegnato papà. *Inspira. Rilassati.* Miro alla testa di una donna che credo di riconoscere. Lei digrigna i denti e balza in avanti. È allora che mi ricordo: lavorava al bar quando eravamo adolescenti e digrignava i denti in questo modo ogni volta che entravamo, anche se lasciavamo sempre una buona mancia.

Mano sinistra sotto per stabilizzare. Usa la destra per mirare. Allinea. Espira. Premo il grilletto. Il suono è forte e le mie mani sussultano. Ma lei va giù, la testa mezza andata in uno schizzo di sangue coagulato marrone. John ne colpisce due e Nelly prende l'altro. Ma, fermandoci, gli altri Lexer hanno avuto il tempo di mettersi tra noi e il furgone.

La voce di John è calma. «Prendete prima quelli dalla vostra parte.»

È così rassicurante, che non posso fare a meno di obbedire. Il primo ci mette due colpi ad andare giù, il successivo solo uno. Manco la testa di quello che lo segue e, dopo essere stato sbalzato indietro dall'impatto, si avvicina barcollando. Premo di nuovo il grilletto e sento un clic. Sei colpi. Ho perso il conto.

Un flusso costante di imprecazioni mi esce dalla bocca, mentre infilo la pistola nella fondina e faccio scivolare fuori il machete da dietro. Posso solo stare lì e aspettare che abbia coperto i pochi metri che ci separano. Sento i miei respiri affannosi, ma mi sento tranquilla. Non c'è nient'altro al mondo se non io e quest'uomo calvo di mezza età. Forse era un contabile prima che qualcuno lo sventrasse. I suoi intestini pendono verso il basso, coperti di terra e scaglie di foglie secche. Ha la bocca aperta e gli occhi ciechi, ma viene verso di me come se avesse dieci decimi.

Sollevo il machete con una presa a due mani, come mio padre mi ha insegnato a muovere la mazza nell'unico e disastroso anno in cui ho giocato a softball, e l'unica partita che la mia squadra ha vinto è stata un forfait. Faccio un passo avanti e oscillo come se volessi fare un home run. Il machete sbatte contro il suo collo con uno scricchiolio che si riverbera su per le braccia. Non riesco a tirarlo fuori per colpirlo di nuovo; dev'essersi incastrato nella sua spina dorsale. Ma è sufficiente. Cade a terra. Lo seguo quasi fino a quando non mollo la presa sul manico. John e Nelly sono in piedi con le pistole ancora alzate, ma il resto dei Lexer è ammucchiato, coperto dai resti delle loro cavità craniche.

«Ne arrivano altri», dice John e indica dietro di noi.

Altri Lexer inciampano sui corpi e sui mattoni, il che ci dà la possibilità di raggiungere il furgone. John accende il motore anche se le portiere sono ancora aperte, poi le chiudiamo, mentre lui sterza per evitare ciò che resta della scuola e delle persone che hanno cercato la sicurezza al suo interno.

«Signore, proteggici», dice guardando la scena nello specchietto retrovisore. Alcuni Lexer zoppicano dietro di noi, mentre alcuni sembrano aver già dimenticato la nostra presenza e vagano senza meta.

«Lo so, è incredibile», ribatte Nelly senza fiato.

John scuote la testa. «Me l'avevate detto, ma finché non lo vedi con i tuoi occhi… morti che camminano.»

Carico la pistola, la scatola di munizioni accanto a me. La prossima volta indosserò la fondina doppia. Ho la sensazione che ci sarà una prossima volta e forse un'altra ancora dopo.

Nelly si gira sul suo sedile. «Cass, stai bene? È stata una bella mossa con il machete.»

Faccio scattare il tamburo. «Ho bisogno di fare pratica con la pistola, è passato un po' di tempo. E abbiamo bisogno di lame più affilate. Il machete ha funzionato, ma si è incastrato nell'osso e l'ho perso.» So che non me lo ha chiesto, ma è tutto quello a cui riesco a pensare in questo momento: come vincere la guerra in cui sembra che siamo stati arruolati.

Nelly mi guarda attentamente, i suoi occhi si muovono avanti e indietro. «Sì, va bene. Ma sei sicura di stare bene?»

«Sta bene», risponde John. Non sembra preoccupato e ne sono felice, perché sento che forse potrei andare in iperventilazione. Ma non è così. «Cassie è una roccia.»

CAPITOLO 59

ARRIVIAMO AL PICCOLO emporio senza imbatterci in niente di vivo o di morto. Troviamo radio walkie-talkie, stivali e vestiti. Sto di guardia, ma vedo solo due Lexer in fondo alla strada sotto un albero, che fanno chissà cosa. Forse aspettano l'autobus.

La prossima fermata è il minimarket. Le finestre sono in frantumi e il frigo della birra è stato svuotato. Mi meraviglio delle persone che, di fronte alla vita o alla morte, afferrano birra e televisori.

Mentre ci facciamo strada tra i vetri scricchiolanti, vedo delle banane parecchio mature in un cesto sul bancone. Le prendo insieme a tutte le mele, che sono ancora buone. Penso di prendere delle sigarette per James, ma mi sembra meschino portargliene altre, visto che ha smesso. E, comunque, una volta che ci guardo, vedo che sono sparite anche quelle.

Prendiamo solo poche cose. Le altre persone, se ce ne sono, probabilmente hanno bisogno di cibo molto più di noi. Quello che cerchiamo davvero è nel retro. John apre una porta chiusa a chiave e ci conduce nell'ufficio: all'interno c'è una grossa radio.

«Richard Morgan, il proprietario di questo negozio, è un radioamatore. Mi ha fatto vedere un paio di volte quando gliel'ho chiesto. Ho sempre voluto entrarci, avere una radio discreta, ma ho sempre rimandato.» John alza le spalle e fa un sorriso malinconico. «Credo che oggi sia il giorno giusto. Quello che ci interessa di più è l'antenna.»

Si dirige fuori e indica un cavo che sale su un piccolo palo sul tetto. Nelly si mette in piedi sul furgone e tira fuori le graffe che la tengono attaccata all'edificio. Con un grugnito toglie l'ultimo bullone e abbassa il palo. John la lega con cura al tettuccio. Lo seguiamo con alcune delle apparecchiature radio.

Vedo alcune figure che zoppicano verso di noi. Volevamo travasare un po' di benzina, ma possiamo fare rifornimento con la scorta di John, quindi ci dirigiamo di nuovo verso la sicurezza della casa. Quando arriviamo Penny e James sono sul portico. Sembrano sollevati quando scendiamo illesi dal mezzo.

«Com'è andata?» chiede James. «Che succede in città?»

Noi scuotiamo la testa e lui annuisce come se non si aspettasse altro.

«Avete incontrato qualcuno di loro?» domanda Penny.

«Sì, una ventina, alla scuola, che è stata rasa al suolo. Abbiamo dovuto sparargli.»

«Wow», esclama James.

Penny sgrana gli occhi e mi tocca la spalla. Mi fa male per l'impatto del machete nell'osso. La sensazione di calma si è dissipata, e ora, a un tratto, sono terrorizzata. Crollo sui gradini e mi lascio cadere la testa tra le mani. La brezza fresca rende freddo il mio sudore e batto i denti. Penny si china su di me.

«Sto bene», dico. «Non ero così spaventata prima.»

Abbasso lo sguardo sulle mie mani sporche e mi rendo conto che non so dire quale macchia sia cosa. Ci sono macchie marroni, nere e qualcosa di color ruggine. Il Lexer che ho ucciso con il machete potrebbe avermi sporcato di sangue infetto. Forse si sta infiltrando all'interno, facendosi strada attraverso un taglio minuscolo e infettandomi. Soffoco il mio terrore e dico: «Devo lavarmi.»

Non cederò al panico, non dopo quello che è successo. Sento Penny chiedere se sto bene mentre mi precipito dentro.

«Cassie starà benissimo», risponde John.

Ha molta più fiducia in me di quanta ne abbia io.

CAPITOLO 60

A CENA JOHN chiede se può dire una breve preghiera di ringraziamento. China sempre il capo prima di mangiare e tutti noi abbiamo preso a fare lo stesso. Nella mia preghiera informale chiedo che Eric mi raggiunga sano e salvo. Chiedo ai miei genitori di proteggerci, ovunque essi siano. Ringrazio chiunque o qualunque cosa ci sia lassù per il fatto che siamo arrivati fin qui, perché siamo molto fortunati. Se oggi abbiamo capito una cosa, è che nessun luogo è sicuro.

«So che siamo di molti credo diversi qui», dice John e inclina la testa verso di me sorridendo. «Anche se siamo agnostici o cristiani o…»

«Uno del popolo eletto», interviene James con un sorriso. «Circa cento anni fa James Gold era James Goldfarb.»

John ride. «O ebrei, naturalmente. Vorrei solo ringraziare. Non voglio offendere nessuno.»

«Nessuno potrebbe essere offeso da te, John», ribatto.

È una persona profondamente religiosa, ma non fa proseliti. Trae forza dalle sue convinzioni, una cosa che invidio, ma che non sono mai stata in grado di emulare quando si tratta di religione organizzata.

China la testa. «Signore, ti ringraziamo per il cibo sulla nostra tavola e i buoni amici con cui condividerlo. Preghiamo che i nostri cari siano al sicuro e che abbiano anch'essi tavole imbandite di cibo circondate da amici. Ti chiediamo di aiutarci a proteggerci nei prossimi giorni. E, infine, preghiamo che le anime di quei corpi che camminano nel mondo siano al sicuro tra le tue braccia, Signore. Amen.»

«Amen», ripetiamo tutti.

Penny si asciuga gli occhi e anche Peter sembra dirlo sul serio.

217

Per dessert c'è il *banana bread* fatto con le banane che abbiamo salvato. Per cuocerlo John mi ha dato le uova che le sue galline hanno fatto oggi; ora ne ha abbastanza nella sua incubatrice fatta in casa. Ha otto galline; non ha voluto liberarsi di nessuna delle "ragazze" di Caroline dopo la sua morte, anche se in estate è sommerso dalle uova.

«Domani facciamo un giro: tutti a fare pratica di tiro al bersaglio. Meglio non farlo qui, il rumore sembra attirarli», dice John.

«Hanno sparato a Sam», aggiungo. «Questo significa che gli infetti potrebbero non essere l'unica cosa di cui dobbiamo preoccuparci.»

La scena che abbiamo visto in città ha confuso tutti. C'erano i Lexer ma, certamente, c'è anche qualcun altro lì fuori, qualcuno che ha ucciso Sam. Sam, che non voleva far altro che proteggere tutti. Non riesco a immaginare chi potrebbe volerlo morto.

«Voglio che tutti voi sappiate come usare un'arma da fuoco in modo sicuro e preciso», dice John. «Quindi, domani, verrò qui di buon'ora e usciremo con i due furgoni. Potrebbe anche esserci una sorpresa.»

Capitolo 61

Abbiamo guidato attraverso la foresta statale circostante fino a una radura. Se qualcuno segue il rumore, non saprà dove viviamo. Ana si è lamentata che stavamo esagerando, ma Penny non si è degnata di risponderle.

«Okay», dice John con sguardo severo. «Regola numero uno: mai, mai puntare una pistola verso qualcosa a cui non si ha intenzione di sparare. Carica o scarica, non importa. Capito?»

Si mette di fronte a Penny, Ana, James e Peter, con le mani intrecciate dietro la schiena come un sergente istruttore. I quattro annuiscono e tengono le loro pistole con cautela.

«Regola numero due: trattare ogni pistola come se fosse carica.»

«Numero tre: tenere il dito lontano dal grilletto finché non si spara con l'arma.»

«Numero quattro: pulire sempre la pistola dopo averla usata. In questo modo funzionerà quando ne avrete bisogno. Pulirete le vostre armi più tardi. Ci sono domande?»

«John, guardavo la mia pistola e non ho visto la sicura», dice Penny.

«Le rivoltelle non ce l'hanno, almeno non del tipo che pensi tu.» Si dà un colpetto sulla testa. «Questa, tra le orecchie, è la tua sicura più importante. Usala bene e non potrai sbagliare.»

Si mettono di fronte ai bersagli che ha appeso. Nelly e io ci mettiamo dietro per aiutarli con le posizioni e la mira. Al comando di John sparano, a uno a uno.

Penny tiene la pistola al suo fianco quando ha finito. «Non mi piace tenerla in mano o sparare.»

«Va bene», dice John e la guarda mentre ricarica. «Non deve piacerti, devi solo essere in grado di mirare e colpire il bersaglio. Devi prenderci confidenza. Continua.»

La sorpresa più grande è Peter: ogni proiettile colpisce il bersaglio.

«È stato fantastico! Li hai colpiti tutti», dico con entusiasmo. «Hai un talento naturale.»

John guarda il bersaglio. «Hai detto che non hai mai sparato con una pistola?»

«No», risponde Peter.

John gli dà una pacca sulla spalla e sorride sotto la sua barba folta. «Beh, sei stato bravissimo, figliolo. Continua a sparare così e un giorno sarai un tiratore migliore di me.»

Peter si sforza di mantenere il viso immobile, ma i suoi occhi si illuminano un po'. Sono contenta che abbia trovato qualcosa in cui è bravo e gli sorrido. La sua bocca si abbassa.

«Non vedo quale sia il problema», dice in modo che solo io possa sentire. «Allinei il mirino e premi il grilletto. Chiunque con un minimo di cervello potrebbe farlo.»

Il mio sorriso svanisce, mentre lui si allontana per ricaricare. So che era orgoglioso di se stesso, l'ho visto. Dev'essere perché ho detto qualcosa. Prendo un fucile e immagino di puntarlo contro Peter. Ma questo violerebbe la regola numero uno, a meno che non gli spari davvero. È allettante, ma invece faccio finta che il bersaglio sia lui e faccio centro ogni volta.

John e Nelly prendono il furgone di John e si dirigono verso una fattoria vicina, mentre il resto di noi torna a casa. John ci dice solo dove stanno andando, ma non qual è la sorpresa, perché non vuole deluderci se tornerà a casa a mani vuote. Tornati alla baita, James parla con entusiasmo dell'esercitazione; è stato un discreto tiratore. Anche Ana sembrava divertirsi. Credo che sentano di aver acquisito un certo controllo su tutto questo.

E non hanno del tutto torto: ieri le pistole ci hanno salvato la vita, ma delle armi silenziate sarebbero state meglio. Non ha senso invitare altri Lexer alla festa se si può evitare. E anche se ieri ho capito che posso cavarmela da sola, non mi sento coraggiosa o come se questa situazione fosse più gestibile. Sono abbastanza sicura che chiunque abbia detto che affrontare la paura ti rende più coraggioso non stava affrontando la prospettiva di milioni di morti che camminano.

Capitolo 62

La sorpresa di John arriva nel retro del suo pick-up. È una piccola mamma capra con il suo cucciolo, entrambi di un marrone intenso con macchie bianche. Lei ci guarda con occhi liquidi e il piccolo si nasconde dietro di lei tra una poppata frenetica e l'altra.

John accarezza la testa della mamma. «Volevo comprarla questa primavera. Mi mancava il latte di capra e, visto che i nipoti sarebbero rimasti per la maggior parte dell'estate, ho pensato che anche a loro sarebbe piaciuto mungerla. Il cucciolo, una femmina, è nato qualche settimana fa. Ho pensato che potrebbero vivere nel tuo piccolo fienile.»

Non so nulla di capre e nemmeno del loro latte, ma immagino che dev'essere meglio del latte in polvere in lattina, che sa esattamente di latte in polvere aromatizzato con il metallo della lattina. Le slega e le tira fuori dal furgone.

«Allora, il contadino da cui le hai prese sta bene?» chiede James.

«Sì, lui, sua moglie e i suoi tre figli adolescenti stanno bene. Il cognome è Franklin. Forse te lo ricordi, Cassie. Anni fa avevano una fattoria didattica. Siamo d'accordo di incontrarci una volta alla settimana per controllare.»

Ricordo la fattoria e le capre, che ci facevano impazzire. Mangiavano qualsiasi cosa, compresi i lacci delle nostre scarpe e le estremità delle mie maniche.

«Sono dolcissime.» Rido mentre il piccolo si avvicina coraggiosamente e mi mordicchia la manica proprio come ricordo. «Faresti meglio a mostrarci come prenderci cura di loro, non so niente di capre.»

La capra mamma si chiama Flora e James propone Fauna per il cucciolo. John ha anche portato del fieno e ne abbiamo messo uno strato nel piccolo recinto nel fienile. Ci sono anche un paio di sacchetti di cibo, ma John dice che le capre mangiano tutto e, ora che la primavera è arrivata, ce ne sarà in abbondanza.

E la primavera è arrivata. Ogni giorno controllo le piante di fragole sul retro e oggi ho visto un germoglio, che a giugno si trasformerà in una fragola. Gli alberi da frutto sono un tripudio di fiori. Ho l'acquolina in bocca al pensiero della frutta fresca. Le mele del negozio e della cantina di John sono finite da un pezzo. Mi spaventa vedere quanto velocemente vanno via le pesche sciroppate; sono le ultime che mia madre ha preparato. Mi concedo una piccola follia e ne nascondo un barattolo nel mio armadio.

Le seminiere coprono ogni posto disponibile sulla finestra. Piccoli germogli spuntano dal terreno scuro. Ogni giorno canto loro una serenata. Non so se aiuta, ma mia madre cantava alle piante canzoni stupide per farci ridere. Diceva che le faceva crescere più velocemente e le sue piante erano sempre grandi e sane.

Anche la vecchia fattoria di John sembra una serra esplosa al suo interno e lui combatte una battaglia costante con la coda entusiasta di Laddie che fa cadere le piante. Continuo a chiedere a John di trasferirsi da noi, ma lui si rifiuta: dice che saremmo in troppi o che correremmo tutti fuori per il suo russare, ma penso che voglia essere lì nel caso in cui Jenny arrivi. Tom è di stanza in Germania e John spera che sia al sicuro in una base da qualche parte.

Stasera faremo funzionare il generatore e ascolteremo con la nostra nuova antenna. Abbiamo sentito quello che sembrava un rapporto dal New Hampshire, ma continuiamo a perderli. James ha scritto tutte le frequenze promettenti da provare.

Nel tardo pomeriggio andiamo da John. Una nebbia verde di nuove foglie si è posata sugli alberi, e gli uccelli cinguettano mentre attraversano il sentiero in picchiata. Ci sistemiamo nella grande cucina di John, dove ha posizionato la radio. Uno stufato sta cuocendo sul fornello, fatto con carote e patate conservate. Ha un profumo delizioso.

James gira le manopole e i quadranti. La cornetta non funziona, ma possiamo comunque ascoltare. Ci orientiamo verso il suono come aghi di una bussola che puntano a nord. Ana è forse la più impaziente; è tutto il giorno che ne parla, pensando che questo proverà che la situazione non è così brutta come pensiamo. Mi ha aiutato a piantare i semi agli ordini di Penny, finché alla fine le ho detto di trovare qualcos'altro da fare: invece di piantarli con cura, li conficcava nel terreno come se le avessero fatto un torto personale.

Faccio del mio meglio per essere civile con Ana e Peter. Cerco di parlare con loro come faccio con tutti gli altri, solo che è difficile quando è ovvio che riescono a malapena a tollerare qualsiasi cosa io dica. Fanno il minimo indispensabile e parlano in continuazione della prima cosa che faranno quando torneranno a New York. Fanno un gioco che Nelly e io abbiamo chiamato Zombie Zagat: uno di loro nomina un ristorante o un bar e l'altro elenca i piatti e i drink migliori, e tutte le persone fastidiose che potrebbero conoscere in comune e che lo frequentavano.

Sentiamo del rumore di fondo e una voce, una voce americana, salta fuori.

«Beccato!» urla James.

Ci ammassiamo intorno a lui e ascoltiamo la voce di un uomo che ci riferisce le prime notizie in diretta dopo settimane. «… 157° Stormo di rifornimento aereo, che ora si trova presso l'aeroporto regionale di Mount Washington a Whitefield, New Hampshire. Chiediamo a tutti i cittadini di ignorare le trasmissioni preregistrate che indicano la base della Pease Air National Guard all'aeroporto internazionale di Portsmouth, New Hampshire, come Zona Sicura ufficiale. La base è stata abbandonata a causa di livelli incontrollabili di infezione da Bornavirus.

«I membri rimasti della Guardia Nazionale si sono ritirati all'aeroporto regionale di Mount Washington e hanno stabilito una Zona Sicura in quest'area. Tutti i cittadini non infetti sono pregati di recarsi qui se hanno bisogno di una Zona Sicura. Ci siamo messi in contatto con vari altri siti che si definiscono Zone Sicure nel nord-est. Si tratta di Zone Sicure civili e non sono affiliate al governo degli Stati Uniti. Non siamo a conoscenza di altre Zone Sicure del governo nel raggio di ottocento chilometri.»

Questo significa che tutte le altre sono cadute. Afferro la mano di Nelly quando mi rendo conto che questo significa che quasi tutti nel nord-est sono morti. Forse alcuni sono rintanati come noi, ma quanti hanno abbastanza cibo da non dover uscire?

«Le seguenti località sono state dichiarate Zone Sicure nel nord-est degli Stati Uniti: le città gemelle di Moose River e Jackman, Maine, che sono servite dall'aeroporto di Newton Field, se avete accesso a un velivolo leggero.

«Tolland, Massachusetts può ospitare trecento persone e può aiutare a trasferirne altre in un'altra Zona Sicura. Seguite le indicazioni sulla Route 57 fino alla zona barricata.

«Kingdom Come Farm nel Vermont, situata a venticinque chilometri a nord di Lowell, Vermont su Kingdom Road. Prendere la 105 a nord, svoltare a destra a Trunk Road e a sinistra su Kingdom Road.»

La presa di Nelly si stringe come una morsa, lo guardo e lui scuote la testa, ma sta succedendo qualcosa. L'emittente elenca un altro paio di Zone Sicure e continua.

«Potrebbero esserci altre Zone Sicure, ma in questo momento siamo in comunicazione con queste cinque. Per favore, dirigetevi verso una di esse se avete bisogno di assistenza. Notate che tutte le persone saranno controllate per vedere eventuali segni d'infezione e sarà vietato loro l'ingresso se infette. Tutti gli infetti palesi saranno sparati a vista.

«L'ultimo contatto che abbiamo avuto con il governo degli Stati Uniti è stato una settimana fa. Ci hanno assicurato che prevedevano che la situazione sarebbe durata solo qualche altra settimana.»

Finora la voce dell'uomo è stata accuratamente modulata, ma ora la sento incrinarsi.

«Tuttavia, abbiamo ricevuto rapporti secondo cui gli infetti potrebbero rimanere attivi per un certo numero di anni prima di soccombere definitivamente. Vi invitiamo tutti a rimanere vigili mentre vi dirigete verso una Zona Sicura. Questa trasmissione sarà ripetuta ogni ora e aggiornata ogni giorno alle sette di sera, ora della costa orientale.»

C'è una pausa e poi aggiunge con voce dolce: «Fate attenzione lì fuori, non correte rischi. Viaggiate armati e leggeri, e muovetevi in silenzio. Dio vi benedica tutti e benedica l'America.»

La radio tace e noi ascoltiamo il sibilo che si lascia dietro.

Nelly mi tira per la mano che tiene nella sua. «Vieni con me.»

Lo seguo fino al portico. Sembra eccitato; i suoi capelli sono dritti e si passa una mano sulle guance.

«Quella fattoria che hanno menzionato? Kingdom Come?» Mi guarda mentre annuisco. «Credo, beh, sono abbastanza sicuro che sia il nome della fattoria di Adrian. Non ne sono certo, Cass. So che si trovava nel Regno del Nordest del Vermont, ma potrei giurare che aveva un nome che comprendeva anche Kingdom.»

C'è un soffio d'aria nelle mie orecchie e non sento quello che dice dopo. È ovvio, Adrian sta gestendo una Zona Sicura. Gli stivali da lavoro di Nelly avanzano strascicando sulle doghe di legno del portico.

«… non voglio che ti entusiasmi troppo, potrei sbagliarmi», conclude.

«Okay», dico, ma sono raggiante perché so che è vero.

È proprio come me lo ero immaginato: in questo momento riesco a vedere Adrian, il modo in cui il suo viso sembra così severo quando è serio, anche se nei suoi occhi c'è sempre calore. Avrà previsto tutto questo; avrà iniziato a pianificare anche prima di noi. E se la fattoria è come l'ha sempre sognata, è quasi autosufficiente.

«Non stai ascoltando una parola di quello che dico, vero?»

Nelly schiocca le dita vicino al mio viso, ma sono troppo lontana. Lo sento lì fuori, proprio come dicono. Adrian è vivo.

L'UMORE INTORNO AL tavolo è molto più cupo. All'inizio cavalco un'onda di felicità, ma presto l'eccitazione svanisce. Sapere, anzi sospettare, che Adrian sia al sicuro mi basta per ora. Ma la speranza di poterlo raggiungere svanisce quando capiamo quanto dev'essere alto il tasso di infezione.

Peter e Ana sono seduti, demoralizzati, mentre ascoltano il resto di noi che maciniamo numeri e rabbrividiamo al pensiero di ciò che è solo a pochi chilometri di distanza. So che Penny sta cercando di non darlo a vedere, ma è molto preoccupata per Maria in questo momento. Spero solo che riesca a resistere per tutto il tempo necessario.

E ora è abbastanza chiaro che durerà più a lungo di quanto chiunque di noi pensasse, il che conferma ciò che ha detto l'amico di John. Non so come sia possibile. Le persone si decompongono. Se sono morti, è impossibile che non marciscano.

«Questa è l'unica cosa che nessuno è mai riuscito a spiegare in tutte le storie di zombie. E mi sento stupido anche solo a tirare fuori la cultura pop come quadro di riferimento», dice James. «Ma c'era sempre qualche teoria su come i microbi che favoriscono la decomposizione evitino la carne infetta. Ogni Lexer che abbiamo visto sembra che si stia decomponendo, ma non velocemente. Quindi, forse alcuni dureranno sei mesi. Magari dipende anche dal clima. È possibile che in inverno si congelino e i loro muscoli non funzionino in primavera.»

«Come la carne nel congelatore», ribatte Nelly. Tiene in mano un pezzo di manzo che ha infilzato sulla forchetta. «Questo manzo è un muscolo, proprio come noi. Le cellule si rompono quando si congela, giusto? Se succedesse, allora in primavera forse non sarebbero in grado di muoversi. Inoltre, potremmo ucciderli mentre sono congelati.»

Ana emette un piccolo gemito e corre nel soggiorno di John. Penny la insegue.

«Scusa, ho dimenticato che non tutti possono sopportare certi discorsi», dice James.

«Beh, dovranno farlo», ribatto ed evito con attenzione di guardare Peter. «Bisogna sapere che le cose non saranno più le stesse, se hanno ascoltato quello che ha detto quell'uomo.»

John è rimasto in silenzio, appoggiato alla sedia. Ora si alza per sparecchiare il tavolo, ma prima vedo che i suoi occhi sono rossi. Mi alzo per aiutarlo e mi metto vicino al lavello, dove lui finge di essere impegnato a lavare i piatti.

«Scommetterei dei soldi su Jenny», dico.

Lui mi stringe la mano con quella insaponata e annuisce. Avrei scommesso anche su Eric. Ma lui non è qui e avrebbe già dovuto esserci. Cerco di sentirlo lì fuori, come penso di poter fare con Adrian, ma l'unica cosa che ottengo è un nodo allo stomaco.

CAPITOLO 64

TUTTI ADORANO FLORA e Fauna. Sono così buffe mentre scorrazzano, che mi fanno sempre sorridere. Una volta ho letto che prima della televisione le persone guardavano i polli per divertirsi. John parla di portare metà delle galline a vivere nel nostro pollaio, più alcune di quelle che coveranno presto. Allora avremo due canali.

Non abbiamo un frigorifero, tranne quello che il generatore mantiene freddo da John, così conserviamo il latte lì. Il latte è ottimo; è ottenerlo che è difficile. John impiega da cinque a dieci minuti per mungere Flora, ma noi ce ne mettiamo trenta.

È la terza settimana di maggio, ma la data effettiva significa meno di prima. Il nostro calendario è impostato sul tempo delle fragole, quindi mancano poche settimane alle fragole e contiamo i giorni. Abbiamo piantato gli spinaci e altre verdure. Le piante di piselli si sono aggrappate al graticcio con i loro viticci arricciati. Ho trovato i progetti dell'orto di mia madre degli anni precedenti, completi dei suoi scarabocchi e brevi appunti su ogni pianta. È come se lei stesse sopra la mia spalla, guidandomi con il suo modo gentile.

A tutti noi sono stati assegnati dei compiti. Le uniche persone a cui, però, devono davvero essere assegnati sono Peter e Ana, che vanno in giro come robot fin dalla prima trasmissione. Abbiamo ascoltato ogni sera da allora. Kingdom Come Farm è sempre elencata, il che significa che stanno ancora bene. Sono state aggiunte anche altre Zone Sicure. Ogni sera aspetto, mentre il mio cuore batte, finché non sento dire quelle tre parole: Kingdom Come Farm. Poi do la buonanotte ad Adrian e mi congratulo con entrambi per essere sopravvissuti un altro giorno.

Non abbiamo modo di comunicare con l'esterno. James dice che il cavo potrebbe avere un corto circuito, ma ascoltiamo. Abbiamo captato altre trasmissioni: c'è un gruppo in Virginia che dice che

Washington è completamente distrutta, è stata bombardata in un ultimo tentativo fallito di fermare la diffusione.

Ogni giorno sentiamo qualcosa di nuovo da sopravvissuti che sono riusciti ad accedere a radio e antenne. Persone che vogliono assicurarsi di non essere le uniche. C'è un uomo in Kansas che dice che non è così male dove si trova, ora che ha ucciso la maggior parte dei suoi vicini, e che gradirebbe un po' di compagnia. Poi suona la chitarra e piange prima di chiudere.

Peter sa che sospettiamo che Adrian sia nel Vermont e queste ultime settimane mi hanno convinta che la mia felicità influisce al contrario sulla sua. Più sono allegra, più lui è arrabbiato. Mi guarda male e mugugna a tutti tranne che ad Ana. So che Peter e Ana non hanno mai desiderato di vivere in una fattoria spalando merda di capra, ma è sicuramente meglio che essere morti. E, francamente, sono così stufa di loro che potrei urlare.

Mi dirigo verso il fienile per controllare le capre e prendere a pugni un muro dopo un commento particolarmente odioso di Peter, quando Nelly mi si avvicina.

«Vuoi fare una passeggiata?» chiede.

«No, preferisco davvero spalare la merda di capra.» Svolto a metà strada e mi dirigo verso il sentiero.

Quando arriviamo all'Albero dei Messaggi Nelly mi spinge sulla piattaforma di legno, l'unica parte rimasta della casa sull'albero. Dondoliamo le gambe e guardiamo gli scoiattoli correre con le loro code che si alzano come antenne.

È bello staccare un po' dal lavoro. Durante il giorno siamo sempre impegnati. L'ultimo progetto di John è scavare una trincea intorno alle recinzioni che abbiamo fatto. Mi ricorda il modo in cui i miei genitori catturavano le lumache nell'orto. Facevamo un cumulo di terra e mettevamo una piccola tazza di birra al centro. In un giorno o due la tazza era piena di lumache viscide e affogate. Ma le lumache sono piccole, mentre questa soluzione per controllare i parassiti comporta lo scavare a mano per un metro e mezzo di profondità e qualche metro di larghezza; dovremmo metterci circa dodici anni.

Tra scavare e tagliare la legna, le mie braccia sono molto più forti di prima. La prossima volta che dovrò eliminare un Lexer, non sarò più dolorante. E penso che ci sarà una prossima volta, perché domani andremo in città. Nel suo garage, John sta lavorando a un coltello dal manico lungo che potrebbe essere più utile di un machete.

Spostiamo le piante all'ombra e al sole, le innaffiamo e cantiamo per loro. Beh, io e Penny cantiamo per loro. Nelly dice che siamo matte. Riempiamo il generatore e cuciniamo il cibo, puliamo il pollaio e mungiamo Flora, ma soprattutto scaviamo. Poi, la sera, ci sediamo alla luce della lampada e parliamo, leggiamo o giochiamo a Scarabeo o a Monopoli prima di andare a letto così stanchi, che ci addormentiamo a metà discorso.

Pensare ai giochi mi ricorda il progetto di Nelly e John.

«Come sta venendo la birra?» chiedo. «Abbiamo bisogno di una serata di dissolutezza e di giochi alcolici.»

Gli ingredienti per la birra di mio padre ci sono ancora. Ci sono alcune decine di bottiglie nel seminterrato in questo momento, riempite, tappate e che fanno quel che deve fare la birra mentre la aspetti. Muoio dalla voglia di berne una. Forse quelle persone che prendono la birra come prima cosa in caso di crisi ci vedono giusto.

«Lo sapremo tra qualche giorno», ribatte Nelly. «Mi servirebbe proprio una notte di dissolutezza e non ho voglia di andare in città.»

Abbiamo bisogno di alcune parti per la radio e voglio prendere alcune cose per un progetto che ho in mente. Ci vanno tutti. John ha un'idea strampalata: vedere com'è la città darà una smossa ad Ana e Peter.

«Sei silenzioso ultimamente. Perché quel muso lungo? È finito il mondo o qualcosa del genere?» chiedo.

Nelly sorride e si sdraia di nuovo sulla pedana, il suo viso abbagliato dal sole. Mi siedo a gambe incrociate sopra di lui e lo guardo osservare il fruscio delle foglie.

«Forse mi sto solo acclimatando», risponde. «Sai, credo di starmi abituando a tutto questo, e poi faccio qualcosa di banale come tagliare la legna e penso: cazzo, è tutto reale. Come se per metà del tempo fossi in uno stato di sogno o qualcosa del genere.»

Annuisco. Faccio la stessa cosa, oppure a volte, mentre scavo il fosso o strappo le erbacce, mi chiedo se Adrian stia facendo lo stesso. Quelli sono i momenti belli, quelli in cui sento un piccolo seme di speranza di poterlo rivedere.

Poi ci sono i momenti in cui penso a Eric e Rachel, o a Maria, e mi sento male e disperatamente impotente. Riesco sempre a capire dal viso se qualcuno sta pensando alla sua famiglia: c'è speranza, poi disperazione e, infine, un misto di orrore e rassegnazione. Peter è l'unico la cui espressione rimane sicura: non ha nessuno per cui temere. Non riesco a decidere cosa sia peggio.

«E tu? Come va la vita da nemica pubblica numero uno?» chiede.

Faccio spallucce. «Alla grande, grazie per avermelo chiesto. Ho sempre sperato di essere quella odiata da tutti.»

Nelly si gira su un lato e appoggia la testa sulla mano con un sorriso sardonico. «Non ti odiano *tutti*. Peter e Ana hanno deciso di ritenerti responsabile di tutto quello che è successo nel mondo, tutto qui.» Alza le sopracciglia. «So che ti infastidisce più di quanto tu non voglia ammettere. Quindi, visto che sei incapace di chiedere aiuto, te lo chiederò io. Vuoi che dica qualcosa a Peter?»

Quello che voglio è che Peter si riprenda e si comporti in modo sensato perché è una persona per bene, non perché riceve minacce di danni fisici. Costringere le persone a fare qualcosa che non vogliono fare si ritorce quasi sempre contro.

«Hanno fatto i loro lavori», rispondo. «Quindi, cosa vuoi fare, dire loro di essere gentili, altrimenti? Ana non è mai stata molto gentile fin dall'inizio. E credo che Peter abbia avuto i suoi momenti, anche se con me è stato gentile. Come puoi costringere qualcuno a non essere egoista?»

Attorciglio una delle mie trecce intorno al dito. Mi sento una persona terribile quando lo faccio, ma a volte sogno a occhi aperti che Peter non fosse nel mio appartamento quella notte e che faccia parte delle persone irraggiungibili in questo momento. Non gli auguro di morire, ma il desiderio che lui non sia qui è così vicino da farmi sentire in colpa.

«Beh, immagino che non sia possibile, Mezza Pinta.» Nelly mi tira l'altra treccia e mi fa il suo grande sorriso. «Ma potrei comunque picchiarlo per te, ficcargli dentro un po' di buon senso.»

«Muori dalla voglia di prenderlo a pugni, vero?» I suoi occhi si illuminano. «Smettila di fare il macho.»

Mi piacerebbe accettare la sua offerta, ma questo getterebbe solo più benzina sul fuoco di Peter. Pensa già che tutti siano contro di lui.

«Se solo funzionasse così, avresti potuto ficcarmi dentro un po' di buon senso due anni fa, dopo che ho rotto con Adrian. Così non avrei mai incontrato Peter.» Mi chiedo dove sarei ora, probabilmente in una fattoria nel Vermont, proprio come avevamo pianificato.

«Sì, ma allora tu saresti in campagna da qualche parte, a dipingere e a vivere una vita idilliaca in una fattoria, e io sarei un cadavere che si trascina per New York.»

Gli scompiglio i capelli. «Tu? Mai!»

Ma c'è una buona possibilità che abbia ragione: avrebbe potuto andarsene in giro a Manhattan quella notte, senza me e James a fermarlo, avrebbe ignorato i segnali finché non fosse stato troppo tardi, come ha fatto la maggior parte delle persone.

Si mette a sedere. «Scommetto un milione di dollari che ti sbagli.» Sembra così un bambino che aspetto che mi mostri la lingua.

Sorride sollevando un angolo della bocca e strizza gli occhi. Sono sopraffatta dall'amore per il mio amico, il mio aspirante protettore, il ragazzo che sa quando ho bisogno di un calcio nel culo. Sono così felice che lui sia qui. Non posso rimpiangere di essere la ragione per cui lui è qui, anche se significa essere così lontana da dove speravo di essere.

«Bene, allora, la prossima volta che scuoti la testa perché sto facendo qualcosa di veramente stupido, ricorda che la mia stupidità ti ha salvato la vita una volta», dico con uno sguardo di superiorità.

Strizza gli occhi ancora di più. «Sì, *una volta* su quante cose stupide? Mille? Non è una gran percentuale, tesoro.»

Poi, sempre da persona matura, gli faccio la linguaccia.

Capitolo 65

«Credevo che avessi detto che non avresti mai fatto acquisti da Wal-Mart», prendo in giro John, mentre ci avviciniamo al grande edificio di cemento del supermercato.

«Ho detto "Quando i maiali voleranno"», ribatte lui. «Immagino che sia abbastanza simile a "Quando i morti cammineranno". Inoltre, non faccio shopping, ma saccheggio.» Mi sorride e riprende a scrutare la strada.

Ana e Peter sono sul sedile posteriore. Nelly, James e Penny ci seguono nel furgone della polizia. I furgoni e i fusti di carburante di John sono pieni di benzina che abbiamo travasato mentre venivamo giù. Per travasarla tutta ci sono volute un paio d'ore, anche con l'aiuto di una pompa motorizzata. Non si capisce se il serbatoio di una macchina è vuoto finché non lo si prova, quindi abbiamo sprecato un sacco di tempo.

«Credo che non si tratti più di saccheggio, visto che non c'è nessuno in giro a cui interessa», dico.

«Suppongo che tu abbia ragione.»

Le auto ingombrano il parcheggio, come se gli occupanti fossero arrivati qui e si fossero dati alla fuga. L'occhio elettrico delle porte d'ingresso si è chiuso per farsi un lungo sonnellino, ma sarà facile entrare attraverso un'apertura nel vetro.

«Qualcuno è stato qui», dice John e ci accostiamo alle porte.

«Ovviamente», mormora Ana.

Ha una voglia matta di balsamo. A quanto pare, il nostro le lascia i capelli piatti. Ero così arrabbiata di sentire che non era una sistemazione adeguata.

John salta fuori dal furgone e ci fa cenno di andare. Mi avvicino alle zolle di fango che lui esamina. «Impronte di scarpe, ancora umide ma non bagnate. Nelle ultime ventiquattro ore, ma non nelle ultime dieci o giù di lì. Probabilmente siamo al sicuro, ma per esserne certi saremo ancora più prudenti. Ci mettiamo a coppie: uno prende le cose e l'altro controlla. Due di noi qui fuori.»

Controlla le nostre armi. Sembriamo un gruppo paramilitare sgangherato. James, Penny e John si infilano gli auricolari della radio nelle orecchie e li provano. Una fondina, un machete o entrambi pendono da ogni fianco o spalla. John insiste che portiamo le nostre pistole in casa, così ci abituiamo a fare tutto armati. Inoltre, non si può dire quando qualcosa può sbucare dal bosco.

Io ho la mia fidata rivoltella da un lato della fondina, una nove millimetri dall'altro e un machete affilato sulla schiena. Penny ha un fucile a tracolla e guarda nervosa attraverso l'apertura nel vetro.

Bussiamo dentro la porta e chiamiamo. Le nostre voci riecheggiano nel negozio. Sembra il modo migliore per trovare gli infetti; se li chiami, verranno di corsa o perlomeno barcolleranno.

Non arriva niente.

John sta insieme a Peter fuori e manda me e James al reparto cosmesi. Nelly e Penny si dirigono all'abbigliamento, dato che, a scavare, i vestiti si rovinano davvero. Ana sta all'interno, in modo da poter aiutare dove necessario.

Accendiamo le luci frontali e le torce, mentre ci infiliamo nella porta. Le file delle casse si estendono buie e vuote. Sembrano già estranee, come una reliquia di un mondo antico. È silenzioso e sembra vuoto, nel senso che non mi si rizzano i peli sulla nuca. Ma c'è un odore terribile. Qualcosa qui dentro è molto, molto morto. In qualsiasi altra situazione questo sarebbe rassicurante.

Ci insinuiamo più all'interno. L'ampia corsia anteriore del negozio è in disordine: scatole di cracker e cereali sono sparse sul pavimento, mischiate a vestiti e liquidi che si sono induriti creando una gelatina marrone. Penny e Nelly si dirigono sul retro, pestando cracker e cereali scricchiolanti. Gli occhi scuri di Ana sono cerchi perfetti e il suo viso è pallido. È a portata d'occhio e d'orecchio di John, ma è l'unica a essere sola. Tiene la pistola in mano e il suo dito tende verso il grilletto.

«Ana, attenta al dito», la avverto. «Un solo urlo e saremo da te in dieci secondi, te lo prometto. Qui è libero, andrà tutto bene.»

Lei muove il dito, il bianco degli occhi che brilla nell'oscurità, e annuisce. «Basta che vi sbrighiate.» Sto per dire qualcosa di rassicurante quando lei continua: «Voglio il mio turno per prendere quello che mi serve.»

Faccio un cenno a James e mi volto prima di sospirare. «Andiamo.»

Giriamo nel corridoio principale e cerchiamo di mantenere il nostro scricchiolio al minimo. Sembra così forte nel silenzio. Non mi sono mai resa conto di quanto rumore ci fosse nel mondo finché non se n'è andato. I cancelli di metallo della farmacia sono piegati e contorti. I flaconi giacciono in gruppi e cumuli. Interi scaffali sono spogli.

«Scommetto che tutta la roba buona è sparita», sussurra James mentre ci passiamo davanti.

I jeans mi si appiccicano alle gambe per il sudore, anche se non è tanto soffocante qui dentro. Il cuore mi batte così forte che sono quasi sorpresa che James non ci abbia fatto caso.

Riempio la borsa che ho in spalla di guanti di lattice e oggetti vari, mentre James fa la guardia. Qui l'odore di putrido è peggiore e ci sono enormi macchie scure e schifose sul pavimento. Sono abbastanza sicura che siano del colore del sangue secco, ma sembrano marroni-nere alla luce delle lampade frontali, il cui bagliore LED fa sembrare tutto un film in bianco e nero.

Sembra sciroppo al cioccolato, quello che usavano per il sangue nei vecchi film horror. Dev'esserci stata una bella lotta per il cibo. Mi porto una mano alla bocca per soffocare la risata folle che sgorga.

James mi guarda con curiosità. «Cosa c'è di divertente?»

«Assolutamente niente», rispondo sinceramente. «Mi dà solo fastidio.»

«Puzza e qui è anche peggio.» Tiene l'auricolare. «Andiamo a vedere il reparto automobilistico. John dice che è ancora tutto libero, ma dobbiamo sbrigarci.»

C'è una stanza che porta al reparto giardinaggio sulla nostra sinistra, dove mettono la merce stagionale. Il fetore è forte; mi riempie la bocca e mi ricopre la pelle con uno strato viscido. Abbiamo i conati di vomito e respiriamo con la bocca. Ma ora riesco a sentirne il sapore, che è molto peggio dell'odore. Mi appoggio a uno scaffale e ho un conato, ma non esce niente. Quando alzo la testa la mia luce illumina la zona.

«Gesù», dice James espirando.

Ci saranno quaranta cadaveri ammucchiati lì, braccia e gambe distese e aggrovigliate tra loro; non sappiamo dove finisce uno e inizia l'altro. Ci avviciniamo, pronti a correre a ogni movimento. Quando James accende la sua torcia grande vediamo pelle grigia e ferite aperte e non rimarginate. Ogni singolo corpo ha una ferita alla testa; qualcuno ha ucciso tutti i Lexer nel negozio.

«Gesù», ripete James e poi parla alla radio. «Qualcuno ha ucciso tutti gli infetti. Sono ammassati vicino al reparto giardinaggio. Ci stiamo dirigendo verso il reparto automobilistico. Cinque minuti al massimo.»

Sono grata che qualcuno l'abbia fatto: provo un enorme sollievo nel sapere che altre persone sono qui fuori a combattere, a sopravvivere. Vorrei che fossero qui in questo momento. Noto due corpi separati e muovo la torcia in quella direzione.

Due ragazze, entrambe non più che diciottenni, sono semi piegate contro gli scaffali. Una indossa solo una canottiera strappata e macchiata, l'altra ha ancora addosso una giacca. Non hanno quell'aspetto grigio e coagulato che hanno gli altri corpi.

Le loro cosce e i loro volti sono lividi e gonfi, ma posso dire che non sono morte da molto tempo. Mi chiedo se siano state infettate, morse di recente, ma scarto subito questo pensiero. Una è seduta su un tappeto di sangue, colpita al petto, non alla testa. L'altra ragazza sembra essere stata strangolata con la corda che ha ancora annodata al collo. E sono le uniche con le mosche che girano e atterrano su di loro come in una specie di aeroporto per insetti. All'improvviso, sono molto felice che chiunque abbia ucciso questi infetti non sia qui, perché deve aver fatto anche questo.

Voglio trascinarle da qualche parte, lontano dal mucchio di infetti, coprire i corpi nudi e preservare un po' della loro dignità. Ma non c'è tempo per fare cose del genere, adesso. Una piccola fiamma di rabbia divampa nel mio ventre e si espande. Sono sopravvissute fin qui, solo per essere violentate e uccise da un figlio di puttana disumano. Come se non ci fosse abbastanza disumanità in giro.

«Andiamo.» James mi tira la manica. «Nel e Penny hanno finito. Ci stanno aspettando.»

Troviamo dei guanti da guida nel reparto automobilistico e ci dirigiamo fuori. Ana, Penny e Nelly ci aspettano all'apertura nel vetro con le borse piene. Inspiro l'aria fresca che c'è fuori e mi frugo in tasca per cercare qualcosa, qualsiasi cosa, per togliermi quel sapore dalla bocca. Trovo delle caramelle alla menta ricoperte di lanugine e l'anello di Adrian. Do una strofinata all'anello e mi metto in bocca una caramella, offrendone una a James, che sembra averne bisogno tanto quanto me. La accetta con gratitudine e sputa il sorso d'acqua con cui si stava sciacquando la bocca.

John ha capito il succo di quello che abbiamo visto e non perde tempo. «Tutti nei furgoni, andiamo.»

I suoi occhi non hanno smesso di muoversi e la sua bocca è serrata. Ci rimettiamo sulla strada. In cima alla collina mi volto indietro e vedo un furgoncino rosso malridotto e un'auto sportiva che entrano nel parcheggio del Wal-Mart.

«Potrebbero essere loro», dico tremando per quanto siamo stati vicini a trovarci di fronte a persone che violentano e uccidono giovani ragazze.

«Ho avuto un presentimento», ribatte John.

Capitolo 66

«Ana ha avuto il coraggio di lamentarsi che tutti tranne lei "hanno preso qualcosa" al negozio. Come se tutti avessimo preso profumi e scatole di caramelle, e lei niente», dice Penny. Alza lo sguardo da dove sta tagliando pezzi della giacca di pelle di mia madre nel portico posteriore e fa una smorfia.

«Tua sorella…» non aggiungo altro.

«Lo so, lo so. Ho provato a parlarle, ma è così ostinata. Mia madre diceva sempre che nel dizionario la foto di Ana sarebbe stata accanto alla parola *ostinato*.»

Mi viene in mente qualche altra parola accanto a cui la foto di Ana potrebbe stare.

Penny vede la mia espressione e scoppia a ridere. «Sì, ostinata non basta per descriverla. Non so cosa fare. A volte non posso biasimarla: tutta questa storia è terrificante e surreale. Ma come scusa penso che sia un po' tirata per le lunghe. Tutti dobbiamo fare la nostra parte, no?»

«Già.» Infilo l'ago della macchina da cucire sul tavolo. «Non lo so, Pen. Sai, Ana è come la mia sorellina, o lo *era*, quando mi diceva più di due parole. Ma lei e Peter hanno formato la loro piccola cricca dei negazionisti o qualcosa del genere.»

Infilo strisce di elastico e pelle sotto l'ago della macchina e giro con la mano la manopola laterale. Non è veloce come un vero pedale, ma realizza un lavoro di cucitura più pulito, più resistente e più veloce di quanto possa fare senza elettricità.

«Allora, che facciamo esattamente?» chiede Penny.

«Una specie di armatura. La sto attaccando ai guanti. Ce la legheremo alle braccia per proteggerci da graffi o morsi, e dal sangue infetto. I Lexer hanno denti normali come noi. Non possono lacerare il cuoio.»

Penso all'orrore che ho provato dopo aver ucciso quel Lexer con il machete, alla paura che il virus fosse penetrato nel mio sangue. Di solito non sono ossessionata dai germi, ma in questo caso ho un disturbo ossessivo-complessivo incontrollabile.

«Okay. Questo è uno di quei momenti surreali di cui parlavo prima: sono seduta al sole nel bosco a fare un'armatura contro gli zombie.»

James attraversa le porte di vetro scorrevoli verso il portico. «Non lo sai che non dovresti chiamarli *zombie*?» Le agita un dito davanti. «In ogni libro, film o altro, li chiamano sempre in un altro modo.»

«Sai, i prepper chiamavano zombie anche le persone che non erano preparate, che volevano le tue provviste dopo che tutto era andato a rotoli. Ma hai ragione, non dicono mai *zombie*. Strano», ribatto.

La vista di quelle ragazze al Wal-Mart ha reso chiaro il fatto che dobbiamo davvero temere due tipi di zombie.

«Anche noi li chiamiamo in altri modi», dice Penny. «Com'era? Lexer, Azzannatori, Camminatori, Infetti, Non Morti, Arrancatori, Zoppicatori, Zete. Sono sicura che ce ne sono altri di cui non abbiamo ancora sentito parlare o a cui non abbiamo pensato. Inoltre, purtroppo, questo non è un film.»

«È proprio vero», ribatte lui, poi si siede e allunga le lunghe gambe. Il lavoro qui lo ha ingrassato un po' e il suo viso è passato da pallido ad avorio, ma sarà sempre uno spilungone.

Strofina tra le dita il cuoio sul tavolo. «Un'armatura, eh? È una buona idea. Non sappiamo quanto sia contagioso. Se si può trasmettere anche solo con un graffio, allora dobbiamo essere a prova di graffio. Dei guanti di pelle che coprono l'intero braccio, o che ne dici di guanti di neoprene? Sarebbero perfetti.»

«Non dirlo a me», ribatto. «Ma dove si comprano i guanti di neoprene a nord di New York? Se ci imbattiamo in un negozio di articoli sportivi, dobbiamo entrare a controllare.» Alzo lo sguardo dalla macchina da cucire. «Devo dire che sono piuttosto delusa che i miei genitori non ne abbiano fatto scorta. Come hanno fatto a non pianificare proprio questa eventualità?»

«Tutti dovrebbero essere pronti per l'apocalisse degli *zombie*.» James sorride a Penny mentre dice quella parola. «E i guanti di neoprene sono un must assoluto. Come minimo gli oceani avrebbero potuto innalzarsi a tal punto da avere una casa sull'oceano e averne bisogno per il surf.»

«Due possibilità molto, molto realistiche», scherza Penny. «Beh, in realtà, credo che solo una sia ancora inverosimile. Come ho detto, è surreale. Il mio cervello non riesce nemmeno a stare al passo.»

Mi infilo il primo guanto finito e mi assicuro che l'elastico sia aderente. Le lunghe strisce di pelle si attaccano al guanto all'altezza del polso e salgono fino al gomito. Sarà caldo da indossare, ma posso muovermi bene. Mi esercito a estrarre la rivoltella dalla fondina e la punto verso il bosco.

«Ehi, in effetti sono piuttosto cazzuti. Sembri una supereroina. Voglio assolutamente giocare con il mio paio», dice James.

Metto le mani sui fianchi e guardo in lontananza, stile supereroina. «Agricoltore di giorno, assassino di zombie di notte.» Gli punto il dito guantato. «Il prossimo sarà il tuo.»

«Forte.»

Penny gli porge il modello di carta e la pelle. «Ecco, *papi*, renditi utile.»

«Sì, mami», dice lui con l'accento spagnolo più bianco che si possa immaginare.

Penny e io ridiamo, e lui prende un paio di forbici e comincia a tagliare, con la bocca storta. Nel dizionario la foto di James dovrebbe essere accanto alla parola *utile*.

CAPITOLO 67

HO FINITO DI realizzare l'armatura per tutti e stiamo uscendo per andare a esercitarci a sparare con quella indosso. Sul portico c'è una giungla di piante. Le piantine stanno rapidamente diventando cibo che, tra un giorno o due, andrà nel terreno. In questo momento si abituano all'aria esterna durante il giorno, così saranno abbastanza forti per vivere sempre fuori. Ana posa l'annaffiatoio e si dirige verso il furgone. Penso che non le dispiaccia il lavoro nell'orto; sono abbastanza sicura di averla vista parlare con le piante un giorno, non che l'abbia mai ammesso.

La porta a zanzariera sbatte e Peter esce sul portico. Indossa stivali da lavoro e una delle sue due paia di jeans che ha portato dalla città. Saranno anche stati esageratamente costosi, ma devo dire che hanno resistito bene; i miei jeans più economici sono invecchiati di tre anni. Forse questo può essere un argomento di vendita, se il mondo tornerà mai come prima. Possono pensare a una sorta di slogan post-apocalittico per i loro jeans da quattrocento dollari.

C'è qualcosa che non mi manca: essere inondata di pubblicità progettate per farti desiderare di più, per non essere mai soddisfatto. Non che io voglia un mondo come quello di ora, ma c'è una parte di me che ama questa vita: è quello che ho sempre voluto. Amo stare nei boschi, coltivare il cibo, realizzare le cose che ci servono invece di comprarle, ma vorrei solo che non fossero machete affilati e armature contro gli zombie.

Peter evita il mio sguardo mentre scende le scale. I suoi capelli si sono allungati e lui è più trasandato, ma gli dona. È sempre stato troppo ordinato, troppo curato. Controlla la fondina e aggancia le dita sotto la cinghia del fucile.

Non siamo mai state anime gemelle, ma riuscivamo a divertirci insieme. A volte, come quella sera in cui ci siamo conosciuti, abbiamo parlato davvero. Una volta, dopo qualche bicchiere di troppo, si è lamentato di dover andare a una qualche festa elegante piena di gente falsa. La cronaca mondana sarebbe stata piena di foto. Ricordo quando mi disse che esisteva ancora la cronaca mondana; pensavo che si fosse estinta verso la fine del proibizionismo. Non gli volevo credere finché non me l'ha mostrata, e allora mi ero fatta una bella risata leggendo i nomi e le didascalie, mentre lui mi guardava con un mezzo sorriso e gli occhi scintillanti.

«Allora non andare. Vieni a casa mia a guardare film per ragazze», scherzai. «Perché devi andarci?»

Sapeva che non mi sarei avvicinata a un evento del genere e aveva smesso di chiedermelo settimane prima. Le sue palpebre erano a mezz'asta e la sua testa poggiava sullo schienale del divano.

«Se non ti fai vedere, si dimenticano di te, Cassie», sussurrò. «Non capiresti. Non voglio essere invisibile.»

Quando chiuse gli occhi sembrava così vulnerabile. Allungai la mano e passai un dito sulle ombre appuntite che le sue ciglia proiettavano sulle sue guance. «Peter, non ci si può dimenticare di te. Loro non ti rendono visibile. Io ti vedo.»

Ma lui aveva tenuto gli occhi chiusi e il suo respiro si era fatto regolare. Non ero sicura che avesse sentito. La mattina dopo ero seduta a gambe incrociate sul divano con la mia tazza di tè, mentre lui era seduto sulla grande poltrona e guardava fuori dalle finestre a tutta altezza del suo appartamento ereditato risalente a prima della guerra. Gli sorrisi, pensando che forse avevamo raggiunto qualcosa di diverso la sera prima.

«Non riesco a ricordare nulla di ieri sera. Devo essere svenuto», disse e distolse lo sguardo in fretta. Ma mi sembrò di vedere la menzogna nei suoi occhi, il timore di aver detto troppo e la paura che io capissi.

«Oh, ti sei addormentato e ti ho messo a letto.» Ma provai ancora una volta. «Sei sicuro di dover andare a quella festa stasera?»

La sua faccia era disinvolta, ma forse gli occhi erano tristi. Era difficile capirlo sotto la luce del sole. «Sì, devo andarci.»

Questo Peter che scende le scale sembra diverso, ma si comporta allo stesso modo. Forse qui non c'è nessuno che lo faccia sentire visibile e magari è per questo che lotta contro tutto. Forse la ragione per cui mi detesta così tanto è che io so questo di lui.

Mi supera e salta nella parte anteriore del SUV. Ora ha anche il privilegio di sparare, visto che è un tiratore tanto bravo. Io salgo sul pick-up di John. A parte la psicanalisi da quattro soldi, Peter si sta comportando come un idiota. E per parafrasare quello che qualcuno ha detto una volta: quando qualcuno ti mostra chi è veramente, credigli. E quei momenti, quelli in cui pensavo che fosse il vero Peter, erano troppo pochi e sporadici per essere tenuti di conto.

CAPITOLO 68

ABBIAMO SPRECATO FIN troppe munizioni, anche se tra le scorte di mio padre e quelle di John potremmo conquistare una piccola nazione. John chiede ad Ana di sparare ancora prima di finire, perché ha visto che alcuni colpi vanno a vuoto.

Lei rimette la pistola nella fondina e incrocia le braccia. «No, sono stanca e non voglio più sparare.»

«So che devi essere stanca, ma non lo facciamo spesso, Ana, quindi è meglio farlo adesso. Poi ce ne andremo», ribatte John.

Lui allunga una mano per prenderle la pistola, ma lei ha lo stesso broncio di quando aveva dieci anni e le dicevano che era ora di andare a letto. Alza le mani e si siede su una roccia. «No! Basta.»

Penny si inginocchia per parlarle, ma Ana volta la testa altrove. «Non voglio sentire», dice. «Non voglio più sparare, non voglio più farlo. Voglio solo che le cose tornino come prima. Non voglio più fare tutto questo.»

Deve piantarla. Una cosa è se si comporta da bambina quando deve aiutare in casa, ma un'altra è se non vuole imparare a proteggersi. Così è pericolosa quando deve guardarti le spalle. Sono stufa che tutti la coccolino. È ora che Ana e Peter crescano un po', cavolo.

«Ana, le cose non sono più come prima e non lo saranno, almeno per molto tempo», dico.

Peter interviene. «Lasciala in pace. Non tutti vivono una fantasia alla Laura Ingalls.»

Brucia in parte perché è vero, e perché mi conosce e sta usando questa cosa per ferirmi, e odio che mi conosca abbastanza bene da farlo. Ma soprattutto, brucia perché se ci crede davvero, allora che tipo di persona pensa che io sia?

«Quindi, Peter, mi piace fare giardinaggio, cucire e fare le conserve. E mi rende felice vivere così?»

I suoi occhi sono crudeli, gli occhi di un estraneo, mentre fa spallucce. Riesco a vedere quanto lui mi disprezzi in questo momento e ciò ferisce i miei sentimenti più di quanto io voglia ammettere.

«Sto solo dicendo che alcuni di noi vogliono che le cose tornino alla normalità, che speriamo succeda presto, che non è assurdo pensare che potrebbero. Sei solo un po' troppo felice di fare tutto questo, come se non aspettassi altro.»

È proprio uno stronzo e voglio urlare che è davvero da matti pensare che le cose possano tornare presto alla normalità. È una follia pazzesca. Ho il viso accaldato e le mani che tremano. «Oh, mi hai inquadrata per bene, Peter. Solo che mai una volta nella mia fantasia ho desiderato che due mocciosi viziati sghignazzassero in continuazione alle mie spalle. Mi dispiace di non essere depressa e di non comportarmi come se ogni piccola cosa del cazzo che devo fare fosse un fardello terribile.»

A queste parole, Ana socchiude gli occhi, ma non m'importa più; è la verità ed è ora che qualcuno la dica.

«Vi siete mai fermati a pensare che sono molto preoccupata per Eric? Che mio fratello è da qualche parte lì fuori?» Alzo la voce e guardo Ana. «E Maria? Pensi davvero che li vorrei in pericolo?»

Le lacrime traditrici mi riempiono gli occhi. Nessuno prende sul serio una pazza che piange ed è così frustrante che la mia rabbia sia connessa ai miei dotti lacrimali. Penso a qualcosa di cattivo da dire e, invece di trattenermi come farei normalmente, lo dico. Questo è quello che fa Peter. «Forse lo pensi davvero, magari non riesci a ricordare com'è avere delle persone che ami e che *ti* amano.»

Sono felice quando trasalisce. Voglio fargli male. Potrei anche trattarlo come la persona che mi accusa di essere.

Si riprende dalla mia frecciatina e il suo sguardo si incupisce. «Beh, almeno non mi struggo per qualcuno che non mi ama più.»

Sono confusa per un secondo, finché non capisco che si riferisce ad Adrian. Penny rimane a bocca aperta. Faccio un passo avanti con la mano alzata.

Nelly mi mette un braccio intorno. «Okay, ora basta. Peter, devi smetterla. Subito.»

Il volto di Nelly è inespressivo, tranne gli occhi, che sono di ghiaccio. Peter sembra trionfante finché non scorge l'altra mano di Nelly, stretta in un pugno e fa un passo indietro.

«Voi due.» Li indico con un dito tremante. «Forse non *volete* credere che le cose siano diverse, ma lo sono. Lo sono, e se vi comportate come se non lo fossero, finiremo tutti morti.»

Capitolo 69

John ha programmato il tiro al bersaglio in un giorno in cui dovrebbe andare a trovare il contadino Franklin. Sono felice quando insiste affinché Nelly e io andiamo con lui. Non voglio tornare a casa e vivere in quell'atmosfera fredda con quei silenzi imbarazzanti tipici di quando si litiga con qualcuno, quando si è detto troppo.

Mi sento già in colpa per quello che ho detto a Peter, sul fatto che nessuno lo ami. È stata una cosa orribile da dire e mi sono meritata quello che ho ricevuto in cambio. Mi siedo sul sedile posteriore e arruffo il pelo di Laddie mentre ripenso a quello che ha detto Peter. Probabilmente ha ragione. Dopotutto, sono passati due anni, abbastanza perché Adrian abbia voltato pagina.

«Beh, non ha ragione», dice Nelly sopra lo scricchiolio delle gomme sulla strada sterrata.

Stiamo scendendo verso il punto in cui la valle si apre e le fattorie sono nascoste tra le fitte foreste di alberi. Si volta a guardarmi, dato che non rispondo. Faccio spallucce e un sorriso fiacco.

«Sapeva esattamente cosa dire, cosa ti avrebbe fatto più male, e così l'ha detto», aggiunge.

«L'ho fatto anch'io, ma questo non significa che lui abbia torto.»

«Guardami.» Distolgo gli occhi da Laddie e fisso il suo volto serio. «Si sbaglia.»

Voglio credergli, ma non può saperlo con certezza. Faccio di nuovo spallucce. Adesso mi sembra di guardare la giornata, che era così luminosa, attraverso una foschia grigia. Mi sento un peso allo stomaco.

Peter ha ragione sul fatto che vivo in un mondo di fantasia, ma ha sbagliato fantasia. Come una bambina che crede nelle fate e negli unicorni, avevo pensato che Adrian e io avremmo vissuto felici e contenti. Quella convinzione mi aveva dato un po' di speranza che tutto questo potesse finire bene, se fossimo sopravvissuti abbastanza a lungo. Ma ora capisco quanto sono stata sciocca. Devo concentrarmi sul qui e ora, non su qualcuno che, probabilmente, sta pensando a me come a una persona che una volta amava. Sempre che lo stia facendo.

John svolta in un lungo vialetto. «Eccoci qui. Richard, che conosci come il contadino Franklin, ha detto che aveva altro fieno e mangime per le capre. Che strano, il cancello è aperto.»

Attraversiamo il cancello e arriviamo a una fattoria gialla con un portico sul davanti e una ghirlanda di fiori sulla porta. Una fioriera di terracotta è caduta rovesciando la terra sui gradini. Il telaio di legno dietro la porta a zanzariera è scheggiato e i vetri rotti scintillano nell'erba. Ci sono un fienile e un pascolo per gli animali, ma è vuoto e anche il cancello è aperto.

«Non mi piace», dice John. Guida sul terreno irregolare intorno alla casa, ma è vuota, a parte per le auto dei Franklin. «Vado a controllare.»

«Non andrai da solo», dice Nelly.

«Va bene, entriamo lentamente. Io prendo il corridoio principale fino alla cucina. Nelly, tu coprirai la sinistra, il soggiorno; Cassie, tu la destra: sala da pranzo con ingresso separato nella cucina sul retro.»

Annuiamo e apriamo le porte. Laddie si ferma in fondo ai gradini ed emette un mugolio profondo in gola. John gli mette una mano sulla testa. «Vieni qui, ragazzone. Aspetta qui.»

Laddie ci guarda montare i gradini con occhi preoccupati. John usa la sua schiena per tenere aperto il paravento e ci fa cenno di seguirlo. L'odore di decomposizione, ormai fin troppo familiare, si diffonde. Sento il lontano chiocciare delle galline dei Franklin, ma la casa è completamente silenziosa.

«Richard?» chiama John. Restiamo in piedi e aspettiamo, ma nessuno ci accoglie.

C'è un piccolo atrio con una panchina per le scarpe, ma da queste parti, quando sono sporche, la maggior parte delle persone usa un altro ingresso, di solito vicino alla cucina. È lì che si trovano gli stivali di gomma e le giacche con il fieno ancora attaccato. Mi sposto nella sala da pranzo. Il pavimento di legno dipinto scricchiola sotto i miei piedi quando passo davanti al tavolo da pranzo e alle sedie.

Sui mobili della cucina ci sono alcune bottiglie di liquore vuote, insieme a piatti di cibo rappreso e ammuffito. Un portico corre lungo il retro della casa, ma sbirciando fuori dalla porta, posso dire che è vuoto.

«Cassie.» John entra in cucina dall'ingresso. «Li abbiamo trovati, almeno, alcuni di loro.»

Lo seguo nel soggiorno. Le due stanze su questo lato sono arredate con divani, un tappeto e una scrivania per computer. Un televisore è appeso alla parete, accanto a foto e quadri. È proprio il tipo di posto accogliente dove puoi spaparanzarti e immergerti in un film.

O lo era, perché ora i cuscini colorati sono sparsi e i coniugi Franklin siedono su due sedie della cucina, morti da molti giorni. Le corde che li tenevano fermi mentre erano vivi sono affondate nei loro tessuti gonfi, ma posso vedere il punto in cui escono dalla carne e si legano sotto. Quello che sembra essere stato un ragazzo adolescente è a faccia in giù e steso sul pavimento di quercia, come se stesse correndo quando è morto. I corpi sembrano essere stati mangiati dall'interno e in alcuni punti la pelle si è staccata a strati.

Mi colpisce il fatto che ogni volta che penso di aver visto qualcosa di veramente orribile, mi imbatto in un nuovo orrore, qualcosa che non avevo mai nemmeno considerato. Mi tengo la bandana che ho preso da tenere sul viso e respiro. Sono così putrefatti, che è impossibile vedere come sono stati uccisi, ma è ovvio che si tratta di omicidio.

«Hanno due figlie. Controlliamo di sopra», dice John.

Il piano di sopra è vuoto, tranne dove qualcuno ha rovistato nei cassetti e non ha rimesso a posto il contenuto. Mentre scendo noto che la scala è tappezzata di fotografie, a cominciare da un bambino biondo e paffuto fino a una foto di famiglia, scattata a Disneyworld e con la data dell'anno scorso impressa sulla pellicola. La fisso finché non ne ho la certezza.

«Quelle ragazze, quelle al Wal-Mart?» chiedo. John e Nelly sono in fondo alle scale e annuiscono. «Una di loro era lei.»

Indico la figlia dai lunghi capelli biondi e dai denti bianchi e dritti. L'intera famiglia è in piedi, con le braccia l'uno intorno all'altro, stanno divertendosi un mondo.

«E l'altra?» domanda John.

Di solito sono brava con i volti, ma era stata strangolata e la sua faccia era troppo a chiazze per vederla chiaramente nella luce fioca. Nella foto sta ridendo e guarda suo padre, che ha le orecchie da topo e sembra così incredibilmente goffo che non si può davvero biasimarla.

«Aveva i capelli ricci, proprio come lei, ma non posso dirlo con certezza.»

John ha un'espressione furiosa sul volto; non credo di averlo mai visto così. Le sue sopracciglia si incontrano sopra gli occhi e un muscolo della mascella freme.

«Andiamo. È chiaro che qualcuno nei paraggi è molto pericoloso. Non sanno di noi e voglio che le cose restino così», dice.

All'esterno John apre il pollaio. Non abbiamo tempo per trovare un modo per portare le galline a casa, ma forse riusciranno a sopravvivere all'aperto per un po'. Tiriamo su della polvere mentre torniamo indietro per il lungo vialetto e, quando si deposita, le vedo beccare nell'erba, godendosi la loro libertà.

Capitolo 70

Nelly si appoggia al divano con la sua birra. «È buona.» Beve un sorso e fa una smorfia.

«Vuoi dire la compagnia, non la birra», dice Penny.

Ana e Peter dormono a casa di John stanotte. Ha promesso loro un film durante le poche ore in cui il generatore è in funzione. Sono sicura che sono felici di essere lì tanto quanto lo sono io che non siano qui. Noi quattro ce ne siamo andati dopo aver ascoltato l'aggiornamento serale alla radio. Ha detto le stesse cose, ma quando hanno menzionato Kingdom Come Farm, non ho provato quel senso di benessere. Mi ha solo ricordato quanto sono idiota.

Penny allunga la sua bottiglia. James, Nelly e io facciamo tintinnare le nostre sulla sua e sorseggiamo. Rabbrividisco quando l'intruglio amaro va giù, ma è meglio di niente.

«È normale che abbia questo sapore?» chiedo.

Nelly scuote la testa con rammarico. «Decisamente no, ma credo di aver capito cosa abbiamo sbagliato per la prossima volta.»

Sollevo la bottiglia e bevo. Non mi sbronzerò mai se non mi metto a bere seriamente. E stasera faccio sul serio. Voglio che questa giornata finisca e ubriacarmi e svenire mi sembra l'unico modo per addormentarmi. Mandata giù l'ultima goccia di birra, sgrano gli occhi e trovo loro tre che mi fissano.

«Di sicuro pulisce il palato», dico. Mi asciugo la bocca con il dorso della mano e ne prendo un'altra.

«Più che altro lo distrugge», ribatte James e beve qualche sorso. «Però, dai, più ne bevi e meglio è.»

Annuisco, ma non rispondo perché sto tracannando un'altra birra. Nelly tiene la sua bottiglia in grembo. Agito una mano davanti a lui. «Dai, Nels. Bevi.»

Lui e Penny si scambiano un'occhiata prima di guardarmi da sotto la fronte aggrottata. Penny ha la bocca contorta di lato.

Guardo prima uno, poi l'altro. «Che c'è?»

«Non dimenticare il turno di guardia stanotte», mi ricorda Nelly.

Avevamo allentato i turni di guardia, ma i Franklin erano in pigiama, dopotutto. Le radio funzionano tra le nostre case e saranno accese tutta la notte.

«Ho l'ultimo turno e per allora starò bene.» Faccio spallucce e cambio argomento. «Sapete di cosa abbiamo bisogno? Di musica. È strano stare seduti a bere senza musica.»

Nelly sembra che voglia aggiungere qualcosa, ma lascia perdere, con mio grande sollievo. Se devo parlare di Adrian o pensare a lui per un secondo di più, mi metto a urlare.

«Sì, cosa non darei per collegare il mio iPod e ascoltare un'intera playlist», dice sognante.

«Sono solo stufa di avere in testa le canzoni più ridicole del mondo», aggiunge Penny, che va in giro cantando jingle e sigle televisive per metà del tempo.

Lo facciamo tutti. Non ho idea del perché la sigla di *Cuori senza età* abbia preso la residenza nella mia testa, ma sembra essere quello che succede quando qualsiasi altra musica ti è negata.

«C'è un giradischi a manovella nel seminterrato, ma è solo per i settantotto giri. Mio padre aveva intenzione di truccarlo in modo che suonasse anche tutti i suoi quarantacinque giri. Ce ne sono centinaia.»

Salto in piedi e sbatto a terra la mia bottiglia vuota, quasi facendo cadere la lampada a olio sul tavolino, che Penny tiene ferma. «Troviamolo! Andiamo, James.»

So di essere maniacale, ma ho bisogno di fare qualcosa. Afferro una terza birra e mi dirigo verso il seminterrato. James mi segue con una lanterna. Vedo la grande scatola di legno su uno scaffale nell'angolo più lontano del seminterrato.

«Eccolo.» La tiro fuori e indico le numerose scatole di dischi sopra di essa. «Prendo i settantotto giri.»

Tornati al piano di sopra, apriamo la scatola e mettiamo un disco. Da qualche parte all'interno proviene un rumore stridente, ma il disco non gira.

James lo ispeziona. «Potrei riuscire a farlo funzionare se lo apro, ma avrei bisogno di una luce migliore.»

Le nostre notti sono buie, come lo erano prima che la luce elettrica fosse di uso comune. Le nostre lampade fanno abbastanza luce per leggere, ma non abbastanza per svolgere quei lavori in cui si devono vedere delle parti minuscole. E non sprechiamo batterie per cose che possono aspettare la luce del giorno. Sospiro e finisco la mia birra. Il mio naso è intorpidito, un chiaro segno che mi sto ubriacando.

«Volevo solo una festa danzante», dico a Penny. Lei spinge in su gli occhiali e sorride comprensiva. «Una stupida, misera, piccola festa danzante.»

So che sembro lagnosa, ma se non posso avere grandi cose, allora ne voglio una piccola. Apro una quarta birra.

«Io e Cass facevamo delle feste così da quando eravamo piccole fino a, beh, ora», spiega Penny a James. Mi sorride e solleva la bottiglia.

«Viva le feste danzanti!» urlo.

Sbatto la mia bottiglia contro quella di Penny e mi lecco via dalla mano la schiuma schizzata. Bevo e ora questa birra è mezza vuota. Decido che, d'ora in poi, vedrò le cose così: mezze vuote invece che mezze piene.

«Viva le feste danzanti!» grida lei.

«Oh, Signore!» esclama Nelly.

Le nostre risatine si trasformano in risate sguaiate, ma poi le mie si trasformano in un singhiozzo.

Nelly mi guarda preoccupato.

«Non farlo», dico e asciugo la lacrima che è scappata. Non voglio che qualcuno mi compatisca, che riconosca quanto sono stata debole. «Per favore, ho avuto il mio unico crollo, ricordi? Sto bene. Non possiamo semplicemente bere e divertirci?»

Sembra che stia per dire altro e io mi faccio forza, ma rinuncia. «Sì, penso che si possa fare.»

Tracanna la sua bottiglia, mentre Penny e io lo incitiamo.

CAPITOLO 71

«TOCCA A TE», sussurra James.

Mi tolgo la cispa dagli occhi e mi siedo sul bordo del letto. «Sono sveglia. Puoi andare a dormire.»

Il fuoco è ancora acceso e il soggiorno è caldo. Mi verso una tazza di tè e mi siedo al tavolo. Mi sento un po' meglio di prima. Di solito non consiglierei di bere per risolvere i problemi, ma mi ha aiutato; i miei sentimenti non sono così impetuosi come prima. Anche se, quando penso a come ho creduto di poter trovare Adrian e che lui non avrebbe voluto far altro che riprendere da dove avevamo lasciato, tutto il mio corpo avvampa dall'imbarazzo. Sono proprio una stupida e mi fa arrabbiare che tutti lo sappiano. E sono sicura che Peter gongola perché ha ragione, perché mi ha smascherata.

Credo di vedere qualcosa alla finestra e mi blocco, pronta a dare l'allarme, finché non mi rendo conto che è il mio riflesso. Sembra che di notte ci siano solo assassini, stupratori e morti che camminano. Non voglio guardare le finestre per paura che un volto bianco e spettrale appaia all'improvviso, deciso ad annientarmi. Non è una paura nuova: mi spavento così da quando ero piccola, ma l'unica differenza è che ora non solo è possibile, ma è anche garantito che, alla fine, accadrà.

Decido di fare il pane invece di stare qui seduta prima a spaventarmi e poi a rimproverarmi. Adoro fare il pane, anche se quando le braccia sono stanche di impastare, penso con nostalgia all'amata impastatrice elettrica di mia madre con il gancio per l'impasto.

Tiro fuori la farina, il lievito e il sale, e misuro le quantità che conosco a memoria. Lascio cadere l'impasto sul bancone di legno in uno sbuffo di farina. Lo ripiego e lo punzecchio, poi lo ripiego di nuovo, pensando solo alla sensazione dell'impasto sotto le mie mani, a come si trasforma da grumoso e appiccicoso a liscio ed elastico. Lo metto a lievitare in una ciotola vicino alla stufa e mi sciacquo le mani.

Voglio chiamare John alla radio, ma c'è una possibilità su tre di trovare qualcuno con cui voglia parlare, quindi scarto questo pensiero. Mi sento così sola. Siamo separati dal resto delle nostre famiglie, dal resto del pianeta proprio. Certo, ci sono altre persone lì fuori, ogni sera le sentiamo alla radio, ma potremmo non vedere mai più nessuno. Potremmo lottare qui e poi finire come i Franklin, e nessuno saprà mai quanto duramente ci abbiamo provato.

Sento un rumore provenire da fuori e balzo in piedi, con la mano sulla radio, ma riconosco il *tic tac* degli artigli di Laddie sul portico. Scodinzola e trangugia felicemente una leccornia che gli do quando lo faccio entrare. Sa che non resisto al patetico muso da "dammi qualcosa" che ha perfezionato. Si arrampica accanto a me sul divano e si accoccola lungo le mie gambe, mentre gli accarezzo la testa. Ora non ho più tanta paura, dato che Laddie mi avverte di qualsiasi cosa nel bosco molto prima che possa arrivare alla finestra. Ci sediamo in silenzio per un po'.

«Sei un bravo ragazzone», gli dico. Sbatte la coda due volte. «Dev'essere bello essere un cane, eh? Non hai tutti questi problemi con le persone. O ti piacciono o non ti piacciono.» Mi guarda negli occhi come se capisse. Gli gratto dietro le orecchie. «E tu piaci a tutti. Come potrebbe non essere così? Perché sei così bello, sei il cane più bello del mondo. Sì, è vero, cucciolone. Sì…»

Nelly interrompe la mia stupida voce da bambina. «Sai, ci sono degli umani qui intorno con cui potresti parlare.»

Non mi volto, ma posso sentire il sorriso nella sua voce. «Preferisco la dog therapy.»

Sprofonda nella sedia di fronte a me e sbadiglia. «Ovviamente.»

L'orologio a carica sulla mensola del camino segna le cinque del mattino.

«Cosa fai in piedi? Torna a dormire un altro po'.»

«Non ci riuscivo», dice lui, infastidito e con gli occhi gonfi. «Sembra che mi sia abituato ad avere compagnia nel letto. Certo, è un tipo di compagnia completamente sbagliato, ma continuo a svegliarmi e a cercare il tuo ammasso ruba-coperte.»

Prendevo in giro Nelly dicendogli che gli piace condividere il letto ma non lo ammette. Batto le mani e rido. «Lo sapevo!»

Lui fa finta di non sentirmi. Prendo la ciotola con il pane mentre lui mette su il caffè. L'impasto è lievitato, quindi lo schiaccio, lo giro e gli do la forma di tre pagnotte rotonde. Le metto a lievitare sulla pala di legno e lascio riscaldare il forno.

«Mm, pane», dice Nelly. Si china e inala il profumo del lievito. Mi appoggio al bancone e cerco di non sorridere. «Sì, sì, sono segretamente innamorato di te. Non posso vivere senza di te. Vuoi sposarmi per favore, bella fanciulla?»

Cade su un ginocchio, con la mano tesa.

«Oh, stai zitto», esclamo e gli do uno schiaffo sulla mano. «Sei peggio di me. Perché non puoi ammettere che hai bisogno di un po' di conforto? Almeno io riesco ad ammetterlo.»

Lui si alza. «Sei una ragazza, e anche tu fai schifo ad ammetterlo.»

Ci giriamo mentre John irrompe dalla porta d'ingresso, ancora in pigiama. «Peter e Ana se ne sono andati. Hanno preso il mio pick-up e hanno lasciato un biglietto dicendo che andavano in città.»

Q UANDO P ENNY SOLLEVA la testa dalle mani la sua espressione, di solito placida, è tesa e tirata. I primi raggi di sole filtrano attraverso la finestra e illuminano ogni ruga di preoccupazione sul suo viso. In questo momento sembra abbastanza vecchia da essere sua madre, grazie ad Ana.

«Mi dispiace tanto, ragazzi», dice. «So che Ana è egoista, ma non credevo che potesse essere così stupida. Che avevano in mente?»

«Non sei responsabile delle sue azioni», le ricorda John. Si siede al tavolo da pranzo e scuote la testa. «Ho parlato con loro ieri sera. Ho detto loro che non saremmo andati in città per un po', perché era troppo pericoloso. Ana si è arrabbiata e si è lamentata di essere sempre l'ultima ad avere quello che le serve, ma pensavo che avessero capito.»

«Quando se ne sono andati?» chiede James. Afferra la mano di Penny e la stringe.

John alza le spalle. «Almeno un'ora fa. Dovevano svegliarmi alle quattro. Mi sono svegliato e la casa era vuota. Laddie dev'essere venuto qui quando se ne sono andati. Se così fosse, hanno già oltrepassato la città.»

«Li seguiremo e li riporteremo qui», dice James a Penny.

Lei scuote la testa. «Non sappiamo dove sono andati. Se cominciamo a guidare in giro potremmo attirare l'attenzione. Non voglio questa spada di Damocle sulla mia testa o che qualcuno di voi si faccia male a causa sua.» Alza la voce. «Non posso crederci! Potrei ucciderla, in questo momento!»

Nelly è in piedi vicino alla porta d'ingresso e guarda il vialetto. «Diamo loro qualche ora. È probabile che stiano bene. Se non tornano presto, andremo a cercarli.»

John si dirige verso casa sua per cambiarsi. Metto il pane nel forno ma, quando è pronto, perfettamente fragrante e dorato, nessuno di noi ha appetito. Il fruscio delle cime degli alberi risuona come le gomme di un'auto sulla strada e tutti continuiamo a fermarci, con la testa dritta, pensando che siano tornati. Ma non arrivano.

Alla fine ci mettiamo l'armatura e le fondine. Restiamo in silenzio quando usciamo dal vialetto e ci immettiamo sulla strada sterrata. Sono arrabbiatissima, ma anche preoccupata. Voglio davvero bene ad Ana, e anche a Peter, in un certo senso. Li voglio qui, anche se non vicino a me, perché non c'è nessun altro posto sicuro.

Quando raggiungiamo l'ultima curva prima della strada asfaltata, quasi ci scontriamo con il pick-up di John. Ana e Peter sono girati nei loro sedili e guardano la strada principale. John sbanda fino a fermarsi accanto a loro. Con il volto scolpito nel granito, punta un grosso dito verso di loro, poi risale la strada verso casa. Ana e Peter sembrano degli adolescenti che sono stati sorpresi a infrangere il coprifuoco.

Penny esce di corsa dalla baita e aspetta che Ana emerga, con l'aria colpevole e spaventata.

«Mi dispiace», dice Ana.

Penny ignora le scuse. «Non so nemmeno cosa dirti, Ana! Ho sopportato le tue stronzate per tutta la vita, prima perché papà è morto e poi perché, beh», mima con le dita le virgolette in aria, «"è *solo Ana*". Ma ti dico subito che tutto questo deve finire. Le tue stronzate devono finire adesso. Oggi stesso. Hai capito?»

Gli occhi di Ana sono enormi e neri. Fissa Penny.

«Non era una domanda retorica!» urla, con le guance rosse per la rabbia. «Basta! Fallo. Mi capisci?»

«Sì», sussurra Ana.

Supera Penny ed entra in casa, ma Penny non ha ancora finito. Si gira verso il punto in cui si trova Peter, che ha la decenza di vergognarsi. Lui fissa Penny con attenzione, come se stesse aspettando la sua punizione.

«Non sto dicendo che è stata una tua idea. Conosco mia sorella abbastanza bene da sapere che ottiene sempre quello che vuole. Ma tu non l'aiuterai mai più a fare qualcosa del genere.»

Peter annuisce una volta e si guarda i piedi mentre entra. È sempre così imperturbabile, ma ora sembra scosso e angosciato. Se fosse qualcun altro, potrei essere dispiaciuta per lui.

CAPITOLO 73

LA SERA VADO nella stalla a mungere Flora. La mungitura ha un suo ritmo tranquillo, una volta che ci si prende la mano. Amo l'odore del fieno e la luce del sole che filtra a strisce attraverso le doghe delle assi, facendo sembrare le capre delle piccole zebre. Ho quasi finito quando sento Ana e Peter litigare dall'altra parte della stalla. Non sanno che sono qui fuori, nella zona riparata, dove mi piace mungere.

La voce di Peter è ferma. «Dobbiamo dirglielo, Ana. Non è una cosa che possiamo nascondere. E se avessero visto dove siamo andati?»

«Abbiamo guardato e non è passato nessuno. Sono sicura che andrà tutto bene. Non sappiamo con certezza se sono proprio loro. Sai quanto si arrabbierebbero se lo scoprissero? Mia sorella vuole già uccidermi», ribatte Ana.

Prendo il secchio del latte e striscio verso la porta.

«Ana, lo sceriffo ha detto che porta guai. Non possiamo correre il rischio.»

Ana ha assunto la sua posizione da combattimento. Non si tirerà indietro finché Peter non sarà d'accordo. Mi schiarisco la gola. Ana si volta sorpresa, con gli occhi socchiusi.

«Mungitura», dico e sollevo il secchio. Il latte sciaborda per la rabbia che cerco di tenere a freno. Non posso credere che abbiano cercato di nasconderci qualcosa di così importante. «Voi due dovete dirci cos'è successo.»

CAPITOLO 74

AVEVANO DETTO CHE il tragitto in città era stato tranquillo e che i negozi erano vuoti. Pensavamo che fosse finita lì, almeno in termini di rischio, ma è venuto fuori che hanno incontrato delle persone.

«Non siamo andati al Wal-Mart, ma in quella città dall'altra parte.» Sembra che Peter stia forzando le parole a uscire. È in piedi nel soggiorno e fissa fuori dalla finestra. «Volevamo vedere cosa c'era lì. C'era un salone di bellezza. Abbiamo aspettato e, quando non abbiamo visto niente, siamo entrati.»

Beh, immagino che Ana abbia preso il balsamo. Si può essere disposti a morire per un motivo più ridicolo? Ma loro, ovviamente, non avevano pensato così. Se n'erano fregati, dimostrandoci che nessuno avrebbe detto loro cosa potevano o non potevano fare.

«Eravamo appena rientrati nel furgone quando un furgoncino con due ragazzi a bordo si è affiancato. Il tipo sul sedile del passeggero era al posto di blocco a Bellville, quello più basso.»

Cane cattivo. Neil Curtis. Dico il suo nome ad alta voce e John annuisce.

«Ci sono stati dei problemi qualche anno fa con Neil e un'aggressione a una donna. Non conosco tutti i dettagli, a parte il fatto che Sam ci ha provato in tutti i modi, ma non è mai riuscito a trovare niente di concreto su di lui. Era un furgoncino rosso?»

Il furgoncino rosso che ha svoltato al Wal-Mart quando ce ne siamo andati.

Peter annuisce. «Ci hanno chiesto dove eravamo diretti e io ho cercato di essere vago, tipo che eravamo solo di passaggio, ma poi lui ha notato Ana. Ha detto che si ricordava di noi, che ci eravamo diretti a nord. Abbiamo detto che ci eravamo stati, ma che ce ne stavamo andando. Non c'era niente lì per noi.»

Mi guarda mentre lo dice. Io fisso gli scaffali che mia madre ha costruito e leggo i titoli dei libri più e più volte, ripetendoli nella mia testa invece di urlare. Non hanno solo incontrato delle persone, hanno incontrato degli assassini.

«Sembrava che ci credesse. Ci ha chiesto dove fosse la nostra attrezzatura. Gli abbiamo detto che la stavamo raccogliendo durante il viaggio. Ci ha detto di andare al Wal-Mart se non era un problema per noi tornare indietro. Ha detto che lì era sicuro, che gli Azzannatori erano tutti morti. Si è offerto di portarci, dato che conosceva il posto ed era buio all'interno. Lo abbiamo ringraziato, ma gli abbiamo detto che dovevamo andare. Ci hanno guardato per tutta la strada. Abbiamo fatto il giro lungo in modo che non sembrasse che stessimo tornando qui. Poi ci siamo fermati e abbiamo aspettato di vedere se ci seguivano, ma non sono mai passati sulla strada principale.»

Lo dice come se dovessimo congratularci con lui per la sua eccellente tecnica di spionaggio.

«Non importa», dico con voce a malapena controllata. Lui distoglie lo sguardo, le labbra serrate. «Sa il mio nome dal posto di blocco e ora si ricorda di noi. Gli basta cercare Forrest in un elenco telefonico o trovarlo nei registri del municipio oppure in qualsiasi altro posto.»

«Questo se si ricorda il tuo nome», puntualizza Ana. «Quante persone credi che abbiano provato a passare da lì? Perché dovrebbe ricordare proprio il tuo?»

Agita le mani in modo folle, come se al blocco stradale ci fosse stato chissà quale via vai e chi mai potrebbe ricordare qualcuno?

Nelly indica me, Ana e Penny. «Per voi tre. Un uomo che stupra e uccide delle adolescenti, che probabilmente ha ucciso lo sceriffo e forse ha fatto saltare in aria la scuola, si ricorderà di tre belle ragazze che potrebbero essere vive e vegete.»

John si siede con un pugno teso sul tavolo di fronte a lui, le narici dilatate. «Esistono certi tipi di uomini che traggono piacere dall'uccidere. Alcuni si arruolano nell'esercito per uccidere legalmente. Altri sono semplicemente degli assassini. E alcuni finiscono per avere l'opportunità, qui o in Sudan, di cedere ai loro desideri più spregevoli.

«Neil Curtis mi sembra quel tipo di uomo. Non si arrenderà, non ora che ha trovato qualcosa che vuole e nessuno può fermarlo. Si prenderà del tempo per elaborare il tutto e poi arriveranno. Ma noi saremo pronti.»

Dev'essere come vivere nel Midwest e sentirsi dire che un tornado sta arrivando proprio sulla tua città, un ciclone che ha appena spazzato via una zona larga un chilometro passando prima da tre città. È troppo tardi per scappare. Inoltre non c'è nessun posto dove andare, così ti prepari al meglio e speri che non ti strappi via da sotto i piedi tutto ciò che conosci e ami.

Capitolo 75

IL GIORNO DOPO piantiamo le verdure. Due di noi fanno da sentinelle e gli altri calano le piccole piante nel morbido terreno nero in sezioni prestabilite. Pomodori, fagioli, meloni, tutto ha una collocazione. Ogni scricchiolio nel bosco ci fa trasalire e ogni volta balziamo in piedi, finché John non arriva dalla sua postazione.

«È tutto sotto controllo», dice con voce ferma. «Non credo che verranno alla luce del giorno, comunque. Aspetteranno il buio.»

L'estate è arrivata, la sento nella forza del sole sulla mia schiena. L'erba del cortile è lunga e morbida sotto i miei piedi nudi. Adrian diceva che ho gli zoccoli invece dei piedi, perché appena fa abbastanza caldo mi sbarazzo delle scarpe e corro a piedi nudi su qualsiasi terreno. I miei piedi odiano essere rinchiusi.

Ci vuole tutto il giorno, ma le piante sono interrate e innaffiate. Dopo cena ci sediamo alla luce della lampada, aspettando, guardando e parlando tranquillamente, finché non è ora di andare a letto.

Il giorno successivo è un'altra bellissima giornata, seguita da un'altra. John ci fa fare delle piccole cose in casa che potrebbero darci un vantaggio se, anzi *quando*, verranno. Nelly e io dormiamo a turno nel fienile con John, io sono esausta e mi prude dappertutto per aver dormito sul fieno.

Peter e Ana hanno lavorato molto. Siamo tutti arrabbiati ma sento che la rabbia degli altri si sta attenuando. Non la mia. Questo è l'unico posto sicuro che abbiamo e ora sembra pericoloso come qualsiasi altro. Questa casa è sempre stata il mio rifugio sicuro e me l'hanno portato via.

«Forse non verranno», dice Penny il quarto giorno con evidente sollievo nella voce e guarda John speranzosa.

«No.» Drizza la testa come se potesse sentirli. «Credo che verranno stanotte.»

Capitolo 76

Un breve latrato mi sveglia dal mio sonno leggero. Viene dall'interno della casa ed è seguito dalla voce di Nelly alla radio.

«Sono qui.»

C'è una quantità incredibile di tensione in quelle due parole. Getto indietro la coperta, immediatamente all'erta, e striscio verso la porta del fienile accanto a John. La canna del fucile è scivolosa nella mia mano sudata. È ancora buio, ma la luna è bassa.

«Lasciamo che si facciano vedere», dice lui.

Tiene tra le braccia un fucile con un mirino. Vuole che vediamo qual è il piano dei nostri intrusi prima di fare qualcosa. Mi passa l'altro fucile. I fucili sono migliori per il tiro a distanza. Rinfodero la pistola.

«Quattro uomini finora», sussurra Nelly alla radio, mentre John si mette l'auricolare. «Due hanno appena fatto il giro da dietro.»

La luce della luna è abbastanza luminosa da vedere i due uomini farsi strada intorno ai lati opposti della casa. Uno si avvicina al portico, mentre l'altro si infila tra i cespugli.

«Luci», comanda John alla radio, mentre affonda su un ginocchio.

Il riflettore solare sul portico si accende e illumina una figura che sta sollevando un piede di porco verso le porte di vetro scorrevoli. L'altra luce dovrebbe farci vedere chiaramente chiunque si trova di fronte. John prende la mira e preme il grilletto. Sentiamo un forte rumore e un urlo quando l'uomo cade a terra e si contorce, prima di diventare immobile. Guardo nel mirino, ma il secondo uomo non è uscito dai cespugli.

Un proiettile colpisce con un tonfo il legno sopra le nostre teste. John salta in piedi. «Tornate dentro!»

Mi dirigo verso la porta del recinto esterno, dove Flora e Fauna trascorrono gran parte delle loro giornate. Altri due proiettili colpiscono il fienile, ma chi ha sparato mira ancora alla nostra postazione originale. Mi infilo nel recinto, con John subito dietro di me, e striscio lungo il terreno. Mi inginocchio e porto il mirino all'occhio.

«Tornerà», sussurra John con il fucile sollevato. «Aspettalo.»

La forma nel mio mirino sembra far parte del fogliame, finché non si muove. John e io spariamo contemporaneamente e l'uomo cade a terra.

Poi si scatena l'inferno: il rumore dei vetri che si rompono è seguito da colpi provenienti da davanti casa. Il mio respiro è affannato, ma le gambe sono forti quando mi alzo.

«Io vado davanti. Andate sul retro ed entrate se è sicuro», dice John.

Saltiamo la recinzione e corriamo sull'erba. Sul portico John si separa e si dirige verso il davanti, dove ora c'è un silenzio sinistro. Guardo l'uomo a cui John ha sparato abbastanza a lungo per essere sicura che sia morto e lo aggiro fino alle porte scorrevoli.

Un grido proveniente dall'interno mi blocca. Riesco a vedere il soggiorno, ma non il corridoio, dove è rivolta l'attenzione di tutti. Nelly ha in mano la pistola e, nella luce fioca, sembra furioso. Peter è pronto a sparare dalla finestra anteriore, lanciando occhiate frenetiche alla scena dietro di lui. Penny tiene per il collare un Laddie agitato e ha negli occhi uno sguardo disperato. Non vedo Ana. Qualcuno deve averla presa. Il vetro rotto era qualcuno che è entrato dal corridoio. Un attacco a sorpresa.

Una voce urla: «Mettete giù quelle cazzo di armi, ho detto! Mettetele giù o la uccido. Lo faccio.»

Ana urla. James fa una smorfia mentre guarda e impugna la sua inutile arma. Laddie ringhia, ma Penny lo tiene stretto. Se lo lascia andare, potrebbero sparare ad Ana.

Mi dirigo verso l'altro lato della baita. La finestra rotta. Forse posso entrare anche da lì e farmi strada nel corridoio dietro di lui. Mi metto a correre accovacciata proprio mentre un proiettile mi solleva i capelli sfrecciando e si schianta contro la porta. Il vetro in frantumi mi punge il viso e le mani. Raggiungo l'esterno del portico e vado dietro i cespugli, mentre un altro colpo va a vuoto. Dall'interno proviene un solo colpo e la voce di Nelly risuona.

Non c'è abbastanza spazio per il mio fucile nel fitto fogliame. Lo lascio cadere e punto la pistola sul lato del fienile, da dove penso che gli spari provengano, ma è silenzioso. È difficile capire; tutto nel bosco riecheggia. Striscio tra i cespugli, con il cuore a mille, aspettando quello sparo, quello che non sentirò finché non sarà troppo tardi, finché non mi colpirà.

Quando colpisco qualcosa di morbido lascio uscire un urlo di sorpresa e lo reprimo velocemente. È l'uomo che io e John abbiamo colpito e, se non è morto, ci è vicino o non è cosciente. Lo scavalco, trasalendo mentre le mie ginocchia affondano nel suo torso. Mi affretto a girare l'angolo della casa proprio mentre un uomo salta fuori dalla finestra rotta e corre verso la strada, seguito da Nelly. Non posso rischiare di sparare.

Laddie corre attraverso il prato sul retro verso il fienile abbaiando forte e arrabbiato. Stavamo cercando di tenerlo al sicuro all'interno, ma è uscito attraverso il vetro rotto delle porte.

Gli spari sul davanti ricominciano e io rimango lì, indecisa. Stavo per seguire Nelly, ma ora mi dirigo verso il davanti della casa con la schiena contro i tronchi, senza mai dimenticare che qualcuno nei pressi del fienile mi vuole morta. Due uomini sono tra gli alberi dall'altro lato del vialetto, le pistole lampeggiano mentre sparano verso l'altro angolo della casa, dove John li tiene a bada.

Si sono posizionati in modo che la visuale non sia libera da dov'è John o dalle finestre della casa, ma riesco ad avere uno di loro sotto tiro nel mio mirino dalla mia posizione privilegiata. Miro alla sua abbondante pancia da birra. Non ci penso, non rifletto sul fatto che sto uccidendo qualcuno, perché non mi interessa. Non voglio altro che vederlo cadere, soffocare nel suo stesso sangue.

Prima che la pistola spari, so già di averlo in pugno. È come quella volta a scuola, con il machete. Sono entrata in quel luogo sereno in mezzo al terrore. Io e il proiettile abbiamo un'intesa: gli dico dove andare e lui fa quello che gli chiedo. L'uomo cade quando lo colpisce e io interrompo le sue grida di dolore con un altro colpo.

Il suo compagno fa l'errore che speravo commettesse: correre dall'altra parte dell'albero. Il portico si illumina di lampi di pistola e John avanza. Quattro, cinque, sei colpi colpiscono l'uomo con un suono assordante. Lui fa una piccola danza e vola all'indietro.

Peter si volta dalla sua posizione sul portico, mentre io esco dall'ombra. Gira la pistola verso di me e mi blocco.

«Sono io, Cassie!» urlo.

Peter abbassa la pistola, i suoi occhi sono enormi.

«Ana?» chiedo.

«Sta bene», risponde.

Espiro di sollievo. «Ce n'è almeno un altro dietro il fienile. Nelly ne ha inseguito uno lungo il vialetto. Lo inseguo.»

«Vengo con te», dice John e si rivolge a Peter. «Noi inseguiamo Nel e quello dietro il fienile. Due coprono il retro, due il davanti. Restate dentro. Chiamerò con la radio.»

Peter annuisce e si dirige all'interno. Sento dei singhiozzi prima che la porta si chiuda. John e io camminiamo ai margini del bosco lungo il vialetto. Vorrei essere a piedi nudi; i miei stivali sono troppo rumorosi nel sottobosco. La foresta è silenziosa e immobile. Tutte le creature che normalmente se ne andrebbero in giro sono rintanate, in attesa che la tempesta passi.

Sentiamo uno schianto alla fine del vialetto e due spari. Una voce grida, ma non riesco a capire le parole sopra il suono di un motore che ruggisce. Non possiamo permettere che se ne vadano; tutto questo deve finire stanotte. Faccio uno scatto di velocità, uno sprint in diagonale attraverso il bosco, saltando su ostacoli che riesco appena a distinguere.

Salto il fosso e vedo Nelly in piedi sulla strada con la pistola alzata, mentre il furgoncino si muove verso di lui. Il parabrezza s'incrina mentre lui spara due colpi al lato del guidatore e si sposta incespicando.

«Nelly», sussurro, così sa che sono io.

Gli afferro il braccio per non farlo cadere. Il furgoncino ci supera e penso che forse l'ha mancato, ma poi accosta e sbatte contro un albero. Mi sposto in avanti.

Lui mi afferra la camicia. «Non andare ancora.»

La portiera rimane chiusa. Nelly mette a malapena il peso sulla gamba sinistra: è ferito. John raggiunge il mezzo e apre cauto la portiera. La luce interna mostra il cerchio perfetto di uno dei colpi di Nelly sulla fronte del guidatore. Un urlo acuto dall'interno del furgoncino ci fa sobbalzare tutti. Qualunque cosa sia, sembra spaventata.

John si sposta sul lato del passeggero vuoto. Io salto accanto all'autista morto e punto la pistola nel vano di carico, che è disseminato di lattine di birra e involucri vuoti. Una bambina si rannicchia in un angolo. Ha le mani sopra la testa e le sue urla si susseguono senza sosta.

John si fa strada a stento tra la spazzatura per prenderla, mentre Nelly apre il retro. Non ha più di sette anni. È a piedi nudi e indossa una leggera camicia da notte di poliestere che forse una volta era rosa. I suoi lunghi capelli sono arruffati e aggrovigliati. Dà dei pugni sulle braccia di John, ma lui mantiene la presa.

«Va tutto bene, va tutto bene», ripete lui. «Non ti faremo del male.»

Lei si calma e ci guarda tutti e tre a turno. Quando arriva a me sembra che potrebbe credergli. I suoi occhi blu sono giganteschi e spaventati, ma asciutti. Anche nella debole luce del furgoncino, posso vedere le lentiggini che spiccano in netto rilievo sulla sua pelle pallida.

La raggiungo. Lei si allontana da John e si lancia verso di me. È più leggera di quanto pensassi, tutta braccia, gambe e cassa toracica, pelle e ossa. Si avvolgono intorno a me così strette, che è difficile respirare. Puzza di piscio, sudore e liquore. Mi chiedo cosa le abbiano fatto.

«Quello che aveva Ana è scappato da quella parte.» Nelly indica il bosco che porta al fienile e al retro della casa. Sussulta quando il suo peso si sposta. «Ma io volevo far fuori quello nel furgoncino, così non potevano scappare.»

«La tua gamba», dico. I suoi jeans hanno un buco irregolare sul polpaccio circondato da una macchia scura.

Nelly fa spallucce. «È solo un graffio.»

Dobbiamo trovare l'ultimo e Nelly non potrà muoversi velocemente con quella gamba.

«Nels, portala a casa.»

Cerco di passargli la bambina, ma lei affonda le unghie e nasconde la testa nella mia spalla. Non possiamo farla urlare di nuovo e non posso certo portarla con me.

«Tesoro?» chiedo. Mi piego all'indietro in modo da poterle vedere il viso. «Guardami, tesoro. Come ti chiami?»

Mi guarda negli occhi con i suoi, diffidenti, e sussurra: «Elizabeth. Beth.»

Cerca di abbassarsi di nuovo, ma io la sollevo, costringendola a parlarmi. «Beth, hai una migliore amica?»

Lei annuisce. «Alana.»

Parlo velocemente. «Ho due migliori amici. Una è Penny ed è a casa nostra. L'altro è proprio qui e ti porterà a casa a conoscere Penny.»

Punto il mento verso Nelly. È scompigliato e ha in mano una pistola, ma per il resto è cordiale quando le sorride.

Faccio una smorfia, come se le stessi dicendo un segreto. «Si chiama Nelly. Ha un nome da femmina! Fa ridere, vero? Gliel'ho dato io!»

Nelly fa una smorfia come se non mi avesse ancora perdonata e qualcosa che assomiglia a un sorriso gli appare sul viso.

«Beth, devi andare con lui e fare più silenzio possibile. Dobbiamo catturare gli uomini con cui sei venuta, così non ci daranno più fastidio.»

La sua presa si allenta quasi impercettibilmente. «Li prenderete?»

«Sì, ti prometto che non faranno più del male a nessuno.»

Lascia che la passi a Nelly. Sembra ancora più pietosa ora che è cullata tra le sue grandi braccia. John chiama via radio la casa per avvisarli dell'arrivo di Nelly e del nostro piano.

«Andiamo», mi dice.

«Fate attenzione», dice Nelly.

Sposta Elizabeth di lato e impugna la sua pistola. So che preferirebbe che mi dirigessi verso la sicurezza della casa, proprio come io sono felice che ci stia andando lui al posto mio.

Gli faccio un piccolo sorriso. «Sempre.»

Si volta zoppicante verso il vialetto, parlando dolcemente alla piccola figura che ha in braccio.

Quando eravamo bambini il mio gioco preferito era caccia all'uomo: era una specie di nascondino nei boschi, ma quando il cacciatore catturava i bambini nascosti, questi si univano alla caccia di chiunque fosse rimasto. L'ultimo rimasto doveva raggiungere la casa base lontana senza essere catturato. O, dovrei dire, l'*ultima* rimasta, perché vincevo quasi sempre io. Credo che parte del motivo per cui amavo così tanto quel gioco era che era l'unico momento in cui mi sentivo i piedi sicuri e respiravo con facilità. Nelle palestre e nei campi della scuola perdevo sempre la palla, avevo una fitta di dolore al fianco o arrivavo ultima. Ma nel bosco, specialmente nel mio bosco, non potevo essere presa. Mi coprivo con le foglie, mi nascondevo nei fossati, strisciavo nel fango, niente era impossibile. Il mio corpo sapeva dove andare e cosa fare, anche se era solo un gioco.

Questo non è un gioco e non gioco a caccia all'uomo da anni, ma so ancora dove sto andando. I boschi cambiano sempre, ma la sensazione generale è sempre la stessa. Il grande ceppo, il pino fulminato, tutti i miei vecchi amici sono ancora qui.

Non possono essere passati più di cinque minuti da quando abbiamo lasciato la casa, ma è sufficiente perché gli uomini rimasti abbiano messo insieme un piano. John e io saltiamo la trincea, scavalchiamo il cavo elettrico e passiamo sotto il filo spinato. Arriviamo al confine del cortile. Il riflettore è stato girato verso l'esterno, quindi non possiamo vedere nessuno nella casa dietro di esso.

John nota un movimento a sinistra e indica; potrebbe essere l'uomo che aveva preso Ana. Un tonfo proviene da destra, vicino al fienile. Gli faccio cenno di andare da quella parte. Lui annuisce e si dirige a sinistra. Ho i capelli appiccicati al viso e il cuore mi batte forte. Mi fermo quando sento delle voci che vengono dal lato del fienile, dove c'è un riparo tra gli alberi.

Mi infilo sotto gli alberi da frutto, che hanno lasciato cadere tutti i loro fiori e si sono messi a produrre i frutti. I miei passi sono attutiti dai petali che ancora tappezzano il terreno. Due uomini si accovacciano vicino al fienile, ma la mia vista è ostacolata dagli alberi.

«Andiamocene da qui», dice uno.

«Anche tu hai sentito gli spari provenire dalla strada», dice l'altro. «Non abbiamo nessun posto *dove* andare. Dobbiamo prendere questo. Io spengo la luce e ti copro. Tu corri.»

Mi muovo velocemente, ma sono ancora troppo lenta. Una figura magra salta in piedi. C'è un forte rumore sordo e la luce si oscura. Non riesco a vedere chi è rimasto indietro; i miei occhi sono troppo abituati alla luce per essere di grande utilità, finché non si adattano. I piedi battono sul portico di legno, seguiti da una raffica di spari. Mentre le mie pupille si dilatano, vedo James e Penny in piedi tra i vetri rotti delle porte, con le pistole che lampeggiano.

L'altro uomo corre e io lo inseguo. È robusto e irrompe nel bosco come un elefante. Sento degli spari dietro di me. John. Mi rendo conto che posso vedere l'uomo a sei metri davanti a me. Il cielo non è più buio e le stelle sono scomparse. Ma se sparo ora, probabilmente colpirò solo un albero e lui saprà che sono qui.

Gira verso la strada, senza seguire il suo stesso consiglio di restare e combattere. Il modo in cui si muove alla cieca nella boscaglia mi fa pensare che non sappia del perimetro che abbiamo creato. Devono essere scesi dal vialetto, dove abbiamo spostato le lattine in modo che non sapessero che li stavamo aspettando, e poi sono andati nel bosco. So che posso tagliargli la strada se mi muovo velocemente. Così sarò anche fuori dalla sua traiettoria. L'aria fresca mi brucia i polmoni. Odio correre. Passo sotto il filo spinato, mi fermo dietro un albero e aspetto.

Sento dei rumori lontani dietro di me: sta avanzando. Nel secondo in cui mi permetto di pensare, spero che sia John. Ora l'uomo è più vicino; posso sentirlo grugnire. Il mio respiro sembra così forte che cerco di soffocarlo, anche se so che lui non può sentirmi. Chiudo entrambe le mani sulla pistola che tengo contro il mio petto ansante. Lo prenderò in ogni caso. Se supera la linea, gli sparo nella schiena mentre passa.

Ma non passa. Sento un urlo e il tintinnio del metallo mentre colpisce il filo spinato, che gli cattura i vestiti e la pelle sottostante. Esco da dietro l'albero e mi metto in posizione di tiro. Non sono sorpresa di vedere che è Neil Curtis. Ha lasciato cadere la pistola e usa le mani per strappare i vestiti dai fili che lo trattengono. Riesce a liberarsi, cade sulla schiena e cerca di prendere la sua arma.

«Fermo!» urlo.

Si blocca e sbatte le palpebre verso di me. I suoi occhi sono gli stessi che aveva al posto di blocco, vitrei tranne che per un po' di cattiveria e molta follia.

Alza le mani con un piccolo sorriso inquietante. «Okay, hai vinto. Me ne vado e non tornerò mai più.»

Crede che non gli sparerò perché sono una ragazza. È così abituato a fare quello che vuole con le donne, anche con corde e pistole, che crede di vincere anche questa volta.

«No, non lo farai», dico, ma le mie mani tremano.

Lui lo vede e si sporge verso la sua arma a qualche metro di distanza. Il mio dito si stringe sul grilletto e lui si ferma.

«Nessuno dei tuoi è ferito», dice. È quasi un lamento.

Voglio ridere. Pensa davvero che sia l'unica cosa che conta? Un sacco di altra gente ha sofferto. Ho appena tirato fuori una di loro da un furgone che puzzava di terra e di uomini. Penso alle ragazze Franklin e ai loro genitori, a Sam, a quel corpicino alla scuola, avvolto in una coperta di fortuna da neonato fatta di isolante rosa. Scuoto la testa e le mie mani smettono di tremare. Tutto dentro di me si blocca, come se fosse coperto da uno strato di ghiaccio.

Lui deve vederlo e sussurra: «Per favore.»

Finalmente vedo qualcosa nei suoi occhi oltre alla malizia: paura. Sussurra di nuovo, la sua voce s'incrina. Si lecca le labbra. Sento l'altra persona che si avvicina. Devo agire ora.

Questa volta mi implora. «Per favore?»

Miro al petto, riflettendo. Poi alzo la pistola di qualche centimetro e miro alla testa. Dopotutto, è solo un altro tipo di zombie.

«No», rispondo. Lo ripeto, più forte questa volta, e lo guardo negli occhi. «No.»

Forse si muove per prendere la pistola, solo di un centimetro, o forse è quello che mi dico per poter fingere di non sentire qualcosa di oscuro sbocciare dentro di me, qualcosa che si diverte a togliere la vita a una persona così terribile. Premo il grilletto.

Capitolo 78

John mi trova a contemplare il disastro che una volta era la testa di Neil e mi dice che è finita. Abbiamo vinto. Torniamo indietro attraverso il bosco con il suo braccio intorno alle mie spalle. Passiamo davanti al corpo di quello che John ha inseguito. Ha un pizzetto di schiuma rosa sul mento. James e Peter escono dal bosco attraverso il vialetto, mentre raggiungiamo i gradini.

«Li abbiamo eliminati tutti, con i vostri due nel bosco», dice James. «La ragazzina, Beth, ha detto che c'erano solo quelli.»

«Bene», ribatte John.

Pensavo che la casa avrebbe avuto un aspetto peggiore di quello che ha. Il vetro delle porte scorrevoli luccica, mentre Penny lo spazza via con la scopa, e anche una finestra sul davanti è rotta. So che ci devono essere fori di proiettile nei muri e cose incrinate e rotte ma controllerò più tardi. Nelly è seduto sul divano, con la gamba appoggiata sul tavolino. Beth è rannicchiata accanto a lui, avvolta in una trapunta, con gli occhi chiusi. Non so se stia dormendo, ma non voglio disturbarla. Lui mi sorride, ma gli angoli dei suoi occhi sono rivolti verso il basso per il dolore.

«Fammi vedere», dico con dolcezza e mi inginocchio. Il proiettile non l'ha solo sfiorato: l'ha attraversato ed è uscito dall'altra parte del polpaccio. Ma è vicino alla pelle, quindi forse il muscolo non è troppo danneggiato. Qualcuno l'ha pulito e ci ha messo sopra una pomata. «Scommetto che fa un male cane.»

Nelly ride. «Un po'.»

«Ecco perché i miei genitori avevano una scorta di idrocodone. Vado a prenderne un po'.»

«Adoro i tuoi genitori», dice Nelly. Appoggia la testa all'indietro e chiude gli occhi.

Quando torno con le pillole Penny svuota una paletta piena di vetri in un sacchetto di carta che James tiene. Mi assicuro che Nelly abbia dell'acqua e vado ad aiutarla. Non devo chiedere a Penny come sta; mi dice che sta bene con uno sguardo.

«Dov'è Ana?» domando. Voglio vederla con i miei occhi, per assicurarmi che sia ancora qui.

«È sdraiata. Ha un gran mal di testa», risponde Penny. «Dovresti vedere la sua faccia. Siediti, ci pensiamo noi. Dimmi cos'è successo mentre ti pulisco.»

Quando mi siedo al tavolo, la stanchezza si impadronisce di me. Mi sento le cosce come se fossero legate alla sedia. Il tutto non sarà durato molto più di un'ora, ma potrei giurare di aver corso tutta la notte. Mi chiedo cosa intendesse Penny per pulirmi, ma poi mi guardo le braccia. Sono coperte di graffi e tagli dalle spalle alla punta delle dita. A un certo punto devo essermi tolta la giacca.

Naturalmente, ora che li vedo, i tagli cominciano a bruciare. Forse ho corso tra le more; quelle spine mi irritano sempre tantissimo. Anche il viso e il collo mi bruciano. Devono assomigliare alle mie braccia, ma non mi interessa abbastanza da alzarmi da questa sedia per andare a vedere. Sento Peter e John sul portico che parlano e puliscono. Tutti parlano a bassa voce per non disturbare Beth, ma i toni sembrano quasi riverenti. *Stiamo bene*; *ce l'abbiamo fatta* è un borbottio basso e continuo sotto le parole. Chiudo gli occhi. *Laddie*. Li riapro.

«Dov'è Laddie?» chiedo a Penny, che si è seduta accanto a me con una pomata antibiotica e un panno pulito.

Lei si guarda intorno. «Non lo so, non è ancora tornato.»

Mi costringo ad alzarmi, ricordando che è corso verso il fienile. Penny allunga le mani per farmi aspettare, ma io scuoto la testa e passo attraverso lo stipite della porta. Fischio e chiamo, ma non sono sorpresa quando non sento un tintinnio in risposta. Trovo il suo corpo sul retro del fienile, la sua pelliccia marrone intrisa di sangue. Sembra che dorma. Mi accascio accanto a lui e accarezzo la sua testa immobile, desiderando che faccia quei guaiti contenti e sciocchi.

«Mi dispiace, ragazzone», dico. Le mie lacrime sono calde sulle guance. «Stavi solo cercando di aiutarci.»

Mi mancherà così tanto. Sono furiosa con gli uomini che lo hanno ucciso, che avrebbero ucciso noi.

John e Peter si avvicinano dietro di me. John sospira e si inginocchia a terra. Fa scorrere una mano lungo il fianco di Laddie e gli gratta dietro l'orecchio. La pelle rugosa intorno agli occhi è diventata morbida e rosa.

«Bravo ragazzone», dice John. Sta trattenendo le lacrime e la sua voce è roca.

Peter alza la mano, come se stesse per posarla sulla spalla di John, ma la lascia cadere di nuovo al suo fianco. «John, mi dispiace tanto.»

John si passa l'indice e il pollice sugli occhi e si alza, spazzolandosi le ginocchia. «Lo so, figliolo. Grazie a Dio stiamo tutti bene. Questa è la cosa più importante. Non è colpa di nessuno.»

Peter fissa il corpo di Laddie, le labbra compresse. Solo ora che è successo qualcosa di terribile gli dispiace. Non ci aveva pensato prima, non si era preso il tempo per vedere se le sue azioni avrebbero fatto male a qualcuno. Non gli importava, perché pensava di cavarsela come sempre. Anche nel bel mezzo della fine del mondo si è comportato come se avesse diritto a tutto ciò che vuole.

Indico Peter. «No, è colpa *tua*. Ti avevo detto che avremmo potuto morire. Ma, come al solito, hai fatto come ti pare. Ti è sempre importato solo di te stesso.»

«Non è vero», dice Peter a bassa voce.

La mia risata è amara e mi sento cattiva. Voglio vendicarmi di lui per avermi messo in una situazione in cui ho dovuto far saltare la testa a qualcuno, per essere stato quello che mi ha detto che Adrian non mi ama più, per aver mentito su di me, per odiarmi così tanto.

«Vorrei davvero averti detto di non venire con noi nel New Jersey.» Sgrana gli occhi, colto nella sua menzogna. Annuisco. «Non abbiamo bisogno di te qui, a rovinare tutto. Il tuo posto non è qui.»

«Cassie, so che sei arrabbiata…», inizia Peter. Qualcosa nel suo volto mi dice che forse sta cercando di scusarsi, ma prima sembrava sincero.

Alzo le mani per interromperlo. «Sono molto più che arrabbiata. *Ben* oltre. Stai lontano da me, Peter.»

Mi precipito verso casa, quasi desiderando che sia lui ad avere una pallottola nel fianco invece del dolce e protettivo Laddie.

CAPITOLO 79

IL VOLTO DI Ana ha un aspetto orribile. Il suo occhio destro è gonfio e chiuso e la sua guancia è grande il doppio del solito e di tre tonalità di viola.

«Cavolo», dico quando entra nel soggiorno, dove mi siedo sul divano accanto a Nelly e a Beth, che dorme.

Lei sorride, poi si porta una mano alla guancia e fa una smorfia. «Dovresti vedere il bernoccolo che ho sulla testa. Volevo dormire, ma Penny entrava ogni diciotto secondi per assicurarsi che non lo facessi.»

Non ha il solito tono lamentoso. Tocca la mano di Penny sul bracciolo della sedia e si gira verso di me.

Il suo unico occhio buono si riempie di lacrime. «Cass, ho fatto un gran casino. So che siete tutti arrabbiati, è giusto che lo siate. Ma mi dispiace, davvero.»

Le credo. Mi alzo e l'abbraccio dolcemente, scostandole i capelli dal lato ferito. Non so perché riesco a perdonare lei così facilmente e non Peter, ma ci riesco.

«Ehi, Banana, tutto perdonato.» Sorrido e sento il mio stesso viso graffiato tirare un po' troppo. «Solo non fare mai più una bravata del genere.»

Ha un'espressione seria. «Mai più.»

Penso che forse la piccola Ana sia finalmente cresciuta.

Capitolo 80

È primo pomeriggio quando torniamo dopo esserci sbarazzati dei corpi. Li abbiamo caricati nel furgoncino grugnendo e sudando, e John lo ha guidato giù per la collina mentre James, Peter e io lo seguivamo. Abbiamo lasciato il furgoncino in un vecchio pascolo lungo la strada principale. Pensavo che John volesse seppellirli, ma ha detto che al momento non si sentiva molto cristiano nei loro confronti. Ne sono stata felice. Poi siamo tornati a casa e abbiamo seppellito Laddie nel cortile.

Quando entro in casa Nelly è seduto da solo in soggiorno con un libro, ma stare fermo lo uccide.

Gli angoli della sua bocca si abbassano. «Beth si è svegliata. Si è precipitata lungo la spalliera del divano e ha cercato di fuggire finché non ha capito dove si trovava.»

«Dov'è adesso?» chiedo.

«Si sta lavando. Penny voleva lavarle la camicia da notte, ma Beth ha detto che non l'avrebbe più indossata. Quindi penso che stiano cercando dei vestiti.»

«Non la biasimo.» Il pensiero di quella camicia da notte sporca, anche lavata e pulita, non è un bel pensiero. «Domani dovremo procurarle dei vestiti.»

«E i vetri delle finestre e delle porte», aggiunge John da accanto al lavello della cucina, dove sta mangiando. «Sempre che tu te la senta.»

«Sì», rispondo. Voglio andarmene da qui, anche se questo significa incontrare i Lexer.

Beth e Penny entrano in soggiorno tenendosi per mano. I capelli bagnati di Beth sono pettinati lungo la schiena e i suoi occhi guizzano nelle orbite. Una delle mie vecchie magliette le sta come un vestito. La sua bocca si incurva un po' verso l'alto in risposta al mio sorriso.

«Ciao, Beth. Ti senti un po' meglio?» chiedo.

Lei annuisce.

«Hai fame?» Annuisce di nuovo. «Vieni a sederti a tavola con me. Ho così tanta fame che potrei mangiare un cavallo.»

Tiro fuori burro d'arachidi e gelatina, salsa di mele, un barattolo di pesche, hummus fatto in casa e pane. Si siede su una sedia, con le gambe magre che penzolano.

«Sono Cassie, nel caso l'avessi dimenticato.»

Scuote la testa per farmi capire che non l'ha fatto. Nelly mi ha detto che ha sette anni, ma è piccola per la sua età e sembra più giovane, soprattutto perché i suoi occhi sono enormi per la paura e l'incertezza.

Sorrido. «Bene. Preparerò un po' di tutto e tu puoi prendere quello che vuoi.»

Lei trangugia le pesche e una ciotola di salsa di mele, e poi divora mezzo panino in quattro secondi. Apro i barattoli e spargo le cose in modo che lei possa mangiare e mangiare ancora. Le parlo della casa, del giardino e delle piante mentre lei assapora tutto, con gli occhi rotondi. Ma diventano meno diffidenti a mano a mano che parlo, così le dico come abbiamo fatto la marmellata che sta mangiando e quanto sembrano sciocche le capre quando saltellano nel cortile. Quando finalmente si è calmata le chiedo se vuole vedere il giardino.

Annuisce, ma esita. «Non ho le scarpe.»

Mi tolgo gli stivali e muovo le dita dei piedi. «Che fortuna che hai! Io odio le scarpe!»

È il suo primo vero sorriso della giornata, forse il primo dopo tanto tempo.

Beth cammina sul terreno caldo, con i capelli che si asciugano in un bel castano chiaro con boccoli sulle punte. Non le faccio molte domande e, invece, le racconto di come siamo arrivati qui. Naturalmente, tralascio le parti spaventose, ma quando menziono il fatto che siamo passati per la città, lei parla.

«Io e la mamma eravamo a scuola. Poi è saltata in aria proprio quando sono arrivati gli Azzannatori. Li ho sentiti dire che erano stati loro ed è stato allora che ci hanno preso, me e la mamma.»

So che *loro* si riferisce a Neil e agli altri. Devono aver sfruttato tutta quella confusione a loro vantaggio. Mi chiedo cosa sia successo a sua madre, ma non glielo domando. Mi inginocchio per strappare un paio di erbacce.

La guardo, ancora in ginocchio. «Dev'essere stato davvero spaventoso.»

Lei distoglie lo sguardo. «Già.» Vorrei abbracciarla, ma non sembra che voglia un abbraccio. «Sono morti entrambi i miei genitori.» Sembra una statua per il modo in cui è bloccata al suo posto. Irraggiungibile.

Le tendo una mano. «Mi dispiace tanto, Beth.» Capisco cosa vuol dire perdere i propri genitori, ma non so come dev'essere quando se ne vanno prima che tu sia abbastanza grande per stare da sola.

Lei mette la sua piccola mano nella mia, ma tiene il viso rivolto verso il retro del giardino, verso la foresta che copre la collina. *La quarantina inferiore*, come la chiamava mio padre. Il suo corpo trema fino alla mano calda che tengo, mentre lei singhiozza con rabbia. Non vuole che la veda piangere. Forse dopo le ultime settimane ha paura di mostrare debolezza, di fidarsi troppo, di essere ferita di nuovo. Ora capisco *questo*.

CAPITOLO 81

LA MATTINA DOPO John chiede a Beth se vuole andare a casa sua a prendere alcune cose. Lo prendo da parte per dirgli che è troppo pericoloso, ma lui mi ricorda che lei ha visto molto di peggio rispetto a noi e che forse avere con sé degli oggetti familiari potrebbe aiutarla, specialmente quando si sveglia urlando come ha fatto per tutta la scorsa notte. Non mi è dispiaciuto calmarla, perché ho passato comunque metà della notte sveglia. Ho fatto di nuovo il sogno su Adrian, solo che questa volta la mano morta di Neil era strisciata fuori da sotto i gradini del portico e mi aveva afferrato la caviglia, seguita da un ghigno malizioso su ciò che restava della sua testa.

Beth si siede dietro, tra James e me. Peter è davanti. Nonostante ultimamente sia riuscito a evitarmi, è stato molto presente in queste ultime ventiquattro ore. Bellville sembra la stessa di qualche settimana fa, a parte il fatto che non vediamo neanche un Lexer. John arriva alla scuola. I corpi degli infetti che abbiamo ucciso si stanno lentamente essiccando sull'asfalto. Giriamo intorno all'edificio, rimbalzando sui detriti, e ci imbattiamo in un mucchio di cadaveri di Lexer nel parcheggio posteriore.

«Non ci sono Lexer qui», dice John, mentre scruta il terreno della scuola. «Mi chiedo dove siano andati.»

«Li hanno uccisi tutti», dice una vocina. Il viso di Beth è tirato. «Facevano un gioco, lo chiamavano», si strozza mentre dice la parola, «"esca". Legavano qualcuno e poi arrivavano gli Azzannatori. Sparavano agli Azzannatori mentre… una volta mi hanno fatto guardare.»

Metto il mio braccio intorno alle sue esili spalle. Lei lascia andare le lacrime in piccoli singhiozzi. Peter guarda Beth e poi il mucchio. Il suo volto è cupo, tutto sopracciglia aggrottate e denti stretti.

«Possiamo andare?» chiedo.

John mette in moto il furgone.

La casa di Beth è un grazioso edificio coloniale di mattoni. Tornarci dopo la scuola dev'essere stato piacevole. La cucina si affaccia sull'altalena in cortile e il frigorifero è ricoperto di foto e disegni, e di tutte le cose che mostrano una famiglia indaffarata e felice.

Ho portato una valigia, ma quando siamo nella sua camera da letto al piano superiore lei ne tira fuori una dall'armadio. Apre i cassetti ed estrae dei vestiti in silenzio.

«Vuoi che esca mentre ti cambi?» domando.

Lei annuisce. Ha indossato la mia felpa con il gattino come vestito. Quando gliel'ho data questa mattina le si sono illuminati gli occhi, proprio come avevano fatto i miei quando avevo sette anni.

Sbircio in uno studio e nella stanza dei suoi genitori, dove il letto è ben fatto. In tutta la casa sembra che qualcuno sia atteso da un momento all'altro, ma sembra una mostra in un museo: Homo sapiens pre apocalittico.

Beth si è cambiata e indossa jeans e maglietta. Riempie lo zaino di libri e un animale di peluche. Si muove dolorosamente lenta, ma non ho intenzione di dirle di accelerare, così mi siedo sul copriletto vivace e aspetto.

Adesivi di fate e fiori ricoprono le pareti. Una zanzariera è appesa sopra la testata del letto. È proprio una stanza magica per una bambina di sette anni. Sulla libreria c'è una foto di lei e di una donna dai capelli biondi che assomiglia a una Beth più grande.

«Beth, vuoi portare anche questa? O qualche altra foto?» chiedo a bassa voce, non volendo turbarla.

Lei la nasconde nella valigia. A mano a mano che passano i minuti sembra sempre più angosciata. La guardo raccogliere e scartare le sue cose, incerta su cosa portare.

«Non devi prendere tutto adesso, solo le cose che vuoi più di tutte. Finché è sicuro, potrai tornare a prenderne altre.»

Lei tocca un paio di calzini. «Chi mi ci riporterà? Dove andrò?» La sua voce è un sussurro.

Le lacrime mi salgono agli occhi. Pensava di venire a prendere le sue cose prima che ci liberassimo di lei in qualche modo.

Le metto una mano sulla spalla. «Oh, tesoro. Ti ci riporteremo noi. Vogliamo che tu rimanga con noi. Mi dispiace tanto di non avertelo detto. Pensavo lo sapessi. Spero che vada bene per te.»

Il suo corpo si rilassa per il sollievo. «Sì.»

Ecco perché si muoveva così lentamente: aveva paura di quello che sarebbe successo dopo. Indica la mia felpa piegata con il gattino. «Ecco la tua felpa, Cassie.»

La metto sopra i suoi vestiti nella valigia. «Vuoi tenerla? A te sta meglio, comunque. I gattini non mi donano.»

Lei ridacchia e chiude la zip della borsa. Era un suono bellissimo, quella risatina, e voglio sentirne altre.

Indico la casa delle bambole, le Barbie e i giochi. «Vuoi qualche giocattolo?»

Lei li osserva come se non li avesse mai visti prima. «No, non credo di voler più giocare con i giocattoli.»

Voglio prenderla in braccio e dirle che è al sicuro. Voglio insistere che non deve crescere così in fretta, ma mi limito ad annuire perché è così seria e distaccata. Prendo la sua valigia, mentre lei si mette le cinghie dello zaino sulle spalle esili. È così pieno che sporge come il guscio di una tartaruga. Dopo che ha lasciato la stanza, prendo una scatola in vinile con la maniglia, proprio come quella che avevo quando ero piccola, il tipo che contiene le Barbie e i loro accessori. Forse presto vorrà essere di nuovo una bambina.

CAPITOLO 82

JOHN FINISCE DI installare la nuova porta a vetri scorrevole subito dopo il tramonto. Toglie il nastro adesivo dal vetro e noi applaudiamo.

«Grazie, John», dico, mentre gli passo una birra. Oggi abbiamo trovato anche un po' di questa.

«Da non crederci, giù in città», dice John, poi beve un sorso e si pulisce la barba.

Abbiamo aspettato che Beth dormisse per parlarne. Gli ultimi giorni devono averla spossata, perché dieci minuti dopo cena si è addormentata con la testa sul mio grembo.

«Quindi non ci sono infetti?» chiede Nelly.

Quando siamo tornati avrebbe voluto muoversi e provare a camminare zoppicando per dimostrarci che stava bene. Ma quando ha cominciato a trasalire a ogni passo, alla fine si è seduto e ha fatto finta di voler leggere e noi abbiamo finto di non accorgercene.

«Neanche uno», risponde John. «Ora probabilmente ce ne sono alcuni intrappolati nelle case che hanno saltato, ma devono averne uccisi centinaia, forse un migliaio. Potrebbe essere stata l'unica cosa buona che quegli uomini abbiano mai fatto.»

«A parte il modo in cui l'hanno fatto», ribatto io.

John racconta loro quello che Beth ci ha detto dei loro metodi. Cade un silenzio inorridito mentre tutti si immaginano di essere l'esca per il loro gioco malato.

Ana si stringe le ginocchia al petto. «Beh, se mai abbiamo avuto qualche dubbio che meritassero di morire, ora non ne abbiamo più.» I suoi lividi sono ancora dolorosi da guardare, ma il suo occhio è meno gonfio. Si rivolge a John. «John, possiamo andare a sparare domani? Voglio correggere qualsiasi cosa stia sbagliando.»

«Aspettiamo che l'occhio guarisca, tesoro; ti prometto che ti porterò lì fuori non appena potrai vedere, okay?»

Ana fa un po' il broncio e John ride. «Te lo prometto, Ana. Inizieremo ad allenarci regolarmente. Ho quasi finito anche quell'attrezzo che sto costruendo. Ma hai bisogno di riposare.»

Ana sembra delusa, ma non si lamenta come avrebbe fatto in passato. Penny la guarda con un'espressione interrogativa e mi lancia un'occhiata. Faccio spallucce, ma sono abbastanza sicura che Ana abbia un nuovo progetto. È sempre stata concentrata su un solo obiettivo, vestiti e denaro, e non sul combattere armata. Forse sarà interessante.

«Beth non sapeva che sarebbe venuta a vivere con noi», dico loro. «Non so dove pensava di andare, ma dobbiamo farle sapere che la vogliamo qui. Sta cercando di essere forte, ma ha paura che succeda di nuovo qualcosa di terribile.»

«Chi potrebbe biasimarla?» chiede James dal pavimento dove è seduto con Penny tra le sue ginocchia.

Lei annuisce. «Io ho *davvero* paura che succeda di nuovo qualcosa di terribile, visto che è quasi scontato. Tra gli infetti e quello che dicevano alla radio…»

Le trasmissioni serali sono passate dall'essere un rudimentale elenco di Zone Sicure e notizie a descrizioni di come queste stanno operando. La trasmissione proviene sempre dall'aeroporto di White Mountain a Whitefield, ma qualche sera fa ha parlato qualcuno dalla Zona Sicura nel Maine. Alcune di queste Zone hanno aerei leggeri e sorvolano le zone pericolose per commerciare e fare rifornimento.

Stasera Matt Burns, il conduttore di radio Whitefield, ha raccomandato che i gruppi con meno di quaranta persone non trasmettano le loro posizioni. Ha detto che stanno accogliendo sopravvissuti provenienti da luoghi razziati da uomini che li hanno trovati attraverso le loro trasmissioni radio.

Le mie speranze di contattare Adrian sono state deluse, ma sono quasi sollevata. Contattare Adrian significa che saprei cosa pensa di me, nel bene e nel male. Ogni volta che inizio a sentirmi speranzosa, mi ricordo di quello che ha detto Peter e le mie guance diventano rosse per l'umiliazione. Ma non posso smettere di amare

Adrian solo perché potrebbe non contraccambiarmi. Questo è praticamente quello che mi ha detto la sera in cui ho rotto con lui.

Traccio il contorno dell'anello nella mia tasca. C'è un leggero segno sui miei jeans dove l'anello ha fatto un cerchio. Voglio metterlo, ma non posso. Lo indosserò solo quando ne sarò sicura. O me ne sbarazzerò per sempre, dipende. Penso all'altro anello, quello che gli ho ridato anche dopo che mi aveva detto di tenerlo nel caso avessi cambiato idea.

I miei genitori erano morti da un anno. Avevamo passato separati gran parte dell'ultimo anno, da un lato perché Adrian stava finendo la specializzazione nel nord-est e dall'altro perché mi ero ritirata in un mondo grigio e incolore. Facevo il minimo indispensabile. Mi presentavo al lavoro ogni giorno. Uscivo a bere il venerdì, se proprio dovevo. Nei fine settimana in cui non faceva il tirocinio, Adrian scendeva con la sua vecchia auto e cercava di convincermi a fare qualcosa, qualsiasi cosa, con lui. Ma non volevo mai fare niente. Non ci spostavamo più per vedere terreni e fattorie. Non volevo mai lasciare la città. Davvero, non volevo mai uscire di casa. Tutta la gioia di immaginare il futuro era sparita. Ora so che ero sprofondata nella depressione, ma a quel tempo sembrava che tutti fossero stati messi sulla Terra solo per spronarmi a fare cose che non volevo fare. Non capivo perché non potevano lasciarmi in pace. Quando ero sola stavo bene, pensavo. Eric chiamava sempre per chiedermi com'era andata la settimana.

«Bene», rispondevo. «E la tua?»

«Cassie», sospirò un giorno, «so che non stai bene. Cos'è successo con quella mostra d'arte? Non ne hai più parlato.»

Ero stata contattata da un gallerista del nord-est che era interessato ai miei quadri. Era una galleria molto conosciuta e in un'altra vita sarebbe stata la realizzazione di un sogno. Ma non prendevo in mano un pennello da un anno; non avevo nessuna voglia di farlo. Alla fine smise di chiamarmi.

«Ho avuto da fare», mentii.

«No, non è vero. Adrian mi ha detto che non gli parli quasi più e che non lo chiami, se non lo fa lui. Non ti importa nemmeno di vederlo o meno. Credimi, capisco quello che stai passando e so che è difficile, ma stai chiudendo tutti fuori. Penso che forse avresti bisogno di parlare con qualcuno.»

Ero infastidita dal fatto che lui e Adrian stessero discutendo di me come se fossi una specie di bambina problematica.

«Non ho bisogno di parlare con qualcuno, Eric. Forse quello di cui ho bisogno è che la gente smetta di parlare di me. Sto bene. Hai mai pensato che forse ora sono solo diversa?»

Un altro sospiro arrivò dall'altro capo. «Bene, Cass. Sei diversa. Odio vedere come hai perso tutta la tua vitalità. Per favore, pensaci. Sai che ti voglio bene, vero?»

«Sì, lo so. Ti voglio bene anch'io. Adrian è qui, devo andare.»

Adrian entrò e lasciò cadere la borsa sul pavimento del soggiorno con un sorriso. Aprì le braccia e io andai da lui, ma mi sembrava di soffocare. Mi ero sempre sentita sicura e amata nel suo abbraccio, ma ora volevo solo scappare. Mi liberai dopo un secondo.

«Hai fame?» chiesi, senza guardarlo. «Vuoi ordinare qualcosa?»

Le sue braccia erano ancora alzate. Le lasciò cadere, mentre cercavo di ignorare lo sguardo ferito sul suo volto. «Pensavo che potremmo uscire. Magari chiamare Nel?»

Non volevo andare da nessuna parte o parlare con qualcuno. «Mm, penso che Nelly sia impegnato.»

I suoi occhi erano di un verde brillante, stimolanti. «Non lo è, l'ho chiamato mentre venivo qui.»

«Restiamo a casa.»

«Forse voglio uscire e vederlo.»

«Fai pure, non mi dispiace», gli suggerii.

«Sono sicuro di no», mormorò lui, con voce così bassa che quasi non riuscii a sentirlo.

Se voleva litigare, l'avrei accontentato. Ero ancora furiosa per il fatto che lui ed Eric si erano telefonati per parlare di me.

Mi misi in piedi sul tappeto, con le mani sui fianchi. «Cosa vorresti dire?»

«Solo che sembra che tu non voglia mai vedermi o parlare con me. Non vuoi nemmeno parlare del matrimonio. So che quest'anno è stato terribile. Non sto dicendo che non hai il diritto di essere triste o depressa.»

«Non sono depressa!» urlai. «Eric mi ha detto che tu e lui siete impegnati a discutere della mia depressione. Sto bene!»

«È vero, abbiamo parlato, perché entrambi ti vogliamo bene e vogliamo che tu torni a essere la vecchia Cassie.»

La sua voce era gentile, anche se la mia si alzava. Aveva un'espressione di compassione sul volto. Non potevo sopportarlo.

«Beh», allargai le braccia, «forse questa è la nuova Cassie. Forse se non ti piace, allora…» La mia voce si affievolì.

Lui raddrizzò le spalle e i suoi occhi si fecero vitrei. «Allora cosa? Cosa vuoi che faccia? Sembra che tu non mi voglia più tra i piedi.»

Era vero. Non lo volevo tra i piedi e, per mesi, avevo cercato di capire perché. Mi ricordavo di quanto l'avevo amato, quanto mi era piaciuto stare con lui, ma erano diventati ricordi vaghi. A volte riuscivo quasi a sentirlo; era come quando il mal di denti se ne va e tu pungoli la zona con la lingua, perché non sei sicura di poter sentire ancora una fitta. Lo fissai, senza voler dire le parole che avevo pensato.

«Cosa vuoi che faccia?» chiese di nuovo. Affondò sul divano e mi guardò impotente. «Ho bisogno di sapere, devo sapere se mi vuoi ancora qui. Se mi ami ancora.»

È qui che avrei dovuto dire: «Certo che ti amo. Solo, per favore, sopportami ancora per un po'.» Perché da qualche parte nel profondo pensavo che forse non era davvero finita. Ma dirlo significava che dovevo provare a cercare quell'amore, il che significava sbloccare tutti gli altri sentimenti che erano rinchiusi insieme a esso.

«Io…» Aveva un'espressione di attesa. «Non credo di amarti più.»

Fu come se gli avessi appena dato un pugno a tradimento. L'*avevo* appena colpito a tradimento. Di tutte le cose che avrei potuto dire, non avrebbe mai pensato che avrei detto questo. Serrò la mascella e distolse lo sguardo con un cenno del capo.

«Mi dispiace», dissi. Volevo consolarlo, ma non immaginavo che sarei stata di grande conforto.

Lui allargò le mani e si voltò verso di me. Gli occhi gli si riempirono di lacrime. «Perché? Puoi dirmi solo questo?»

«Io non…» Non sapevo cosa dire. «Non c'è più. Non c'è proprio… niente.»

La sua voce era cupa. «Niente.»

Guardai il piccolo diamante sulla mia mano. Era perfetto. Aveva setacciato tutti i negozi di antiquariato, finché non aveva trovato un anello che pensava mi sarebbe stato bene. Non volevo che spendesse i soldi guadagnati duramente per un anello, ma lui giurò che era un affare. «E ti sta bene», aveva detto. «Era destino, proprio come noi.»

Lo girai finché finalmente non lo tolsi. Mi dispiaceva aver causato ad Adrian tanto dolore, ma provai soprattutto sollievo. In quel momento pensai significasse che stavo prendendo la decisione giusta. In seguito, mi resi conto che ero stata sollevata di poter continuare a nascondermi e di non dovermi unire alla schiera dei vivi; sollevata dal fatto che non avrei dovuto ammettere che a un certo punto nell'ultimo anno avevo dimenticato come essere me stessa. Gli porsi l'anello.

Adrian sembrò stupito. «Non possiamo parlare? Non posso credere…»

«Possiamo parlare», dissi con riluttanza, non volendo che il sollievo svanisse. «Ma è da molto tempo che mi sento così. Non so di cosa ci sia da parlare.»

Non so come ho potuto essere così crudele. Liquidai tutti quegli anni con poche frasi, non volendo nemmeno parlarne. Alla fine di quei dieci minuti era malconcio e abbattuto. Mi sono odiata per averlo fatto, ma mi sono detta che andava fatto. Semplicemente non lo amavo più. Continuai a porgere l'anello.

«Tienilo», disse lui. Mi guardò come se fossi un'estranea. «Era per te. Forse un giorno lo vorrai di nuovo.»

Presi l'anello nel mio palmo e ci fissammo per qualche secondo. Il suo viso aperto e onesto era cupo. Scosse la testa come in un sogno e si alzò dal divano.

«Credo che andrò.»

Volevo che tutto questo finisse. «Okay.»

Prese la borsa e rimase lì, come se aspettasse che gli dicessi che era stato tutto uno scherzo.

«Mi dispiace», ripetei. «Davvero.»

Lui scrollò le spalle come se non mi credesse e si gettò la borsa sulle spalle. Si avviò verso il corridoio, ma poi si voltò indietro. Non avevo mai visto tanta tristezza sul suo viso e avrei voluto rimangiarmi tutto. Ma non lo feci.

«Ti amo ancora», disse. «Fino alla fine del mondo.»

Poi se ne andò.

CAPITOLO 83

LA MANO DI Neil sbuca da sotto i gradini del portico e mi afferra la caviglia, seguita da ciò che resta della sua faccia sghignazzante. Grido, ma esce come un piccolo respiro esile. Adrian guarda tra gli alberi, sordo alle mie richieste di aiuto. Mi sveglio con Beth seduta sopra di me nel buio.

«Cassie!» grida.

L'ho spaventata. Nel mio sogno era un sussurro, ma potevo sentire la scia di un vero e proprio urlo mentre mi svegliavo.

«Sto bene.» Cerco di scrollarmelo di dosso. «Scusa, ho solo fatto un brutto sogno, tesoro. Non volevo spaventarti.»

Le tengo la mano calda e le accarezzo il cuscino per farla sdraiare di nuovo. Si riaddormenta dopo pochi minuti, le braccia alzate con abbandono. Mi dirigo verso il soggiorno e dico a James di riposare un po'. Sembra che io abbia finito di dormire per stanotte, quindi potrei anche fare la guardia.

Il mio cuore continua a martellare. Ora vorrei aver tenuto James sveglio per fare qualche conversazione insensata e calmarmi i nervi. Perché anche se so che Neil è morto sul serio, sento ancora la sua mano fredda sulla mia caviglia. Se Laddie fosse qui, saprebbe cosa dire.

Le fragole sono in piena attività e ne schiaccio una ciotola per fare altra marmellata. Ce ne siamo ingozzati. Tra l'orto di John e il nostro, abbiamo confezionato un barattolo dopo l'altro. Beth si rallegra ogni volta che il coperchio di un barattolo fa un rumore secco quando ne apriamo uno. Lei e Peter fanno stupide scommesse su quale sarà il prossimo barattolo.

Peter chiede cosa può fare e aiuta John in tutto e per tutto. Tutti lo hanno preso in simpatia. Credo che riescano a perdonarlo perché non era una cosa personale. Ma io so cosa pensa di me e non posso perdonarlo per questo o per quello che ha detto e fatto.

Ana implora di esercitarsi al tiro al bersaglio e, quando non lo fa o non svolge le faccende di casa, fa pratica con la nuova arma di John. L'abbiamo chiamata la mannaia: ha un manico di sessanta centimetri e termina con una lama da mannaia destinata a decapitare all'istante. Affetta quasi tutto ciò a cui la si appoggia, incluso, speriamo, il collo di un Lexer. L'altra estremità ha una punta, perfetta per affondare alla base del collo o in una cavità oculare. Quando John l'ha spiegato, Penny è sbiancata, ma ha cercato di riprendersi.

Mescolo le fragole con la pectina e le metto sul fuoco. Misuro lo zucchero e inizio a fare il porridge. Almeno i miei incubi mi danno tutto il tempo per fare le cose. Quando tutti si sono svegliati, ci sediamo al tavolo della colazione e mangiamo il porridge a cucchiaiate. Con marmellata di fragole, ovviamente.

Beth mi guarda. «Cassie, ti andrebbe bene se dormissi in uno dei letti nella stanza di Peter? Perché, beh…»

Ho il volto in fiamme. «Certo, tesoro. Se per lui va bene. Mi dispiace svegliarti continuamente.»

«Nessun problema. Anch'io faccio brutti sogni tutte le notti», dice con uno sguardo solenne. «Posso, Peter?»

Peter sorride. «Certo, Bits.»

Abbiamo iniziato a chiamarla Bits. Peter ha fatto finta di pensare che lei dicesse «Little Bits» invece di «Elizabeth» ed è diventato il suo soprannome. Lei lo ha preso in simpatia e, benché io ancora non lo sopporti, posso capire perché: lui la adora, la prende in giro e insiste nel dare un nome a tutte le sue lentiggini.

Alza la mano per darle il cinque. «Un pigiama party ogni sera! Ma devi chiedere a Nel, è il suo letto.»

Bits ride e gli dà il cinque. È forse l'ultimo essere umano che potrei mai immaginare a dare il cinque. Non so cosa pensare di lui.

Nelly sorride e sposta la sua roba nel corridoio. «Sono tornaato», canta.

So che non posso aspettarmi che Bits mi sopporti tutte le notti, ma mi sento un mostro. Nelly potrebbe iniziare a voler dormire sul divano.

«Preparati a essere torturato. Ovviamente, nessuna persona sana di mente sceglierebbe di stare in una stanza con me di notte.»

«Beh, non hanno mai detto che sono sano di mente», dice e mi pizzica il naso.

CAPITOLO 84

«FACCIAMO UNA PASSEGGIATA lungo la recinzione?» chiede John.

Mi alzo dai fiori di mia madre e mi passo le mani sui jeans. «Certo.»

La prima fermata è l'Albero dei Messaggi. John calpesta una radice nodosa e raggiunge la cavità, apre il vecchio barattolo del caffè e ne estrae un foglio piegato.

«Ho scritto una lettera ai ragazzi e a Eric, dicendo loro che Neil stava arrivando. Ho detto loro dove potremmo andare se dovessimo partire. Ma dobbiamo metterci d'accordo sul luogo, così sapranno dove trovarci.»

Mi meraviglio della sua lungimiranza: ogni volta che penso di aver capito come stanno le cose, lui è già tre passi avanti.

«Voglio metterci anche io una lettera per Eric.»

Sono passati più di due mesi ormai. Non posso fare a meno di pensare che si sia imbattuto in qualcosa a cui non poteva sfuggire. Eric scala le montagne, ha percorso il Sentiero degli Appalachi; non lo si ferma facilmente. Deve stare bene.

So che John aveva anche un altro motivo per fare questa passeggiata e aspetto che lui formuli le parole. «Allora, Cassie, se dobbiamo fuggire andiamo a Kingdom Come o a Whitefield? Siamo equidistanti da loro, quindi per me non ha importanza, ma penso che per te potrebbe.»

Mi fa un favore tenendosi occupato con il barattolo. Quando parlo la mia voce è strozzata. «Mi piacerebbe andare nel Vermont.»

Lui annuisce una volta. «Bene, allora è deciso. Camminiamo lungo la recinzione.»

Ci muoviamo attraverso il bosco, assicurandoci che il filo sia ancora teso e che non ci sia nulla di impigliato o nella trincea. John indica gli escrementi di cervo e un nuovo nido, ma io penso all'ultima volta che ho corso in questi boschi. Mentre ci avviciniamo al punto, la mia bocca si asciuga e sono certa di vedere il Neil dei miei sogni incastrato nel filo. Ma è lo stesso vecchio bosco. Solo le zolle di terra tra le foglie indicano che qui è successo qualcosa.

John appoggia una mano sul filo spinato e mi guarda negli occhi. «Hai fatto quello che dovevi.»

Pensa che io sia tormentata dall'incertezza, ma non è esattamente così. Cerco di spiegare. «Lo so e non me ne pento. Lo rifarei altre cento volte. Ma questo non gli impedisce di apparire nei miei sogni, di pensarci continuamente.»

«Cassie, ho già ucciso degli uomini. Uomini cattivi che meritavano quello che hanno avuto, e in Vietnam uomini che probabilmente non lo meritavano. Te li porti dietro per sempre. Ti perseguitano. Innanzitutto, vorresti non averlo dovuto fare, ma l'hai fatto, quindi trovi un modo per conviverci.»

«Ma io volevo farlo. Non come se sapessi che doveva essere fatto, volevo davvero ucciderlo. Ho provato piacere, John. Solo un po'.»

Ho fissato il punto e ora alzo lo sguardo, aspettandomi di vedere lo shock, ma i suoi occhi sono comprensivi.

«Non hai provato piacere a uccidere, tesoro. Eri felice di vedere qualcuno di così minaccioso cessare di essere una minaccia. Non tutti riescono a farlo. Sai cosa diceva tuo padre di te?»

Il mio cuore sussulta mentre scuoto la testa. A volte la parte più difficile è che la sola cosa che mi è rimasta sono i ricordi.

«Tuo padre diceva che se avesse avuto bisogno di qualcuno che gli coprisse le spalle in una zuffa in un vicolo buio, avrebbe scelto Eric. Ma disse che se mai avesse avuto bisogno di qualcuno che premesse il grilletto, quella saresti stata tu. Sapeva che avresti fatto qualsiasi cosa fosse necessaria. Anche lui era così. Perché pensi che ti abbia voluto nel fienile con me?»

Rimango in silenzio. Non ho mai avuto dubbi sul fatto che mio padre avrebbe fatto qualsiasi cosa per proteggerci, ma non mi ero mai resa conto di aver ereditato questo suo tratto. All'improvviso, non mi sento un'assassina di massa, ma solo qualcuno che ha protetto ciò che era suo. Non è una brutta sensazione.

Capitolo 85

John, Peter e Ana tornano con un nuovo veicolo dopo una giornata in città a travasare benzina e a prendere altre provviste. John salta fuori dal furgone nero e bussa sul cofano.

«Le nostre nuove quattro ruote», dice. «Ci stiamo tutti dentro. Più le provviste. Così saremo pronti a partire da un momento all'altro.»

«Bello», dice Nelly. Si avvicina al furgone zoppicando appena. «È come quello con cui abbiamo lasciato la città.»

«Peter ha visto la concessionaria di auto usate e ha avuto l'idea di prendere qualcosa di più grande. Questo fa al caso nostro e ha il serbatoio pieno», dice John.

Dà a Peter una pacca sulla spalla. Ana gli sorride e lui contraccambia. Il modo in cui si guardano mi fa pensare che ci sia qualcosa di più dell'amicizia. E sono amici: si offrono sempre di aiutarsi a vicenda e rigano dritto insieme. Ridono sempre. Non giocano nemmeno più a Zombie Zagat.

Qualcosa di simile alla gelosia sale dentro di me, anche se tento di convincermi che non è così. Sembrano felici. Cerco di inghiottire il sentimento e di stamparmi un sorriso finto in faccia. Rimango fin quando riesco a sopportarlo, poi mi dirigo dentro casa.

Cerco di riordinare i miei sentimenti, ma ce ne sono troppi che mi vorticano dentro. Gelosia, rabbia, disperazione, paura: qualsiasi cosa abbia un nome, io la provo. Non riesco ancora a capirci qualcosa, quando tutti entrano, ridendo. Li sento dire che la città è ancora vuota. Non riesco a pensare con il chiacchiericcio e vorrei urlare a tutti loro di stare zitti.

«John?» Mi avvicino a dove sta misurando il vetro della finestra. «Posso andare a casa tua per un po'?»

Si gira verso di me, preoccupato. «Certo, basta che accendi la radio, così possiamo contattarti in caso di bisogno. Stai bene?»

Non lo guardo negli occhi. «Sì, ho solo bisogno di stare un po' da sola.»

Mi siedo al tavolo della sua cucina e fisso fuori dalla finestra. Dal giorno in cui Peter e io abbiamo litigato, mi sembra che tutto sia peggiorato. Non c'è una minaccia imminente né da parte dei vivi né degli infetti, ma non mi sento sollevata. Tutto ciò che sento è quella sensazione grigia e confusa che mi ha pervasa dopo la morte dei miei genitori. È sotto ogni cosa e cerca di appigliarsi di nuovo.

Mi rifiuto di lasciarglielo fare. Quando Peter ha detto che Adrian non mi amava, gli ho creduto, ma non so perché. Non è che lui lo sappia. Mi arrabbio sempre di più con Pete: fa tutto quello che vuole e ottiene comunque dei riconoscimenti. Io pulisco il suo casino e ottengo solo di sentirmi esclusa e triste.

Resto seduta lì, finché non arrivano gli altri per la trasmissione radiofonica. Peter, Ana e Bits sono rimasti a giocare a un gioco da tavolo. Mi chiedo se il fatto che io abbia lasciato la casa abbia qualcosa a che fare con questo. Almeno Peter è rimasto lontano da me come gli avevo chiesto.

Matt Burns inizia con i suoi soliti rapporti. Nomina tutte le Zone Sicure, comprese quelle nuove in Pennsylvania e nel nord-ovest dello Stato di New York. Poi parla del cibo che stanno coltivando a Whitefield, di che lavoro sia portare l'acqua alle piante e dell'infinito diserbo.

«Così siamo diventati degli agricoltori-soldati», ride. «Per fortuna abbiamo Kingdom Come Farm che ci aiuta con tutta la logistica. E abbiamo uno dei leader o, non so, come ti definiresti?»

Sento una risata familiare e il mio cuore si ferma. L'universo deve avercela con me oggi. Voglio sentire la sua voce così tanto che devo averla immaginata. Ma eccola lì, calma e misurata, un'ottava più profonda di quanto si possa pensare.

«Mi chiamo Adrian», dice.

Mi aggrappo al bordo del tavolo, mentre tutti si girano verso di me. Fisso la radio. È vivo. Ora ne sono certa.

«Okay, Adrian. Adrian Miller è qui da Kingdom Come Farm nel Regno del Nordest del Vermont. È la tua fattoria, giusto?»

«Beh, io e il mio socio, Ben Sullivan, abbiamo avviato la fattoria un anno e mezzo fa. Ci siamo conosciuti durante la specializzazione e abbiamo ottenuto una sovvenzione per avviare una fattoria sperimentale. Abbiamo trovato una vecchia fattoria e l'abbiamo comprata. Abbiamo iniziato a lavorarci l'inverno prima di quest'ultimo e abbiamo avuto il nostro primo raccolto l'estate scorsa.»

Mi ricordo di Ben. L'ho incontrato una volta, prima che i miei genitori morissero.

«Raccontaci.»

Adrian si schiarisce la gola. Odia essere al centro dell'attenzione ed è nervoso.

«Beh, volevamo renderla il più possibile simile a un ecosistema, dove il cibo coltivato alimentava noi e gli animali, e i rifiuti degli animali alimentavano la terra, che a sua volta nutriva le piante. Il nostro obiettivo era persino produrre il carburante a base di olio vegetale con cui far funzionare le nostre attrezzature agricole modificate.»

«Parli al passato.»

«Beh, lo facciamo ancora, ma in questo momento ci interessa di più difenderci e nutrirci. Finora si sono presentate circa duecento persone, ma pensiamo di poterne gestire molte di più. La cosa bella della zona è che è piuttosto isolata e circondata dalle montagne. Abbiamo dei vicini e stiamo lavorando tutti insieme per creare una Zona Sicura ancora più grande.»

«In che modo?»

«Mandiamo delle pattuglie a eliminare qualsiasi minaccia, che sia viva o morta. Prendiamo questo aspetto molto, molto sul serio.»

So che espressione del viso ha in questo momento: la sua mascella è serrata e i suoi occhi brillano. Sapevo che era come mio padre, ma forse non mi ero resa conto che io e lui siamo simili anche in quel senso.

«Banditi, fate attenzione», scherza Matt. «Cosa possono aspettarsi le persone che riescono ad arrivare lì?»

«Cibo, un posto relativamente sicuro in cui vivere, un gruppo di persone davvero fantastico e un sacco di lavoro. Non sto scherzando sul lavoro.»

Adrian ride e la sua voce si ammorbidisce. «Accogliamo chiunque voglia unirsi a noi. Quando sorvoliamo le aree più popolate e vediamo cosa ne è stato di loro, non mi sorprende che non abbiamo avuto tanti rifugiati quanti ci aspettavamo. Ma spero che la gente senta queste trasmissioni e venga.»

«So che c'è bisogno di te da qualche parte, Adrian», dice Matt. «Un'ultima domanda: la tua famiglia ce l'ha fatta?»

«Mia madre era andata a trovare mia sorella a ovest. Sono riuscite a raggiungere una Zona Sicura nell'Idaho. Sono stato fortunato.»

Sono sollevata. Speravo che fossero con lui, ma questa è l'alternativa migliore.

«Sei stato fortunato. Quindi non c'era nessun altro?»

Aspetto una qualche esitazione, qualche segno. Ma lui risponde troppo in fretta per inventare anche una pausa in cui potrebbe aver pensato di menzionarmi.

«No, non c'è nessun altro. Sono partite appena in tempo.»

«Grazie per essere venuto, Adrian. Ho dovuto praticamente trascinarlo qui. Ma la Kingdom Come Farm spera che qualcuno di voi vada da loro, se ci riesce.»

Adrian mormora dei ringraziamenti e poi c'è di nuovo solo Matt che scorre le liste. Ignoro tutti, spingo indietro la mia sedia e cammino fuori nel bosco.

La casa è quasi buia quando torno indietro. Ho infranto la nostra regola restando fuori da sola dopo il tramonto, ma non m'importa. John è di guardia, ma mi fa solo un cenno e torna al suo libro. Indosso il pigiama e mi metto a letto con Nelly. Non ho abbastanza energia per lavarmi i denti. Mi sdraio e ascolto il respiro di Nelly.

«Non significa niente», dice.

«Forse niente significa qualcosa», ribatto.

Lui tace, ma mi prende la mano nella sua ruvida mentre ci addormentiamo. Almeno questa volta non devo vedere Adrian nel mio incubo, dato che Neil e io siamo soli sui gradini.

CAPITOLO 86

LA MATTINA INIZIO a trasferire l'anello a stella nei miei jeans puliti. Quando mi rendo conto di quello che sto facendo mi fermo e lo metto nel mio primo cassetto. Ho rifatto il letto e dovrei smetterla di autocommiserarmi, mentre mi giro, rigiro e ho gli incubi. Mi dirigo verso la cucina e inizio a fare le frittelle. Penny entra con il latte di Flora, mentre sto girando le prime.

Si mette accanto a me e mi appoggia la testa sulla spalla. «Ehi, signora.» So che vuole parlare di Adrian, ma non lo fa. «Ti voglio bene.»

«Ti voglio bene», dico. «Come va la *tua* vita sentimentale?»

«Va bene.» Ha un'espressione guardinga.

«*Per favore*. Sei tutta raggiante d'amore e non me ne vuoi parlare. Sono stata una migliore amica di merda e mi dispiace. Non volevo farti credere che non volevo sentirlo.»

Lei sorride e alza un sopracciglio. «Raggiante?»

Annuisco. «Raggiante. Ora siediti, prendi una frittella e sputa il rospo.»

In giardino sto ancora sorridendo mentre penso a Penny tutta rossa quando mi ha detto che ama James. E mentre strappo un'erbaccia dopo l'altra, mi rendo conto di essere davvero felice per lei. Mi fa sentire un po' meglio, come se non mi fossi trasformata in una persona del tutto orribile. Bits si inginocchia accanto a me e strappa le piccole piante che è sicura siano erbacce.

«Ehi, Bits», dico. Le sue lentiggini si sono moltiplicate e dietro di esse c'è del colore invece di quel bianco che ricorda la pancia di un pesce. «Come hai dormito?»

«Ho fatto lo stesso sogno, ma Peter mi ha tenuto la mano finché non mi sono addormentata.»

Dentro di me rido, perché Nelly ha fatto la stessa cosa con me. Sono regredita a una bambina di sette anni.

«Vuoi parlarne? A volte, se lo dici a qualcuno, potresti non sognarlo più o almeno non essere così spaventoso.»

La paura le riempie gli occhi, poi annuisce e parla così piano che devo abbassare l'orecchio verso la sua bocca.

«Ricordi il gioco che ti ho detto… dove legavano…?» Annuisco e le prendo la mano nella mia. «Beh, la volta che mi hanno fatto guardare, è stato dopo che la mamma ha cercato di andarsene con me. Quella era… la mamma era l'esca. È quello che continuo a sognare.»

Rimango impietrita. *Quei figli di puttana.* Per un attimo vorrei che Neil fosse davanti a me, così potrei sparargli di nuovo. E questa volta la tirerei per le lunghe, incubi o no. Si agita per i singhiozzi e io la tiro tra le mie braccia. Si calma dopo un bel po'. Le stringo con delicatezza il viso tra le mani e la guardo negli occhi.

«Faremo tutto il possibile per proteggerti», dico. «Mi credi?» La sua testa annuisce lentamente, mezza spaventata dalla mia intensità. «Lo sai che ti vogliamo bene?» Saranno passate solo un paio di settimane, ma è così. Lei alza le spalle e distoglie lo sguardo.

«Ti vogliamo bene.» Le giro il mento delicatamente. «E sono così felice di averti trovata.»

«Quella notte ti ha fatto venire gli incubi», ribatte lei.

«Tesoro, questo mondo potrebbe far venire gli incubi a chiunque. Avrei incubi peggiori se tu fossi ancora con loro.»

Gli angoli della sua bocca si alzano e mette la sua piccola mano nella mia. «Voglio mostrarti una cosa», dico. «Hai mai letto i libri de *La casa nella prateria*?»

Lei scuote la testa. «Li ho, cioè, li avevo, ma non li ho mai letti. La mamma aveva intenzione di leggerli con me.»

Guardo attentamente, ma il suo viso è ansioso, non triste. «I miei sono ancora qui. Andiamo a cercarli.»

Dubito che parlare di qualcosa di così orribile possa fermare i suoi incubi, ma lei sembra già un po' più alleggerita. E anch'io.

Capitolo 87

«Abbiamo bisogno di bersagli mobili», dice Ana.

Guardo Peter che taglia la legna ma sento che probabilmente è prudente tenere la bocca chiusa, quindi annuisco e basta. Tutto il lavoro all'aperto ha fatto diventare la sua pelle marrone chiaro color cannella. È coperta da un velo di sudore che la fa risplendere, a differenza dei fiumi di sudore antiestetico che il mio corpo produce. È intenta a padroneggiare ogni arma che c'è ed è tutto quello che posso fare per stare al passo.

«No, grazie», dice Penny, che sta facendo una pausa sull'erba. Ce la mette tutta, ma è troppo delicata. In più, i suoi occhiali scivolano quando è sudata. La dolce e tranquilla Penny non è fatta per questo mondo, e ciò mi spaventa.

«Almeno so sparare con una pistola», ribatte.

Mi ricordo di lei quella notte che ha sparato dalla porta sul retro e la mia preoccupazione diminuisce un po'. Prendo di nuovo la mannaia e la spingo in avanti. La mia coscia brucia per quello che dev'essere il centesimo affondo di oggi.

«Sì», dico ad Ana, «non desideriamolo troppo. Mi va bene esercitarmi con l'aria e la legna.»

«Voi ragazze sapete cosa intendo», dice Ana, come se non lo stesse davvero desiderando.

«Sì, lo sappiamo», ribattiamo Penny e io contemporaneamente, e poi ridiamo.

Peter si avvicina. La maglietta gli si è appiccicata addosso e anche Penny alza le sopracciglia per quello che c'è sotto, e poi sorride quando alzo gli occhi.

«Ehi», dice ad Ana. «Posso mostrarti una cosa che mi ha fatto vedere John?»

«Certo», risponde lei.

Lui le si mette dietro e posa le sue mani sopra le sue sull'impugnatura. «Così.» Le sposta le braccia verso l'alto. «Probabilmente dovrai oscillare un po' verso l'alto per agganciarti al collo.»

Ana si appoggia a lui, e le sue braccia rimangono intorno a lei più a lungo del necessario. Peter mi guarda e le dà una pacca sulla spalla, mentre si allontana.

«Ecco fatto.» Si gira verso di me. «Vuoi che te lo mostri?»

«Ho gli occhi, ho visto. No, grazie», replico.

Ci fissiamo negli occhi. Mantengo i miei freddi e duri, finché alla fine lui alza le spalle e torna verso la rimessa della legna.

Ana scuote la testa. «Non potete semplicemente andare d'accordo?»

Faccio spallucce. «Esercitiamoci.»

CAPITOLO 88

IL 4 LUGLIO facciamo un barbecue. John dice che andranno a caccia in autunno, quindi tanto vale godersi le ultime bistecche. Penny trova delle vecchie stelle filanti nel cassetto delle cianfrusaglie e Bits corre in giro tenendole in mano.

«Quand'è il tuo compleanno, Bits?» chiede John, mentre ci sediamo sul portico a mangiare.

«Il ventotto novembre», rispondono lei e Peter contemporaneamente.

Bits ridacchia. Devo ammettere che Peter è bravo con lei. L'altra notte ha avuto un incubo, ma quando sono andata in fondo al corridoio, lui le stava già parlando per farla riaddormentare. Quando più tardi ho controllato ho visto che si era addormentato con la testa sul suo letto, la mano di lei ancora nella sua.

Quella notte sentii qualcosa ammorbidirsi, fino al giorno dopo, quando suggerì con quel suo atteggiamento insopportabile che ci voleva più basilico nel sugo alla marinara di mia madre. Gli passai il cucchiaio e gli dissi di fare come voleva. Finì di preparare la cena e, naturalmente, tutti dissero che era ottima.

«Ehi, andiamo in città domani. La mia gamba è guarita e voglio correre libero. In realtà, ho bisogno di altre cose innominabili», dice Nelly

«Anch'io devo prendere della roba. Igiene femminile e cose del genere.» Faccio l'occhiolino a Penny, che mi fa una smorfia dicendomi di stare zitta, quindi lo faccio di nuovo.

«Per me va bene», risponde John. «O posso restare qui, se non c'è bisogno di me.»

Ana mastica la sua bistecca e annuisce con entusiasmo. «Io vengo! Forse incontreremo un Lexer.»

Tutti bofonchiamo e Nelly le fa un mezzo sorriso. «Possiamo solo sperare.»

«Mi piacerebbe andare», dice Peter.

Non ce la faccio a passare tutto il giorno in macchina con lui. Cambio idea. «Ti darò una lista, Nelly.»

Peter mi guarda e le sue mani si stringono sulla sedia. Aspetto che dica qualcosa di odioso, ma lascia la presa ed espira. «Sai una cosa? Ho delle cose da fare qui. James o John possono venire con voi tre.»

Sorrido e mi alzo per fare una lista.

LA CITTÀ È ancora stranamente silenziosa. Ci dirigiamo verso il Wal-Mart per lo stesso motivo per cui la gente lo faceva prima della fine del mondo: ha quasi tutto ciò di cui abbiamo bisogno.

Ha lo stesso aspetto di prima, anche se ha un odore persino peggiore. Nelly e io ci dirigiamo verso il retro per cercare le munizioni, mentre John e Ana vanno dall'altra parte. Prendiamo quello che è rimasto e uno zaino per Bits come kit di sopravvivenza. Il fetore nel reparto salute e cosmesi è insopportabile, ma questa volta mi sono preparata con una bandana profumata. Nelly ha dei conati di vomito, finché finalmente non prende l'altra bandana che gli porgo.

«Solo un altro paio di cose», dico.

Metto shampoo e sapone nella borsa di Nelly. Finisce a una velocità spaventosa, anche se non ci facciamo più la doccia come una volta. Prendo tutte le scatole di preservativi che riesco a trovare. Nelly alza un sopracciglio.

«Pensavo che avremmo iniziato a essere amici di letto», dico. La sua bandana si gonfia quando ride. «Sono per Penny, idiota.»

«Almeno qualcuno sta avendo fortuna.»

«Davvero.»

Ana sembra delusa quando ce ne andiamo senza neanche un diverbio con i non morti. Carichiamo la roba quando sentiamo il rombo di una moto che si avvicina velocemente. John gira la chiave nell'accensione e noi prepariamo le armi. Non c'è tempo per andarsene.

La moto gira nel parcheggio, seguita da un camper. Il motociclista agita la mano in aria per far fermare il mezzo e si ferma a poca distanza. È un tipo grosso vestito di pelle nera, con lunghi capelli grigi, ma sembra abbastanza cordiale.

«Salve!» grida. «Mi chiamo Zeke. Vi dispiace se mi avvicino?» Apre la giacca per mostrarci una fondina. «Sono armato. Scusate, non la toglierò.»

John fa un cenno di assenso e mette nella fondina la sua pistola, ma ci indica di tenere fuori le nostre. Zeke scende dalla moto e si avvicina. Da vicino sembra avere una cinquantina d'anni.

«Siete le prime persone vive che vediamo da giorni», dice con un sorriso. «Anche a me fa piacere vedervi.»

Ci presentiamo. Zeke ci dice che è venuto fin qui dal Kentucky. «Siamo diretti a Whitefield, New Hampshire. Avete sentito parlare della Zona Sicura lì? Abbiamo pensato di unirci a loro.»

«Siete molto lontani dal Kentucky», dice John.

«Non dirmelo. Ho dovuto tenermi alla larga da tutte le grandi città. Il New Jersey è stato un totale incubo.»

«Quindi non è cambiato nulla», ribatto con un sorriso, prima di potermi fermare.

Zeke mi fissa e, per un momento, temo di averlo insultato con la mia battuta. Ma lui getta indietro la testa, mostrando una serie di perfetti denti bianchi, e ride fino a quando le sue guance sono rosse e inzuppate di lacrime.

«Oh, cavolo, avevo bisogno di una bella risata», dice Zeke, mentre si asciuga il viso con una bandana.

John insiste che i compagni di Zeke scendano a sgranchirsi le gambe. Alla parola di Zeke, si riversano fuori dal camper come pagliacci da una piccola auto. Ci sono una famiglia con due bambini, tre sorelle, due coppie sposate e single assortiti. Ci scambiamo brevi storie.

«Ce l'abbiamo fatta per un pelo», dice la madre di famiglia. «Abbiamo quasi perso mio marito, ma Zeke è passato e ci ha aiutato.»

Ogni storia coinvolge Zeke e io lo guardo con crescente ammirazione. L'uomo ha radunato queste persone e le sta portando al sicuro. È come l'anti-Neil. Raccontiamo loro di Neil e di cosa aspettarsi all'interno del negozio, ma che c'è molto.

«Grazie. Anche noi ci siamo imbattuti in alcuni assassini. Allora, avete in programma di andare in una Zona Sicura?» chiede Zeke.

«Siamo sistemati abbastanza bene qui, ma abbiamo dei piani per andarcene, se necessario», risponde John.

Zeke si accarezza il mento e annuisce. «In questo momento siete tutti abbastanza fortunati. Nessun Mangiatore qui. Ma abbiamo notato che si stanno formando dei gruppi enormi. Li chiamiamo branchi, come un branco di balene. Non sembrano prestarsi attenzione l'un l'altro, ma restano uniti. Inoltre, sembra che si spostino. Forse cercano altri di noi, ora che le città sono per lo più vuote.»

L'espressione di Ana è disperata. «Sai qualcosa di New York? Brooklyn in particolare?»

Zeke scuote la testa. «Mi dispiace, non so niente, tranne che c'è un gruppo che trasmette dalla città. Ma tenete gli occhi aperti per quei branchi che si stanno formando. Ho pensato che saremmo stati più al sicuro tra un sacco di gente al nord, soprattutto quando farà freddo.»

«Zeke, cosa facevi prima di tutto questo? Eri un militare o qualcosa del genere?» chiedo.

«Nah. Non mi chiamo nemmeno Zeke. Hanno iniziato a chiamarmi Zeke come Zombie Killer, per scherzo. Z.K., capito? Martin George, dottore in odontoiatria, al vostro servizio.»

«Sei un dentista?»

Ride di nuovo con la sua risata fragorosa. «Sì, così se vi viene il mal di denti, saprete chi cercare.»

Auguriamo loro buona fortuna e li guardiamo dirigersi verso il Wal-Mart prima di andarcene. Mi domando se avremmo dovuto chiedere loro di restare con noi, ma dove li avremmo messi tutti? John starà pensando la stessa cosa.

«Vorrei che fossimo più persone», dice. «Forse dovremmo parlare seriamente di trasferirci in una Zona Sicura prima dell'inverno. Ma andarci sarà pericoloso e non voglio rischiare, a meno che non siamo costretti a farlo.»

«Mi piace dove siamo», dice Ana. «Forse voglio provare queste armi, ma non ho perso la testa.»

«POSSO PARLARTI?» CHIEDE Peter.

La mia testa si alza così velocemente che colpisce Flora sul fianco e lei emette un *bee* di protesta. Smetto di mungere e mi giro. Peter si appoggia al muro, con le mani in tasca.

Le mie mani tremano e le stringo insieme. «Va bene.»

«Possiamo provare a essere amici?»

Ricordo di avergli chiesto la stessa cosa non molto tempo fa. «Pensavo che tu non lo volessi.»

Il suo viso è inespressivo, ma nei suoi occhi c'è una qualche emozione che non riesco a decifrare. «Beh, ora lo vorrei. Dobbiamo vivere insieme. Ci sto provando davvero, Cassie.»

Sembra irritato dal fatto che non apprezzo il suo sforzo.

«Solo tu puoi *provare* a essere gentile, Peter. Hai passato l'ultimo mese a partecipare attivamente in casa, ma questo non cancella il modo in cui mi hai trattata o quello che hai detto.»

«Posso scusarmi? Sai, penso che Adrian…»

Non posso credere che stia parlando di lui. Mi alzo così in fretta da far cadere lo sgabello per la mungitura. «Non dire un'altra parola, Peter. So già cosa pensi. Sei stato molto chiaro e, in realtà, non sono cazzi tuoi.» So che il mio viso è di un rosso acceso ed è tutto quello che posso fare per non urlare. Sbatto le palpebre per trattenere le lacrime. Non voglio piangere davanti a lui. Si sposta fastidiosamente contro il muro. «E non ci si *offre* di scusarsi. O *si chiede* di scusarsi. Se sei davvero dispiaciuto, ti scusi e basta.»

Ora anche il suo volto è rosso. Che sia perché è arrabbiato o imbarazzato, non lo so e non mi interessa.

«Posso ricominciare da capo?» chiede.

«Puoi fare quello che vuoi, Peter. Senza alcuna ripercussione. Ormai è appurato, mi sembra.» Forse è ingiusto, ma lo dico lo stesso. Abbassa il viso per un secondo e poi lo contrae di nuovo nella sua espressione normale. Afferro il secchio del latte e mi incammino pestando i piedi verso casa.

Capitolo 91

Nelly mi porta un altro vassoio di piselli secchi. Li verso in un barattolo e uso la pompa per rimuovere l'aria in eccesso. James taglia i fagiolini e Penny li mette nei barattoli. Non appena ci siamo messi in pari, Bits arriva con un'altra ciotola.

«Peter dice che ce ne sono altre tonnellate in alto, dove può arrivare», dice.

«Buono», mormora Penny.

I suoi capelli sono appiccicati alle tempie per il sudore. È una giornata calda e tutte le finestre sono aperte, ma non c'è un filo d'aria. In più, tutti i fornelli sono accesi e la cucina è un forno.

«Grazie, Bits», rispondo e prendo la ciotola.

Bits afferra alcuni fagiolini e li sgranocchia come ha fatto per tutto il giorno.

«Ehi, Bits, è meglio che non ne mangi troppi.»

Sembra preoccupata e la sua masticazione rallenta. «Perché?»

Cerco di non sorridere. «Troppi fagiolini freschi possono farti diventare verde. Forse non lo sapevi.»

Riflette su quello che ho detto e mi guarda attentamente. «Cassie, lo so che scherzi!»

Ci sorridiamo a vicenda. «Quando ero piccola avevo quasi creduto a mia madre. Penso che tu l'abbia capito più velocemente di me, però.»

Morde le cime di un'altra manciata di fagiolini, come se volesse sfidarli a cercare di farla diventare verde, ed esce in fretta dalla porta con un gesto della mano. Stiamo leggendo i libri de *La casa nella prateria* ed è entusiasta di fare le stesse cose di Laura. Ci sta assillando per prendere un maiale in modo da poterlo macellare in autunno e costruire un affumicatoio. John le ha detto che vedrà cosa può fare.

«Sto morendo, cazzo», dice Penny. Si solleva i capelli e si sventola il collo. «Come facevano i tuoi genitori a farlo per tutta l'estate?»

«Immagina tutti i barattoli allineati su uno scaffale in inverno e ti rinfrescherai», rispondo. Lei sembra dubbiosa. «Okay, si suda da morire, ma ne vale comunque la pena.»

«Inoltre, dobbiamo proprio farlo», aggiunge James. «Avremo bisogno di cibo.» Taglia l'ultima serie di fagiolini e fischia.

«Non ti arrabbi *mai*, James?» chiedo. Vorrei poter prendere un pizzico del suo carattere e spruzzarmelo addosso.

Lui sembra confuso. «Certo.»

Con la coda dell'occhio, coglie Penny che scuote la testa e le mette le mani sulla vita. «Non mi arrabbio con te perché sei perfetta.»

Lei arrossisce. Faccio una smorfia, anche se penso che sia carino. «Già, già, un giovane amore», dico. «Sul serio, anche quando sei arrabbiato, lo sembri solo a metà.»

Lui fa spallucce. «È solo che non mi agito per le cose. Non l'ho mai fatto. La vita è troppo breve, soprattutto adesso.»

So che ha ragione. Me lo ripeto in continuazione, sperando che mi entri in testa.

Capitolo 92

John ha davvero trovato un maiale magro e trascurato per Bits. L'ha chiamato Bert e cerca di sparecchiare la tavola prima che abbiamo mangiato il cibo nei nostri piatti, così che lui possa mangiarlo. Non sono sicura di come andrà la faccenda della macellazione in autunno. Ho la sensazione che ci siamo procurati un maiale da compagnia.

Bits è così buona che sembra impossibile viziarla. Quando vedo la fotografia di Bits e sua madre, cerco di non immaginarla legata, che urla o che si costringe a non farlo, guadagnando disperatamente altri secondi prima che gli infetti la raggiungano. Mi chiedo se sia stato ancora peggio perché sapeva che stava lasciando Bits indifesa. Spero che possa vederci e che il suo cuore sia in pace. Spero che possa sentirmi quando le prometto che faremo del nostro meglio.

Bits crede ancora nelle fate. All'inizio pensavo che fosse strano, ma viviamo in un mondo con gli zombie, quindi forse le fate non sono così inverosimili. Abbiamo piantato un giardino delle fate e le aspettiamo nell'erba. Non ne abbiamo ancora catturata una, anche se una volta ho visto Peter spargere di nascosto dei brillantini sulle piante in modo che lei li trovasse al mattino.

Peter cerca di essere civile con me, anche se, nel migliore dei casi, faccio finta che non esista. Nel peggiore, con lui sono stronza e irascibile. Sembra che non appena penso qualcosa di cattivo, questo esca dalla mia bocca. Non ne vado affatto fiera, ma mi sembra di non riuscire a smettere.

Sono su una scala nel fienile a inchiodare le assi allentate. Sembra una vera stalla in questi giorni, con fieno e sacchi di mangime accatastati per l'inverno. Bert russa nel suo recinto, Flora e Fauna saltellano e le galline chiocciano dolcemente. Ha persino l'odore di un fienile, in senso buono.

Mi giro per dire qualcosa a Nelly, che sta pulendo la stalla delle capre, e la scala traballa. «Merda!» grido.

Mi aggrappo al muro per stabilizzarmi quando compare Peter. Si aggrappa alla base della scala e mi guarda. «Qui il terreno è irregolare. La tengo io mentre tu finisci.»

Non voglio il suo aiuto. Non voglio dovergli niente, nemmeno un grazie. Batto un chiodo e scuoto la testa. «Sto bene.»

«Non voglio che tu cada», dice lui.

Non so perché non possa lasciarmi in pace. «Peter! Io. Non. Voglio. Il. Tuo. Aiuto. Lasciami in pace.»

Le spalle di Peter si irrigidiscono. Lascia la presa e se ne va dal fienile in silenzio, anche se sbatte per bene la porta. Do un altro colpo al chiodo e cerco di non sentirmi in colpa. La scala si stabilizza di nuovo e guardo il volto severo di Nelly. Conosco quello sguardo.

«Cosa?» chiedo.

«Ti ricordi quando mi dicevi che, sotto tutte quelle stronzate, Peter era un bravo ragazzo?» Annuisco e distolgo lo sguardo. «Beh, avevi ragione. Ehi, ci credi che sto ammettendo che avevi ragione?»

Sta scherzando per sdrammatizzare il fatto che mi sta rimproverando, ma sento ancora il collo avvampare.

«Sta facendo di tutto per dimostrare che gli dispiace, Cass. Mi ha preso da parte per scusarsi di essere stato un idiota, anche prima che succedesse tutto questo. Devi vedere quanto vuole bene a Bits, com'è bravo con lei. È stato all'altezza della situazione. Gli ci sono voluti solo un po' più di tempo e un grosso errore.»

Annuisco di nuovo, ma mi vergogno così tanto, che non riesco a guardarlo.

«Non hai mai portato rancore, allora perché adesso? Devi perdonarlo per quello che ha detto e fatto. Anche tu hai detto la tua a questo punto. E smettila di ritenerlo responsabile per le cose di cui non lo è.

«Tu non sai cosa pensa Adrian. Nemmeno io e nemmeno Peter, se è per questo. E non c'è modo di saperlo in questo momento. Quindi, per prima cosa, smettila di comportarti come se lo sapessi e smettila di prendertela con gli altri. Tutti noi abbiamo i nostri casini. Adrian è vivo, sii grata per questo.»

Penso a Eric e a quello che darei per sapere il suo destino; alle famiglie di tutti gli altri e a quanto vogliamo disperatamente avere notizie di loro. Una volta ho detto che sapere che Adrian era vivo era sufficiente, e allora era vero. Ho le idee tanto confuse.

«Ti comporti in modo crudele, Cassie, e tu non sei una persona crudele. Dai a Peter la possibilità di dimostrare che è cambiato, okay?»

Lui allunga la mano verso l'alto. La afferro, ma tengo gli occhi sui granelli di polvere che turbinano in un angolo di sole. Lui la stringe una volta. «Ti voglio bene, Cass. Ti lascio in pace.»

Lo guardo andare via e appoggio la testa sui pioli della scala. Nelly ha ragione. Ho negato a Peter l'unica cosa che voglio di più per me stessa: il perdono. Invece di capire che per lui poteva essere impossibile essere la persona che mi aspettavo che fosse, l'ho punito, alimentando ferite e rancori, e rinfacciandoglielo. Che è esattamente quello che temo abbia fatto Adrian; che non riesca a perdonarmi per essere stato debole e perso. Non sono stata in grado di perdonare me stessa, quindi ho pensato che neanche Peter lo meritasse.

È ora di lasciar perdere, di accettare che ciò che è, è. Di abbracciare e godere di quello che ho. Perché so che in questo momento, in confronto al resto del mondo, è moltissimo.

Capitolo 93

Aspetto che Peter sia da solo sui gradini davanti a casa a intagliare un legnetto e mi obbligo ad avvicinarmi a lui.

«Hai iniziato a intagliare?» chiedo e cerco di sorridere.

Lui lascia cadere il legnetto e alza la mano in aria. «Non so, forse. La cosa incontra la tua approvazione?»

La sua voce è esasperata, sulla difensiva. Combatto l'impulso di andarmene come una furia. Non gli ho detto una parola gentile in un mese, quindi perché dovrebbe sapere che ho intenzione di farlo ora?

«Non volevo… Peter, mi dispiace per come ti ho trattato.»

Esce di getto e la mia voce si incrina alla fine. Alza lo sguardo dal suo coltello pieghevole con la fronte corrugata, che si distende quando vede il mio viso. Faccio un movimento verso i gradini e lui si sposta in modo che io possa sedermi. Il pomeriggio qui fuori c'è ombra e fresco. Sono riuscita a salvare i fiori di mia madre dal loro stato pietoso e respiro profondamente l'aria profumata, prima di continuare.

«Non sono stata giusta con te. So che ci hai provato e io ho reso tutto più difficile. Mi sono dispiaciuta per me stessa, invece di essere grata per tutto questo.»

Muovo la mano verso il bosco, la casa e persino lui. Raccoglie il legnetto e lo rigira tra le mani, poi mi guarda di traverso con un angolo della bocca sollevato.

«Ho fatto lo stesso», dice. «Dispiace anche a me, sai. Credevo di poterla fare franca senza dirtelo, per qualche motivo. Non so perché fosse così difficile per me.» Scuote la testa.

Alzo le spalle. «Eri arrabbiato con me. Non ho gestito molto bene le cose, vero?»

«Meglio di me», risponde come se fossimo due bambini che litigano.

Sorrido. «Voglio dire, la rottura poteva andare meglio. Mi dispiace.»

È il suo turno di alzare le spalle. «Era nell'aria da un po'.»

«Lo sapevi?»

«Non sono così ingenuo, sai. Sapevo che avresti rotto con me, prima o poi. Ho solo resistito il più a lungo possibile. Ho pensato che forse a un certo punto… Ma dopo quella notte… quella prima della festa?»

Annuisco. Allora era sveglio.

«Dopo quella volta, era solo una questione di tempo. Sono sorpreso che ce ne sia voluto così tanto.»

«Beh, non sono molto brava a rompere con le persone», ribatto.

Tranne una volta. So che sa a cosa sto pensando. Sono certa che Ana gli ha raccontato tutta la storia.

Sembra cauto. «Posso dire una cosa? C'è la parola che inizia con la A.»

Faccio un respiro tremolante. «Certo, buttiamo fuori tutto.»

«So cosa ha detto alla radio, ma credo che tu la stia prendendo male. Hai pensato automaticamente che non stesse parlando di te. Ma se stesse parlando *a* te?»

«Cosa?» Peter è fuori di testa. Non c'era nessun messaggio criptico in quelle parole.

«Forse non voleva andare alla radio e aprire il suo cuore a qualcuno a cui pensa di non mancare. Ma forse ha detto che non c'era nessun altro perché tu lo sapessi, nel caso tu fossi qui fuori ad ascoltare. Cassie, pensaci. "Non c'è nessun altro".»

Guardo Peter come se non l'avessi mai visto prima. Forse ha ragione. Non che fosse un messaggio, ma che ho interpretato male. *Non c'è nessun altro.* Magari ho ancora una possibilità. E una vocina mi ricorda che conosco Adrian e che non sarebbe mai andato alla radio volontariamente; avrebbe mandato Ben o chiunque altro. Forse voleva che sentissi la sua voce. Non si sa mai. È un piccolo tizzone di speranza e lo proteggerò, ma non lascerò che mi consumi. Forse un giorno lo saprò.

«Quando sei diventato così intelligente?» gli chiedo.

Lui sorride e ha quell'espressione arrogante sul viso, ma è solo per fare scena. «Solo di recente», ammette e guarda di nuovo il legnetto. «Solo dopo Bits e quella notte.»

«Mi dispiace per quello che ho detto, Peter. Sul fatto che nessuno ti vuole bene. Non è vero, lo sai. E, Bits, beh, lei te ne vuole da morire.»

«E mi dispiace di averci messo tutti in quella situazione, ma non potrò mai essere davvero dispiaciuto che sia successo. Abbiamo salvato Bits.»

Annuisco. L'ho pensato anch'io.

«Mi ricorda la mia sorellina. Aveva nove anni quando lei e i miei genitori morirono.» Gira il legnetto con mani tremolanti e mi guarda. «Non l'ho mai detto a nessuno prima d'ora.»

Espira. «La notte in cui sono morti, mia sorella stava andando a una festa di compleanno in uno di quei posti con le sale giochi. Sai, quelli che hanno Skee Ball e altre cose?

«Vivevamo a Westchester. Non eravamo ricchi sfondati o altro. Mia nonna era il tipo di persona che gestiva i soldi, e mio padre se ne era lavato le mani. La vedevamo durante le vacanze. Lui era un avvocato e guadagnava abbastanza bene. Eravamo felici.»

Sorride e fissa gli alberi dall'altra parte del vialetto.

«Così quella sera Jane, mia sorella, voleva che andassi con lei. Mi ha praticamente implorato, ma io non volevo essere visto da nessuno della scuola insieme a un gruppo di bambini di nove anni ed ero abbastanza grande per stare a casa da solo. Così le dissi di no e loro se ne andarono. La volta dopo che li vidi fu al loro funerale.

«Alla veglia ho sentito la gente parlare dell'incidente. Mia madre e mio padre erano morti sul colpo, ma quello che tutti mi avevano tenuto nascosto era che mia sorella non era morta così. Doveva essere rimasta incastrata nel sedile, perché era morta per l'inalazione del fumo dell'incendio. Aveva le unghie insanguinate, come se avesse cercato di liberarsi, ma l'auto era così contorta, che non era riuscita a sganciare la fibbia. Forse, se fossi stato lì, avrei potuto tirarla fuori. Ma sono stato egoista.»

Il legnetto gira sempre più velocemente. Metto la mia mano sulla sua. Per tutti questi anni se lo è tenuto, arrabbiandosi con se stesso.

«No, Peter. Avevi *dodici anni.*»

Lascia cadere il legnetto e mi tiene la mano. Una lacrima gli scende sul viso. «Dopo è stato facile essere come mia nonna, essere egoista, perché sapevo che era quello che ero veramente. Non avevo nessun altro. Dopo un po' ho dimenticato che c'era un altro modo. Povero bambino ricco, vero?»

Scuoto la testa alla sua risata denigratoria. Mia madre diceva sempre che ognuno si porta dentro tante cose che non conosciamo. Ecco perché era così gentile con tutti. Come al solito, aveva ragione.

«Bits è come la mia seconda possibilità di avere una famiglia. La possibilità di proteggere Jane. È ridicolo, lo so.»

«No, non lo è. Per niente.»

Rimette la mia mano sul ginocchio con una leggera pacca e si asciuga gli occhi. Ci sediamo così vicini che le nostre spalle si toccano. Sento i piatti sul tavolo per la cena e i passi sulla porta d'ingresso. Chiunque sia deve vederci seduti qui, perché i passi si allontanano di nuovo.

«Siamo tutti la tua famiglia», dico e lo faccio sul serio. Lui sorride e guarda in basso. È proprio come nel mio sogno, solo che sono seduta con Peter.

«Tu e Bits avete i piedi più sporchi che abbia mai visto.» Ride e si asciuga gli occhi un'ultima volta. Mi guarda di nuovo. «Posso dire un'altra cosa?»

«Certo.»

«Ami Adrian?»

Fisso le cime degli alberi, guardando i corvi in cerchio. «L'ho sempre amato. Gli ho solo detto che non è così.»

Mi dà una gomitata sul fianco. «Beh, perché hai fatto una cosa così stupida?»

«Grazie mille», ribatto e gli restituisco la gomitata.

Lui smette di sorridere e i suoi occhi diventano seri. «Cassie, se lo amavi davvero e lui lo sapeva, lo sapeva davvero…» Annuisco, perché lo sapeva e perché so che anche lui mi amava. «Allora ti ama ancora. Credimi, nessuno ti lascerebbe andare così facilmente.»

Le mie guance sono arrossate, ma è più un calore felice che un rossore. Vedo che dice sul serio ed è una delle cose più belle che qualcuno mi abbia mai detto. «Grazie.»

Prende il legnetto e mi dà un colpetto sul ginocchio. Lo prendo e gli do un colpetto anch'io.

«Allora, siamo amici?» chiedo.

«Sì, credo che finalmente lo siamo.»

Guardo i suoi stivali da lavoro. Sono così diversi dal tipo di scarpe che ha sempre indossato. Gli donano.

«Ehi, Petey.» Mi mordo il labbro per non sorridere. «Scusa per le tue scarpe eleganti. Sai, per tutta la storia del vomito.»

Lui ride e si appoggia al gradino più alto. «Me lo sono meritato, ma adoravo davvero quelle scarpe.»

Ci appoggiamo l'uno all'altro ancora per un po', ascoltando i suoni della nostra famiglia in casa, e poi ci alziamo e la raggiungiamo.

CAPITOLO 94

Mi sono offerta volontaria per svolgere l'ingrato compito di mettere i nuovi barattoli di cibo dietro i vecchi nel seminterrato. Tutta la farina e gli altri ingredienti che abbiamo recuperato li usiamo per primi, perché i miei genitori hanno confezionato i loro affinché durino dieci o vent'anni. Mi chiedo se tra dieci anni saremo ancora rifugiati qui. È un pensiero che mi fa riflettere e cerco di scacciarlo canticchiando qualsiasi cosa che non sia la sigla di *Cuori senza età*, così non sento Nelly dietro di me finché non parla.

«Cosa faresti senza di me?» È in piedi con le mani sui fianchi e sembra maestoso.

Faccio un accento da bella del sud. «Ah non lo so proprio, signore.»

«Sono giorni che canticchi e non posso fare a meno di pensare che la mia opera di convincimento c'entri qualcosa.»

«Nelson Everett, modesto come al solito.» Alita sul pugno e se lo strofina sul petto. «Ma anche giusto come al solito. Vieni a darmi una mano.»

«Sapevo che, se fossi venuto qui, sarei stato incastrato a fare dei lavori.»

«C'è sempre lavoro in estate. Pensa alle lunghe giornate invernali che passeremo davanti al fuoco, sempre più annoiati e pazzi.»

Geme e si siede su un secchio da venti litri. «Non fraintendermi, essere vivi è bello, ma il pensiero di tutti noi, tutto l'inverno, è un po' deprimente. Pensi che potrei trovarmi un ragazzo prima che nevichi?»

«Forse l'anno prossimo andremo in una Zona Sicura e te ne troveremo uno.»

Cerco di non far trasparire dalla mia voce quanto mi piacerebbe essere in una certa Zona Sicura. Non è che voglio andarmene da qui; desidero solo cinque minuti da sola con Adrian, cinque minuti per vedere cosa prova per me. Sorrido allegra.

Nelly sorride e scuote la testa. «Non c'è nessun forse, tesoro. Se devo vederti andare in giro disperata per amore per altri due anni, ti legherò alla mia schiena e ti ci porterò io stesso, lottando contro gli zombie per tutto il tragitto.»

Rido all'immagine, ma socchiudo gli occhi. «Non sono poi tanto male, vero? Ci sto provando.»

«Non sei affatto piagnucolosa, ma lo so comunque.»

«Certo che lo sai.» Sospiro. «Quindi, ci aspetta la castità. A meno che tu non voglia cambiare squadra per l'inverno.» Gli faccio l'occhiolino in modo lascivo.

«No, grazie», dice seccamente. «Anche se saresti la mia prima scelta. Magari chiedimelo di nuovo a febbraio.»

«Pensa a tutti i piccoli Nelson Charles Everett che potremmo avere tra i piedi.» Accarezzo la testa immaginaria di uno di loro.

«Okay, mi hai appena fatto decidere. Non se ne parla.» Si passa una mano tra i capelli fino a sembrare di essere stato fulminato.

«Bene, abbiamo bisogno di un progetto. Sono solo io o hai notato che Ana e Peter…»

Lui sorride. «Mm, sì. Anche Bits l'ha notato. L'altro giorno ha chiesto ad Ana se Peter fosse il suo principe. Ana si è tutta agitata, è stato fantastico.» Si sposta sul secchio mentre ride e sento uno scricchiolio sinistro.

«Beh, non è Ana il problema. Credo che anche lei piaccia a Peter, ma la tratta come una sorellina-migliore amica. Voglio scoprire perché.» Spingo i vecchi barattoli di fagiolini di lato e impilo i nuovi dietro di essi.

«Ti sta bene?»

Nelly salta per prendere un barattolo, prima che si schianti. Lo tiene in mano e mi scruta il viso.

Faccio spallucce. «Sì, perché non dovrebbe starmi bene?»

«Oh, non lo so», dice come se fossi stupida. «Alcune persone pensano che sia strano che il loro ex ragazzo esca con la loro sorellina.»

«Ma dai, non è la mia sorellina. Inoltre, Peter e io avremmo dovuto rompere una vita fa. Non ho sentimenti per lui, se non da amica.»

«Beh, forse dovresti tenertelo per febbraio, nel caso io non sia disponibile.»

Gli do uno scappellotto sulla nuca. «Stai zitto. Verrai da me, lo so e basta.»

Mi appoggio con fare sexy allo scaffale con una mano sul fianco, ma la mano scivola e lui scoppia a ridere.

«Ora sono costretta ad annullare la mia offerta, visto che hai riso della mia posa sexy. Te ne pentirai.» Incrocio le braccia e lui sorride. «Comunque, vado a scoprire cosa pensa Peter di Ana. Almeno avremo qualcosa da fare oltre a spostare quei barattoli di fagiolini e mettere quelli nuovi dietro.» Indico il punto in cui quelli che sembrano un migliaio di barattoli di fagiolini stanno lì ad aspettare.

«Davvero?» Fa un sospiro teatrale prima di spostarsi verso gli scaffali e iniziare a rimescolare i barattoli.

A METÀ DEL terzo giro tra la baita e la casa di John, mi fermo con le mani sulle ginocchia. Non sono stata fatta per correre. Ho un coltello nel fianco e i polmoni mi bruciano. Potrei morire. La coda di cavallo di Ana oscilla in modo sbarazzino, mentre corre sul posto davanti a me. Sta davvero sorridendo. La odio.

«È solo un chilometro e mezzo», dice.

«È circa un chilometro e mezzo in più di quello che di solito riesco a correre.» Sprofondo a terra. «Sto morendo. Vai avanti senza di me. Ricordati di me.»

Lei si acciglia e mi dà un colpetto con un piede. «Non stai morendo. Smettila di fare la bambina.»

Il nuovo interesse di Ana si è trasformato in un'ossessione. E, anche se grazie a queste ultime settimane sono nella migliore forma della mia vita, non sono così motivata come lei. Voglio essere in grado di uccidere cose, non essere una supereroina, o voglio esserlo senza dover correre per quindici chilometri.

«Mi serve solo un minuto.»

Il suolo del bosco è soffice e fresco. Ana rimbalza sulle punte dei piedi. So che vuole continuare e io non ho intenzione di alzarmi tanto presto.

«Vai avanti, Ana. Ci vediamo al ritorno.» Lei annuisce e si avvia verso casa di John. «O mai più.»

«Ho sentito!» urla, mentre salta giù da una radice d'albero con uno scatto di velocità.

La guardo finché non è fuori dalla mia visuale. Ana è ancora testarda e prepotente, ma ora ha una vulnerabilità che ha sempre tenuto nascosta. Cerco di incoraggiarla. È la ragione principale per cui sto correndo nel bosco come un'idiota, uccidendomi.

Mi tolgo con un calcio le scarpe da ginnastica sudate e aspetto che il bruciore nei polmoni si plachi. Devo starle davanti se voglio sfuggire alle sue grinfie, quindi mi tiro su aiutandomi con un ramo basso. Passo di fronte al capanno e vedo Peter e James all'interno. Sono giorni che cercano di capire come funziona l'energia solare.

«Come sta andando?» chiedo.

Loro alzano lo sguardo e sorridono. Mi piace che la reazione di Peter sia un sorriso invece di uno sguardo aggrottato. Ed è anche bello sorridergli.

James si spinge indietro i capelli e mette giù un manuale. «Beh, credo di avere un'idea. Sfortunatamente, conosco i computer, il che in questo momento è utile quanto parlare fluentemente il greco antico. Avremo bisogno di un sacco di roba, soprattutto di nuove batterie.»

Ma sta facendo il modesto. Ha aggiustato la radio e ha aiutato John con il cablaggio del generatore. Scommetto che, prima o poi, avremo la corrente.

«Possiamo andare domani», dico. Mi appoggio al muro per massaggiarmi le gambe e guardo Peter per vedere se ci sta.

«Certo», risponde Peter, con la bocca storta. «Il campo di addestramento è duro?»

«La velocità non fa per me.»

Lo dico prima che mi ricordi il suo doppio senso. Sembra che stia per commentare, ma deve ripensarci, perché chiude la bocca e alza un sopracciglio divertito. Peter è così diverso che non penso a lui come alla persona con cui sono uscita. Faccio solo finta di essere andata a letto con il suo gemello cattivo.

Arrossisco e cambio argomento. «È implacabile.»

Proprio in quel momento Ana passa di corsa e saluta con la mano. I suoi passi si dirigono verso il capanno e poi passa davanti alla finestra, salutando di nuovo.

«È proprio determinata», dice lui. La guardiamo correre nel bosco.

«Però sta proprio bene con quei pantaloni da yoga del Wal-Mart, eh?» Mi guarda in modo strano, ma rimane in silenzio.

Nelly dice che non ho tatto in queste situazioni. «È molto carina, non credi?»

«Certo», risponde lui.

«Ed è intelligente e ha un grande senso dell'umorismo. Probabilmente sai tutto questo, visto che siete così buoni amici.»

«Perché ho la sensazione che tu stia cercando di vendermi qualcosa?»

La sua espressione è impassibile, ma credo di vedere un luccichio nei suoi occhi. James è in piedi dietro Peter, le spalle gli tremano per una risata silenziosa. Lo fulmino con lo sguardo.

«Comincio a preparare la lista per domani», dice James contenendo a malapena la sua risata mentre se ne va.

Peter mi guarda con sospetto. Nelly aveva ragione, non ho tatto. Dovrò andare dritta al punto. «Beh, stavo pensando che tu e Ana stareste bene insieme. Le piaci, lo sai.» Gli sorrido.

Lui guarda ovunque tranne che verso di me. «È strano, Cassie: la mia ex ragazza che cerca di sistemarmi con la sua sorellina. Che è anche troppo giovane, tra l'altro.»

«Non è mia sorella! Siamo usciti insieme, ora è finita.» Metto le mani sui fianchi. «Credo che lei ti piaccia, Peter.»

Lui sembra un po' più rosa sotto l'abbronzatura, ma è difficile dirlo. Mi è sempre piaciuto prenderlo in giro. Non posso farci niente. È così sicuro di sé, che devo assicurarmi che sia un essere umano che sbaglia, come tutti noi.

«È giovane. E cosa dovrei fare, chiederle di uscire a cena?»

Non ha negato che gli piace. Ora stiamo facendo progressi. Faccio una smorfia per respingere la sua argomentazione.

«Ha venticinque anni, non quattordici. So che sei un vecchio di trent'anni, ma credo che in qualche modo l'abisso tra le vostre età possa essere colmato. Inoltre, quella che poteva essere una grande differenza d'età tre mesi fa non significa nulla ora. E la mancanza di ristoranti non ha impedito alla gente di mettersi insieme negli ultimi miliardi di anni.»

Fa spallucce, ma i suoi occhi sono pensierosi.

«E questa è l'ultima cosa che dirò al riguardo», dico e mi giro per andarmene.

«Cassandra», sento mentre passo dalla porta. «Se è vero, ti darò ogni centesimo dei miei soldi, se e quando tutto questo sarà finito.»

Sembra serio, ma capisco quando è divertito, così agito una mano e scappo via con un balzo. È una pessima idea, perché i tendini delle mie ginocchia sono lunghi la metà del solito. Grido e barcollo, mentre Peter ridacchia. Lo saluto con il dito medio e zoppico verso la casa al suono della sua risata fragorosa.

CAPITOLO 96

IL PARCHEGGIO DEL centro commerciale Radio Shack è disseminato di veicoli. Sembra che qualcuno abbia tentato di costruire una barricata con fusti di metallo davanti al salone di bellezza; sono allineati su tre file in un semicerchio sotto la sporgenza del tetto. Il parcheggio, però, è vuoto, e chiunque l'abbia usato se n'è andato da tempo. Non ci eravamo ancora spinti così lontano dalla baita, ma Radio Shack è il luogo migliore per trovare la roba elettrica di cui abbiamo bisogno.

James indica fuori dal finestrino. «Ehi, c'è un negozio di ricambi per auto. Scommetto che lì possiamo trovare le batterie, così non dovremo più fermarci.»

Il negozio è una grande isola quadrata disposta in diagonale rispetto al centro commerciale nello stesso parcheggio. Nelly incastra un piede di porco tra le porte finché non si aprono. Tutto è al suo posto; credo che nessuno abbia desiderato ricambi per auto prima della fine del mondo. File di batterie per auto e barche sono disposte sugli scaffali sul retro.

«Gente, è perfetto», dice James.

Ci rilassiamo. Non c'è niente qui e abbiamo visto solo un Lexer per la strada. Mi cullerei nel pensiero che siano morti o marciti, se non fosse che Matt a Whitefield ha riferito avvistamenti di grandi gruppi di infetti, che camminano e camminano. Zeke deve esserci arrivato, perché anche Matt li ha chiamati branchi.

«Qualcuno di voi vuole portare la lista con sé da Radio Shack? Potete prendere il furgone e tornare a prendermi. Io trascinerò tutto questo sul davanti. Peter, sai cosa stiamo cercando tanto quanto me», dice James.

«Qualcuno dovrebbe restare con te», dice Ana. Si rivolge a me. «Cass, ti va?»

Alzo le spalle. «Certo.»

Vado sul davanti a prendere un carrello e li guardo guidare fino a Radio Shack. James vaga per i corridoi come un bambino in un negozio di caramelle, gettando cose sopra le batterie. Sta borbottando qualcosa su una specie di controller, quando vedo un lampo di movimento nel parcheggio.

«James, ho appena visto qualcosa.»

Ci precipitiamo verso le finestre anteriori. Ana getta scatole e borse nel retro del furgone mentre Nelly controlla il parcheggio.

«Scusa, ho visto una delle borse e non sapevo cosa fosse», dico.

Mi dà una pacca sul braccio. «La prudenza non è mai troppa.»

Presto il secondo carrello è stracolmo e James lo guarda con aria sognante. «Costruivo radio da bambino. Forse dovremmo andare da Radio Shack a vedere se c'è qualcos'altro che potrei usare.»

Non mi dispiacerebbe andarci. Mi sento a disagio per essermi allontanata dagli altri. Ho le mani sudate nei guanti di pelle e voglio caricare il furgone e andarcene.

Sento il grido nello stesso momento in cui vedo la massa informe. Nelly, Peter e Ana sono con la schiena contro la finestra rotta del salone di bellezza, dentro il semicerchio di fusti di metallo. Partono gli spari e gli infetti cadono, ma altre decine si fanno avanti.

Quei fusti di metallo sono l'unica cosa che impedisce ai tre di essere sopraffatti. C'è un'apertura su entrambi i lati del semicerchio, dove i fusti non incontrano il muro, e gli infetti ci passano attraverso come auto in un collo di bottiglia. Nelly tenta di spostarne uno, ma dev'essere pieno; non si muove nemmeno.

James e io corriamo nel parcheggio, e spariamo da dietro una macchina. Facciamo fuori i ritardatari, ma non quelli più vicini ai nostri amici, per paura di sparare a uno di loro. Hanno lasciato cadere le loro pistole scariche e ora squarciano i corpi in arrivo a uno a uno.

Ana urla. Il suo corpo sbatte contro il vetro rotto della finestra del salone di bellezza e lei lotta per rimettersi in piedi. Scorgo appena le mani dentro il salone, aggrovigliate e attorcigliate nella sua coda di cavallo. Nelly le colpisce con il machete, ma deve girarsi e respingere il prossimo Lexer che gli si è riversato addosso.

Anche Peter ha il suo bel da fare. Stacca una testa e spinge il corpo di lato, ma il successivo arriva solo dopo pochi secondi.

Le vene nel collo di Ana risaltano mentre lei si contorce e lotta. Il suo viso è disperato e, ancora peggio, è stanco. Qualcuno deve far fuori i Lexer nel salone di bellezza.

Mi rivolgo a James. «Io prendo quello che ha Ana.»

Lui annuisce. Ricarico la pistola e gli passo la mia nove millimetri. Non ho tempo di nascondermi, corro più veloce che posso intorno al lato dell'edificio. La porta posteriore a vetri del salone di bellezza è chiusa a chiave. Ci sbatto contro la mia mannaia e faccio saltare i bordi frastagliati.

Passo sopra le bottiglie di smalto sparse nel magazzino ed entro nella parte anteriore. Le sedie da pedicure corrono lungo la parete sinistra e i tavoli da manicure riempiono quella di destra. Ci sono due Lexer alla finestra. Si stanno intralciando a vicenda, il che potrebbe essere l'unico motivo per cui Ana è ancora dall'altra parte. C'è uno spunzone di vetro sotto la sua schiena e, ogni volta che lei lo colpisce, tira con violenza, ma non potrà farlo per sempre.

Sposto la mannaia nella mano sinistra e tiro fuori il revolver. Non vedo il Lexer venire verso di me fino a un secondo prima che mi sbatta sul linoleum e mi segua a terra. L'aria mi esce dai polmoni e la pistola scivola sul pavimento.

Non riesco ad alzarmi. Deve pesare novanta chili, ma riesco a mettere il manico della mannaia sotto il suo mento. Morde l'aria pochi centimetri sopra di me. Dei fili neri e coagulati cadono dal suo labbro inferiore, e si accumulano sul mio petto. I miei bicipiti tremano per lo sforzo di spingere contro ogni affondo. Posso resistere ad altri due, forse tre, affondi. E poi quella bocca marcia e disgustosa lascerà il segno sul mio viso o sul mio collo. Non importa dove; sarò spacciata. Il puro terrore da panico mi fa resistere ancora. Urlo per lo sforzo mentre riesco a scansarlo e rotolo via.

Mi arrampico all'indietro e la mia testa sbatte contro un pediluvio. Per un momento tutto diventa buio, finché non sento delle mani afferrare il mio stivale e comincio a scivolare. Mi aggrappo al bordo del pediluvio e calcio più forte che posso. Sento un *crack* quando il mio piede gli rompe lo zigomo e lo butta a terra, ma lui si rialza subito in ginocchio. Non è giusto che non sentano dolore, che non si fermino, che non si stanchino, non abbiano paura o il fiatone. Lui sibila e cerca di prendermi.

«No, stronzo, non oggi», sibilo di rimando.

Impugno la mannaia come un ariete e lo colpisco sotto il mento con l'estremità piatta, tagliandogli di netto le vertebre e lui cade a terra. I miei piedi scivolano nel fluido viscoso della sua testa decapitata e scivolo verso la finestra dove Ana tira pugni alla cieca dietro di sé. I due Lexer le mordono le braccia rivestite di pelle, ma l'armatura fa il suo lavoro. I vetri rotti le proteggono la testa e a ogni tentativo di attacco degli squarci profondi senza sangue si aprono sui loro volti.

Non mi hanno notata. Giro la mannaia dalla parte della punta, la livello con il tronco cerebrale del primo e colpisco. La tiro fuori. L'altro lascia andare Ana e si dirige verso di me. La forza che uso per trapassargli l'orbita dell'occhio è quasi superflua. Ana si volta, con il volto terrorizzato e sollevato, e salta sui fusti. Una litania di imprecazioni le esce dalla bocca.

Infila lo spuntone nella sommità del cranio di un Lexer. «Figlio di puttana!» Grugnisce e trafigge il successivo. «Stronzo!» Ruota la lama e ne decapita uno.

Danza lungo i fusti, sbattendo la mannaia sulle loro teste o nelle cavità oculari e strappandola via di nuovo. Arriva alla fine della fila dalla parte di Peter e poi si gira verso quella di Nelly. Lui tiene il machete per l'impugnatura, con l'ultimo degli infetti infilzato all'estremità. I suoi capelli sono strappati e la sua faccia è mezza andata, i denti esposti. Le sue mani si dimenano e si agitano. È fuori di testa, o è concentrato solo su di noi, il che è altrettanto terrificante.

James, che sta lentamente avanzando e uccidendo i Lexer da dietro, si avvicina e affonda il coltello nel suo collo con uno scricchiolio. Si stacca dal machete di Nelly e cade a terra. Quando esco dal salone Ana mi corre tra le braccia. Non ci abbracciamo, ma ci sorreggiamo a vicenda.

«Grazie», sussurra.

Tutta la paura che ho tenuto a bada mi colpisce e deglutisco con forza. «No, grazie a *te*. Tutto quel correre è servito.»

Ana scoppia a ridere. Valutiamo i danni. Alcuni Lexer giacciono nel parcheggio, ma la maggior parte è ammucchiata intorno a noi. Saltiamo sui fusti, non volendo calpestarli, o peggio entrare dentro i loro corpi, e praticamente fuggiamo verso casa.

Ci siamo lavati con la pistola e abbiamo fatto la doccia. I vestiti e le armature sono immersi in un cocktail di detersivi, a cui nessun virus potrebbe sopravvivere. Ana ha aspettato fino all'ultimo per fare la doccia e, quando finalmente entra nel soggiorno, passandosi una mano tra i capelli umidi, ci fermiamo di colpo. Dove c'erano i lunghi capelli castani che Ana stirava con cura, ora ci sono dei capelli che le arrivano al mento, che sono ancora più corti nella parte posteriore. Niente e nessuno potrà afferrarne una ciocca. Lei cerca di sembrare disinvolta, ma è nervosa.

«Mi piacciono, davvero», dico.

Le accentuano gli zigomi e il collo aggraziato. Sembra più grande, più sofisticata. Sorride, ma tira le estremità dei capelli come se cercasse di allungarli, mentre tutti mormorano consensi. Peter la fissa e io incrocio il suo sguardo, e inclino il mento verso l'alto, dicendogli di dire qualcosa.

Lui deglutisce. «Sei bellissima.»

Ana è raggiante e mi rendo conto che quella che la preoccupava di più era la sua reazione. Se la faccia di lui è un'indicazione, non ha nulla da temere.

Penny rimane a bocca aperta. «Non posso credere che tu ti sia tagliata i capelli. Non fraintendermi, sei stupenda, ma non riesco a credere che *tu*…» Si interrompe scuotendo la testa.

«Preferisco essere viva che avere dei bei capelli», risponde Ana.

«Chi sei tu e cosa ne hai fatto di mia sorella?» chiede Penny. Sorride e si sposta in avanti per toccarle stupita i capelli.

Capitolo 97

Bits raccoglie le foglie di basilico dagli steli sotto la guida di Peter. Sta facendo una specie di pesto. I pomodori, cosparsi di formaggio di capra, sono disposti su un piatto da portata. Le cene di Peter sono sempre fantasiose e, prima che abbia finito, ci ritroviamo a vagare per la cucina come cani imploranti. Preparo la tavola e tiro fuori una bottiglia di vino che abbiamo trovato. Non ce n'è molto, ma questa cena dovrebbe essere accompagnata da qualcosa di speciale. E John ha del vino alla fragola che sta fermentando nella sua cantina.

«C'è un profumino lì dentro», dice Nelly, mentre annusa attraverso la zanzariera della porta sul retro. Ha scavato e ogni centimetro di lui è ricoperto di terra. «Pete, forse un giorno mi insegnerai a cucinare.»

Peter si sporge verso la porta e ride. Ora non gli importa se Nelly lo chiama "Pete". «Rovineresti tutto con la salsa barbecue.»

«Puoi dirlo forte, sono texano!» esclama Nelly.

Lascia gli stivali sporchi di fango fuori e si dirige verso il bagno. La tavola è carina con i bicchieri di vino, il che mi fa pensare.

Quando tutti sono seduti, salto in piedi e mi porto una mano alla bocca. «John, oggi abbiamo dimenticato di controllare i pomodori nel tuo orto! Erano pronti a esplodere già ieri.»

John mi guarda calmo, ovviamente pensando che sto ingigantendo la cosa. «Beh, rimandiamo a domani.»

«E se domani fossero già troppo maturi? Tutto quel cibo sprecato? E se fosse la differenza tra la vita e la morte?»

Penso di aver esagerato con il melodramma, ma nessuno sembra sospettare niente. Mi sposto dietro la sedia di Nelly e lo colpisco in modo furtivo alla schiena.

Si strozza con il suo pomodoro. «Ti aiuto», dice e guarda con desiderio il pesto.

«Il pesto è ottimo a temperatura ambiente», dico. Lui borbotta qualcosa e io sorrido. «Penny, James, John? Ci sono molti pomodori.»

«Non me ne ricordo così tanti», dice John con la fronte aggrottata.

«Ne ho visti molti», dice Bits, che pensa che cinque pomodori siano tanti. Ma non ho intenzione di discutere.

«Okay.» John si alza. «Il cibo sarà ancora qui dopo il tramonto, ma se lo dici tu, forse è il caso che raccogliamo i pomodori.»

Faccio cenno ad Ana e Peter di tornare a sedersi. La schiena di Ana ha subito un brutto colpo e stiamo cercando di farla riposare.

«No, voi restate», dico. «Siamo abbastanza. Ana, non dovresti piegarti! Peter, l'hai cucinato tu, quindi dovresti godertelo.»

Vedo un luccichio nei suoi occhi. Sorrido serenamente e verso il vino nei loro bicchieri. Lui mi guarda male. Canticchio un motivetto e valuto se accendere una candela, ma non è buio, quindi potrebbe essere eccessivo. Gli faccio l'occhiolino, prima di sgattaiolare fuori dalla porta. Lui scuote la testa e sospira, ma quando si gira di nuovo verso di lei appare un sorriso sul suo volto. Lo considero il loro primo appuntamento. Percorriamo il vialetto verso casa di John e il ricordo del primo bacio tra me e Adrian mi fa contorcere le budella.

È successo al nostro terzo vero appuntamento. Eravamo usciti anche in gruppo, ma Adrian non aveva mai provato a baciarmi a un vero appuntamento o altro. Avevo cominciato a pensare di aver interpretato male i segnali. Dopo il nostro secondo appuntamento Nelly mi prese da una parte al bar.

«Allora?» chiese, con le sopracciglia sollevate.

Sospirai. «Allora, niente. Non ha nemmeno provato a baciarmi. Mi ha chiesto di fare un'escursione sabato, quindi penso che ci troviamo molto bene insieme. Beh, io sì, comunque. Ma forse siamo solo amici.»

Nelly era scettico. «Non è possibile che sia solo un amico, non dal modo in cui ti guarda.»

«Cosa vuoi dire?» Gli detti una gomitata al braccio.

Nelly bevve un lungo sorso mentre pensava. «È come se si ammorbidisse. Sorride come se tu fossi un gattino o qualcosa del genere.»

«La maggior parte della gente non vuole pomiciare con i gattini. Forse sono come uno di quei vecchi gatti rognosi che non puoi fare a meno di compatire, che sono carini perché sono dei disgraziati, così ricevono più attenzioni?»

Nelly si mise a ridere. «Sei cieca, ragazza. Cieca, te lo dico io. Ma va bene, vado a chiedergli perché…» Sollevò la birra in direzione di Adrian, che era seduto al bar e ci sorrise mentre parlava con qualcuno.

Gli afferrai il retro della camicia e lo feci voltare. «Non ti azzardare!»

Lui sorrise. «Non lo farò, se ti bacia sabato. Altrimenti, dovremo andare in fondo a questa storia.»

Sabato Adrian venne a prendermi con la sua macchina scassata. Mi aprì la portiera e fece il giro. Mi avvicinai e sbloccai la portiera del lato guida, proprio come mi aveva insegnato mio padre, che pensava di vivere ancora nel 1970, quando nessuno aveva quei piccoli aggeggi a scatto che sbloccano tutte le portiere. Ma l'auto di Adrian aveva le manopole che si tirano verso l'alto e io sorrisi, mentre seguivo il galateo di mio padre. Adrian si scusò per l'aspetto generale dell'auto, ma dato che io non ne avevo una, dissi che la sua era comunque più bella della mia.

«Inoltre», aggiunsi, «ho un criterio per le auto: non devono rompersi, lasciandoti a piedi su strade sterrate solitarie o autostrade nel deserto. Questo è tutto. Se ha anche una radio, meglio.» Accarezzai la portiera come se stessi cercando di fare amicizia con il mezzo.

«Beh, allora questa deve essere l'auto dei tuoi sogni.» Lui sorrise e scosse la testa.

«Che c'è?» chiesi.

«Sei solo diversa. In senso buono.»

Mi chiesi se essere diversa in senso buono mi rendesse più desiderabile o più simile a quel gattino rognoso.

Camminammo per alcuni chilometri lungo un torrente prima di fermarci a mangiare. Ogni mattina di quell'autunno inoltrato c'era la brina sul terreno, ma il sole era uscito a riscaldare la giornata. Ma le mie dita delle mani e dei piedi erano fredde, e volevo un po' della cioccolata calda che avevo messo nello zaino. Un masso piatto che sporgeva sul torrente era un buon posto per un picnic. L'acqua si increspava e mulinava intorno a esso, e gli insetti dalle lunghe gambe che pattinano sull'acqua erano dappertutto. Ogni volta che un pesce veniva in superficie per divorarne uno, schizzava acqua.

Adrian mise la mano nel suo zaino. «Ho anche un panino al salame e uno al tacchino.»

«Adoro il salame», dissi.

Lui tenne sollevato il panino ben incartato e sorrise. «Lo so. L'hai detto una volta.»

Cercai di ricordare una conversazione in cui avessi elencato i miei panini preferiti, ma sapevo che probabilmente non c'era stata. Chissà perché avevo deciso di condividere quella perla con Adrian. Ma mi dette speranza. Chi si ricorderebbe il panino preferito di qualcuno se non gli importasse? Credo di averlo letto su un biglietto d'auguri una volta.

Giurai di tenere per me la razza di cane e la marca di assorbenti preferite, almeno per oggi, e ricambiai il sorriso. «Oh, grazie.»

Guardai le foglie cremisi e dorate cadere nel torrente per compiere un'ultima corsa lungo le dolci rapide. Mi ricordò qualcosa.

«Sai, una volta ho letto che non c'è nessun vero motivo per cui gli alberi cambiano il colore delle foglie in autunno», dissi, mentre preparavo il thermos e le tazze. «Usano gli zuccheri e le sostanze nutritive delle loro foglie per mostrare tutti questi colori, invece di tenerli nei loro tronchi e usarli. Quando l'ho letto volevo andare ad abbracciare un albero, ringraziarlo o qualcosa del genere. Sono sicura che non lo fanno per noi, ma forse lo fanno solo perché è bello.»

Cadde il silenzio. Alzai lo sguardo, già pentendomi di aver detto una cosa così strana. Mi stava guardando e ora capivo cosa intendeva Nelly con quello sguardo. Era gentile, ma anche curioso, e mi sono sentita un po' in imbarazzo per la sua intensità.

«Ehi, mi piaci davvero, Cassie», disse dolcemente.

«Anche tu mi piaci», sussurrai.

Tutto dentro di me esplose quando lo dissi. Fino ad Adrian avevo avuto una rigida politica: tenere per me i sentimenti nelle relazioni, soprattutto perché i miei erano sempre inferiori a quelli che l'altra persona provava per me.

«Speravo che lo dicessi.» Mi toccò una guancia e la sua fossetta si increspò. «Abbracciatrice di alberi.»

La mia risata risuonò. Prima che potessi dire qualcosa si avvicinò, sempre di più, e poi la sua bocca era più morbida di quanto pensassi. Il mio stomaco sobbalzò come per il primo grande tuffo sulle montagne russe. La sua mano si posò sulla mia clavicola e io appoggiai il palmo sul suo petto. Quando sentii il suo cuore battere veloce come il mio afferrai la sua camicia e lo tirai più vicino a me. Non mi riconobbi: questa ragazza che afferrava le camicie, mordicchiava dolcemente e avrebbe fatto assolutamente qualsiasi cosa su quella roccia in quel momento mi era sconosciuta.

Quando ci separammo sentivo due macchie rosa che mi bruciavano le guance. Avevo il respiro corto. Ero imbarazzata dal fatto che il mio desiderio fosse così evidente finché non lo vidi sul suo viso e nei suoi occhi sfocati.

«I tuoi capelli sono di un colore così bello», disse senza fiato. Strofinò una ciocca tra il pollice e l'indice.

Io alzai le spalle. «Sono castani.»

Lui inclinò la testa verso gli alberi. «No, è il colore delle foglie delle querce una volta cadute. Sono marroni, ma sotto c'è ancora nascosto quel rosso. Rossastri.»

«Oh.» Mi piaceva avere i capelli rossastri invece che castani.

Adrian versò la cioccolata. Mi appoggiai all'indietro e lo guardai. Volevo baciarlo di nuovo.

Lui sollevò lo sguardo. «A cosa stai pensando?»

«Non ero certa che mi avresti mai baciata», dissi, sorpresa di averlo detto ad alta voce.

«Volevo farlo, ma prima dicevo sul serio. Mi piaci e non voglio rovinare tutto.»

All'improvviso sembrò timido, ma quando i suoi occhi incontrarono i miei, erano diretti. Mi chiesi come potesse dire quello che provava senza essere terrorizzato. O forse lo era, ma non si lasciava fermare da questo. Forse potevo imparare a farlo anch'io. Mi passò una tazza e io ci soffiai sopra per avere qualcosa da fare, mentre pensavo a cosa rispondere. Mi ricordai che mi aveva chiesto a cosa stavo pensando.

«Non rovinerai tutto», dissi, con quella che mi sembrò tutta l'aria che avevo nei polmoni. «Non se mi baci di nuovo.»

E così fece.

Bits indica i due piccoli secchi di pomodori. «Vedi? Un sacco di pomodori!»

Rido all'espressione confusa sul volto di John e confesso: «Peter blaterava di non poter portare Ana fuori a cena, così ho pensato che avrei potuto organizzare una cena romantica senza che fosse strano. Si è presentata l'opportunità ed era troppo bella per lasciarsela sfuggire.»

«Avevo la sensazione che steste tramando qualcosa», dice Penny e guarda Nelly.

Il sorriso di Bits si allarga mentre parliamo. Almeno ho un'alleata.

Nelly alza le mani. «Non guardare me. Io sarei stato molto più discreto.»

Forse non avrò tatto, ma è bello pensare alla vita amorosa di qualcun altro oltre alla mia.

«Che ne dite se vi preparo un panino con burro d'arachidi e marmellata da John?» chiedo. «Giusto per riempirvi lo stomaco finché non rientriamo.» Tutti sospirano al pensiero del pasto alla baita, che è molto più gourmet di quello che ci sia qui fuori. «Oh, forza, è per amore! Avrete comunque una deliziosa cena.»

Bits si gira e canta la canzone de *La Bella Addormentata*. Nelly la prende in braccio e le fa fare dei giri di valzer. Mi seguono in casa brontolando, ma l'amore è nell'aria e i panini al burro d'arachidi vanno giù molto più facilmente di quanto si aspettassero.

Capitolo 98

È una buona cosa che mi piaccia l'orto, perché a volte mi sembra che dovrei piantare una tenda qui fuori. Se non diserbiamo, innaffiamo, raccogliamo, concimiamo, asciughiamo o lavoriamo quello che abbiamo raccolto. Le piante di pomodoro sono alte un metro e mezzo e sono cariche di globi rossi e verdi. Il campo di meloni ha un profumo dolce e alcune angurie sono già mature. Nelly ha insegnato a Bits come sputare i semi e lei è molto orgogliosa di detenere il record mondiale. Rompere la spessa buccia della prima anguria era come un rito religioso. Una volta la frutta fresca era qualcosa che prendevi al negozio, mentre adesso è qualcosa che si mangia quando matura e si assapora al massimo fino all'anno dopo.

Tutte noi ragazze siamo nell'orto a raccogliere fagioli. Le api vanno di fiore in fiore, godendosi il sole e preparandosi all'inverno, proprio come noi. I ragazzi, come li definisco io, sono andati a cercare il propano per la stufa. Volevo andare anch'io, ma poi mi sono chiesta perché volevo aiutarli a sollevare una cisterna da novanta chili. Mi preoccupo per loro, mentre cerco tra i viticci aggrovigliati. Non ho dimenticato il nostro ultimo viaggio e questa è la vera ragione per cui volevo andare. Sento che se io sono lì posso controllare le cose e farle andare bene, anche se so che non è assolutamente possibile.

Cerco di lasciare andare la preoccupazione. Nelle ultime settimane sono diventata più brava a lasciare andare le cose. Non posso fare in modo che Adrian mi ami ancora, non posso cambiare il corso di questo virus, non posso proteggere tutti quelli che amo, non posso andare in giro conficcandomi le unghie nei palmi per lo stress di tutta questa situazione. Ma posso infastidire Ana e Peter affinché si mettano finalmente insieme.

«Allora, Ana, cosa sta succedendo tra te e Peter?» le chiedo.

Lei rimane impietrita. «Niente.» Indietreggia e mi guarda con gli occhi sgranati. «Te lo giuro, Cassie.»

Pensa che mi arrabbierò. Ho sbagliato tutto.

Allungo una mano per fermare il suo balbettio. «Ana. Ana, va tutto bene. So che hai una cotta per lui da sempre. E anche tu gli piaci, lo sai.»

Rilassa il volto e si morde il labbro. «Ah. Lo pensi anche tu?»

«Lo so, gliel'ho chiesto.»

Lei abbassa la testa e i capelli le nascondono il viso, mentre sorride. «Davvero? Un paio di volte ho pensato che, forse, gli piaccio davvero. Anche se, guardami.»

Indica la sua canottiera macchiata e si passa con consapevolezza una mano tra i capelli corti. Le sue braccia sono coperte di terra e graffi, e non ha un filo di trucco. È stupenda.

«Ana, sai di essere bellissima. Hai la pelle dorata e i capelli lucidi.» Sembra più ottimista mentre continuo: «Hai mani aggraziate e un sedere tondo. Profumi sempre di rose e…» Mi lancia un fagiolo ridendo. «No, davvero, non hai bisogno di niente di tutto questo. Tu gli piaci e lui ti piace.»

«E ti sta bene?»

Quando si tratta di ragazzi, ad Ana non è mai importato chi o cosa deve superare per averli.

«Insisto. Voi due mi state facendo impazzire. Tutte quelle lunghe occhiate indugianti e quei tocchi prolungati. Bleah.» Faccio finta di vomitare e vengo colpita da dieci fagioli.

Bits corre attorno alla casa. «Sono tornati e hanno una sorpresa per tutti!» urla, poi si volta e corre di nuovo indietro.

Il retro del pick-up è pieno: ci sono due taniche di propano legate nel pianale e un groviglio di metallo, che capisco essere biciclette e una rastrelliera. Bits strilla quando vede quella viola che è la sua. Salta su e gira in tondo.

«Ce n'è una per ognuno», dice John. «Giù in città c'era un tizio che aggiustava le biciclette e le vendeva. Attaccheremo la rastrelliera al tetto del furgone e ne terremo un paio lassù. Questa è tua, Cassie.»

Mi porge una bici rossa. Penny guarda John, poi me e scoppia a ridere.

Quando tutti guardano per vedere cosa c'è di così divertente, dice: «Cassie non sa andare in bicicletta.»

Sei visi si voltano verso di me, increduli. La mia faccia dev'essere cremisi. «Cado. Riesco ad andare, ma poi all'improvviso tutto s'incasina e perdo il controllo.»

«S'incasina?» Nelly sorride. Sono così felice che le mie inadeguatezze lo divertano. «Perché non sono sorpreso?»

Bits fa un altro giro. «È facile, Cassie. Forse hai bisogno delle rotelle finché non ci prendi la mano, come ho fatto io», dice.

Questo commento suscita così tante risate, che mi ritrovo a ridere anch'io. Ho sempre desiderato saltare su una bicicletta e andare in giro da qualche parte, ma finisco per schiantarmi. Non so cosa succede. Un minuto prima sto bene, quello dopo sono diretta verso il marciapiede o un albero e vado fuori di testa.

«Posso aiutarti», continua lei. «Mi ricordo come si fa.»

«Grazie, Bits», ribatto e mi sforzo a mantenere un'espressione seria. «Avrò bisogno di tutto l'aiuto possibile.»

La mia prima lezione su come andare bicicletta sullo sterrato finisce nella solita tragedia. Metto i piedi sui pedali e sto in equilibrio, ma la ruota anteriore colpisce una roccia, che fa traballare la forcella, io chiudo gli occhi e finisco in un fosso.

«Perché hai paura della bici?» Peter mi chiama dal vialetto, mentre inizio a rialzarmi.

Mi chiedo da quanto tempo stia guardando. Bits è accanto a lui, la mia cheerleader personale.

«Perché mi vuole morta», rispondo.

Lui ride. Mi sento in imbarazzo con un pubblico che non è solo Bits, quindi rimetto la bici in piedi.

«Ho insegnato a Jane ad andare in bicicletta», dice. È la terza volta che parla della sua sorellina nell'ultimo mese. In tutto l'anno in cui siamo stati insieme non mi aveva mai detto nemmeno il suo nome. «Se può farlo una bambina di sei anni, puoi farlo anche tu.

Ricordati solo questo: la bici è tua amica, non ti vuole morta.»
Sorride al mio sguardo dubbioso.

Certo che la bici mi vuole morta, lo vogliono tutte.

«Ora dillo.»

Rido. «Non ci penso neanche.»

«Sì, invece. Dillo, Cassandra.»

Non funzionerà mai. Alzo gli occhi e dico, con la mia voce più sarcastica: «La bici è mia amica, non mi vuole morta.»

«Bene.» Peter fa finta che non mi stia comportando come una bambina di due anni. «Ora sali. E non chiudere gli occhi. È quello che stai facendo, no?»

«Come fai a saperlo?»

Fa l'occhiolino a Bits. «Lo faceva anche mia sorella. Ora vai!»

Non voglio un pubblico. Non riuscirò mai a stare in equilibrio.

«Non puoi guardare», dico. «Chiudi gli occhi.»

Bits ridacchia e Peter si china in modo che lei possa coprirgli gli occhi. «Okay, non vedo.»

Risalgo in sella. La bici prende velocità e mi sento subito come se perdessi il controllo, ma combatto l'impulso di chiudere gli occhi e atterrare su un qualcosa di relativamente sicuro. Mi aggrappo al manubrio e continuo. Il vento mi scompiglia i capelli e mi rinfresca il collo. Dev'essere questo il motivo per cui la gente va in bicicletta. È molto meglio che correre. Quando ho fatto un po' di strada, mi fermo e giro la bici camminando. Non ho intenzione di tentare quella che sembra una sorta di manovra temeraria, anche se Bits e probabilmente ogni altro bambino di sette anni nel mondo può farla, e torno indietro.

I miei occhi sono concentrati sulla strada e alzo lo sguardo solo quando sento fischi e applausi. Bits è troppo occupata ad applaudire per coprire gli occhi a Peter ed entrambi mi guardano avvicinarmi. Freno davanti a loro, sentendomi estremamente orgogliosa di me stessa e, allo stesso tempo, come la più grande idiota del mondo.

«So andare in bicicletta!» esclamo. «Più o meno.»

«Sei stata grande!» grida Bits. «Ci eserciteremo insieme!»

I suoi occhi sono così sinceri, che mi chino e le do un bacio. «Grazie per il consiglio», dico a Peter. «Ha funzionato. Ora, se solo tu seguissi il mio.»

«Lo farò, Cassandra. Se la smetti di tormentarmi.»

«Consideralo fatto», ribatto.

Ma sappiamo entrambi che non ho intenzione di fare nulla del genere. Lui mi fissa severo, ma la sua bocca si contrae, e io lo fisso di rimando finché non sorride. Li saluto entrambi e mi dirigo verso la casa in bicicletta. Non cado nemmeno una volta.

CAPITOLO 99

IL SOLE SI nasconde dietro nuvole scure, ma mi sveglio all'alba, come al solito. Piove, quindi c'è meno da fare e possiamo dormire fino a tardi. Una volta pensavo che le otto del mattino fossero presto e che le undici fossero ragionevoli nei fine settimana. Stamattina decido di provare con le otto. Mi tuffo sotto le coperte, ma dopo qualche minuto sospiro e rinuncio.

«Di solito a quest'ora tornavo a casa dopo essere stato fuori tutta la notte, non mi svegliavo», si lamenta Nelly.

Ha un braccio sotto la testa mentre guarda fuori dalla finestra. Allungo le braccia e punto le dita dei piedi. Non fa più così male come una volta. Il mio corpo si è abituato a tutto questo esercizio.

Si scuote dalla sua fantasticheria. «Sono due notti che non hai gli incubi, giusto?» chiede.

Annuisco. «Come lo sai?»

«Tendo a notare quando vengo preso quasi sempre a pugni e svegliato dalle urla. Quindi, tendo anche a notare quando questo non accade.»

Gli do un calcio sotto le coperte. Lui guaisce e muove le gambe. Ho i piedi gelati, anche in estate. Adrian mi lasciava sempre infilarli sotto le sue cosce quando erano gelati. Stringeva i denti e sorrideva, mentre io sospiravo soddisfatta.

«Credo che gli incubi siano spariti. Almeno per il momento.» Non so dire perché sia così, ma ne sono abbastanza certa. Comincio a sentirmi di nuovo me stessa.

Esco dalle coperte e prendo i vestiti. Quando apro il primo cassetto, vedo il luccichio dell'argento e prendo l'anello. È caldo nel mio palmo. Lo metto sul lavandino del bagno e, quando sono vestita, me lo infilo in tasca. È lì che deve stare, perché mi rende felice. Non importa cosa succede. Lo accarezzo delicatamente e mi dirigo a preparare la colazione.

La spietata partita a Monopoli è finita e siamo tutti seduti ad ascoltare la pioggia che scroscia sul tetto di metallo, quando sentiamo uno schianto in cucina.

Penny è in piedi tra i resti di una ciotola. «Cavolo! Scusa, Cass.»

Continuo a dirle che questa è anche casa sua, ma so che si sente in colpa per aver rotto qualcosa dei miei genitori.

«Per favore, Pen, va tutto bene. Ehi, ti ricordi quando ho rotto il vaso di tua madre?»

Avevamo dodici anni e stavo mostrando a Penny qualche stupido passo di danza che avevo inventato. Penny sorride, ricordando che, quando Maria tornò a casa, non si arrabbiò, ma mise la musica, mi chiese di mostrarle la mossa, poi continuò a farla in giro per casa, mentre noi ridevamo a crepapelle.

Se solo fosse qui o se sapessimo che è al sicuro. La mia paura si riflette negli occhi di Penny prima che ritorni a guardare i cocci rotti. Quando alza lo sguardo le è tornato il sorriso.

«Questo è proprio un giorno da film», sospira. «La maggior parte del tempo non mi manca la TV, ma in un giorno come questo…»

«Un film», dice Bits. Sembra che qualcuno le abbia appena proposto un viaggio sulla Luna. «Vorrei poterne guardare uno.»

John ride. «Beh, signore, se avessi saputo quanto la situazione era diventata disperata, avrei detto qualcosa prima. Perché non guardiamo un film a casa mia, mentre facciamo funzionare il generatore?»

Non ci concediamo quasi nessun eccesso di elettricità. Il generatore è da John e fa funzionare i congelatori per qualche ora al giorno per mantenere le cose congelate. Alimenta la radio e la lavatrice, carica le batterie e gli attrezzi. La benzina è una risorsa molto limitata e deve bastarci per tutto l'inverno.

«Sì!» grida Bits e getta le braccia intorno al collo di John.

Nelle ultime settimane è diventata molto espansiva. Mi ha mandato almeno un migliaio di baci volanti. E, anche se i suoi incubi non sono scomparsi, non li ha tanto spesso. Si fida così tanto di noi, che mi terrorizza il fatto che in qualche modo la deluderemo.

«Beh, sicuramente non faremo i popcorn», la prendo in giro.

Lei sorride. «Caa-ssie! Sì, invece! E devono venire anche le mie Barbie e il tuo cane.» Corre lungo il corridoio a recuperare i giocattoli con cui ha ricominciato a giocare.

«Wow! Quella bambina ha davvero bisogno di vedere un film, eh?» dice Nelly.

Quando *La Storia Fantastica* finisce, sospiriamo tutti. Passare del tempo in un altro mondo è stato davvero come fare un viaggio sulla Luna. Potrei guardare film per una settimana di fila.

«Beh, è quasi ora della trasmissione delle sette», dice John.

Mangiamo i popcorn rimasti mentre aspettiamo. Mi preparo a sentire la voce di Adrian, anche se so che è improbabile, ma c'è solo Matt, che scorre la lista delle Zone Sicure e ne manca una.

«La Zona Sicura alle porte di Allentown, Pennsylvania, è stata compromessa», riferisce. «I sopravvissuti hanno descritto un forte gruppo di Lexer composto da diverse centinaia di persone. Non conosciamo il numero esatto delle loro perdite, ma è molto alto. Ci è stato segnalato che alcuni sopravvissuti sono nella Zona Sicura di Starlight, in Pennsylvania.»

Ci ricorda che branchi di queste dimensioni potrebbero significare un cambiamento nelle abitudini degli infetti. Il rapporto termina un minuto dopo. Immagino che anche Matt, a cui sembra piacere molto essere un personaggio radiofonico, non abbia l'energia per essere allegro.

«Okay», dice John e la sua bocca si incurva all'ingiù. «Domani dobbiamo iniziare a lavorare alle fortificazioni.»

Cerco di immaginare il gruppo di Lexer che abbiamo incontrato al Radio Shack nove volte più grande.

«Neanche noi potremmo mai sconfiggerne così tanti», aggiungo.

«No, ecco perché abbiamo il furgone», ribatte John.

Qualsiasi magia lasciata dal film è evaporata quando siamo tornati indietro. Bits mi tiene la mano e parla della Principessa

Bottondoro. Almeno lei è ancora felice e voglio che rimanga così. Al pensiero di lei sola e indifesa, le stringo la mano.

«Ahi!» esclama.

Lascio la presa. «Scusa, tesoro.» Ma è tutto quello che posso fare per non stringerla di nuovo, sono davvero preoccupata.

Capitolo 100

John mette le munizioni in ciascuno dei nostri zaini nel furgone. Ha alcuni pasti pronti e, con quelli rimasti dal negozio di Sam, abbiamo cibo per qualche giorno.

«Bleah», dice Penny, quando ne infilo un po' in ogni zaino.

John sorride. «Ah, non sono così male. Dovresti vedere cosa ci davano da mangiare in Vietnam. Faceva molto più schifo e pesava anche una tonnellata.»

«Ma allora c'erano le sigarette, vero?» chiede James con desiderio, spingendo una bicicletta verso la rastrelliera. Non ne ha più avute dal suo ultimo pacchetto.

«Sì, ed erano la cosa migliore.»

«Beh, ai soldati dovrebbero dare una paga extra solo per il cibo», dice Penny. Aggiunge un altro sacco a pelo sul retro. «Credo che sia tutto.»

John ride. «James, ho bisogno di aiuto con le imposte. Le tagliamo a casa mia e le portiamo in macchina.»

Mentre fissa la bici, James risponde: «Certo, capo.»

Mentre loro lavorano alle imposte, io mi occupo delle lettere per l'Albero dei Messaggi. Ne scrivo un'altra a Henry Washington, dicendogli che saremo nel Vermont se ci trova qui. Ricordo che pensavo di essere fortunata a non avere figli da tenere al sicuro. E ora che c'è Beth, capisco che avevo ragione. Ho paura di doverla vedere morire e, forse anche peggio, di morire io lasciando lei in balia di qualche orribile destino spaventata e sola. Penso al piccolo e serio Hank, e mi sforzo di immaginarlo pieno di vita, invece che a barcollare e marcire in un bosco da qualche parte.

Scrivo a Eric. Gli racconto dell'anello e lo ringrazio per averlo conservato per me. Gli dico che aveva ragione: sull'anello, su Adrian e sul fatto che l'infezione è molto peggio di quanto pensassimo. Gli dico che mi ha salvato facendomi promettere che avrei lasciato New York. Gli dico che gli voglio bene e che lo sto immaginando con Rachel mentre fanno un'escursione nei boschi e si divertono un mondo, perché è così che penso sempre a lui. Gli dico di venire da noi nel Vermont quando può.

Sono solo le quindici, ma la casa è buia. L'interno di ogni finestra e porta della zona giorno è coperto. John ha fatto dei telai che si adattano intorno a loro in modo che le imposte di compensato possano essere appese facilmente. Hanno delle piccole aperture con le cerniere per vedere e sparare.

«Ne ho una per il corridoio», dice John. «Non avevo abbastanza legno per le camere da letto, ma lì le finestre sono più in alto. Possiamo farne una specie di camera blindata finché non ne avremo altro. Le attaccheremo ogni notte.»

«Mi sembra di essere in un episodio di *A-Team*», dico. Quando tutti mi guardano con curiosità spiego: «Guardavo le repliche con Eric. Vi ricordate che, alla fine, costruivano sempre un veicolo folle, una fortezza o qualcosa del genere?»

James aveva un'espressione seria mentre eravamo seduti al buio e immaginavamo di essere circondati, ma ora il suo solito sorriso è tornato. «Quella era la mia parte preferita.»

«Allora, posso essere Face?» chiede Nelly.

«Tu e Peter potete fare a gara per contendervelo», dico. «Ma io sono Murdock, era il mio preferito.»

«Lo sai, non mi sorprende neanche un po'», ribatte Peter.

Lui e Nelly si danno il cinque. Perché lo fanno?

«Beh, non c'è alcun dubbio sul fatto che io sono B.A. Baracus. Mi hanno detto che la somiglianza tra me e Mr. T è impressionante», aggiunge James.

«È questo che mi ha attratto di te all'inizio», gli dice Penny, mentre questi incrocia le braccia in una posa alla Mr. T.

«Mi dispiace per il folle che prova a toccare le mie imposte di compensato», dice James con voce profonda, facendoci ridere.

Anche Bits ride, anche se non ha idea di cosa stiamo parlando. E quando imita James e lo dice, con le braccia pelle e ossa incrociate e la sua voce minuta più profonda che può, noi perdiamo completamente la testa.

John finge di essere disturbato. «Okay. Sarà meglio toglierle. Penso che l'oscurità potrebbe avere la meglio su tutti voi.»

Capitolo 101

Sono le sette del mattino, ma la giornata è già calda, umida e immobile. Nelly lava i piatti della colazione mentre noi siamo stravaccati nel soggiorno. C'è così tanto da fare, ma nessuno di noi ha voglia di muoversi.

«Fa caldo», piagnucola Bits sdraiata sul pavimento.

«Sì», concorda Peter. «Credo che tu stia iniziando a scioglierti. Guardati, stai gocciolando sul legno.»

Beth ridacchia. La sventolo con una vecchia rivista e lei chiude gli occhi e ansima, mentre l'aria le arriva addosso.

«Fa troppo caldo per fare qualsiasi cosa», dice Penny. Mi guarda con un occhio socchiuso, proprio come faceva alle superiori. «Mariniamo la scuola?»

È l'idea migliore che ho sentito in tutta la mattina. «Assolutamente. Andiamo allo stagno.»

Bits si alza in piedi. «Stagno? A nuotare?»

Annuisco. «Sì. Dobbiamo camminare per circa un chilometro e mezzo, e c'è un po' di fango e di schifo, ma possiamo catturare rane e salamandre. E nuotare, se non ti fa troppo schifo.»

«Certo che no! Ci andiamo davvero?» Bits salta in piedi, il caldo è già un ricordo.

Guardo John, che annuisce. «Bits, prima dovremo dare un'occhiata, assicurarci che sia sicuro, ma non vedo perché no. In casa ho ancora i retini dei bambini per catturare le rane.»

«Possiamo fare un picnic?» chiede Bits. «E, Cassie, possiamo dipingere? All'aperto, come mi raccontavi?»

«Certo.» Adoro vederla così eccitata e per la centesima volta desidero che possa avere un'infanzia normale. Indico Nelly. «Caricheremo il nostro mulo da soma per portare tutto.»

«Hi-ho!» esclama lui.

«Quello è un asino, sciocchino!» Bits ride, prima di correre a cercare qualcosa da indossare.

John e Peter ci chiamano via radio per scendere. Lo stagno è un minuscolo affluente del torrente che attraversa il terreno dei miei genitori e finisce in una diga costruita dai castori. In questo periodo dell'anno brulica di libellule e rane, ed è circondato dalle tife.

Quando raggiungiamo lo stagno siamo già grondanti di sudore. John e Peter sono nella radura intorno all'acqua e si guardano intorno. Mi spoglio per rimanere in costume da bagno e spalmo la protezione solare a me e a Bits.

«Ehi, *blanquito*, vieni a mettertene un po'», dice Penny a James.

Gli mette la crema e io osservo la sua abbronzatura con invidia. «Ti odio!» esclamo e lei risponde con un sorriso.

Nelly lascia cadere le borse sull'erba e si toglie la camicia. «Io entro. Vieni con me, Bits?»

«Sì!» grida lei. Corre nella fanghiglia a pelo d'acqua e si volta indietro. «Che schifo! È disgustoso, ma non troppo. L'acqua è calda, però. Dai!»

Mi dirigo verso lo stagno. Adoro questo posto, anche se mi rende nervosa essere così lontana da casa, senza un sistema di allarme.

Bits strilla quando le rane si tuffano nell'acqua, mentre noi entriamo, con il fango che si schiaccia tra le dita dei piedi. «Ce n'è una, Cassie! E un'altra! Ce ne sono un milione!»

Nelly passa di corsa e si tuffa. Riemerge schizzando e va di nuovo sotto. Il cagnolino Bits sguazza intorno a me e parla incessantemente. L'acqua è fresca ed è una sensazione meravigliosa. Sto per immergermi quando la mia caviglia viene afferrata da sotto.

All'improvviso sono nell'acqua fino al collo. Cerco di respirare e urlo. In un istante riesco a vedere come andrà a finire: il morso sulla caviglia, la morte lenta, il modo in cui dovranno finirmi quando sarò finalmente morta, in modo da rimanerci. Scalcio finché non mi libero dalla morsa e afferro Bits, proprio mentre Nelly spunta, strofinandosi un segno rosso sul petto.

«Scusa», dice con un sorriso imbarazzato. «Mi sa che ho dimenticato che cose del genere non sono più divertenti. Mi verrà sicuramente un livido. Belle mosse di karate, comunque.»

«Oh mio Dio, Nelly! Mi hai spaventata a morte!» esclamo con una mano sul petto.

Gli schizzo l'acqua addosso più forte che posso. Bits si unisce a noi e ride, mentre Nelly prende quella punizione con un sorriso. Peter, che era accorso quando si è accorto che qualcosa non andava, solleva Bits e la culla tra le braccia. Lei gli fa un cenno e lui la getta in acqua schizzando dappertutto.

Lei riemerge strillando. «Ancora, Peter!»

John tiene d'occhio il bosco. Non abbiamo visto avvicinarsi un solo Lexer, dato che siamo su una collina ripida e remota, ma non è detto che la situazione rimanga così. Quando ne ho abbastanza mi dirigo verso le coperte per preparare i colori. Mostro a Bits come mescolarli e ci sediamo al sole con i nostri pennelli, i corpi rinfrescati dall'acqua.

Un'ombra si profila dietro di me. «Ehi, è davvero bello», dice Peter.

Combatto l'impulso di coprire il mio dipinto. «Oh, no, non è vero. È terribile.»

Si accovaccia accanto a me. «Beh, in trenta minuti hai fatto una cosa migliore di quanto potrei fare io in un anno, quindi penso che sia bello. Non ho mai visto nessuno dei tuoi lavori.»

«Sì, lo hai visto, quel quadro in soggiorno.»

È un quadro che ritrae il giardino in fiore, con una donna chinata, mia madre, nell'ombra.

«L'hai fatto tu? Wow…» Ogni volta che ci passo davanti, penso a come mi piacerebbe entrare in quel mondo. I colori sono come in un sogno: tutti brillanti e liquidi, ma cremosi.

Sorrido e annuisco. Mia madre diceva sempre che è come aveva sognato fosse il paradiso. «Grazie. Quello mi piace, ma sono arrugginita. Dobbiamo fare pratica se vogliamo migliorare. Giusto, Bits?»

Lei annuisce e indica la sua tela, dove ha dipinto tremila rane che se ne stanno a pelo d'acqua. «Guarda il mio, Peter.»

Lui si sposta verso il suo dipinto e si mette una mano sotto il mento, come un serio mercante d'arte. «Lo adoro. Mi piace molto il tuo uso delle rane. Sicuramente lo appenderemo quando sarà finito.»

«Cassie ha detto che avremo una galleria! E io farò una mostra d'arte.» Pulisce il pennello e si asciuga il sudore dalla fronte. «Posso nuotare ancora? Ho caldo.»

Nelly e Ana sono nello stagno, quindi annuisco. «Certo, poi pranziamo.»

La guardiamo procedere a lunghi balzi verso l'acqua e sorridiamo quando Nelly la lancia in aria.

«Adoro quella bambina. Ero preoccupata che tutto questo l'avesse troppo segnata, ma lo accetta senza batter ciglio.» Scuoto la testa. «Non credo che potrei essere così forte.»

«Lo so.» Peter la guarda ridacchiare, mentre Ana la tira nell'acqua. «Mi stupisce.»

«Non ti spaventa il fatto che non saremo in grado di proteggerla?» Devo sapere se sono l'unica.

Lui annuisce, con un'espressione intensa. «Farò tutto il possibile per tenerla al sicuro. Le voglio così tanto bene. Non credevo che fosse possibile…» S'interrompe e distoglie lo sguardo, sbattendo le palpebre velocemente.

Appoggio una mano sporca di vernice sulla sua spalla. «Lo so e anche lei lo sa. Forse è per questo che è così felice, perché le vogliamo tutti bene.»

Peter mette la sua mano sulla mia e sorride. Sembra felice, almeno per quanto sia possibile pensando a cose del genere.

«Faremo del nostro meglio» dico, non sentendomi più così sola nella mia paura. Gli tiro la mano e mi alzo. «Adesso che ne dici di giocare a pollo? Di sicuro Nelly e Ana ci stanno.»

I suoi denti lampeggiano. «Dai, facciamo loro il culo.»

Capitolo 102

Per una volta ho dormito fino a tardi. Nelly dev'essere sgattaiolato fuori per farmi un piccolo regalo di compleanno. Mi è sempre piaciuto festeggiare il compleanno in agosto, perché voleva dire passarlo qui.

Bits è in fondo al corridoio e sgattaiola via quando mi vede, ridacchiando come una pazza. Sono giorni che si comporta in modo sospettoso e innocente, come solo i bambini sanno fare. Ci sono le frittelle sul tavolo e le imposte sono appoggiate alla parete in fondo al soggiorno, smontate per oggi.

Penny è in cucina a pulire. «Buon compleanno!» esclama abbracciandomi. «Come ci si sente a essere vecchia?»

«Lo scoprirai tra quattro mesi. Fino ad allora, sei troppo giovane per capire.»

«Tanti auguri! Quando sarò vecchia come te mi truccherò!» grida Bits dal niente. Da come sta ballando si potrebbe pensare che sia il suo compleanno. «Ventinove anni, sei vecchia!»

Mi chino e fingo di camminare con un bastone fino al tavolo. Bits mi mette qualcosa in testa. Allungo la mano e sento un tessuto morbido.

«È la tua corona di compleanno, ne ricevo sempre una quando è il mio», dice Bits.

Mi tolgo la corona di feltro viola con una stella cucita sul davanti.

«È bellissima! L'hai fatta tu?» chiedo. Il suo sorriso è grande. Annuisce e la stringo forte. «Grazie mille. La indosserò per tutto il giorno.»

Mi riempio il piatto e ricevo altri auguri di compleanno dagli altri. Nelly arriva con un secchio di latte e lo ringrazio per avermi lasciata dormire.

«Grazie a te per avermi fatto dormire, festeggiata», dice, mentre mi strofina le spalle. Sono passate settimane senza incubi.

Trovo Ana nell'orto. Di sicuro sa cosa sta maturando, visto che è sempre qui.

«C'è così tanta roba», dice. «Domani dobbiamo ricominciare a fare i barattoli.»

«Oggi farò dei pomodori», ribatto.

«Diciamo solo che oggi i fornelli non saranno disponibili e tu starai fuori dalla cucina. Se dico altro, Bits mi ucciderà.»

Rido. «Capito.» Annuso il profumo dei pomodori che stiamo raccogliendo e sospiro.

«Lo so», concorda Ana. «E, in effetti, hanno lo stesso sapore dell'odore.»

Paragono la Ana di quattro mesi fa, che si scuoteva i capelli e si accigliava, a quella che è qui. Deve sapere cosa sto pensando, perché scuote la testa.

«Lo so. L'orto. Chi l'avrebbe mai detto?»

«Avrei giurato di averti vista parlare alle piantine.»

«Di sicuro l'ho fatto quando nessuno guardava. Volevo cantare per loro con te e Penny ma non ci riuscivo. È come se, facendolo, avrei ammesso tutto questo. Non volevo che tutto cambiasse.» Alza le spalle e mette i pomodori nella cassetta ai suoi piedi. «Ancora non lo voglio.»

«Nemmeno io.» Penso agli anni che ho sprecato dopo la morte dei miei genitori. «Vorrei tornare a com'era prima, ma fare alcune cose in modo diverso.»

«Anch'io. Ma mia madre dice sempre che rivangare il passato non ci porta da nessuna parte, quindi per una volta le darò ascolto.»

«Ha ragione.» L'ho sperimentato di recente. «E, a proposito di futuro, cosa c'è tra te e Peter? E sì, sto ficcanasando, quindi raccontami.»

Lei allunga le mani e le appare una ruga tra le sopracciglia. «Niente. A volte penso che voglia baciarmi e poi, nulla. Non ne ho idea. Mi sta facendo impazzire. Mi piace così tanto, Cass.» La sua voce si è ammorbidita. «È il primo ragazzo che mi piace davvero, sai?»

Capisco perfettamente. «Ci penso io.»

Nel pomeriggio Nelly e io facciamo funzionare il generatore, dopo che Bits mi ordina di andarmene fino all'ora di cena. La casa di John è tranquilla e fresca. Ci mettiamo a poltrire nel suo salotto, mentre i congelatori sono accesi.

«Allora, ho qualcosa per te», dice Nelly dal divano.

«Un regalo?» chiedo.

«Sì.» Sembra incerto. «Ma non so se ti piacerà.»

«Come potrebbe non piacermi qualcosa che mi hai regalato? Dammelo!»

Tira fuori dalla tasca un piccolo portagioie. Dentro c'è una catena d'argento con piccole maglie intrecciate. Sembra antica e mi piace da subito.

Mi inginocchio e gli do un bacio sulla guancia. «È davvero bella. Grazie.»

«So che non porti molti gioielli, ma è per l'anello. Forse non vuoi portarlo al dito, ma potresti perderlo tenendolo in tasca.»

Lo fisso per qualche secondo, chiedendomi come facesse a saperlo.

Lui alza un sopracciglio. «Viviamo nella stessa stanza. Inoltre ti conosco, tesoro. Ma non devi usarlo per questo se non vuoi.»

«Voglio farlo.» Infilo l'anello nella catena e lo abbraccio dopo che me l'ha messa. «Come fai a sapere sempre di cosa ho bisogno?»

«Penso tra me: cosa vorrei, se fossi un'artista imbranata e stramba?»

«Molto divertente.» Gli tocco il ginocchio. «No, davvero. Grazie, Nels, per esserci sempre per me.»

«Anche tu ci sei per me.» Lui fa spallucce, imbarazzato da quel sentimentalismo, e riassume la sua solita espressione. «Giusto per fartelo sapere, ora mi aspetto un regalo di compleanno pazzesco.»

Gli faccio l'occhiolino. «Vedrò cosa posso fare.»

Capitolo 103

Bits insiste che io sia bendata e mi toglie la benda mentre tutti urlano: «Sorpresa!» C'è una bellissima torta sbilenca e con molta glassa, ovviamente opera sua, circondata da pizza e birra fatte in casa. Ma la parte migliore è il giradischi a manovella di mio padre. Quando apro gli occhi James lascia cadere la puntina e dalla cassa esce *Happy Birthday Sweet Sixteen*. L'ha sistemato per farlo funzionare con i 45 giri.

«È una festa danzante!» esclama Bits. «Penny ha detto che ne volevi una.»

Gli occhi mi bruciano per le lacrime quando Penny mi sorride. Sono così fortunata ad avere amici che sanno cosa voglio e fanno del loro meglio per darmelo. Li abbraccio, a uno a uno.

«Non preoccuparti», dice James in risposta alla mia domanda non posta. «John ha controllato il volume. Non si sente dal vialetto.»

Mi rilasso. Sono cresciuta con questa musica, perché l'hanno fatto i miei genitori, e sentirla mi fa sentire come se fossi davvero tornata a casa. Insegniamo a Bits il twist, le mosse come se nuotasse e facesse il purè. Anche John balla, perché l'atmosfera è contagiosa, nonostante abbia giurato di non farlo. Facciamo una pausa, mentre Bits sfoglia i dischi e noi mangiamo.

«Che ne dici di questo? *This Magic Moment*?» chiede.

Penny prende con delicatezza il disco da Bits e mi lancia un'occhiata per vedere se l'ho notato.

Ho una fitta al cuore, ma annuisco. «È una delle migliori canzoni del mondo. Era la canzone dei miei genitori. Mettila.»

Iniziano i primi accordi e il mio petto si stringe ancora di più. Questa canzone è mia madre e mio padre; è Adrian. Ma poi Nelly arriva con la mano tesa e io mi alzo in piedi. Fa male, ma a un tratto capisco che è meglio sentire qualcosa che niente. E scopro che, una volta arresa, diminuisce, e tutto ciò che rimane è l'amore.

Peter è in cucina a tagliare carote e cetrioli a bastoncini. Salto a sedere sul bancone e dondolo i piedi.

Lui dà un colpetto alla corona e sorride. «Ehilà, principessa festeggiata.»

«Ehi. Allora, hai intenzione di baciare quella povera ragazza?» chiedo.

Le sue mani si fermano. «Cassie, ho un sacco di soldi. Un sacco. Può essere tutto tuo.»

Agito una mano. «Non mi interessa il tuo denaro.»

«Sì, lo so.» I suoi occhi brillano. «Ho sempre pensato che fosse piacevole, ma ora è solo una scocciatura.»

Urlo dalle risate. Lui torna a tagliare, ma io gli tocco il braccio. «No, davvero, che aspetti?»

Guarda fuori dalla finestra nella notte, poi si gira verso di me, gli occhi ansiosi. «Non voglio rovinare le cose.»

Ricordo che mi avevano detto la stessa cosa. Se lui prova questo per lei, allora è solo una questione di tempo.

«Ma voi due siete perfetti l'uno per l'altra», obietto. «Non incasinerete nulla. Sei preoccupato per il bacio? Non ne hai motivo, Pete. Lo so per esperienza.»

Arrossisce fino alla radice dei capelli. Sento quello che sto dicendo e penso che avrei dovuto evitare quell'ultima birra, ma non mi sento ubriaca. Sto bene e mi sento frivola.

«Pensa, potreste aprire insieme la prima boutique post-apocalittica del mondo.»

Faccio una cornice con le mani, come se potessi vederla.

Lui ride, suo malgrado. «Cass, che ti è preso stasera?»

«Sono solo felice.»

Non riesco a smettere di sorridere e lui contraccambia. Peter sembra sempre trattenersi un po', come se avesse paura di ridere troppo, ma questo sorriso è genuino.

«Sono davvero felice di sentirlo. Anche se sei ancora più strana del solito.»

Non lascio perdere. «Non rovinerai tutto.»

«Siamo così buoni amici. E se dovessimo restare qui per dieci anni? Dovevo assicurarmi che fosse una cosa che potesse durare tanto a lungo.»

Sta parlando al passato, però, quindi deve aver già deciso.

«È così che deve essere. Dovete essere amici o non funzionerà mai. Allora, Ana è una ragazza da dieci anni?»

«Sì.» Sembra davvero timido e il mio sorriso si allarga. «Sì, penso che lo sia.»

«Allora, basta aspettare! Potremmo non avere molto tempo, quindi non sprecarlo. Sarà il mio regalo di compleanno!» Applaudo alla mia idea.

«Vuoi che il tuo ex ragazzo si metta con un'altra come regalo di compleanno?» Peter scuote la testa con stupore, mentre prende il piatto e si gira per andarsene.

«Voglio solo che siate felici.» La mia voce è malinconica e lui si volta indietro con uno sguardo interrogativo. «Non abbiamo sprecato abbastanza anni della nostra vita a essere infelici, noi due?»

Il suo sorriso è triste. «Hai ragione, è vero.»

«Ma non più.»

«No, non più.»

Una scarica elettrica di quella nuova felicità passa tra noi. Ci sorridiamo a vicenda e mi rendo conto che Peter è diventato uno dei miei migliori amici. Sono così contenta che sia qui. Lui annuisce e si gira di nuovo.

Salto giù dal bancone e lo colpisco sul didietro. «Vai e falla tua, tigre!»

Lui solleva un piede in aria. «Sai, forse preferivo quando non mi parlavi.»

«No, non è vero.»

«No, hai ragione», dice con un sorriso.

Ballo un altro po' e poi mi siedo quando parte la canzone seguente. Bits sceglie *Breaking Up is Hard to Do*.

Peter prende un disco dalla pila. «Dopo c'è un lento», dice ad Ana, che sta mangiando una carota ricoperta di hummus. «Me lo concedi?»

Lei smette di masticare e sorride, il suo viso brilla. Poi deglutisce a fatica e beve un po' d'acqua.

Le faccio l'occhiolino. «Peter sa ballare il valzer, il fox trot e tutto il resto. Ha dovuto impararlo per i balli delle debuttanti.»

Alza gli occhi al cielo. «Non c'è mai stato nessun ballo delle debuttanti, Cassandra.»

Lo sapevo, è solo che mi piace dargli noia perché è ricco.

Ana ride e si morde il labbro. «Non riuscirò a stare al passo.»

Peter sorride. «Comunque ricordo i passi a malapena. Te la caverai benissimo.»

Mi volto per nascondere il mio enorme sorriso. Finalmente sta per succedere tra loro e non ho nemmeno dovuto usare la pistola. Stavo cominciando a considerarla come opzione. Nelly fa girare una Bits ridacchiante, mentre inizia la sua canzone. Mangio la torta e decido che, in uno strano modo, questo potrebbe essere il miglior compleanno di sempre. C'è così tanto da festeggiare, e anche da piangere.

«Nelly!» strilla Bits.

La paura nella sua voce mi fa cadere la forchetta e mi fa voltare. Nelly la tiene tra le braccia. Lei indica le finestre, la bocca aperta in un urlo silenzioso. Ha esattamente l'aspetto a cui avevo pensato in tutti questi anni in cui ho evitato le finestre di notte, temendo di vedere un volto spettrale che guardava dentro. La zanzariera della finestra sopra il divano si gonfia per la pressione degli infetti, che ci premono contro con la bocca, ringhiando e gemendo.

«Gesù Cristo!» urla John. Non bestemmia mai e non so se sia un'imprecazione o una richiesta di aiuto. «Prendete le imposte!»

Passiamo all'azione. Di solito il legno sembra così pesante, ma lo sollevo come se niente fosse. James corre in aiuto e stringe le viti. Peter e Ana prendono quella per l'altra finestra sul portico e la tengono lì, i loro muscoli si tendono mentre la spingono per respingere l'assalto. La zanzariera deve essersi strappata.

Nelly ha messo giù Bits e trascina le imposte della porta scorrevole dall'altra parte della stanza. Lei è in piedi sul tappeto, pallida mentre piange. Corro da Nelly e prendiamo le assi proprio mentre il vetro si rompe. Devono essere dappertutto. Un branco.

Neil Sedaka finisce di cantare sull'essere veri e nel silenzio sento Flora, Bert e le galline strillare e chiocciare. E, naturalmente, quegli orribili gemiti spettrali.

Le imposte ci oppongono resistenza. Giro le spalle alla mia tavola e la spingo, ma i miei piedi scivolano millimetro dopo millimetro lungo il pavimento. Proprio quando penso di non farcela più, Ana è accanto a me e la colleghiamo al telaio. Le mani ferme di John fissano i bulloni.

Delle mani sulle altre finestre più alte lasciano una scia di tracce viscide. Dei volti appaiono e mordono il vetro prima di ricadere; forse sono in piedi su altri infetti. Penny ha trascinato le imposte alle rispettive finestre e noi le fissiamo. Il fatto che non possiamo più vederli e loro non possono vedere noi mi fa sentire un po' meglio. Ho la bocca asciutta e il sudore che mi scorre lungo la schiena si trasforma in ghiaccio quando mi rendo conto che siamo completamente circondati. Siamo in trappola.

«Cazzo, siamo fottuti», dice Nelly.

«Non sappiamo quanti ce ne sono lì fuori», aggiunge John. «Vado in soffitta a controllare. Indossate tutti scarpe e armature.»

Facciamo come dice lui. In casa risuonano i colpi. Una finestra si rompe in una delle camere da letto, ma non possono salire e Penny ha chiuso le porte. Mi infilo la fondina e mi occupo di Bits, che sta in piedi come se fosse in trance. Le metto le scarpe e le chiudo la giacca.

Abbraccio il suo corpo rigido. «Andrà tutto bene.»

John si sporge dalla soffitta. «Ce ne sono troppi e altri arrivano dal bosco. Non possiamo raggiungere il furgone.»

Salgo sulla scala. Sono dappertutto. Si arrampicano l'uno sull'altro sul portico e camminano nel vialetto. Circondano il furgone all'angolo della casa.

«Se riusciamo a portarli qui in qualche modo, posso uscire dalla finestra del corridoio per prendere il furgone», dice John.

«Possiamo rompere la finestra della soffitta e arrampicarci fuori, sparare con le pistole e forse lanciare una lampada. Il fuoco potrebbe attirarli», suggerisco.

John annuisce nella luce fioca. Torniamo giù e spiega il piano.

«Io resterò su in soffitta», dico. «Appena sentirò il furgone, lancerò la lampada e verrò di corsa.»

«*Verremo* di corsa», dice Nelly. «Vengo con te.»

Penny afferra Bits per il fianco e annuisce con gli occhi sgranati. Io tengo la lampada a olio che ho intenzione di usare. Getta un bagliore tremolante sui nostri volti, come se stessimo raccontando storie di fantasmi a un campeggio estivo. Non c'è tempo di dire altro; il martellamento è diventato più forte e le imposte resistono, ma si spostano a ogni tonfo. Ci hanno fatto guadagnare tempo, ma forse non così tanto, non con il numero di infetti lì fuori.

Nelly e io saliamo in soffitta. Io uso la mannaia per rompere le finestre e Nelly spinge all'esterno il vetro con una sedia. Usciamo sul tetto del portico.

«Quassù!» grido.

Ci inginocchiamo sul bordo del tetto e miriamo alle loro teste, anche se stiamo solo cercando di attirare la loro attenzione. Non è possibile ucciderli tutti, ma non ha senso sprecare proiettili. Sollevano le mani e le agitano come se fossero a un concerto rock. L'aria è disgustosa, intrisa di fetore di morte. Stanno calpestando i fiori di mia madre, il che dovrebbe essere l'ultima delle mie preoccupazioni, ma li odio ancora di più per questo. Nelly si toglie l'armatura dal braccio e vedo un luccichio di metallo nella sua mano.

«Cosa fai?» chiedo.

Si passa il coltello sull'avambraccio e il sangue sgorga. «Do loro quello che vogliono.»

Tiene il braccio in fuori. Il sangue scorre giù e gocciola sugli infetti. Nell'istante in cui li colpisce, impazziscono. I gemiti e i sibili sono così forti che attirano quelli rimasti sulla parte anteriore della baita e, quando sentono l'odore del sangue, si uniscono alla calca.

Il motore del furgone si accende e Nelly scuote il braccio un'ultima volta. Prendo la lampada e miro a uno spazio vuoto. Ripenso a quell'anno di softball. Di sicuro mi sarebbe servito allenarmi di più. Non avrei mai immaginato che quelle abilità potessero salvarmi la vita; ho sempre pensato che giocare a softball mi avrebbe uccisa.

Sollevo la lampada, che va in frantumi e l'olio si incendia accanto a uno degli infetti. Scivoliamo giù dalla scala e corriamo verso il corridoio.

Il furgone è accostato alla finestra. Peter e Ana sono ai lati per sparare a qualsiasi cosa si avvicini troppo. Altri Lexer si muovono verso di noi, il diversivo è durato poco. James aiuta Penny e Bits a entrare nel furgone. Si sente uno schianto di legno seguito dagli strilli terrorizzati di Bert e delle capre. Bits si copre le orecchie e mi fissa con gli occhi sgranati, mentre il resto di noi riesce a entrare.

Il furgone oscilla mentre i corpi vi sbattono contro come animali in gabbia. John accende il motore. Mi tengo stretta al sedile, mentre sbattiamo contro l'erba e abbattiamo qualsiasi cosa ci capiti a tiro. Mi chiedo se rivedrò mai più la mia amata casa e mi giro per darle un'ultima occhiata. E mentre l'olio della lampada incendia i vestiti stracciati degli infetti e le fiamme divampano sulla loro schiena fino al portico, mi chiedo se rimarrà qualcosa da vedere qui.

Capitolo 104

Passiamo la notte nel furgone. L'unica che si riposa è Bits. Il resto di noi dorme a tratti, aspettando che ci sia abbastanza luce per proseguire in sicurezza. Penny benda il profondo taglio sul braccio di Nelly.

«È stato quello che li ha spinti oltre il limite», dico. Faccio una smorfia ricordando i rumori che hanno fatto quando il sangue li ha colpiti. «Fa male?»

«No», risponde Nelly. «Va tutto bene.»

Partiamo quando il cielo è striato di giallo. C'è un debole bagliore arancione in direzione della casa. Mi dico che siamo troppo lontani per vedere un incendio e che è l'alba, ma non ci credo.

James ha tracciato un percorso che costeggia Bennington, ma la strada è bloccata dalle auto abbandonate, quindi rimaniamo sulla strada principale. È abbastanza larga da permetterci di aggirare gli ostacoli. Attraversiamo terreni agricoli soffocati da erbacce e denti di leone. In alcuni punti ci sono i segni di lotta, corpi sparsi a terra e auto ribaltate fuori strada. In altri è lo stesso bosco del nord-est in cui ho corso tutta la mia vita. Su un prato un Lexer è seduto al sole come se si stesse godendo la bella giornata estiva. Inciampa sui suoi piedi, ma quando si rialza siamo già andati via.

«Non c'è nessuno», dice Penny a bassa voce. James le prende la mano.

Le case diventano più frequenti a mano a mano che ci dirigiamo verso Bennington. Passiamo davanti al ristorante Friendly's, dove Eric e io ci facevamo venire il mal di testa mangiando il gelato con i Reese's Pieces. Lo mangiavamo con foga e poi ci scolavamo l'acqua, che in confronto era calda. Sorrido al ricordo e guardo John mentre attraversa un vecchio posto di blocco dove il terreno è disseminato di sacchi neri della spazzatura.

«Cosa c'è di divertente?» chiede Nelly.

Sto per rispondere quando colpiamo un dosso. Si sente uno schiocco e il furgone trema. John guida ancora per qualche metro e si ferma.

«Restate tutti dentro», dice.

Torna indietro e strappa la plastica per rivelare delle assi di legno tempestate di chiodi. Il suo viso è teso quando ritorna e si sporge verso il finestrino. «Tutte le gomme sono a terra. Devono aver abbandonato il posto di blocco quando le cose si sono messe male. Ci servono quattro gomme o un veicolo nuovo.»

Penny nasconde la testa tra le mani e geme. Ci riversiamo fuori dal furgone e sbattiamo le palpebre alla luce del sole. È mattina presto, ma il sole è già abbastanza caldo da bruciarmi la nuca. La camicia mi si appiccica addosso. Non so se sia per il sole o per il fatto che siamo in mezzo a una strada deserta, esausti e senza un posto dove andare. Ci sono delle auto oltre il posto di blocco e le proviamo tutte. Le poche che hanno le chiavi non si accendono nemmeno.

Peter batte un pugno sul tettuccio di un'utilitaria. «Dannazione!»

James indica gli edifici in fondo all'isolato. «Quella sembra Main Street. Che ne dite se andiamo a vedere se c'è qualcosa? Dobbiamo comunque andare a ovest sulla Main.»

«Potremmo anche portare l'attrezzatura fin lì», dice John.

Le ruote macinano sui cerchioni, mentre lui avanza accanto a noi. Main Street è una linea di edifici in mattoni con vetrine in legno. Non ci sono auto, solo un'ampia distesa di asfalto.

«James ha un'idea», dice Nelly. «Mentre venivamo qui, ha visto alcune case con furgoni e camper. Forse possiamo trovare le chiavi nelle case. Noi prendiamo le bici e andiamo, voi aspettate qui.»

Penny guarda James con un'espressione disperata. «Non credo che dovremmo separarci.»

«Pen, non possiamo andare tutti», ribatte James con dolcezza. «Non abbiamo abbastanza biciclette, anche se tutti potessimo farcela. Staremo via un'ora al massimo.»

Neanche a me piace, ma non ho un piano migliore. Non solo abbiamo bisogno di una macchina, ma anche di una abbastanza grande da starci tutti.

Su un'insegna sull'edificio all'angolo c'è scritto "Bennington Brew Company & Pub". È un edificio di tre piani in mattoni con cornici bianche ornate intorno alle finestre. Credo di vedere qualcosa muoversi quando la tenda di una finestra aperta del secondo piano si muove. La guardo agitarsi di nuovo, ma non c'è nient'altro. Dev'essere stata la brezza.

«Possiamo aspettare nel furgone o qui dentro», dice Peter. «Forse dovremmo dare un'occhiata.»

All'interno la luce del sole filtra attraverso le enormi finestre, facendo brillare la quercia lucida e l'ottone del bar. La sala sul davanti e la cucina sul retro sono vuote. Scarichiamo il furgone e ammucchiamo gli zaini vicino al bar.

«Io e Peter togliamo i chiodi dal posto di blocco così possiamo passare. Staremo via un quarto d'ora. Voi ragazze restate qui con Bits. Accendete la radio», dice John e lui e Nelly si mettono un auricolare ciascuno. Poso la radio sul bancone.

«Torno presto. Promesso», dice James a Penny, che annuisce in silenzio.

Provo un senso d'inquietudine quando la serratura della porta scatta e, all'improvviso, sono sicura che non torneranno mai più. Guardo mentre passano davanti alle finestre laterali, desiderando che siano al sicuro. Quando si allontanano dalla vista noto Bits. Mi guarda attentamente, il suo volto privo di speranza, e mi rendo conto che è uno specchio della mia espressione. Mi costringo a sorridere.

«Torno subito», dico e mi dirigo verso la cucina, dove ho individuato delle costose bottiglie di ginger ale. Quando torno nella sala principale tiro fuori quattro bicchieri e mi metto dietro il bancone.

«Che fai?» chiede Bits.

Cerco di fare la misteriosa, mentre verso il ginger ale e aggiungo lo sciroppo di granatina. Su uno scaffale polveroso trovo un barattolo chiuso di ciliegie al maraschino. Ne metto alcune in ogni bicchiere e faccio scivolare i drink davanti a Penny, Ana e Bits.

Sollevo il mio in aria. «Shirley Temples. Alle ragazze!»

Bits sorride. Tutte e quattro facciamo tintinnare i bicchieri e sorseggiamo dalle piccole cannucce rosse.

«Buono! Era una vita che non ne bevevo uno», dice Penny. «Scommetto che la vodka ci starebbe bene.» Allungo la mano e prendo una bottiglia di quella economica, visto che tutti i liquori di alta qualità sono finiti. Lei scuote la testa e ride. «Saranno forse le otto del mattino?»

«Siamo nel mondo nuovo e c'è bisogno di un cocktail alle otto del mattino», rispondo.

C'è uno scoppio di elettricità statica dalla radio. «Cassie.» La voce di John è forzata, ma non in preda al panico. «Un branco si dirige verso di noi. Tenetevi pronte a farci entrare e a chiudere la porta.»

«Ricevuto», risponde Ana. Penny e io corriamo verso la porta. Sfrecciano oltre le finestre e corrono nel bar. Penny la sbatte e la chiude a chiave dietro di loro.

«Credo che ci abbiano visti», sussulta Peter.

Aspettiamo in silenzio, con il cuore che batte. Una cacofonia di gemiti ci dice che ha ragione. I Lexer appaiono alle finestre laterali. C'è uno schianto mentre uno si lancia contro le porte. Non so se riescono a vedere bene, ma gli occhi lattiginosi scrutano come se ci riuscissero. Nessuno respira. Bits è seduta sullo sgabello con il suo drink stretto tra le mani, a metà strada verso la bocca.

Le porte cedono un po'. La serratura tiene, ma non reggerà per molto. Il metallo dorato del chiavistello brilla debolmente mentre le porte si aprono. Adesso la stanza è scura, i raggi di luce solare bloccati dalla calca dei corpi fuori dalle finestre.

«Nel retro», dice John.

Peter afferra Bits con un braccio e due zaini con l'altro, e torna indietro attraverso la porta della cucina. Noi lo seguiamo con tutto quello che possiamo portare. L'ultima cosa che vedo sono i nostri Shirley Temple, il mio vano tentativo di normalità, che aspettano sul bancone.

CAPITOLO 105

I COLPI SONO attutiti, qui dentro. Sbircio dalla finestra della porta nel vicolo. C'è un parcheggio proprio dietro di noi, ma è dall'altra parte di una recinzione metallica. L'unica via d'uscita potrebbe essere a sinistra, dove il vicolo si restringe e porta all'isolato successivo, ma diversi cassonetti mi bloccano la vista sull'altra estremità.

«Vedo dove porta», dice John. Apre la porta. «È libero. Percorriamo il vicolo fino alla strada. Fatemi vedere dove sono Nel e James.»

Spiega la situazione alla radio e poi ascolta. «C'è un pick-up che possono prendere. Lo stanno prendendo e vengono verso di noi. Ci aspetteranno alla fine del vicolo. Prendete solo i vostri zaini, nel caso dovessimo correre.»

Butto a Bits il piccolo zaino sulle spalle e prendo uno zaino più piccolo da quello più grande. Contiene cibo, munizioni e scorte di pronto soccorso, le cose che non vanno lasciate indietro. C'è un'esplosione di vetri sul davanti. Presto saranno qui.

«Andiamo», dice Ana. Chiude la porta con un leggero clic quando siamo fuori.

«Noi...» John inizia, ma prima che chiunque di noi possa muoversi, ci ha trascinato a terra dietro i cassonetti. Gli infetti stanno arrivando dal vicolo. Grazie a John, non ci hanno visto.

«Dove siete?» John sussurra alla radio. «Cambio di programma. Dovete venire nel parcheggio dietro il bar. Siamo dietro la recinzione.» Fa una pausa. «Dovremo provarci.»

Si gira verso di noi. «Ancora qualche minuto. Chiameranno quando saranno vicini.»

Un bidone della spazzatura nel vicolo si schianta e rotola via con un rumore metallico. Scruto attraverso la fessura tra i cassonetti e ne vedo almeno una dozzina nel mio stretto campo visivo. Ora sono a una quarantina di metri di distanza.

«Come faremo a superare la recinzione?» La voce di Penny è così bassa che devo leggerle le labbra.

Lei, Ana e Bits si accucciano contro il muro dell'edificio. Peter è accovacciato accanto a me, contro i cassonetti, con la mascella serrata. Mi fa cenno di guardare di nuovo nella fessura. Il vicolo è pieno di infetti. Non avremo tempo per portarli tutti oltre la recinzione. John dà un'occhiata dall'altra parte e si passa una mano sul viso.

«Ci serve un diversivo», gli sussurro.

A casa ha funzionato. Cade il silenzio mentre pensiamo. Passo in rassegna tutti gli scenari possibili e li scarto. Non c'è altro da fare che correre e sperare per il meglio.

Il respiro di Peter è caldo sul mio orecchio. «Ricordi quello che hai detto prima di lasciare la città?»

I suoi occhi cercano i miei. Non ho idea di cosa stia parlando o del perché lo stia tirando fuori ora. Vede la mia espressione confusa e si sporge di nuovo in avanti. «Che a volte facciamo delle cose rischiando perché amiamo qualcuno?»

Certo che me lo ricordo.

«Sarò io il diversivo», sussurra abbastanza forte perché John possa sentire. «Salterò sul cassonetto, mentre voi scavalcherete la recinzione.»

Non funzionerà. Sarà circondato in pochi secondi. Scuoto la testa. «Non ne uscirai mai vivo.»

Il suo sguardo rimane fermo e vedo dalla sua espressione che lo sa già. Rantolo e scuoto di nuovo la testa.

«Tre minuti. Avremo solo un minuto prima che arrivino quelli sul lato del pub. Dovrà tornare indietro fino alla recinzione», sussurra John.

Mi volto di nuovo verso Peter e gli sussurro all'orecchio: «No!»

Peter guarda Bits, che ha alzato la testa e ci guarda terrorizzata. Le sorride e riesco appena a distinguere le parole che pronuncia senza emettere un suono: «Andrà tutto bene.» Si volta di nuovo verso di me e, anche se il suo viso è risoluto, c'è paura nei suoi occhi. Mi ricorda Neil poco prima che gli sparassi, ma è diverso. Brillano di una luce che mi ricorda i dipinti dei santi nelle chiese, i martiri.

«È l'unico modo», concorda John. «Ma lo farò io. Tu vai di là.»

Non posso credere che stiamo facendo questa discussione.

Peter scuote la testa. «No, salterò lassù con te. Più diversivi. Riuscirai a portarli alla fattoria, so che ce la farai.» I suoi occhi sono disperati e le sue parole successive sono strozzate: «Promettimi che li porterai lì.»

«Lo prometto», risponde John. Stringe il braccio di Peter e lo guarda negli occhi. «Giuro che lo farò.»

Peter annuisce una volta ed espira attraverso la mascella serrata.

John alza due dita e fa un cenno verso la recinzione. Abbiamo due minuti per trovare un piano alternativo. Mi guardo intorno frenetica. Non possiamo lasciarlo morire. Dev'esserci un altro modo.

Peter è pronto a saltare. I suoi capelli e il suo viso sono fradici, le pupille dilatate, le più nere che abbia mai visto. Riesco a malapena a vedere attraverso le mie lacrime. Voglio lottare, gridare, ma non c'è niente che possa fare per cambiare le cose.

Tendo la mano e sussurro, con voce rotta: «Ti voglio bene.»

Ho bisogno che lui sappia che tutti gli vogliamo bene come lui lo vuole a noi. Le nostre dita sono gelide, mentre l'uno afferra la mano dell'altra.

«Ti voglio bene», boccheggia lui, con gli occhi rossi.

Poi, a malincuore, lo lascio andare. Ana è di fronte a noi, incapace di sentire i nostri sussurri. I suoi occhi si spostano confusi da Peter a me e viceversa. Li sgrana con orrore. Peter indica con il mento verso la recinzione e le fa un sorriso dolce. Lei impallidisce e apre la bocca. Lui schiude le labbra per parlare, ma John prende Bits tra le braccia e sussurra: «Ora!»

Gli pneumatici sbucano nel parcheggio, un pick-up oscilla e si avvicina alla recinzione. Peter salta sui cassonetti e sbatte il suo machete sui mattoni dell'edificio.

«Ehi! Da questa parte!» grida.

I Lexer si voltano verso di lui come se fossero una sola persona. È il nostro segnale per scappare, ma Ana non si muove. La sua bocca è ancora aperta ed è immobile, rannicchiata.

Le afferro il braccio. «Ana!»

Si alza in piedi. Colpiamo la recinzione con un rumore metallico. Ana, la più agile, raggiunge la cima e l'altro lato in un lampo. Le passiamo Bits tra le braccia e loro cadono nel pianale. La recinzione traballa e cigola, mentre noi tre ci arrampichiamo. I miei jeans si incastrano in cima e per liberarmi cado nel pick-up, sulla bicicletta di Nelly. Ignoro il dolore e mi arrampico fino a inginocchiarmi contro la sponda. Sparo ai Lexer ai piedi di Peter attraverso la recinzione.

Peter combatte. Li colpisce con il machete, poi indietreggia e spara a bruciapelo sulle loro teste. Non possono raggiungerlo e questo li fa impazzire. C'è un breve momento in cui penso che possiamo raggiungerlo; possiamo fare marcia indietro contro la recinzione, abbatterla. Ma poi altri Lexer si riversano nel parcheggio. James si sporge dal finestrino e spara all'ondata che si avvicina.

John batte sul tettuccio del pick-up. «Vai! Vai!»

Le gomme stridono. Ana e io spariamo agli infetti che circondano Peter, ma è una goccia nel mare. Peter alza lo sguardo mentre ci allontaniamo e, prima che si volti indietro, giuro che vedo qualcosa di simile alla felicità apparire sul suo viso.

Nelly salta il marciapiede verso la strada. Mi aggrappo al portellone, ma non distolgo lo sguardo. Non mi importa degli infetti intorno a noi. Tengo gli occhi su Peter e lo guardo combattere con ogni briciolo di forza che ha, finché non giriamo l'angolo e lui scompare dalla vista.

CAPITOLO 106

NELLY SI FERMA in una radura e balza fuori dal lato del conducente. I suoi capelli sembrano sbiancati nella dura luce del sole, come il suo viso. «Peter», è tutto quello che dice.

«È stata una sua idea», interviene John. Solleva il suo grosso corpo dal pick-up e salta a terra. Tiene le mani in alto, come se stesse spiegando la sua innocenza a una giuria. «Non mi avrebbe permesso...»

James stringe forte Penny. Bits è tra le sue braccia, con gli occhi chiusi. È impossibile che si sia addormentata in quei quindici minuti di viaggio accidentato, non dopo quello che è appena successo.

Nelly sembra rimpicciolito, lì in piedi, come se si stesse lentamente restringendo. Le ginocchia mi fanno male per il pianale di metallo del pick-up. Sono ancora in ginocchio, ancora aggrappata al portellone, ancora con lo sguardo rivolto verso Peter. Anche Ana. Le manca il respiro.

Nelly apre la bocca. Voglio che dica qualcosa, qualsiasi cosa, che faccia diminuire questa orribile sensazione di vuoto. Ma, invece di parole di conforto, inspira aria come un pesce fuor d'acqua. Poi si appoggia al pick-up, nasconde il viso tra le mani e singhiozza; l'ho sempre visto al massimo solo con le lacrime agli occhi. Il sangue gli cola lungo il braccio, bagnandogli la camicia, e questo mi scuote dal mio torpore. Striscio verso di lui. È il taglio sul suo braccio. La benda non c'è più e il taglio si è riaperto.

Poso la sua testa sul mio petto, come farebbe una madre. «Il tuo braccio.»

Lui annuisce e, quando smette di piangere, parla. «C'è stato uno scontro mentre prendevamo il pick-up.» Le sue guance sono bagnate di lacrime e usa il braccio buono per asciugarsi il viso.

«La benda si è strappata. Mi è caduto il guanto a casa quando mi sono tagliato il braccio.»

«Sistemiamolo», dico, contenta di avere qualcosa di cui occuparmi.

Ci sediamo sotto un albero. Verso dell'acqua sulla ferita profonda. I bordi sono rossi e irritati. Spremo una pomata antibiotica sul dito.

Nelly mi afferra la mano. «Mettiti un guanto.» La sua voce è tagliente. «O lascia fare a me.»

«Nels.» Gli sorrido. «Per favore, penso di conoscerti abbastanza bene...»

Lui si guarda il braccio e sorride per compensare la sua bruschezza, ma non appaiono le rughe agli angoli degli occhi. «Cass, mi ha afferrato il braccio prima che lo uccidessi. Mi sono appena reso conto che potrebbe avermi trasmesso qualcosa. Dentro di me.»

Per un attimo rimango immobile fino al midollo. Poi scuoto la testa. La possibilità è troppo remota. «Stai bene, Nelly. Ma mi metto comunque i guanti, okay?»

Lui annuisce, come se fosse soddisfatto, e si appoggia all'albero. John ha convinto Ana a sedersi dove siamo noi. Si stringe le ginocchia al petto e fissa il bosco, una mano sulla mannaia. La testa di Bits riposa in grembo a Penny. Quando ho finito Nelly prende i guanti e se li infila in tasca.

«Dobbiamo allontanarci di più da Bennington», dice John.

«Dobbiamo tornare indietro e trovare Peter», dico io. Ana mi guarda per un attimo e poi si volta di nuovo verso il bosco.

«Cassie, non è possibile che Peter sia...», inizia John.

«Vivo?» Tutti trasaliscono. Mi immagino Peter nel momento in cui ce ne siamo andati, con la schiena contro il muro, circondato su tre lati da infetti. «Lo so, ma non possiamo abbandonarlo così.»

Immagino il bel viso di Peter diventare grigio e marcire, ed è quasi più di quanto possa sopportare. Voglio prendere a pugni qualcosa. Sono così arrabbiata che, per una volta nella mia vita, i miei occhi sono asciutti.

«Dobbiamo», ripeto, strappando l'erba dal terreno. «Lui vorrebbe che noi...», non voglio dire che lo uccidessimo, perché è già morto e perché è così orribile, «… ci occupassimo di lui.» Ana salta in piedi singhiozzando e s'incammina verso gli alberi.

«Peter non si è sacrificato perché noi potessimo tornare indietro e metterci nella stessa situazione», dice John con gentilezza.

Ha ragione, naturalmente. Non possiamo fare altro che andare avanti, continuare a correre, chiedendoci per sempre cosa sia successo a un'altra persona a cui voglio bene.

Scorgo Ana tra gli alberi e mi fermo. Il terreno coperto di felci attutisce i miei passi, ma sa che sono dietro di lei e aspetta che la raggiunga. Allungo le braccia e lei vi si butta con singhiozzi strazianti, proprio come quando era piccola e dovette lasciare andare quel coniglietto. Passo la mano tra i suoi capelli corti e setosi, e mormoro parole che non sono affatto d'aiuto (lo so per esperienza), ma le dico comunque.

Capitolo 107

John insiste che mangiamo prima di proseguire. Nessuno ha mangiato niente di sostanzioso da ieri sera. Ci sono frutta secca, pasti pronti liofilizzati e barrette energetiche. Fisso il cibo con aria assente, finché non mi porge una barretta. La scarto e la mangio in modo meccanico. Mastico e ingoio, bevo. Ripeto. Abbiamo aspettato che Bits si svegliasse, ma è ancora priva di sensi. John dice che finché il suo polso è a posto, lo è anche lei.

Ana, Nelly e Penny siedono nella cabina di guida del pick-up. Nelly ha una camicia pulita nello zaino e, prima di partire, lo guardo seppellire quella vecchia e insanguinata sotto un tappeto di foglie. Stendiamo Bits sul pianale con la testa sul mio grembo e le accarezzo i capelli, mentre procediamo sulla strada con un rombo.

«Saranno almeno trecentoventi chilometri da qui», dice James. Mentre piega la mappa, noto gli avvallamenti sotto gli zigomi e gli occhi. «Non c'è abbastanza benzina nel furgone. E a questa velocità arriveremo stanotte, se non dobbiamo fermarci.»

«Va a diesel. Se riusciamo a trovarne un po' e un contenitore di qualche tipo, posso forare il serbatoio da sotto. È piuttosto facile. La parte difficile è trovarne uno e che abbia ancora del carburante nel serbatoio. Altrimenti, avremo bisogno di un nuovo veicolo», ribatte John.

Il sole è cocente, quindi tengo la mia giacca sul viso di Bits per evitare che si scotti. Il suo viso si contorce finché, finalmente, i suoi occhi si aprono. Li richiude, lottando per dimenticare, per dormire, ma le lacrime scivolano sulle guance e asciugo le tracce che lasciano.

Si alza a sedere e si sposta sul mio grembo. Le avvolgo le braccia intorno e riesco a malapena a sentirla sussurrare: «Peter.»

«Oh, tesoro.» Le scosto i capelli dall'orecchio. «Ti voleva così tanto bene. Lo voleva a tutti noi e voleva che fossimo al sicuro.» Non so come spiegarlo, ma lei annuisce come se avesse capito, come la vecchia anima che è o è diventata.

Attraversiamo alcune piccole città, belle città con brutti gruppi di infetti, quindi non ci fermiamo a cercare un nuovo veicolo. Nei vialetti delle case isolate che superiamo non ci sono auto o sono inutilizzabili. Il pick-up solleva della polvere che ci ricopre la pelle e mi scricchiola nella bocca. Sto bevendo l'ultimo sorso d'acqua quando rallentiamo. La strada è disseminata di un mucchio di auto e non c'è modo di aggirarla. Da un lato della strada ci sono alberi, dall'altro una discesa che porta a un ruscello.

Nelly si sporge dal finestrino. «Torniamo indietro?»

James consulta la mappa e scuote la testa. «Hai visto tutti quei Lexer nell'ultima città? Ce n'era un gruppo enorme dopo che siamo passati. Non c'è modo di tornare indietro da lì.»

«Allora le sposteremo», dice John. «Posso metterle in folle da sotto e le spingiamo di lato.»

Impieghiamo più tempo del previsto. Due ore dopo stiamo spingendo la penultima auto in un fosso, quando noto Nelly fare una smorfia.

«Dovresti rilassarti», gli dico. «Credo che tu abbia bisogno di punti, ma di sicuro non dovresti spingere delle tonnellate. Come ti senti?»

«Fa un po' male.»

So che sta cercando di minimizzare. «Fammi vedere.»

Cerco di sollevare la benda, ma lui sposta il braccio e lo fa da solo. La ferita è di un rosso vivo e gonfia intorno ai bordi.

«Si sta infettando», dico. Lui tira indietro il braccio nervoso e io lo guardo negli occhi. «Come una normale e banale infezione, Nels. C'è dell'amoxicillina nel kit di primo soccorso. Vado a prenderla.»

Quando trovo il flacone e gli passo due compresse l'ultima auto è stata spostata. Riempiamo le nostre bottiglie d'acqua al ruscello e ci sciacquiamo via la polvere. L'acqua fredda lenisce la mia scottatura. Ana ha un'espressione inespressiva mentre si sciacqua; non ha detto una parola dal bosco. Penny le lancia sguardi preoccupati, ma non dice nulla. Nessuno di noi sta bene in questo momento, quindi chiedere sembra ridicolo.

Bits e io ci sediamo nella cabina con Nelly. Ci fermiamo altre due volte per spostare le macchine e, dato che viaggiare di notte è troppo pericoloso, appare chiaro che non arriveremo a Kingdom Come Farm oggi. Al pensiero della fattoria provavo sia eccitazione che terrore in ugual misura, ma ora sono solo intorpidita. Non sembra nemmeno possibile che ce la faremo. Sono ossessionata da tutti gli ostacoli che potremmo incontrare, ma non posso fare questi pensieri. Dobbiamo arrivarci, anche solo per Peter. Non lascerò che sia morto invano.

Lacrime calde escono e mi scivolano lungo le guance. Chiudo gli occhi per fermarle e faccio scorrere il mio anello lungo la catena. Mi concentro sull'urto dell'anello sulle maglie, finché non ho di nuovo il controllo. Bits è raggomitolata accanto a me e la pressione del suo corpo è come una coperta. Sento che mi sto addormentando a poco a poco e sono così stanca che mi arrendo.

Il pick-up sbanda e vengo sbattuta contro la portiera. Apro gli occhi di scatto, pronta a combattere qualsiasi cosa ci sia sulla strada, ma non c'è niente.

«Scusa!» urla Nelly dal finestrino posteriore scorrevole verso gli altri che hanno afferrato il pianale sorpresi. Il sudore scorre lungo il suo viso arrossato e il suo petto si alza e si abbassa troppo velocemente.

Mi chino su Bits e accosto le mie labbra alla fronte di Nelly. Posso sentire il calore prima ancora di toccarlo. «Nelly, scotti! Fermati.»

Si asciuga il sudore con una bandana. «Fa caldo fuori. Pensavo fosse solo per quello.»

Accosta sul ciglio della strada. Dopo aver parcheggiato il furgone, si appoggia all'indietro e chiude gli occhi.

James parla attraverso il finestrino posteriore. «Che succede?»

Faccio il giro dal lato del conducente. «Nelly non si sente bene. Ha la febbre.»

John si mette accanto a me. «Come va il braccio?»

Nelly apre gli occhi e sbatte le palpebre per mettere a fuoco. Armeggia con il bordo della benda e la solleva. È peggiorato. La ferita è gonfia e viola, e una striscia rosa sale dall'infezione lungo il braccio. Sembra una scottatura, ma so che non lo è. Quella striscia significa che è infetta e ora l'infezione si sta muovendo.

«Okay. Hai bisogno di altri antibiotici. Cassie, gliene porti un po'?» mi chiede John.

Trovo il flacone di amoxicillina e verso quattro pasticche nella mano di Nelly. «Prendile tutte.» Gli passo l'acqua. «Devi abbattere sul serio quell'infezione.»

Nelly fa quello che dico e si rivolge a John: «Potrebbe essere il virus.»

John annuisce e appoggia una mano sulla sua spalla.

«Basta!» esclamo arrabbiata. «È solo un'infezione.»

Nelly si rivolge a me con tono prosaico: «Cass, ricordi l'uomo sulla Thruway? Ricordi il morso sul suo braccio?»

Annuisco. Anche la sua ferita aveva queste striature che si allontanavano come strade su una mappa. Penny arriva dietro di me e sussulta quando vede il braccio di Nelly.

«Aveva questo aspetto», dice a John. «Mi fanno male tutte le articolazioni, proprio come hanno detto al telegiornale.»

«Non saltiamo a conclusioni affrettate», ribatte John. L'unica cosa che lascia trasparire il suo dubbio è il modo in cui passa la mano sulle sopracciglia. «Qualsiasi infezione grave può essere così. Vediamo se questi antibiotici ti aiutano. Tu riposa, mentre io guido.»

Nelly insiste per stare dietro, in modo da potersi distendere. Penny costruisce una tenda improvvisata stendendo la camicia di John su due zaini per tenergli il sole lontano dal volto.

Aggiriamo diverse città più grandi, che probabilmente sono troppo pericolose. Nelly si addormenta dopo pochi minuti. Vorrei sbirciare sotto la camicia per assicurarmi che stia bene, ma non voglio disturbarlo. Il suo petto si alza e si abbassa. L'unica cosa su cui riesco a concentrarmi è se ci sarà o meno un prossimo respiro. Ha soppiantato la sensazione di vuoto, ma non è certo un miglioramento. Nel tardo pomeriggio John scorge una vecchia baita su una collina e svolta su per il vialetto ricoperto di vegetazione.

«Ho pensato di fermarci per la notte», dice. «È il posto più sicuro che possiamo raggiungere. Non voglio continuare a guidare per poi fermarmi in un luogo pieno di infetti.»

Nelly si alza e io mi precipito da lui. «Come ti senti?» Gli tocco la testa. È ancora troppo caldo.

Lui fa un sorriso debole. «Non molto meglio, tesoro. Ma forse ho fame.»

Lo aiuto a entrare nella baita. C'è una stanza principale con un tavolo marcio e due sedie vicino alla finestra frontale senza vetri. La stufa a legna è arancione per la ruggine. La stanza più piccola ha il vetro alla finestra e un materasso da branda sul pavimento. Un paio di coperte militari di lana tarlate sono appoggiate su scaffali grezzi. Non hanno un buon odore, ma andranno bene. Trascino il materasso nella stanza principale. Nelly ci si siede sopra e si appoggia a un muro macchiato d'acqua.

Bits s'inginocchia accanto a lui e gli porge la sua bottiglietta d'acqua. «Nelly, vuoi un sorso?»

Nelly indietreggia leggermente, ma lei non se ne accorge. «No grazie, Bits. Stai attenta a non bere dalla mia bottiglia.» Si guarda intorno allarmato. «Dov'è?»

«Nel tuo zaino», rispondo e glielo metto accanto. «Nessuno ci ha bevuto.»

Ci mette sopra il braccio per proteggerlo. James porta dentro quel poco che abbiamo e lo mette sul tavolo.

«Cosa vuoi mangiare?» Mi giro verso Nelly, ma i suoi occhi si sono chiusi. «Bits?»

Lei guarda svogliatamente il cibo, mentre io apro una busta di pasti pronti liofilizzati. I suoi occhi si illuminano quando tiro fuori i Reese's Pieces e una busta con scritto "Brownie".

«Puoi prenderli.» Si siede accanto a Nelly, con i dolcetti in grembo, ma non li mangia. «C'è qualcosa che non va?»

«Ho pensato che Nelly potesse volerne un po'. Ogni volta che sono malata, voglio i dolci. Aspetto che si svegli.»

Lo sguardo speranzoso sul suo viso mi fa venire voglia di piangere. Sono gli unici dolcetti confezionati che ha avuto da un mese e vuole condividerli. «Sei così dolce. Ma tu mangiali, tesoro. Ce ne sono ancora per Nelly se li vuole, okay?»

Lei solleva il brownie e ne prende un morso. Mi metto in bocca qualcosa che sa di ripieno di torta di mele, ma non m'importa abbastanza da controllare. Il sole sta calando e noi ci stiamo afflosciando come fiori per il caldo, la stanchezza e il dolore. Penny si affanna nel tentativo di pulire e organizzare le nostre cose. Cerca di essere allegra, ma è un sollievo quando alla fine si arrende.

James sbatte le palpebre per lo sforzo di guardare la mappa in penombra. «Dobbiamo percorrere più di duecento chilometri e nel serbatoio del pick-up c'è solo un ottavo di benzina. Credo che ci penseremo domani. Dipende da come si sente Nell.»

Nelly sospira. Ha gli occhi arrossati. Una goccia di sudore gli cade dal naso quando rabbrividisce. Prendo una coperta e gliela rimbocco intorno.

Nelly parla a piccoli tratti tra i denti che battono. «Lo dirò e basta. Credo di essere infetto. Non so quanto tempo ci voglia, partendo da un piccolo graffio, ma non potete rimanere qui per giorni, mentre fa il suo corso. Dovete partire domani.»

«Gesù, Nelly!» esclamo furiosa. Come se io me ne potessi andare felice per la mia strada. «Se pensi anche solo per un secondo che ti lascerò qui, sei fuori di testa, cazzo!»

Tutti sembrano sconvolti. Persino Ana, che è seduta in un angolo a fissare il vuoto, ha alzato lo sguardo.

«Nel, mi sa che stai delirando», dice Penny con la sua voce dolce. «Non sappiamo cosa sia e, anche se lo sapessimo, non andremo da nessuna parte.»

Lui annuisce, mentre stringe i denti. Gli do altre sei compresse di amoxicillina nella speranza che facciano effetto. In un pasto pronto c'è una confezione di succo elettrolitico e lo scaldo con il riscaldatore in dotazione. Le mani di Nelly tremano così forte che devo tenergli ferma la tazza. È come se, ora che ha ammesso di pensare che si tratta di LX, ci lasciasse vedere quanto in realtà sta male. O è così, o sta peggiorando velocemente.

CAPITOLO 108

QUANDO NELLY COMINCIA a tremare così tanto da spaventare persino lui, mi lascia strisciare sul suo materasso. È caldo come una fornace e, anche se so che ha freddo dall'interno, cerco di scaldarlo. Le mie braccia sono minuscole attorno al suo ampio torace, ma sembrano essere d'aiuto. Alla fine si addormenta tremando solo ogni tanto.

Bits e Ana dormono sotto l'altra coperta. Le braccia di James sono avvolte intorno a Penny, come un orsacchiotto. John fa il primo turno di guardia. Si siede con una torcia e controlla le armi. Forse Peter aveva ragione: John sa cosa fare. Oggi non saremmo mai riusciti a togliere quelle auto dalla strada senza la sua competenza. Chiudo gli occhi e vedo Peter sul cassonetto, così li riapro e fisso l'oscurità, finché non si chiudono per lo sfinimento.

Quando mi sveglio per il turno di guardia poco prima dell'alba Nelly sta peggio. Ha il viso rosso e il respiro affannoso. Quando fa giorno lo costringo a svegliarsi e a prendere l'ultima dose di amoxicillina. Riesce a malapena a deglutire e muove gli occhi per guardarmi senza muovere il collo. Qualche altra striscia rosa si è unita alla prima. Ora sono sui suoi bicipiti.

«Riesci a mangiare?» chiedo.

Lui scuote la testa. Non vuole nemmeno bere, per quanto lo sproni.

«Cass.» Sbatte le palpebre per trattenere le lacrime.

So che sta lavorando a una specie di discorso d'addio, ma non posso sentirlo; morirò se devo. Gli rimbocco la coperta sotto la testa. «Nelson Charles Everett, se stai per dichiararmi amore eterno, allora puoi risparmiartelo per quando starai meglio.» Afferro la sua mano sana e faccio una risata soffocata.

«Non puoi essere seria nemmeno adesso?» domanda, ma riesce a fare un piccolo sorriso. «Sono sul mio letto di morte.»

«No, non posso.» Lo indico. «Ho imparato dal maestro. E non è un letto di morte, è un disgustoso materasso macchiato. Non puoi morirci sopra, non sarebbe appropriato.»

Mi stringe debole la mano e si assopisce, ma un attimo dopo riapre gli occhi. I suoi brillanti occhi blu sono diventati di ghiaccio e si volta verso di me sussultando. Mi ricordano gli occhi annebbiati degli infetti. Una lama di paura mi trafigge le budella, ma quando sorride, è il Nelly di sempre.

«Ti voglio bene, tesoro.»

Sorrido e cerco di tenere la disperazione lontana dalla mia voce. «Anch'io.»

Capitolo 109

Quando Ana si sveglia si siede fuori sull'erba e ignora i tentativi di Penny di parlare. Non è sotto shock, almeno non di tipo medico. Se fosse un negozio avrebbe un cartello "Chiuso per lavori" in vetrina. Penny e James si offrono di cercare un sostituto per il pick-up. Non mi piace l'idea di lei lì fuori. Penny tocca la fronte di Nelly e, quando si alza, i suoi occhi sono gonfi e rassegnati.

«Pen, forse è meglio se resti qui e che vada io.» Le sfioro la manica. «Tu non sei…» Non voglio che vada, ma non voglio nemmeno lasciare Nelly.

«So sparare.» Lei fa spallucce, ma la sua mano accarezza la parte dell'asticella degli occhiali sull'orecchio. «Non voglio stare qui mentre James è via.»

«Cercherai altri antibiotici? Più forti?» L'ho già ribadito una decina di volte, ma penso che una volta in più non possa far male. «E farai attenzione?»

Annuisce mentre si lega i capelli in una crocchia. Dall'incidente dei capelli di Ana, ho preso l'abitudine di avvolgere i miei capelli in due crocchie quando siamo in un posto pericoloso. Nelly mi chiama Principessa Leila e James fa un sacco di battute nerd su Star Wars che io non capisco.

Lei sorride. «Ehi, pensavo che fossi io la mamma chioccia. Tu occupati solo di Nelly.»

Cerco di ricambiare il sorriso. «Okay.»

Ci abbracciamo forte e poi se ne vanno.

CAPITOLO 110

SONO PASSATE DIVERSE ore, ma non c'è ancora traccia di Penny e James. Bits raccoglie fiori di campo; mi siedo sulla porta dove posso vederla. Sembra che tutti stiano scomparendo.

Nelly non parla dall'alba. Ha perso i sensi e le striature avanzano ferocemente verso la sua spalla. Un velo di sudore gli copre il viso. I suoi lineamenti sembrano più affilati, la pelle che si allontana dalle ossa, come un vecchio. Gli do una pacca sulla spalla sana.

«Non preoccuparti, Nels. Starai bene.» Mi sembra di mentire.

Lui respira pesantemente. Peter potrebbe esserci passato, solo che lui era tutto solo, con il disperato bisogno di qualcosa da bere, di una mano gentile. Posso solo sperare che sia stato mangiato così tanto che di lui non sia rimasto abbastanza per trasformarsi. Non lo direi mai ad alta voce agli altri, è una preghiera così malata, ma ho la sensazione che lo pensino anche loro.

Frugo di nuovo in ogni zaino sperando che appaia magicamente qualcosa che possa curare Nelly. Non c'è niente, ovviamente, quindi inizio a camminare pestando i piedi. Bits rientra con una manciata di fiori per Ana, che le fa un sorriso distratto.

«Cassie, stai bene?» mi chiede John con voce gentile.

«No, non sto bene. Non è giusto!»

Siamo sopravvissuti per tutti questi mesi e ora eccoci qui. Non saremo mai al sicuro. John fa un cenno con la testa in segno di assenso, di accettazione, il che mi fa arrabbiare ancora di più.

«Perché ci proviamo?» domando. «A che scopo? Peter è morto. Nelly…» La mia gola si chiude.

John si siede su una delle sedie sgangherate e mi guarda, mentre Bits si rannicchia accanto a lui. Le lacrime arrivano e io le asciugo con rabbia.

«Non capisco!» grido.

«Tutto accade per un motivo…»

Lo interrompo. «Come fai a sapere che tutto accade per un motivo? Come fai a esserne così sicuro? Perché sono abbastanza certa che non ci sia un buon motivo per tutto questo.» Agito il braccio per abbracciare il mondo intero. Prendo il flacone di amoxicillina vuoto e inutile, e lo lancio più forte che posso. Colpisce il muro con un piccolo e triste tonfo. Cerco qualcosa di meglio da lanciare, ma è tutto troppo prezioso per essere distrutto. Invece, sbatto le bottiglie d'acqua mentre le posiziono in fila, impilo il cibo e dispongo le armi vicino alla porta più forte che posso. Tutti saltano ai rumori più forti, ma non m'importa. Nelly non si muove ed è l'unica cosa che mi interessa. Sono qui a permettere che un'altra persona muoia proprio davanti a me. Non lo farò.

«C'è un sentiero sulla mappa che taglia verso un'altra città. Troverò una farmacia o qualcosa del genere. Posso prendere una delle biciclette. Prenderò qualcosa di più forte per l'infezione.»

Negli occhi di John c'è solo pietà. «Cassie, è troppo pericoloso fare un viaggio a vuoto quando James e Penny stanno per tornare.»

«Non è un viaggio a vuoto, John! Sono andati via da ore. E se non tornassero?» Mi sento male mentre lo dico, ma è vero. Ana chiude gli occhi mentre continuo.

«L'amoxicillina è l'antibiotico più debole del mondo. Ce ne sono altri: eritromicina, ciprofloxacina…» Non me ne vengono in mente altri, quindi batto il piede per la frustrazione. «Troverò qualcosa. Non posso stare qui ad aspettare un aiuto che potrebbe non arrivare. Non lascerò morire Nelly. Non lo farò!»

«Non sappiamo…»

«Esatto, non lo sappiamo! Potrebbe essere una normale infezione. Abbiamo bisogno di qualcosa di più forte.»

«Hai ragione, Cassie. Potrebbe essere un'infezione curabile. Ma non voglio che tu rischi per scoprire che non lo è. Aspetta ancora un po'. Per favore.» Alza e abbassa i palmi delle mani nel tentativo di calmarmi. «So che sei arrabbiata. Lo siamo tutti. Non è giusto, tesoro. Ma non sappiamo cosa Dio abbia in serbo per noi, quale sia il Suo piano.»

Non posso credere che questo possa essere il piano di qualcuno o di *qualcosa*. Che tutto questo sia una specie di test, un esperimento del cazzo progettato per vederci fallire.

Scuoto la testa. Non voglio vivere in un mondo così, non se significa perdere tutti quelli che amo, a uno a uno. Preferisco morire in fretta e farla finita. Una furia che non ho mai provato prima sale in me, una rabbia cieca che vibra attraverso il mio corpo. Non m'importa di restare calma o di quanto io sia ingiusta, o se mi sto per dirigere verso il pericolo o meno. Ho bisogno di fare qualcosa per sfogarla, così afferro la sedia vuota e la lancio contro il muro. Bits piagnucola quando si schianta a terra, ma è troppo tardi per fermarmi.

«Cosa ha pensato tra sé e sé, "Oh, ci sono, ucciderò tutte le persone gentili, i bambini e i neonati. E non solo lo farò, ma li farò diventare anche dei fottuti zombie, per finire in bellezza"?» urlo, anche se niente di tutto questo è colpa sua.

Mi metto lo zaino e afferro la mannaia. John mi guarda calmo. So quanto desideri che io rimanga, ma non potrò vivere con me stessa se non faccio qualcosa.

«Vengo con te», dice.

«No, tu devi restare con Nelly, nel caso si svegliasse. Tu… tu ti prenderai cura di lui. Non so se esiste un Dio o quali siano i suoi piani o meno. Ma il mio fottuto piano è semplice: Nelly vivrà. Tutto qui. Non credo sia troppo da chiedere.»

Guardo il soffitto. «Allora, Dio, ora vado in città a prendere delle medicine. Fammi un favore e collabora con me. Grazie.»

Corro fuori dalla baita e mi fermo in cima alla collina. Il mio petto si gonfia. Mi sento come se stessi affogando. So che se cedo a questa tristezza, non ce la farò mai a tornare indietro, quindi mi concentro sulla mia rabbia. Soffio su quel tizzone di rabbia e lo faccio infuocare. Sento dei passi dietro di me e prego che non sia John. Non ho spazio per le scuse in questo momento. Ma è Ana, con lo zaino e le armi. La sua espressione è decisa e seria.

«Nessun altro morirà», dice. I suoi occhi sono duri e le sue labbra si assottigliano in una linea triste. «Non se possiamo evitarlo. Andiamo.»

Ci avviamo lungo la strada sterrata che porta al sentiero. La bicicletta di Nelly è troppo alta, ma riesco a percorrere i chilometri sconnessi e accidentati fino alla città. Non penso nemmeno di cadere e non chiudo gli occhi nemmeno una volta.

Capitolo 111

In una stazione di servizio alla periferia della città troviamo un elenco telefonico che riporta un pronto soccorso. Una mappa turistica indica che è solo a un chilometro di distanza. Ana e io ci sediamo sul bancone e mangiamo degli Snickers che si sono sciolti e induriti, e poi sciolti di nuovo per il caldo, ma sono ancora gustosi.

Ana indossa pantaloni neri, scarponi da trekking di pelle nera e una canottiera nera. Con la sua mannaia e i suoi guanti sembra una specie di ninja escursionista. Glielo dico e lei sorride.

«Grazie per essere venuta con me», dico.

«E me lo sarei persa?» Ride, ma il suo sorriso svanisce rapidamente. «Dobbiamo provare a fare qualcosa. Se avessimo potuto aiutare…»

Fissa le pompe di benzina fuori dalla finestra, sbattendo rapidamente le palpebre. Non so quante volte ho ripercorso quei momenti nella mia testa, cercando di pensare a qualcos'altro che avremmo potuto fare.

Salto giù dal bancone e la guardo in faccia. «Mi dispiace tanto, Ana. È…»

«È stupido. Penso che forse lo amavo. Credo che io gli piacessi molto.»

«No», ribatto. «Lui ti amava.» Non sono sicura che questo peggiori le cose, ma lei dovrebbe saperlo. «Ho visto che ti guardava. Ti amava, Ana. Credici, okay?»

Le metto la mano sul ginocchio, in modo che mi guardi e veda che sto dicendo la verità. Lei annuisce e si asciuga le lacrime.

«Okay. Grazie, Cass.» Salta giù dal bancone e cambia argomento, così non piange di nuovo. «Pronta?»

«Sì, ragazza ninja.»

La strada che porta in città è piena di auto abbandonate e disseminata di bottiglie vuote, sacchetti di plastica e lattine: i detriti degli umani in fuga. Le strade sono fiancheggiate da belle case vecchie sotto le chiome di alberi ancora più vecchi. Sembra che da un momento all'altro possa passare una parata del 4 luglio. È una strada da favola, tranne che per le porte a zanzariera malconce e scassate dai cardini, e le finestre con buchi neri e frastagliati. Corpi putrefatti giacciono su prati troppo cresciuti, così completamente consumati dai Lexer, che non si sono trasformati. Quelli fortunati.

Stiamo attente quando parcheggiamo le bici al Green Mountain Urgent Care, dato che alla fine molti malati si sono recati in ospedale. E alcuni potrebbero essere ancora lì, a ronzare contro le finestre e le porte come mosche intrappolate.

Entriamo nell'aria stantia e l'odore ci causa un conato di vomito. Oltre il banco di accettazione c'è un corridoio fiancheggiato da porte. Due sono chiuse e qualcosa ci sbatte dentro.

«Grazie a Dio sono troppo stupidi per aprire una porta», sussurra Ana. «Ti immagini se fossero anche intelligenti?»

Rabbrividisco. Saremmo morti da tempo. Strisciamo oltre e ci fermiamo quando sentiamo un sussurro strisciante, ma non c'è niente dietro l'angolo della postazione delle infermiere più avanti. Su un'altra porta chiusa c'è scritto "Farmacia". Ana alza la mannaia, mentre io tiro fuori una pistola e la apro. La stanza è vuota, tranne che per gli scaffali dei flaconi delle medicine, e le mie gambe cedono per il sollievo. Temevo che la stanza sarebbe stata completamente spoglia.

Controlliamo i flaconi con la torcia. Leggo i nomi di diversi antibiotici che non ho mai sentito nominare in un libro di medicinali sul bancone e li trovo sugli scaffali.

«Prendi quelli liquidi», suggerisce Ana. Illumina con la torcia alcune bottigliette e se le mette in tasca. «Potrebbero agire più velocemente.»

Infila una manciata di siringhe nello zaino prima di entrare nel corridoio. Dei portablocchi cadono a terra vicino alla postazione delle infermiere, mentre tre Lexer si dirigono inciampando verso di noi. Sono essiccati come mummie a causa del calore per essere rimasti intrappolati qui dentro per così tanto tempo. Il fruscio delle loro gambe secche che si sfregano ci segue, mentre ci precipitiamo fuori dalla porta. Montiamo sulle bici e li guardiamo premere contro il vetro con mani nodose e bocche spalancate.

«Fanculo, stronzi», mormora Ana. So esattamente come si sente.

Siamo quasi uscite dalla città quando ci imbattiamo in un piccolo branco radunato nell'unica parte aperta della strada, tra le auto abbandonate. Non riusciamo a passare.

«Possiamo batterli», grida Ana.

La nostra unica altra opzione è trovare un'altra via di fuga, ma è probabile che ci imbattiamo in un gruppo ancora più grande. Le nostre biciclette sbattono a terra con un rumore metallico ed estraiamo le mannaie da dietro la schiena, temendo che le armi ne attirino altri.

Ci mettiamo spalla contro spalla e lasciamo che siano loro a venire da noi. La prima a raggiungermi è una donna dai capelli grigi che indossa una gonna e una camicetta di seta. I suoi occhiali sono ancora appesi al collo con una catenella dorata e ha la mascella esposta. I tendini che la collegano al cranio si contraggono mentre stringe i denti.

Non mi farò uccidere da una bibliotecaria del cazzo.

Le pianto la lama piatta nel collo. La sua testa si stacca facilmente dalle spalle, la prova dell'abilità di John a fabbricare armi. Anche quello dopo, un giovane ragazzo ancora nella sua attillata tenuta da ciclista, si stacca dalla testa. Non c'è sangue, solo un disgustoso schizzo di grumi. Un ringhio mi sfugge dalle labbra. Li odio. Non sarà colpa loro, una volta erano solo persone che volevano vivere tanto quanto me, ma stanno rendendo la mia vita un inferno.

Capovolgo la lama e indietreggio per aspettare i prossimi due: delle ragazze adolescenti con magliette sporche e scintillanti. Con la coda dell'occhio vedo Ana prendere a calci un uomo basso a terra e staccare la testa ad altri due, prima di girare la lama con una mano e trafiggere l'occhio di quello a terra.

Le ragazze sono abbastanza vicine l'una all'altra da potersi sussurrare dei segreti nel corridoio della scuola. Foro una delle loro orbite, poi l'altra, due scricchiolii umidi in rapida successione.

Ana grugnisce mentre infila la sua lama nell'ultimo Lexer e lui cade a terra.

Rimaniamo in piedi con le mannaie pronte, ma non arriva nient'altro. Cammino verso la mia bicicletta e prendo la bottiglia d'acqua. Sono senza fiato per la paura e lo sforzo. Ana guarda oltre me e alza di nuovo la mannaia. I suoi capelli scintillano mentre si gira e la infila sotto il mento di un adolescente con una maglietta della Nascar, che è sbucato da dietro un minivan incidentato.

Sbuffo i miei ringraziamenti e prendo un sorso d'acqua calda. «Sei davvero un ninja», dico. Non ha quasi sudato.

Ana ride. «Siamo una bella squadra.»

Sono stupita dalla facilità con cui li abbiamo eliminati. L'allenamento ha dato i suoi frutti.

«Andiamocene da qui», dico e montiamo in sella alle nostre bici e proseguiamo.

Capitolo 112

Le cosce mi bruciano per lo sforzo della salita sulla via del ritorno, ma ignoro il dolore. Ogni pedalata mi avvicina a Nelly, che potrebbe non avere molto tempo. Una vocina dentro di me sussurra che potrebbe essere già fuori tempo massimo, ma ignoro anche questa. Le ombre si stanno allungando quando torniamo alla baita, davanti alla quale è parcheggiato un pulmino Volkswagen. Dentro, James e Penny sono seduti vicino a Nelly, mentre Bits e John aprono una lattina di zuppa sgraffignata.

«Abbiamo finito la benzina», spiega Penny dopo averci abbracciate. «Abbiamo dovuto camminare, ma alla fine abbiamo trovato la casa di un vecchio hippie. È lì che abbiamo preso la macchina e questa roba.» Indica una pila di sacchi a pelo, lanterne e cibo. È un buon bottino, ma non sembra felice. «Non c'erano medicine. Ci siamo fermati in ogni casa possibile. In città c'erano troppi infetti. Mi dispiace tanto, ragazzi.»

«Le abbiamo noi», dice Ana e si toglie lo zaino. «Ne abbiamo trovate un po'.»

«Qualche problema?» chiede John.

«Niente che non potessimo gestire. Persino gli infetti sapevano che oggi non si doveva scherzare con Cassie.»

Sorrido a denti stretti e prendo posto vicino a Nelly. Sembra stia peggio. La ferita è di un viola intenso e puzza. Quella vocina sussurra che puzza proprio come i Lexer, ma io la mando al diavolo. La sua pelle è secca; ha sudato fino all'ultima goccia di liquido che aveva in corpo. Ana svuota lo zaino e io comincio a schiacciare delle compresse quando lei mi ferma.

Ha in mano un ago. «Dobbiamo iniettargliele.»

«Ho paura che non servirà a niente se dovessimo sbagliare.»

«Lo faccio io», risponde lei con espressione determinata. «So come si fa.»

Prende un flacone e stappa l'ago. «Quando ero piccola mi madre mi portava ai corsi che teneva. Ho visto le infermiere imparare a fare le iniezioni e a prelevare il sangue.» Infila l'ago e riempie una siringa della medicina trasparente.

«Alcune di loro svenivano, ma io ero affascinata, anche se sapevo che non avrei mai fatto quel lavoro.» Stringe lo stantuffo per rimuovere l'aria. «Ma ricordo i passi: trovare la vena.»

John stringe le mani intorno al braccio buono di Nelly, finché le vene sono più evidenti.

Ana annuisce. «Okay, spingere l'ago dentro più o meno con questa angolazione.» La sua mano è ferma mentre lo infila. Una spirale del sangue di Nelly vortica nell'estremità superiore della siringa. «Fatto. Ora iniettare.»

Spinge lo stantuffo lentamente. Quando ritira l'ago premo dei fazzoletti sulla goccia di sangue. Tengo la mano di Nelly e salto ogni volta che un tremore lo attraversa. Tengo la fondina, perché so che mi sto arrampicando sugli specchi. Devo essere realista.

John suggerisce di spostare Nelly nell'altra stanza per non disturbarlo, ma io conosco il vero motivo: se Nelly si trasformerà, saremo in grado di fermarlo prima che faccia molti danni. Mi chiedo quanto tempo ci voglia. Prima si muore e ci si trasforma dopo ore, o è immediato?

Ognuno si siede a turno con me e Nelly. Gli asciughiamo la testa con un panno fresco. Penny mi porge una tazza di zuppa, che ignoro dopo un boccone. Fisso Nelly e voglio che il suo petto si alzi. Ana gli dà un'altra dose di antibiotici e porta Bits a letto. Penny dà un bacio a Nelly sulla fronte e sussurra qualcosa che solo lui può sentire. Poi mi bacia la testa e se ne va.

John si abbassa accanto a me. «Faccio io il primo turno di guardia a Nelly.»

«Svegliami se...» M'interrompo quando lui annuisce. «Io... io so solo che non sarà davvero lui, ma si merita qualcuno... lì, capisci?»

«Lo farò, te lo prometto.»

John mi posa una mano sulla spalla. È così gentile che mi ricordo di sentirmi in colpa. «Mi dispiace per prima, John. Vorrei poter avere una fede incrollabile in qualcosa come la tua.»

Lui scuote la testa. «Oh, tesoro, questo ha messo alla prova la mia fede. Ma quando credo, quando confido in qualcosa più grande di me, posso affrontare qualsiasi cosa mi capiti. È così che sono andato avanti quando Caroline è morta. Molto tempo fa qualcuno mi ha detto che ci sono molte strade per il Paradiso e io ci credo.»

«Non posso credere in nessuna cosa in quel modo.» In questo momento, però, vorrei davvero poterlo fare.

«Non sei obbligata a credere in nessuna di queste cose. Non credo che a Dio importi. Cosa hai fatto oggi? Hai rischiato la vita per un amico? Non si può essere più cristiani di così.

«"Nessuno ha un amore più grande di questo: dare la vita per i propri amici". Giovanni 15:13.» Si riferisce a me e ad Ana, ma so che entrambe stiamo pensando a Peter. «Sdraiati, tesoro, ci penso io.»

Lo bacio sulla guancia e mi infilo nel sacco a pelo. E prima di chiudere gli occhi, mi redimo chiedendo scusa anche a Dio. Non si sa mai.

Capitolo 113

Mi sveglio di soprassalto nella luce debole e vedo Nelly sdraiato sul suo giaciglio. John dorme dritto in posizione eretta contro il muro accanto alla testa di Nelly. Si è addormentato durante il turno di guardia; non l'ha mai fatto. Nelly è pallido, il suo viso è rilassato. Aspetto che il petto si sollevi, ma non succede niente.

Soffoco un singhiozzo e mi avvicino. Estraggo la pistola con una mano tremante. Non posso sapere da quanto tempo è morto, quanto tempo gli ci vorrà per trasformarsi, se lo farà. Dovremo occuparci di lui.

Non è davvero Nelly. Non è davvero lui.

Allungo il piede e lo pungolo delicatamente. Un occhio sbatte. Si gira. Tendo la pistola, il dito pronto sul grilletto.

Non è lui, non è lui, non è lui.

«Cassie.» La voce di John è dolce mentre cerca di non spaventarmi. «Metti giù la pistola. Sta bene. Nel sta bene.»

Sento quello che sta dicendo, ma non torna. Le mie dita sono strette sull'impugnatura della pistola. «Cosa?»

Poi vedo il petto di Nelly alzarsi. Lo fa di nuovo. Si muove appena, ma respira. Apre gli occhi e rivolge verso di me il suo viso assolutamente vivo, bello e pallido.

«Dio: zero. Cassie: uno», gracchia e le sue labbra screpolate si incurvano all'insù.

Per un attimo rimango intontita e poi mi butto su di lui. Gli colpisco il braccio quando lo bacio sulla sua fronte calda, ma non più infuocata, e lui trasalisce.

«Scusa, scusa!» esclamo. Il mio viso sorridente è a pochi centimetri dal suo. Gli bacio di nuovo la fronte, per essere sicura.

«Ho sete.»

Tengo la bottiglia e lui beve avidamente. Penny, Ana e Bits si precipitano nella stanza. Alla vista di Nelly si fermano, come ho fatto io, e poi avanzano. James è in piedi sulla porta principale e sorride.

«Qualche ora dopo la seconda dose di antibiotici ho visto che stava migliorando», dice John. «Ho capito che stava bene quando ha detto qualche parola e ha bevuto un po'. James era d'accordo a fare il turno di guardia quando l'ho svegliato. Non volevo svegliarti. Avevate entrambi bisogno di dormire.»

Nelly mi lascia ispezionare il suo braccio. Ha ancora un aspetto terribile, ma le striature rosse si stanno ritirando. Mi sento come se avessi vinto alla lotteria. Ha funzionato davvero.

«Grazie, Mezza Pinta», sussurra Nelly. Sembra che stia per piangere ed è sufficiente per darmi il via.

«Che te ne pare come regalo di compleanno anticipato?» chiedo con un singhiozzo. «Da urlo o no?» Lui fa una debole risata. «Ana ti ha iniettato gli antibiotici. Ha fatto un ottimo lavoro.»

Nelly le manda un bacio e lei contraccambia. «Ma è grazie a Cassie se siamo andate a cercare la medicina», dice.

«Ho sentito.» Nelly mi guarda con occhi lucidi. Sono tornati alla loro normale tonalità di blu e mi fanno venire voglia di saltargli di nuovo addosso, ma mi accontento di baciargli la mano. «Credo che l'abbiano sentita tutti nel raggio di tre chilometri. Non si incazza molto spesso, ma quando lo fa, nemmeno Dio può sfidarla.»

«Mi dispiace», dico imbarazzata.

Allungo l'altra mano e tiro Bits in grembo. Ha ancora metà del sacchetto di Reese's Pieces che ha conservato per Nelly accartocciato in mano.

La abbraccio forte. «Non volevo spaventarti, Bits. Non so cosa mi sia preso.»

Lei scuote la testa come a dire che è tutto a posto.

I primi raggi di sole filtrano attraverso la finestra sudicia, illuminando lo sporco, le ragnatele e le macchie di cui non voglio nemmeno sapere niente, ma ogni singolo pezzo decrepito sembra bellissimo. Nelly è vivo. Chiude gli occhi, ma stavolta non mi preoccupo. So che li riaprirà.

«Sei come tua madre», dice John. «Non ti arrabbi subito, ci metti un po', ma quando succede scateni l'inferno. Non è sempre una cosa negativa.»

Ha ragione: la mia rabbia non è stata una brutta cosa. Nelly è tornato dalla morte e, per una volta in questo mondo dimenticato da Dio, è una cosa buona.

Capitolo 114

«Adoro quest'auto», dico da dietro il volante della Volkswagen. Dentro è tutto in legno lucido, con un minuscolo frigorifero, un lavandino e due panche. L'esterno è bianco immacolato, verde acqua e cromato. Qualcun altro ha amato questa macchina.

«Non è un'auto», ribatte Nelly. «È un *pulmino*, un *camper* o anche un *furgoncino*.»

«Come ti pare. Io la adoro. Ha un portaspezie! Quante persone hanno un portaspezie nella loro auto? Se arriviamo fin laggiù, pensi che potremo tenerla?»

«Certo. Faremo dei viaggi in macchina, visiteremo la campagna piena di zombie.»

È ancora pallido e il braccio gli fa male, ma dopo altri tre giorni di antibiotici è davvero in via di guarigione. Abbiamo aspettato a partire finché non fosse stato abbastanza forte.

«Sapientone.» Vado per dargli un leggero schiaffo, ma invece gli tocco la fronte. Grazie a Dio, è fresca.

Lui si ritrae. «Per quanto tempo hai intenzione di insistere a toccarmi la fronte ogni dieci minuti?» Non ha la febbre da due giorni.

«Per sempre. Abituati. Sei sicuro di riuscire a partire domani?»

Appoggia il braccio buono sul finestrino e respira. «Assolutamente. Domani è un giorno come un altro per morire.» Alza le sopracciglia verso di me. Non riesco a capire se è serio.

Un residuo di quella travolgente tristezza e rabbia mi attraversa. «No! Non ti è permesso morire. Non ti ho salvato il culo perché tu possa morire di nuovo. Promettimelo.»

Tiene le sopracciglia alzate. So che è ridicolo fargli promettere qualcosa che non può controllare, ma non mi interessa.

«Ok, Cass. Prometto che non morirò. Mai.»

«Così va meglio.» Ignoro il sarcasmo nella sua voce. Mi fa sentire meglio, il che potrebbe essere ancora più stupido che pretendere una promessa del genere.

Penny esce dalla baita e getta gli zaini sul retro. «Domani mattina partiremo subito.»

I suoi capelli pendono unti e flosci nella coda di cavallo. Vorrei potermi fare una doccia. Non speravo di vedere Adrian per la prima volta dopo due anni unta e puzzolente. So che non dovrebbe avere importanza nel grande schema delle cose, ma se non è felice di vedermi, sarebbe bello non sentirsi ripugnante a livello fisico.

Penny sale dietro e sospira. «Adoro questa macchina.»

James ci raggiunge con del cibo in scatola proprio mentre lei parla. «È un pulmino, tesoro. Non una macchina.»

Ignoro lo sguardo trionfante di Nelly.

Capitolo 115

«Mancano sessantacinque chilometri», dice James, in risposta alla decima domanda di Bits: «Siamo già arrivati?»

Ci sta servendo l'acqua poche gocce alla volta, così ha una scusa per far scorrere il lavandino in continuazione. Abbiamo dovuto spostare qualche auto, ma a mano a mano che le zone sono meno popolate, ci sono meno ostacoli.

È un tragitto bellissimo. Adrian e io avevamo sognato di vivere qui un giorno. Le montagne sono verdi, come nel basso Vermont, ma sono più aspre e selvagge. Sembra che ci si possa allontanare di qualche passo da un sentiero e perdersi per sempre. Ma è anche un luogo di dolci valli e appezzamenti ordinati di terreno agricolo, che ora sono ricoperti di vegetazione, mentre le case coloniche sono vuote. Conto i chilometri e li traduco in minuti. Mancano quarantacinque minuti. Trentacinque. Ho la bocca asciutta e stringo le mani così forte che mi fanno male gli avambracci.

«Altra acqua?» chiede Bits.

Forzo le labbra in un sorriso e annuisco. Lei piroetta verso il lavandino per prendere altra acqua. È sporca quasi come la notte in cui l'abbiamo trovata, ma è eccitata invece che terrorizzata. Piange per Peter nel sonno e, dato che lui la calmava quasi tutte le notti, è un altro colpo quando si sveglia e si rende conto che l'incubo è reale. Ma è una tosta, spero lo sia abbastanza per questo mondo.

Trenta minuti. L'acqua bagna la mia lingua inaridita senza toccarla. Vorrei che affogasse le farfalle nel mio stomaco. Venticinque minuti. Venti.

«Qualcuno ha spostato le macchine dalla strada», dice John e indica i fossati dove giacciono le auto abbandonate.

La strada delimitata dalle fattorie lascia il posto ai prati e alle case della città prima di Kingdom Come. Ci prepariamo per gli infetti. Ce n'è almeno un gruppo in ogni piccola città ed escono sempre quando sentono una macchina. Passiamo il municipio e un *village green*, ma nessun Lexer ci insegue. L'emporio ha un'insegna sul davanti con dei panini. Accanto c'è un bidone di metallo con una pompa a mano e un tubo. Il cartello recita:

BENZINA NEL BIDONE. CIBO NEL NEGOZIO.
PRENDETE QUELLO CHE VI SERVE.
PER FAVORE ABBIATE RIGUARDO PER GLI ALTRI DOPO
DI VOI.

«Wow», dice James. «Hanno sgomberato la città e hanno fatto persino un pit stop. Cazzo...» Guarda Bits, che sorride: «Ehm, cavolo, sono proprio organizzati, eh?»

Svoltiamo su una strada sterrata che si snoda tra i boschi fino ad arrivare a una piccola fattoria. L'insegna recita "Cob Creek Farm", ma non possiamo vederla perché il vialetto alberato termina bruscamente con un'alta staccionata di legno, che circonda la casa e gli annessi. I campi fuori dal recinto sono coltivati a mais. Superiamo altre fattorie fortificate. Una ha una recinzione di metallo e un'altra un muro di mattoni. Il nostro filo spinato e le nostre imposte sembrano un gioco da ragazzi in confronto.

John strizza gli occhi al cartello davanti a noi. «Kingdom Come Road. Eccola.»

Gira. In una radura c'è una capanna appollaiata in cima a una struttura su pali. Una scala porta a una piattaforma fuori dalla porta della capanna. Un uomo sulla piattaforma alza la mano e John rallenta fino a fermarsi. Una donna bionda scende dalla scala. Ha in mano un fucile, ma sorride quando ci fa cenno di uscire dal pulmino.

«Ciao, scusate per le armi.» Nota il braccio fasciato di Nelly e il suo sorriso svanisce. «Qualcuno di voi è infetto?»

«No», risponde Nelly. Srotola via la garza per mostrare la ferita, che sta chiaramente guarendo. «Mi sono tagliato con un coltello.»

La sua presa sul fucile si allenta. «Scusate, dobbiamo stare attenti. Io sono Shelby. Benvenuti a Kingdom Come. Risalite la strada per circa un quarto di miglio e vedrete il cancello. Vi annuncio via radio.»

Il cancello di metallo ondulato sarà alto tre metri. Accanto a una porta incastonata nel muro che lo affianca ci sono due ragazzi in jeans e maglietta. Una recinzione metallica si dirige verso gli alberi fino a dove riesco a vedere. Non so come siano riusciti a fare tutto questo, anche se immagino che si possa fare qualsiasi cosa, se ci sono abbastanza persone.

Quello con il volto bello e un po' accigliato, e gli occhi azzurri, appoggia un braccio sul finestrino del pulmino. «Ciao, sono Dan. Siete qui per restare o siete solo di passaggio?»

«Speriamo di restare», risponde John. «Siamo amici di Adrian Miller. Lo conosci?»

Dan ride. «Certo. La fattoria è sua e di Ben. Tutti noi siamo solo in visita.»

Fa l'occhiolino a me e a Bits, e poi sorride quando lei gli risponde con un occhiolino sbilenco. Il cancello si apre per rivelare un'altra strada alberata.

«Un po' più avanti vedrete un piccolo cancello. Maureen sarà lì ad aspettarvi», dice Dan. «Ci vediamo in giro. Benvenuti.»

Penny si china e mette la sua mano sulla mia per aprirla. «Andrà tutto bene.»

Vorrei essere fiduciosa come lei.

Un capannone con il tubo di una stufa si trova proprio prima di una curva della strada. Una donna anziana, sorridente e piacevolmente morbida, esce e saluta.

«John?» chiede. «Sono Maureen. Io ti precedo in bici, tu seguimi dentro il cancello. Ti mostro dove parcheggiare e poi pensiamo a tutto il resto. Va bene?»

John annuisce. «Fammi strada.»

Rimaniamo a bocca aperta quando appare la fattoria. Una casa colonica bianca con un enorme portico sul davanti si trova in una radura circondata da alberi di acero. Un frutteto di mele, gli alberi contorti dagli anni, corre sulla sinistra. Una serra e due fienili giganteschi si trovano sul retro, degli animali stanno nei recinti al sole. Capanne e tende punteggiano il retro del terreno, e dietro c'è il più grande orto che abbia mai visto. Una recinzione luccica in lontananza e al di là di essa ci sono campi coltivati.

La fattoria in sé è bellissima, con i suoi fienili rossi, la casa bianca e i boschetti di alberi, ma la cosa più mozzafiato è la catena di montagne in cui è incastonata. Siamo circondati da un cerchio di verde compatto. Mi fa sentire piccola, insignificante e al sicuro. So come si è sentito Adrian quando ha visto questo posto e vorrei esserci stata anch'io. È perfetto.

Ci dirigiamo dietro la casa verso un edificio di pali e travi e parcheggiamo accanto a un'ambulanza. Mi stacco i jeans dalle cosce mentre scendo a terra. Il rumore delle pentole riecheggia dalle porte posteriori dell'edificio.

Maureen indica in direzione del rumore. «Lo chiamiamo il ristorante, è dove prepariamo la maggior parte del cibo. Avete fame? Il pranzo inizia ufficialmente tra un paio d'ore, ma c'è sempre qualcosa.»

Scuotiamo la testa. L'unica cosa che voglio sapere è dove sia Adrian, ma non riesco ad aprire la bocca per chiedere.

«Okay.» I suoi occhi sono gentili mentre ci osserva. «Penso che non vi dispiacerà stare insieme in una tenda. Ne abbiamo una vuota. In realtà sono piuttosto carine. Scommetto che vorreste fare anche una doccia.»

«Sì a tutto, signora», dice John, che è diventato il nostro portavoce.

Le guance di Maureen diventano ancora più rotonde quando sorride. «John, non chiamarmi mai più signora. E non conosco i nomi degli altri.»

Ci presentiamo, mentre la seguiamo nella tenda, che all'interno è accogliente e luminosa, con brandine, letti a castello, una piccola libreria e una stufa a legna che sfiata sul tetto.

«Mm», dice Maureen. «Forse ci starete un po' stretti. Stiamo costruendo delle capanne, ma non saranno pronte prima di qualche settimana. C'è posto in altre tende, se volete dividervi.»

Il pensiero di separarci mi mette a disagio e, a giudicare dal vigoroso scuotere delle teste, non sono la sola. Sono abbastanza sicura che ci stiperemmo tutti e sette in una tenda da due persone, se dovessimo farlo.

«È fantastica, davvero», dice Nelly.

«Okay. Pensate a me come al vostro direttore di crociera.» Ridiamo. «Oggi vi farò fare un giro del posto. Domani parleremo di cosa farete qui e di tutto il resto. Di dove siete?»

«New York», risponde James.

Sgrana gli occhi. «La gente sta lasciando la città?» James spiega che ce ne siamo andati all'inizio. «Beh, sono contenta che ce l'abbiate fatta. Più tardi conoscerete alcune persone che vivono qui. Sono tutti fantastici. Siamo come una famiglia.»

Apro la bocca, ma Nelly mi batte sul tempo. «In realtà, siamo buoni amici di Adrian Miller. È qui?»

«Adrian è a Whitefield. L'aereo dovrebbe tornare prima di cena. Con i ragazzi lì ci scambiamo esperienze e cibo.» Lei stringe le mani e ci guarda raggiante. «Sarà così felice di sapere che siete venuti.»

Sono molto delusa, ma anche un po' sollevata, perché questo momento mi terrorizzava. E spero con tutto il cuore che Maureen abbia ragione.

Maureen porta me e Penny a cercare dei vestiti, mentre gli altri aspettano alle docce. In una stanza costruita sopra il ristorante ci sono dei bidoni, contenenti vestiti, organizzati per taglia. Trovo dei jeans, una canottiera e una felpa per me e dei vestiti per gli altri. Maureen e io aspettiamo con la mia pila di vestiti, mentre Penny sta cercando dei pantaloni per James.

«Grazie per gli abiti», dico. «È fantastico.»

«Vero? Quando sono arrivata qui era proprio all'inizio, ma ora abbiamo un sistema ben definito.»

«Adrian è molto organizzato.»

Lei si appoggia a un tavolo. «Sì, lo è. Tutti gli vogliono bene. Come lo conosci?»

«Ci siamo conosciuti al college.» Non voglio raccontarle i dettagli. Se non sarà felice di vedermi, almeno non sarò subito conosciuta come la ex fidanzata.

«Lo conosci bene?» Annuisco e guardo le persone che passano fuori. «Allora sai che, anche se è tranquillo, in qualche modo riesce a far fare a tutti quello che deve essere fatto. Forse non vogliono deluderlo.»

Esito, ma Penny è ancora impegnata, quindi le faccio la mia domanda: «Esce con qualcuna?» Mantengo un tono leggero, come se volessi spettegolare. E funziona, perché Maureen si china in avanti con fare misterioso e gli occhi sgranati.

«Nessuna! Certo, qui ci sono più uomini che donne, ma l'ho visto rifiutare alcune avance palesi.»

Le farfalle sono tornate. *Non c'è nessun'altro.*

«Ho sentito che l'estate scorsa ha avuto una storia con una delle stagiste estive», continua lei. «Per un po' è stata intensa, ma quando l'estate è finita, è finita anche la storia.»

La gelosia divampa. So che non ho assolutamente il diritto di essere arrabbiata, ma questo non mi impedisce di immaginare Adrian *intenso* con qualcun'altra. Voglio vomitare.

Maureen appoggia la sua mano sulla mia in un gesto materno. «E ho la sensazione che non ti abbia fatto bene sentirlo. Mi dispiace. Ho la tendenza a parlare troppo. Troppe informazioni, dice mia figlia.»

Le stringo la mano e ingoio la sensazione di amarezza. «Non c'è bisogno di scusarsi. Lei è qui? Tua figlia?» chiedo.

I suoi occhi si riempiono di lacrime, poi sbatte le palpebre e sorride. «No, vive in Florida. Non so se sta bene. Ho perso mio marito mentre venivo qui.»

«Mi dispiace. Anche noi abbiamo perso qualcuno lungo la strada. E dovevo incontrare mio fratello, ma non è mai arrivato.»

Maureen sospira. «Non conosco nessuno che non abbia perso qualcuno. Andiamo avanti come meglio possiamo, vero?»

La sua voce gentile mi ricorda così tanto mia madre che vorrei abbracciarla. Non credo che le dispiacerebbe se lo facessi.

Penny si avvicina. «Okay, ho trovato dei jeans per lo spilungone. Grazie, Maureen.»

CAPITOLO 117

LA DOCCIA CONSISTE solo in acqua calda che scorre da un barile attraverso un soffione, ma è fantastica. Insapono i miei capelli e quelli di Bits, e sento un po' dell'orrore della settimana passata andarsene con la schiuma e scorrere sotto il bancale su cui stiamo. Prima di andarsene, Maureen mi ha chiesto se, quando l'aereo fosse in arrivo, volevo che mi venisse a chiamare al ristorante. Quando ho annuito mi ha stretto la mano e ha promesso che lo avrebbe fatto.

Disfiamo i bagagli nella tenda prima di andare a mangiare. La sala da pranzo ha travi a vista e un assortimento di tavoli, panche e sedie. Gli addetti alla cucina riforniscono continuamente di cibo i tavoli sul retro. Siamo in piena estate, quindi tutto è fresco. Verso un grosso bicchiere di latte vaccino per Bits, che lo manda giù e ne chiede un altro.

«Sai, penso che forse tu adori quel caffè più di me», dice James a Penny, che beve una tazza di caffè con panna come se fosse un'esperienza mistica.

Lei apre un occhio e sorride prima di richiuderlo. «Potresti avere ragione.»

Il cibo sembra delizioso, ma non riesco a mangiarlo. Anche se la ressa del pranzo è finita, nella stanza ci sono ancora molte persone. La maggior parte di loro sembra avere tra i venti e i cinquant'anni, anche se ci sono alcuni bambini e persone più anziane.

Dal modo in cui parlano e ridono sembra che qui tutti vadano davvero d'accordo. Ogni volta che qualcuno incrocia il nostro sguardo, sorride o saluta con la mano. Le persone che passano davanti al nostro tavolo si assicurano di darci il benvenuto, ma non fanno pressione per avere informazioni. Probabilmente perché siamo seduti qui con gli occhi sgranati e sconvolti dall'enorme quantità di persone, e dal fatto incredibile che siamo al sicuro. Non abbiamo bisogno di passare ogni momento ad ascoltare il tintinnio delle lattine o lo scricchiolio di qualcosa che cammina nel bosco.

Maureen attraversa l'ampia porta d'ingresso e io mi irrigidisco. Lei scuote la testa: ancora nessun aereo.

Prende una sedia e sorride. «Vi siete dati una bella ripulita. Vi state ambientando bene?»

«Sì», risponde John e si passa una mano tra i capelli umidi. «Raccontami un po', mi chiedevo come funziona qui con i lavori.»

«Beh, cerchiamo di far fare alle persone quello che interessa loro. Vediamo, ci sono gli orti e le coltivazioni, naturalmente. Poi ci sono le costruzioni, la gestione del sistema elettrico, la sorveglianza e le pattuglie, l'acqua, il bestiame, la cucina e la conservazione. Molte persone fanno un po' di tutto. Ci si segna in una tabella.»

«Mi piacerebbe lavorare negli orti», dice Ana. «Si può fare facendo anche la sorveglianza?»

«Certo. La maggior parte degli adulti fa i turni di guardia. Sono le ronde a essere più pericolose.» Gli occhi di Ana si illuminano.

«Quindi ti intendi di giardinaggio?»

John le racconta degli orti che ci siamo lasciati alle spalle.

Maureen sembra impressionata e poi capisce. «Non c'è da stupirsi che non vi siate buttati sui prodotti freschi come se non li vedeste da mesi. Sapete, è quello che fa la maggior parte della gente quando arriva qui. Allora siete già pratici di queste cose. Di sicuro tutti vi vorranno nella loro squadra. Mi intendevo un po' di giardinaggio prima di arrivare qui, ma questa è stata un'esperienza istruttiva. L'unica cosa che facevo era aprire un barattolo, non metterci dentro delle cose e cucinarle.»

Ride e si rivolge a Bits. «E tu sei Beth, giusto?»

«Sì», risponde Bits attraverso il biscotto che ha in bocca. «Ma ora la maggior parte delle persone mi chiama Bits. Come Little Bits[1].»

«Beh, Bits, conosco almeno due bambini della tua età a cui piacerebbe giocare con te. Che ne dici se dopo pranzo tu e uno dei tuoi amici venite a cercarli con me?»

Bits annuisce e si scola l'ultimo bicchiere di latte. Maureen fa un cenno a qualcuno. È un po' basso, ma muscoloso, con i capelli ricci castani e una faccia amichevole che ricordo. È Ben, il socio di Adrian.

«Ben, questi sono alcuni amici di Adrian che sono arrivati oggi», dice Maureen.

«Ciao.» Lui sorride. «Avevo sentito che era arrivata gente, ma non sapevo che conosceste Adrian.» Stringe le mani, mentre Maureen ci presenta. Arriva a me per ultima.

«Conosco Cassie», dice. Qualcosa guizza nei suoi occhi quando mi sorride. Potrebbe essere stata l'incertezza. *Benvenuto nel club, Ben.*

«Ciao, Ben. Questo posto è assolutamente splendido. Capisco perché l'avete scelto», dico.

Mi ringrazia e parla ancora un po', prima che qualcuno lo chiami. Il suo sguardo si sofferma su Ana mentre la saluta. Lei gli fa un sorriso educato e abbassa lo sguardo sul suo tovagliolo di stoffa. Se io sono terribile a flirtare, Ana è nata per questo, ma non alza lo sguardo finché lui non se ne è andato.

Aiutiamo a portare i piatti in cucina. È enorme, con diversi fornelli a legna e una dispensa. Mi fermo a guardare fuori da una finestra, mentre mi dirigo verso il lavello. C'è una vista stupenda sulle montagne; non ho mai visto niente di simile.

Maureen si avvicina. «L'aereo sarà qui tra circa trenta minuti. La pista d'atterraggio non è lontana. C'è un capannone per le attrezzature che funge anche da ritrovo per i piloti. Puoi aspettare lì, se vuoi.»

I miei piedi sono incollati a terra. Nelly mi toglie il vassoio dalle mani, lo porta al lavello e ritorna. «Vuoi che venga con te?» chiede.

Scuoto la testa. Per quanto gli voglia bene, non voglio che assista a un qualcosa di cui non vorrò mai parlare con nessuno.

Capitolo 118

Seguo Maureen lungo una strada laterale fino a un capannone con un piccolo soppalco e delle finestre.

«Ho delle cose da fare fuori», dice. «Ma se hai bisogno di me, sono qui fuori. Devo lasciare la porta aperta?»

Annuisco. «Grazie.»

Riesco a vedere la pista, un'ampia striscia marrone scavata in un campo. Cammino nella stanza e guardo le mappe sul muro senza vederle. Provo a sedermi, ma non riesco a stare seduta per più di un minuto prima di saltare in piedi e mettermi a camminare di nuovo.

Passo in rassegna tutte le possibili reazioni che Adrian potrebbe avere alla mia presenza. Quasi tutte mi fanno rabbrividire. Il meglio che posso sperare è che mi ami ancora e che, alla fine, mi perdoni e si fidi di nuovo di me. Dopotutto, gli ho spezzato il cuore.

Bevo un sorso d'acqua dalla mia bottiglia con mani tremanti. Il cuore mi batte forte, in testa ho solo rumore bianco e sudo freddo. Alla faccia della doccia. «Si direbbe che tu debba andare alla ghigliottina», dico ad alta voce. Fantastico, ora parlo anche da sola.

Ho vissuto senza Adrian prima, ma non stavo davvero vivendo, stavo solo ammazzando il tempo. E adesso, soprattutto adesso, voglio vivermi ogni momento di felicità che posso. Tre anni fa ho scoperto come tutto può finire in un attimo, ma non ho imparato la lezione che avrebbe dovuto insegnarmi: tenermi stretto quello che ancora avevo. Invece, l'ho allontanato con la forza.

Penso a Peter e a come non ha mai avuto la possibilità di dire ad Ana quello che provava. La cosa più importante non è che mi piaccia la risposta di Adrian, ma innanzitutto che io abbia posto la domanda.

Sento il motore prima di vederlo e mi avvicino alla porta per guardare. L'aereo bianco gira in tondo e si avvicina per atterrare.

Tocca terra e corre lungo la pista fino a fermarsi a cinquanta metri di distanza. Il portellone si apre.

Ripeto per la centesima volta quello che sto per dire e mi asciugo i palmi delle mani sulle cosce, mentre Adrian esce. Indossa jeans, stivali da lavoro neri e una giacca, che si toglie per rivelare una maglietta verde oliva. Si china all'interno dell'aereo per dire qualcosa, poi saluta e si gira.

Ha lo stesso aspetto di sempre: gli zigomi, l'immancabile barba corta scura e il naso che lo trasforma da carino a bello. Conosco ogni centimetro di lui, dalle sue brutte dita dei piedi per cui lo prendevo in giro, alla cicatrice sulla tempia della varicella di quando aveva cinque anni. Ma è passato così tanto tempo che sembra anche diverso, come un estraneo.

Maureen si muove verso di lui, con un rastrello in mano, e lui le tocca la spalla mentre parla. Adrian non solo ti fa credere di voler ascoltare ogni parola che dici, ma lo fa davvero. Lei fa un gesto in direzione del capanno e lui rimane immobile. Mi chiedo cosa stia pensando. So che dovrei andare lì fuori, ma non ci riesco.

La sua bocca si muove e, quando la donna annuisce, la giacca gli cade di mano sul terreno polveroso. Si gira e viene verso di me. Torno nel capanno e ascolto i suoi stivali che battono sul sentiero. Nel momento imbarazzante in cui arriverà e si fermerà, gli dirò quello che ho preparato. Tirerò fuori tutto prima che lui possa dire qualcosa: quanto mi dispiace, quanto mi vergogno di averlo ferito e come non ho mai smesso di amarlo.

Faccio un respiro profondo, mentre lui entra a grandi passi nel capannone. I suoi occhi sono intonati alla maglia e sono increduli.

«Adrian, io...» inizio, ma lui non si ferma. I suoi passi non vacillano neanche per un istante, mentre si avvicina e mi prende tra le braccia. Il suo cuore batte veloce e forte come il mio.

«Sei qui.» La sua voce è come una preghiera. «Non posso credere che tu sia qui.»

Stringe il mio viso verso il suo. Le sue mani sono ruvide e screpolate, e puzzano di benzina. Non credo di aver mai provato niente di così meraviglioso come quelle mani sul mio viso.

«Mi dispiace tanto. Io…» Cerco di far uscire le parole, ma la sua bocca copre la mia in un bacio così impetuoso che non posso fare altro che rispondere. Non riesco nemmeno a ricordare cosa volevo dire, perché mi perdo nel bacio che non ho osato immaginare per due anni. Provo la stessa sensazione, ha lo stesso sapore ed è come tornare a casa.

È molto più di quello che mi merito. Perché ho pensato che mi avrebbe odiata? Sono io il tipo di persona che potrebbe non perdonare così facilmente. Lui è un libro aperto. Non c'è altro che gioia in questo bacio e il modo in cui le sue mani mi tengono, come se non potessi essere reale, come se fossi qualcosa di prezioso. Un singhiozzo mi sfugge e lui si tira indietro, anche se non mi lascia andare.

«Cosa c'è che non va? Questo è…?» Le sue mani si abbassano. Le rivoglio su di me, anche se non le merito.

«Mi dispiace tanto», dico. «Mi dispiace tanto per quello che ti ho detto, per quello che ho fatto. Voglio solo che tu mi perdoni.»

La sua fronte si corruga e la sua voce è tenera. «L'ho già fatto, molto tempo fa. Ti amo.»

A quelle parole piango più forte e lui mi avvolge tra le sue braccia. Restiamo così, con il suo mento appoggiato sulla mia testa, come facevamo una volta.

«Non riuscivo a smettere di pensare a te il giorno del tuo compleanno.» La sua voce rimbomba nel petto quando parla. «Dov'eri, se eri al sicuro, così il giorno dopo li ho fatti volare verso la baita. Non dovremmo usare il carburante per cose del genere, ma non m'importava, non ce la facevo più. La casa…», la sua voce s'interrompe, «era stata rasa al suolo dal fuoco. I Lexer erano ovunque. Li ho fatti volare avanti e indietro, più e più volte, cercando di vedere se uno di loro eri tu e…» Si interrompe e il suo corpo trema.

Gli accarezzo la schiena. «Sto bene.»

«Ero così sicuro che stessi bene. Così sicuro. Sapevo che saresti riuscita ad andartene da New York. Ma quando ho visto la baita, ho pensato di essere arrivato troppo tardi. Mi sono odiato per non essere arrivato prima.»

Lui incolpa se stesso, quando in realtà la colpa è mia. Scuoto la testa contro il suo petto. «No. Avrei dovuto contattarti in qualche modo. Avevo troppa paura che non volessi parlare con me, così non l'ho fatto.»

Allenta la presa e mi solleva il mento con la mano. «Non vorrei mai…»

«Adrian!» Un giovane ragazzo dai capelli chiari entra nel capanno. «Oh. Scusa, amico.» Sembra più incuriosito che dispiaciuto.

«Che c'è, Marcus?» chiede Adrian, ma non si muove e mi stringe più forte, in modo che io non possa allontanarmi.

«Ehm, c'è qualcosa che fuma nel capanno dell'impianto elettrico. Abbiamo bisogno di te.»

«Dov'è Janine?»

«È a Cob Creek per la notte. Abbiamo sentito l'aereo e mi hanno mandato a prenderti.» Ora sembra davvero dispiaciuto.

Adrian sospira. «Okay. Sarò lì tra poco.»

«Certo», dice Marcus, guardandomi con curiosità prima di andarsene.

Sorrido ad Adrian. Non posso credere di essere qui tra le sue braccia.

«Stai bene?» chiede.

Sto più che bene. Mi metto in punta di piedi e lo bacio dolcemente, mentre gli tocco la nuca. Lui mi guarda con quello sguardo gentile, quello che Nelly definì tenero un milione di anni fa.

«Ti amo», dico. «Ti amo davvero.»

«Bene.» Ridiamo, perché dicevamo così in passato, ed è bello tornare ad allora.

Una ragazza con la testa rasata fa capolino e fa una smorfia, come se avesse ottenuto il lavoro che nessuno voleva. «Ehi, A. Scusa, ma c'è davvero molto fumo.»

Adrian annuisce. «Arrivo subito. Ci vediamo lì.»

Gli do una leggera spinta. «Il dovere ti chiama. Vai a spegnere quell'incendio. Siamo tutti in una delle grandi tende sul retro.»

Mi guarda incredulo e mi afferra la mano. «Non se ne parla. Vieni a spegnere l'incendio con me. E cosa intendi con *noi*?»

Mi trascina fuori dalla porta e ci incamminiamo lungo il sentiero mentre gli rispondo.

CAPITOLO 119

ADRIAN MI TRASCINA in giro per tutto il pomeriggio, non che mi trascini sul serio. Quando fa la pipì devo impedirmi di seguirlo e cammino fuori dal bagno finché non torna. Le nostre mani perennemente intrecciate ricevono sguardi curiosi, mentre mi presenta e si occupa di un milione di cose. Devo sembrare una maniaca; non riesco a smettere di sorridere.

Mi porta alle capanne incompiute e mi trascina attraverso una porta. Le pareti sono piene di materiale isolante ed è dotata di una stufa a legna ricavata da un barile di metallo. Tutto il resto del mondo è caduto a pezzi, ma questo posto sta crescendo.

«Come hai fatto a fare tutto questo?» chiedo meravigliata. «È incredibile.»

«No, non lo è.» Scuote la testa e si siede su una mensola bassa costruita su un muro finito. «Mentre tutti gli altri cercavano di mettersi in salvo, io ero già al sicuro. Si trattava solo di capire quello che stava succedendo e fare qualcosa.»

«No, *è* incredibile, perché hai aperto la fattoria, invece di chiuderla. Hai accolto le persone. Le hai ispirate a fare tutto questo.» Indico la finestra senza vetri.

Lui fa spallucce e guarda in basso. Pensa che chiunque farebbe quello che ha fatto lui. Non si rende conto di quanto sia raro. Penso a come questo vada a mio vantaggio, perché non sono mai stata sicura di meritare qualcuno così oggettivamente buono. Forse nessuno è abbastanza per lui.

«Ti amo», dico.

Tiene la testa bassa, ma vedo la sua fossetta e so che sta sorridendo. Mi attira a sé e fa passare il mignolo nell'anello che porto al collo.

Lo fa scorrere lungo la catena. «Ce l'hai ancora. Perché lo porti al collo?»

Sono imbarazzata dalla mia superstizione. «Mi sentivo strana a metterlo. Come se non dovessi indossarlo finché non lo sapessi.»

Mi lancia un'occhiata. «Vuoi indossarlo ora?» So che mi sta chiedendo di più che mettere l'anello.

«Sì», sussurro.

Lo toglie e lo fa scivolare sul mio anulare sinistro.

«Va ancora bene», dice e mi bacia la mano. «Proprio come noi.»

Non riesco a trovare la voce per rispondere, così porto la sua mano alla mia bocca e gli sfioro le dita con le labbra, una per una. Quando alzo lo sguardo i suoi occhi sono velati e così famelici che mi si blocca il respiro. Si alza e mi solleva sul ripiano. Lo tiro a me e assaggio le sue labbra, la sua lingua, il suo collo. Mi torce una manciata di capelli dietro la testa.

«Sei così bella», mormora nella mia bocca.

Ovunque il suo corpo tocca il mio è caldo e liquido, come se ci stessimo sciogliendo l'uno nell'altra. La sua mano corre sotto la cintura dei miei jeans e io mi inarco contro di lui. La pelle sotto la sua maglia è così calda e liscia. Penso che sia impossibile fermarmi, proprio prima che la parete della capanna dietro di me cominci a tremare per le martellate. Sobbalzo per la sorpresa e sbatto la testa contro quella di Adrian.

Mi strofino la fronte e sorrido. «Ahi, scusa.»

Adrian sembra così sciocco con un occhio chiuso, che scoppio a ridere. Lui si porta una mano alla testa e sorride.

«Non c'è privacy in questo posto?» grido, ancora sorridendo.

Lui mi prende la mano. Usciamo dalla porta nella luce del tardo pomeriggio e lui saluta la gente che martella il rivestimento della costruzione.

«Non molto. Ma essere uno dei proprietari ha i suoi vantaggi. Ho la mia stanza nella fattoria. Stavo pensando di darla a una coppia ma…»

Gli stringo la mano. Voglio stare nella sua camera con lui, ma ora che mi sto sbollendo, divento timida e non riesco a dirlo. Con Adrian non è un territorio inesplorato, ma mi sento come una vergine la prima notte di nozze. Una campana suona da qualche parte.

«È ora di cena», dice lui. «Forse troveremo Nelly e Penny, finalmente.» Prima siamo passati davanti alla tenda, ma erano fuori a esplorare.

Nelly ci vede mentre entriamo e tira la manica di Penny. Si precipita tra la folla e, vedendo le nostre mani intrecciate, mi fa il suo bel sorriso che riesce a essere malizioso. Lui e Adrian si abbracciano e si danno pacche sulla schiena.

Penny stringe il volto di Adrian tra le mani e gli dà un bacio a stampo. «Non avrei mai pensato di rivedere questo bel viso!»

Adrian ride e la fa girare. Stiamo attirando ogni tipo di attenzione, ma la maggior parte delle persone sorride. Alcune sembrano malinconiche. Penso a come Maureen ha detto che tutti abbiamo perso qualcuno e mi sento un po' in colpa per esserci ritrovati.

CAPITOLO 120

LA SALA DA pranzo è quasi vuota. Qualche persona gioca a carte o parla, ma la maggior parte è andata nei propri alloggi per dormire. Ci siamo allontanati dal tavolo e ci siamo seduti alla luce delle lanterne. Bits si è fatta un'amica di nome Jasmine e sono rimaste sedute sotto il tavolo a ridacchiare finché Jasmine non è dovuta andare a dormire. Ora Bits è sulle mie ginocchia, mezza addormentata. Oggi ci siamo alzati all'alba e lei è esausta.

Nelly si è assunto il compito di raccontare ad Adrian la nostra storia: Brooklyn, il New Jersey, i Washington e l'accampamento, la banda di Neil e persino Zeke, che Adrian conosce. Zeke è davvero arrivato a Whitefield, come pensavamo.

Quando racconta la storia di Peter la sua voce si abbassa e si assicura che Bits stia ancora dormendo. In qualche modo riesce a includere Peter senza menzionare il fatto che siamo usciti insieme. Non ho intenzione di tenerglielo segreto, ma è una cosa che devo dire ad Adrian in privato.

«Deve essere stato un ragazzo eccezionale», commenta Adrian. Nota le guance bagnate di Ana e le porge un fazzoletto con un sorriso triste. «Vorrei poterlo ringraziare.»

Mi tocca il ginocchio e il suo sguardo si sposta su Bits. Deve essere stato uno shock vedermi arrivare con una bambina di sette anni che sta con me, con tutti noi, ma lei lo ha già conquistato. L'ho visto prenderle di nascosto un prezioso pacchetto di gomme quando pensava che nessuno stesse guardando.

Quando Nelly e Ana gli raccontano della mia insistenza per trovare le medicine per Nelly, fisso le assi del pavimento. Mi hanno dipinto come un angelo vendicatore e Nelly mi imita mentre lancio oggetti.

Alzo gli occhi al cielo. «Eri a malapena cosciente. Non sono stata così terribile», dico ad Adrian, anche se lui sembra impressionato.

«Sì, invece», dice Nelly facendo l'occhiolino. Si appoggia all'indietro e sbadiglia.

John si strofina gli occhi. «È ora che io vada a letto. È stata una lunga giornata.»

Prende in braccio Bits e la culla come una bambina piccola, e noi altri ci alziamo.

Adrian mi prende la mano. «Pronta?»

Annuisco. Camminiamo nel buio e diamo agli altri la buonanotte. È strano dormire lontano dalle persone con cui ho passato ogni giorno e ogni notte per mesi.

«Aspetta», dico ad Adrian e corro a raggiungerli.

«Volevo darvi ancora la buonanotte», dico. «Mi mancherete, ragazzi.»

Pianto un bacio su una Bits addormentata. Li abbraccio, lasciando Nelly per ultimo. «Sono abituata a dormire con te, mi mancherai», gli sussurro all'orecchio.

La sua risata squarcia la notte e riesco appena a distinguere il suo sorriso nelle fioche luci a energia solare che indicano il sentiero. «Tesoro, non credo proprio che ti mancherò.»

Capitolo 121

L'interno della casa è incantevole, con grandi finestre e modanature all'antica. Le scale scricchiolano mentre saliamo. Adrian mi indica il bagno e apre una porta in fondo al corridoio. «Questa è la mia», dice.

Enormi finestre fiancheggiano due delle pareti. Deve esserci una bella vista durante il giorno. Preme un interruttore e una luce elettrica si accende. Mi avvicino a essa con stupore.

«Wow, una luce vera e propria», dico. Sembra così luminosa. Mi sono abituata ai fiochi cerchi di luce che emettono le lanterne.

«Un altro vantaggio. E presto le avremo nel ristorante, alimentate a energia solare.»

C'è un letto matrimoniale, una scrivania ricoperta da pile di carte organizzate e una libreria piena di libri. Un armadio contiene quelli che so essere vestiti ordinatamente appesi dietro le ante di legno. Adrian è quello ordinato, mentre io quella disordinata. Un quadro tra le finestre attira la mia attenzione e mi avvicino.

È un quadro che ho fatto per lui, del posto in cui ci siamo baciati per la prima volta. L'ho dipinto come appariva subito dopo. Tutto scorre, come se gli occhi fossero un po' sfocati. I colori sono più brillanti. I gialli e i rossi delle foglie autunnali e il grigio della roccia si mescolano con l'argento spumeggiante dell'acqua.

«L'hai appeso!» esclamo, sorpresa che non l'abbia messo in fondo a un bidone da qualche parte. Penso alle cose salvate solo grazie a Eric e sto malissimo.

«Certo che l'ho fatto.» Viene dietro di me e mi mette le braccia intorno alla vita. Mi appoggio a lui e chiudo gli occhi.

«Non volevo rinunciare a te.» Le sue braccia si stringono. «La scorsa primavera sono venuto a New York per vederti. Volevo sapere se avevi cambiato idea. Ho pensato che, se l'avessi fatto, non avresti voluto…»

«Ammetterlo? Chiedere scusa?» concludo. Voglio prendermi a calci.

«Più o meno. Ho pensato che forse ti saresti punita pensando che non ti avrei voluta comunque.»

Annuisco. Mi conosce molto bene.

«Ma quando sono venuto era un venerdì e ti ho vista salire in macchina di qualcuno, di un tizio. Lui ti ha baciato sulla testa e tu hai sorriso. Ho pensato che potessi essere di nuovo felice e non volevo incasinare tutto.»

Nelly ha detto che Adrian ha smesso di scrivergli email circa un anno fa. Dev'essere stato allora.

«Non è vero.» Si irrigidisce e la sua voce è tesa. «Ero arrabbiato con te perché avevi voltato pagina mentre io non volevo farlo, e pensavo che non l'avresti fatto neanche tu, non sul serio. Così ho deciso di credere a quello che mi avevi detto. Quando non ero furioso ho sperato che tu e il tizio moro con la bella macchina foste felici.»

Il tizio moro con la bella macchina. «Era Peter.» Non mi rendo conto di averlo detto ad alta voce finché le sue braccia non si ritirano e lui si allontana. Ma voglio che lo sappia. Non voglio mentire. Non voglio nemmeno omettere.

«Era Peter? Il Peter che…?» chiede.

Il suo volto è del tutto inespressivo, tranne che per gli occhi, che ardono. So cosa deve pensare di me in questo momento: che dato che ho perso il mio nuovo ragazzo sono venuta a cercare quello vecchio, che guarda caso è in un posto sicuro. Adrian può essere uno che si fida, ma è solo un essere umano, e io non ho dimostrato di meritarmi la sua fiducia.

Mi volto verso di lui. «Siamo usciti insieme per un po'. Ma è finita prima di andarcene da New York.»

Non mi guarda. La sua espressione è simile a quella dell'ultima volta che l'ho visto e, ancora una volta, è colpa mia. La giornata sembra essere implosa.

«È vero», supplico. «Lui e Ana stavano più o meno insieme. Eravamo solo buoni amici.»

Raggiungo la sua mano, ma le sue braccia sono strette e non le rilascia.

«Adrian, non ho mai…» Stavo per dire che non gli ho mai mentito, ma non è vero. Non gli avevo mai mentito, ma poi l'ho fatto, ed è stata una bugia enorme. «Ti ho mentito solo una volta.»

«Ah sì?» La sua voce è piatta. «E quando, Cassie?»

Odio il modo in cui dice il mio nome, come se fosse una maledizione. Voglio che mi guardi. Gli tiro il braccio e lui si gira con riluttanza. Non so come fare affinché mi creda, quindi gli dico solo la verità.

«Quando ho detto che non ti amavo.»

Prego che mi si legga in faccia, mentre aspetto che lui mi dica di andarmene. Ma deve essere così, perché i suoi occhi non sono più duri e mi stringe a sé. Ci baciamo e questa volta non ci interrompe nessuno.

Il mio stomaco precipita verso i piedi, proprio come la prima volta. I colori del mio quadro turbinano dietro le mie palpebre. Il suo corpo freme quando gli tolgo la maglia. I miei vestiti si dissolvono sotto le sue mani ruvide. Ci dirigiamo verso il letto e il mio ultimo pensiero cosciente è chiedermi come, in un milione di anni, ho potuto rinunciare volontariamente a questo.

E Nelly aveva ragione: non mi manca affatto.

Mi sveglio all'alba e striscio verso il bagno. Ho gli occhi lucidi e le labbra gonfie per la barba di Adrian. Quando torno in camera lui sta ancora dormendo, con un braccio gettato sopra la testa. Mi infilo sotto le coperte e appoggio la testa sul suo petto.

«Ti amo», sussurro, non volendo svegliarlo.

Il suo braccio mi accarezza la schiena. «Dillo ancora», dice con voce assonnata.

«Ti amo.»

«Ancora.»

Sento il sorriso nella sua voce e alzo la testa. Mi guarda con occhi luminosi e la sua bocca è incurvata.

«Ti amo», ripeto.

«Un'altra volta.»

Mi metto a sedere. La vista dalle finestre è proprio come me l'aspettavo. Traccio la curva della sua guancia con un dito. «Ti amo. Fino alla fine del mondo.»

Il suo sorriso si allarga. «E oltre?»

Mi giro verso le finestre e penso a quello che c'è al di là della relativa sicurezza di quella bellissima catena di montagne. Poi mi volto di nuovo e gli sorrido, anche se qualcosa di freddo mi sale lungo la schiena. «Assolutamente.»

Epilogo

Sono in cucina a sbollentare e pelare i pomodori per le conserve. È un raccolto enorme e, se vogliamo averne abbastanza per l'inverno, lavoreremo per tutta la prossima settimana. L'aria autunnale ha in sé il freddo dell'inverno, ma quest'anno non è sgradito. Speriamo che il freddo congeli gli infetti, in modo da poterli uccidere. E speriamo che quelli che rimasti finiscano come carne congelata, i loro muscoli inutili nel disgelo primaverile.

È un lavoro ripetitivo, ma confortante. Il pensiero che questo cibo ci sosterrà nelle ore buie di febbraio lo rende meno arduo, come scherzava sempre mia madre. Posso quasi sentirla qui con me, mentre mette i pomodori nei barattoli come facevamo ogni autunno. Mi ricordo che sto vivendo la vita che volevo, con Adrian, e il mio cuore sussulta un po'. So che anche i miei genitori sarebbero felici di vederlo, a parte il fatto che ci sono orde di non morti che vagano per il mondo.

Bits si mette accanto a me e mi aiuta a pelare. Forse sto creando per lei quegli stessi ricordi confortanti, anche nel bel mezzo della fine del mondo. Ora ha molte madri e tutti noi la amiamo tantissimo. Lei è la nostra speranza per il futuro, la ragione per cui vogliamo crearne uno. Le sorrido e il suo viso si illumina. Forse tutto l'orrore che ha visto non ha distrutto completamente la sua infanzia. Spero che sia così.

Sul davanzale di una finestra accanto a uno dei fornelli c'è una radio. Sono dappertutto, nel caso ci sia un'emergenza e si debba andare verso le recinzioni. Le voci gracchianti della radio annunciano le cose da riparare, le richieste di aiuto e, ogni tanto, anche qualche battuta. Trovo incredibile che l'umorismo sia sopravvissuto e che qui tutti lavorino per andare avanti. Ora ho una grande famiglia.

Quasi ogni giorno alla radio dicono che c'è gente al cancello, persone che hanno sentito le trasmissioni e sono arrivate qui. Ma molte meno di quelle che avevamo sperato. Ne accogliamo una o due per volta. La settimana scorsa c'era un'intera famiglia, bambini e tutto il resto, e abbiamo gioito del fatto che fossero vivi, una famiglia intatta tra milioni di famiglie distrutte. Ho pensato ai Washington e ho sperato con tutto il cuore che fossero un'altra eccezione alla regola.

I rapporti dicono che lì fuori la situazione è peggiorata e che la gente non sarà in grado di arrivare qui in inverno. Questo significa che molti saranno morti entro la fine dell'inverno per il freddo, la fame o le infezioni. I miei pensieri sono così forti che mi perdo l'ultima chiamata alla radio sopra il rumore delle pentole e dei barattoli.

«Che cosa hanno detto?» chiedo. «Credo di aver sentito il mio nome.»

«Sembrava. Penso che ci sia qualcuno al cancello, ma non ne sono sicura», dice Mikayla, una vivace ragazza dalla pelle color caramello, che era qui a studiare le pratiche di agricoltura biologica quando il Bornavirus ha colpito.

Mike, al primo cancello, continua alla radio: «Ora si sta dirigendo verso il secondo cancello. Sembra Rambo, ma Shelby dice che i suoi jeans costavano quattrocento dollari.» Ride bonariamente. «Bel tipo, ha bisogno di un bagno e di un pisolino.»

Il mio cuore corre all'impazzata. Penso di fermarmi e di richiamare alla radio per chiarire. Ma non voglio. Non voglio che mi si dica che mi sono sbagliata. Voglio crederci ancora per un minuto.

Afferro la mano di Bits e mi rivolgo a tutti. «Credo che sia qualcuno che conosco.»

«Vai!» gridano, sorridendo.

Tutti sognano il giorno in cui il qualcuno al cancello potrebbe essere per loro. Prendo i nostri maglioni e cerco le mie scarpe nella pila vicino alla porta. Non le trovo, quindi mi arrendo. Bits mi guarda come se fossi diventata matta, mentre la trascino fuori dalla porta e corro attraverso il vialetto di ghiaia. So che Ana e gli altri potrebbero non aver ancora sentito la radio. Non voglio alimentare le loro speranze, ma non riesco a fermarmi.

Mi rivolgo a Bits: «Vai a chiamare Ana. Dille di venire al cancello.»

Lei annuisce, con gli occhi sgranati, e si avvia verso l'orto. Proseguo lungo il vialetto, dove gli alberi stanno lasciando cadere le foglie; la strada è disseminata di sfumature di arancione, giallo e rosso. I miei piedi colpiscono il terreno e sento il mio respiro. Non ho più corso così da prima che arrivassimo qui. Allora correvo per salvarmi la vita, ma ora corro con speranza.

Corro oltre il secondo cancello e saluto Maureen. Arrivo dietro una curva e lui è lì. Cammina con Dan, che probabilmente gli sta raccontando della fattoria. Mi fermo, ansimando, mentre lui alza lo sguardo. La camicia è sporca e sgualcita, i capelli gli finiscono negli occhi e i jeans sono più marroni che azzurri. Ha una pistola sul fianco, un fucile sulla spalla e un machete appeso all'altro fianco. Rambo, appunto.

«Peter!» urlo e corro da lui.

I suoi denti bianchi risaltano sul volto sporco quando sorride. Non credo di averlo mai visto così felice. Non è vero, l'ho visto: in quelle foto di lui da bambino. Ora è la copia esatta di quel bambino, ma senza le lentiggini.

Lo faccio quasi cadere quando lo raggiungo. Il suo zaino cade a terra mentre mi abbraccia. Non riesco a credere che sia lui. È Peter, che era morto; lo sapevamo tutti. Ricordo il suo volto quando ci siamo allontanati, come se per un istante fosse sembrato felice, e lo abbraccio più forte. Non mi rendo conto che sto piangendo finché non provo a parlare. «Come?» gracchio, ma non riesco a dire altro.

«C'erano delle persone nell'edificio. Al piano di sopra. Hanno calato una di quelle scale che si agganciano alla finestra.»

Quella tenda alla finestra. Non era solo la brezza. Scuoto la testa pensando alla sua fortuna, la nostra fortuna, e piango più forte.

Gli occhi di Peter brillano. «Quando sei diventata così piagnona? L'ultima volta che ti ho vista… piangevi. Ed eccoci di nuovo qui… e piangi.»

Non riesco a fermare le lacrime, ma non posso fargliela passare liscia. «Deve essere stato nello stesso momento in cui hai trovato il senso dell'umorismo.»

Scoppia a ridere. «Questa è la mia ragazza.»

Poi, finalmente, le lacrime si fermano e io lo raggiro. «Non più. La tua ragazza è su negli orti e sta scendendo. Siamo tutti qui. Ce l'abbiamo fatta tutti grazie a te.»

So che aveva paura di chiedere e l'ultimo accenno di preoccupazione lascia il suo volto. Voglio raccontargli di come siamo arrivati qui, di Nelly, di come Ana ha contribuito a salvarlo. Ma c'è tempo per quello. *Tempo*. È qualcosa che non diamo più per scontato.

È un momento di pura gioia e la vedo anche sul suo viso. Ride e mi fa girare e rigirare, come se ballassimo un ballo da sala, ma si ferma quando Bits e Ana si avvicinano alla curva. Bits gli vola tra le braccia con un urlo di felicità e gli avvolge le sue appendici come una piovra.

Lui la bacia sul naso e le esamina il viso. «Bits, hai tante altre lentiggini! Ne vedo una di nome Morris proprio lì.»

Il sorriso di Bits è abbagliante e le sue mani macchiate di pomodoro lo tengono stretto. «Peter, mi sei mancato così tanto!»

Peter la abbraccia forte. «Anche tu mi sei mancata, bambina mia. Tanto, tanto.»

Il resto del nostro gruppo e Adrian sono arrivati in fondo alla strada. Abbracciano Peter e fanno un milione di domande alla volta.

Io presento Adrian, che stringe la mano di Peter con un sorriso. «Ho sentito parlare molto di te. Sono contento che tu sia arrivato qui.»

Peter mi fa di nuovo quel sorriso gigantesco. Gli faccio l'occhiolino e cerco Ana. Se ne sta in disparte, con un cappello a tesa larga che le tiene il sole lontano dagli occhi nell'orto. È sempre lì fuori, quando non cerca di coinvolgermi in qualche tipo di esercizio o di trovare Lexer da distruggere. Si morde il labbro e fissa Peter, con un'espressione incerta sul viso.

Peter sussurra qualcosa all'orecchio di Bits. Lei salta a terra annuendo e sorridendo. Peter si dirige verso Ana e si ferma a pochi passi da lei. Poi, con un gesto quasi cortese, le tende la mano.

«Beh», dice, con un accenno di sorriso, «non abbiamo mai fatto quel ballo.»

Ana ride e gli prende la mano. Il cappello le cade a terra quando lui la tira a sé e la fa girare. Peter non ha affatto dimenticato i passi, ma Ana gli sta dietro, proprio come aveva detto lui.

«Festa danzante!» esclama Bits, la sua voce che riecheggia tra gli alberi.

Prende Adrian con una mano e Nelly con l'altra, e balla come se sentisse la musica. Mio padre prendeva mia madre e la faceva ballare per tutta la casa, anche me ed Eric. Se protestavamo, diceva: «C'è sempre della musica che suona da qualche parte. Basta ascoltare.»

Devo crederci ancora: che c'è della musica che suona da qualche parte lì fuori; che da qualche altra parte c'è gente che balla. E, mentre Nelly mi fa volteggiare, mi sembra di sentire un debolissimo tintinnio provenire da lontano. Penny e io uniamo le braccia per saltare in cerchio e poi piangiamo dalle risate quando Nelly e Adrian ci copiano. Bits ha coinvolto Dan nella festa e lui la fa passare tra le sue gambe e la lancia in aria.

Dobbiamo sembrare ridicoli qui fuori, mentre balliamo su una strada sterrata. Ma non m'importa, perché possiamo sentire la musica, e sta diventando più forte. Soffoca i gemiti dei corpi spezzati che vagano per il mondo, inconsapevoli che stanno distruggendo tutto ciò che una volta amavano. Lenisce il dolore delle famiglie distrutte e dei cuori spezzati che tutti noi abbiamo ora.

James pesta i piedi di Penny a ogni passo, ma sono certa che anche lui la sente. Anche John annuisce. Adrian mi prende e mi tiene vicina, facendo roteare Bits verso Nelly, mentre lei strilla di gioia. Sono felicissima e disperata allo stesso tempo, rido e piango contemporaneamente. Non so nemmeno quale lacrima sia per cosa. Adrian sorride e le sfiora con il pollice.

La disperazione comincia a svanire. Sono in lutto per com'era il mondo, ma ho fede che andrà avanti. Quando ero una bambina e promisi di voler bene ai miei genitori fino alla fine del mondo e oltre, era una cosa stupida. Era impossibile. Quando il mondo era finito, era finito. Ma alla fine non è vero. Potremmo perdere tutto questo, dopotutto; gli umani potrebbero diventare un semplice bip sullo schermo radar della Storia.

Ma non ne sono così sicura, perché il mondo è già finito e noi siamo ancora qui.

Nata e cresciuta a New York, Sarah Lyons Fleming vive in Oregon con la famiglia e, secondo lei, con scorte insufficienti ad affrontare un'apocalisse zombie. Ma ci sta lavorando.

Per maggiori informazioni registrarsi QUI.

Altri libri su www.sarahlyonsfleming.com

Until the End of the World
Until the End of the World (Libro 1)
So Long, Lollipops (Novella, Libro 1.5)
And After (Libro 2)
All the Stars in the Sky (Libro 3)

The City Series
Mordacious (Libro 1)
Peripeteia (Libro 2)
Instauration (Libro 3)

The Cascadia Series
World Departed (Libro 1)
World Between (Libro 2, in uscita nel 2021)

SCRIVERE UN LIBRO è eccitante, difficile, frustrante e davvero divertente. E, quando finalmente hai qualcosa da mostrare, il cervello ti fa dubitare di ogni singola parola che hai scritto (o almeno, il mio fa così). Per fortuna, alcune persone mi hanno incoraggiata, dicendomi che avevo una bella storia e che la raccontavo bene.

Mia madre, Linda Isaacs, che ha letto con attenzione, amato e criticato ogni bozza. Beh, eccetto la prima, che nessuno oltre a me e al computer vedrà mai. Mi tormentava chiedendomi quando sarebbe stata pronta la bozza seguente e dicendomi che la storia non era mai noiosa. Difficile da credere, ma sembrava sincera, anche se è mia madre.

Mio padre, Bill Lyons, che ha letto e riletto, e mi ha detto che sono fantastica (ma credo che potrebbe essere di parte). Forse non sarei mai stata la pazza che sono, se non fosse rimasto accampato con noi in una baita per un mese, o se non mi avesse passato *Malevil* l'estate in cui passavo in quinta elementare.

Grazie ai miei primi lettori:

Rachel Greer, la mia prima lettrice non di famiglia, che mi ha incoraggiata tantissimo in una lunga email che devo aver letto dieci volte.

Jamie Arest McReynolds, che si è seduta davanti al computer e l'ha letto in tre giorni, ignorando i bambini e tutto il resto, e poi mi ha detto cosa le piaceva e cosa poteva essere cambiato. Il marito di Jamie, Shawn, un ragazzo che spero di incontrare prima di vederci dopo l'apocalisse zombie, mi ha dato ottimi consigli di meccanica. Un secchio e un cacciavite, ovvio!

Allie Birchler e Danielle Gustafson, i cui consigli su alcune parti fondamentali hanno migliorato il libro. Paulette Letson, mia suocera, che ha letto e si è unita a quelli che lo hanno amato. Larry "Big La" Isaacs, il mio patrigno e, tutto sommato, un bravo ragazzo.

Will Fleming, il re della grammatica (ovvero, mio marito). I suoi suggerimenti, osservazioni e correzioni grammaticali sono sempre premurosi, onesti e astuti. Credetemi, se troverete un errore grammaticale o stilistico la colpa è solo mia. E, da uno che se sa come si scrive, il suo incoraggiamento e le sue parole gentili mi hanno fatto credere che forse avevo davvero qualcosa in mano. Grazie, Ruggles! (Meriterebbe più punti esclamativi, ma fidatevi). Non credo sia possibile esprimere quanto apprezzo la tua opinione e i tuoi consigli.

E a Sadie e Silas, i bambini che si sono limitati a dormire con i piedi in grembo alla mamma. Se non fossi stata intrappolata sotto di voi per tutti quegli anni, forse non avrei mai deciso di scoprire se ero in grado di scrivere un libro. Perciò, grazie, birichini. Ma dormire tutta la notte sarebbe bello. Tanto per dire.

1 Gioco di parole e suoni intraducibile: in inglese, infatti, "Little
  Bits" significa "pezzettini" e si riferisce al fatto che è piccola
  [N. d. T.].

Podium

DISCOVER MORE

STORIES
UNBOUND

PodiumEntertainment.com